Petra Ivanov
Heiße Eisen

metro wurde begründet
von Thomas Wörtche

Zu diesem Buch

Zwischen Umweltschützern und Villenbesitzern tobt eine hitzige Debatte um den freien Zugang zu den Seeufern. Der engagierte Politiker Moritz Kienast setzt sich, allen Anfeindungen zum Trotz, für eine rigorose Lösung ein – bis er plötzlich verschwindet. Kurz darauf wird die Staatsanwältin Regina Flint zu einer abgelegenen Waldhütte gerufen, wo sie eine nicht identifizierbare Leiche vorfindet – verkohlt und aufgespießt. Ob sie den verschwundenen Politiker vor sich hat? An Vermutungen mangelt es nicht, der unnachgiebige »Motz-Moritz« ist im Laufe seiner Karriere mehr als nur einem einflussreichen Gegner auf die Füße getreten. Ihre Nachforschungen führen die Staatsanwältin schon bald an Abgründe, die mit »menschlich« nichts mehr zu tun haben.

»Dem Leser wird ein Gustostück geboten. Man darf sich auf Petra Ivanovs akkurate Recherche verlassen, auf Detailgenauigkeit, die nie auf Kosten der Spannung geht, auf ein Thema, das sie mit Empathie darstellt.« *CrimeChronicles*

Die Autorin

Petra Ivanov verbrachte ihre Kindheit in New York. Nach ihrer Rückkehr in die Schweiz absolvierte sie die Dolmetscherschule und arbeitete als Übersetzerin, Sprachlehrerin sowie Journalistin. Ihr Werk umfasst zahlreiche Kriminalromane, Jugendbücher und Kurzgeschichten.

Im Unionsverlag sind außerdem lieferbar: *Fremde Hände; Tote Träume; Kalte Schüsse; Stille Lügen; Tiefe Narben; Leere Gräber; Erster Funke; Das Geständnis; Tatverdacht; Hafturlaub; Täuschung; Geballte Wut* und *Schockfrost* (gemeinsam mit Mitra Devi).

Mehr über die Autorin und ihr Werk auf *www.unionsverlag.com*

Petra Ivanov

Heiße Eisen

Flint und Cavalli ermitteln
in besten Kreisen

Kriminalroman

Unionsverlag

Die Erstausgabe erschien 2015 im Appenzeller Verlag, Schwellbrunn.
Für die vorliegende Fassung hat die Autorin den Text 2017 überarbeitet.

Im Internet
Aktuelle Informationen, Dokumente und Materialien
zu Petra Ivanov und diesem Buch
www.unionsverlag.com
www.petraivanov.ch

Unionsverlag Taschenbuch 773

Neptunstrasse 20, CH-8032 Zürich
Telefon +41 44 283 20 00
mail@unionsverlag.ch

Reihengestaltung: Heinz Unternährer
Umschlagbild: Milos Jokic (iStock)
Umschlaggestaltung: Peter Löffelholz
Lektorat: Susanne Gretter
Satz: Greiner & Reichel, Köln
Druck und Bindung: CPI – Clausen & Bosse, Leck
ISBN 978-3-293-20773-8

Der Unionsverlag wird vom Bundesamt für Kultur mit einem
Verlagsförderungs-Strukturbeitrag für die Jahre 2016–2020 unterstützt.

Auch als E-Book erhältlich

Die Örtlichkeiten, die Debatte um den Seeuferweg und die Überbauungen, die politischen Parteien und Organisationen sind real, Hauptpersonen und Handlung sind frei erfunden.

Für Magdalena

»Tote Menschen sind interessant,
weil sie einmal gelebt haben.«
Prof. Dr. med. Michael Thali,
Direktor des Instituts für Rechtsmedizin
der Universität Zürich

1

Das Telefon schrillte. Moritz Kienast zuckte zusammen. Ohne die Augen vom Bildschirm zu nehmen, griff er zum Hörer.

»Kienast«, brummte er.

Am anderen Ende war es still.

»Hallo?« Moritz sah auf. »Wer ist da?«

Atemzüge waren zu hören.

Verärgert schnalzte Moritz mit der Zunge. Nelly, die Katze der Familie, wölbte den Rücken und streckte den Schwanz in die Höhe. Maunzend stakste sie durch die Mansarde. Moritz wollte die Verbindung schon unterbrechen, da meldete sich eine heisere Stimme.

»Bist du bereit?«

Moritz legte auf. Jetzt wurde er bereits telefonisch belästigt. Früher hatten seine Kritiker ihren Unmut in Leserbriefen kundgetan, heute genügte ihnen das nicht mehr. Sie wollten erleben, wie ihn ihre Pfeile trafen; die Spitze in der Wunde drehen, sich über seinen Schmerz freuen.

Nelly setzte zu einem Sprung an und landete auf seinem Schoß. Vor dem Mansardenfenster bog sich eine Hainbuche in der aufkommenden Brise. Obwohl es fast dunkel war, spürte Moritz die Wolkendecke, die sich laut Wetterbericht von Westen Richtung Mittelland schob. Am Wochenende wollte er eigentlich im Garten die Granitplatten verlegen, erneut machte ihm der Regen einen Strich durch die Rechnung.

Moritz rieb sich die Augen. Wieder dieses Jucken, dazu das pelzige Gefühl auf der Zunge. Der Arzt hatte vorgeschlagen, einige Tests durchzuführen, um eine Pollenallergie auszuschließen. Moritz betrachtete die hängenden Blüten der Hainbuche. Sie erinnerten ihn an den Schwanz der Katze, den er gerade durch seine Finger gleiten ließ, was Nelly zum schnurren brachte. Hinter dem Baum zog sich der Wald den Hang empor; es sah aus wie eine Decke, unter der eine schlafende Gestalt lag. Seit einundzwanzig Jahren wohnte Moritz am Fuß des Uetlibergs, Dorothee und er hatten das Haus gekauft, kurz bevor Anna zur Welt kam. Nie hatte er allergisch reagiert, weder auf die Hainbuche noch auf die Birke oder die Haselnuss im Nachbargarten. Zwar hatte er als Kind unter Heuschnupfen gelitten, doch mit der Pubertät waren die Symptome verschwunden. Der Arzt hatte jedoch gemeint, es komme häufig vor, dass sich eine Allergie erst im Alter entwickle. Im Alter! Moritz war erst vierundfünfzig. Zugegeben, in letzter Zeit spürte er die Jahre. Er fühlte sich müde, oft litt er unter Atemnot. Der Stress, hatte Dorothee gesagt und ihm Ratschläge erteilt. Er solle auf seine Ernährung achten, morgens grünen Tee statt Kaffee trinken, regelmäßig Vitamin B_{12} einnehmen. Und natürlich weniger arbeiten.

Als sie sich kennengelernt hatten, war sie genauso engagiert gewesen wie er. Gemeinsam hatten sie Unterschriften gesammelt für den Stopp des Atomenergieprogramms, den Schutz der Moore oder die Entfernung von Hundekot auf öffentlichem Grund. Später hatte sie ihn unterstützt, als er zuerst für den Gemeinderat und dann für den Kantonsrat kandidierte und sich in die Kommission für Planung und Bau wählen ließ. Sie befürwortete seinen Einsatz für öffentliche Seewege sowie für den Fachverband »Gebäude Netzwerk Initiative« und las interessiert seine Beiträge für diverse Fachmagazine.

Irgendwann hatte ihr Interesse an Energiepolitik, Raumplanung und Umweltschutz nachgelassen. Moritz konnte nicht genau sagen, wann. Im Nachhinein kam es ihm so vor, als habe die neue Leidenschaft für ihr eigenes Wohlbefinden die Veränderung ausgelöst. Es war, als kehre sie dem Allgemeinwohl den Rücken, um sich selbst in den Mittelpunkt zu stellen. Nach über fünfzehn Jahren trat sie aus der Schulpflege aus und in die Frauenriege ein. Sie füllte ihren Schrank mit neuen Kleidern und färbte sich die grau werdenden Haare. Vergeblich hatte Moritz sie darauf hingewiesen, dass Haarfarben krebsauslösendes Toluylendiam enthielten. Dorothee war es egal. Und Anna fand den neuen Braunton toll.

Moritz betrachtete das Foto seiner Tochter, das an der Wand hinter seinem Schreibtisch hing. Er erinnerte sich gut an den Tag, an dem er es gemacht hatte. Am Vormittag war Anna die Zahnspange entfernt worden, die sie vier Jahre getragen hatte. Obwohl sich viele Kinder die Zähne korrigieren lassen mussten, fühlte sich Anna gehemmt. Selten lachte sie, ohne die Hand vor den Mund zu halten; als sie die Spange los war, grinste sie ohne Scham und führte einen Freudentanz auf. Moritz war es geglückt, den Augenblick mit der Kamera festzuhalten.

Er strich mit dem Zeigefinger über das Bild. Es war noch nicht lange her, da hatte sich Anna gegen ihre Mutter aufgelehnt. Egal, was Dorothee tat, es war falsch. Unverfängliche Worte führten zu heftigem Streit, beiläufige Äußerungen zu langen Diskussionen. Moritz dachte daran, wie er sich bemüht hatte, zwischen Mutter und Tochter zu vermitteln. Er hatte Anna sogar bei der Suche nach einem WG-Zimmer unterstützt, weil er keinen anderen Ausweg aus der verfahrenen Situation sah. Ein Jahr lang hatte sie sich kaum gemeldet. Die Wogen glätteten sich erst, als sie ihr Psychologiestudium aufnahm.

Als er Anna neulich darauf ansprach, sah sie ihn verwundert an. »Das ist nicht wahr! Klar hatten wir manchmal Knatsch, aber das gehört zur Pubertät. In dem Alter sind Mädchen Monster.«

Obwohl sie erst im vierten Semester studierte, trat sie auf wie eine Fachperson.

»Ich finde es super, wie sich Mama weiterentwickelt!«

»Eine neue Haarfarbe würde ich nicht gerade als Entwicklung bezeichnen«, wandte Moritz ein.

Anna verdrehte die Augen. »Dir täte eine Veränderung auch gut. Du steckst in einer Midlife-Crisis. Schau dich mal an! Dieses Hemd hast du schon getragen, als ich klein war!«

»Ich muss mich nicht täglich neu erfinden. Das ist eine moderne Erscheinung, die übrigens ihren Preis hat. Hast du dir je Gedanken über die ökologischen Folgen gemacht?«

»Du hast Angst, gib es zu«, erwiderte Anna ruhig. »Das ist normal. Veränderungen lösen bei vielen Menschen Verunsicherung aus. Das hat mit unserem evolutionär verwurzelten Bedürfnis nach Bindung zu tun. Wir mögen Neues nicht. Sich an etwas klammern liegt in unserer Natur. Das Gehirn belohnt uns sogar, wenn wir an unserer Routine festhalten. Es schüttet Opiate aus. Deshalb hängen wir so an unseren Gewohnheiten.«

Auf einmal war die Müdigkeit wieder da gewesen. Moritz hatte geschwiegen, obwohl es nicht seine Art war, sich schnell geschlagen zu geben. Seine Mutter hatte stets behauptet, er habe das Wort »aber« gelernt, bevor er »Mama« oder »Papa« aussprechen konnte. Zwar neigte sie zu Übertreibungen, doch in ihren Worten steckte ein Körnchen Wahrheit. Noch heute regte sich in Moritz Widerstand, wenn sein Gegenüber eine andere Meinung vertrat.

Die Katze streckte sich. Der Monitor schaltete in den Ruhezustand. Im dunklen Bildschirm sah Moritz sein Spiegelbild. Sein Haaransatz war innerhalb weniger Wochen deutlich zurückgewichen. Erneut juckte es, diesmal über den Augenbrauen. Als Moritz die Hand hob, um sich vorsichtig zu kratzen, fiel ihm eine Unebenheit auf seiner Stirn auf. Er berührte sie. Seine Fingerkuppen fuhren über zahlreiche scharfe Erhebungen. Litt er an einer Hautkrankheit?

Vielleicht hatte Anna doch recht. Vielleicht signalisierte ihm sein Körper, dass es Zeit für eine Veränderung war. Dreißig Jahre hatte er sich ganz und gar der Familie, dem Beruf und der Politik verschrieben. Sein Arbeitstag war nie zu Ende, wenn er abends das Ingenieurbüro verließ, das er mit seinem ehemaligen Studienkollegen Max aufgebaut hatte. Fanden keine Sitzungen oder Versammlungen statt, studierte er politische Dossiers, verfasste Leserbriefe oder erledigte Büroarbeiten, für die er tagsüber keine Zeit fand. Seit Max' Tod hatte er mehr zu tun denn je. Sein Freund war erst dreiundfünfzig gewesen, als er an Schilddrüsenkrebs erkrankte. Er hatte die Heiserkeit einer verschleppten Erkältung zugeschrieben. Als er die Schwellungen am Hals bemerkte, wollte er einen Arzt aufsuchen, aber es hatte immer ein Sanierungskonzept gegeben, das er zuerst fertigstellen wollte, oder Schadstoffanalysen und Raumluftmessungen, die er noch durchführen musste. Und dann war es zu spät gewesen. Max und Moritz. Die Assoziation hatte den Kunden oft ein Schmunzeln entlockt.

Moritz richtete sich auf. Sich in Selbstmitleid zu suhlen würde seine Stimmung nicht heben. Er bewegte die Maus, und der Bildschirm schaltete sich wieder ein. Moritz las weiter. Von einer Neiddebatte war die Rede, davon, dass die Linken aus Missgunst und Bitterkeit handelten. Sie wurden als Kommunisten beschimpft, als Bekämpfer des Privateigentums, sogar das Wort Klassenkampf fiel. Dabei versuchen wir nur, den Volkswillen durchzusetzen, dachte Moritz. Ohne Enteignungen ist ein durchgehender Uferweg am Zürichsee nicht möglich. Sehen die Kritiker denn nicht, dass wir das Wohl aller im Auge haben? Wir stellen die Interessen der Allgemeinheit vor jene des Einzelnen. Außerdem handelt es sich beim umstrittenen Land ohnehin nicht um privaten Grund, denn genau wie Wald und Weide gehört der See der Öffentlichkeit, von Enteignung kann also kaum die Rede sein. Ginge es um den Ausbau einer Autobahn, fände die Diskussion gar nicht erst statt.

Der Juckreiz verstärkte sich. Moritz schob seine Hand unter den Bauch der Katze, um sie hochzuheben. Als sie ihre Krallen in den Stoff seiner Hose bohrte, zog er die Hand zurück. Er bewunderte Nellys Beharrlichkeit. Sie hätte eine gute Politikerin abgegeben. Ohne Aufsehen zu erregen, setzte sie ihren Willen durch und ließ andere im Glauben, es wäre ihre Entscheidung gewesen. Moritz hätte sich ein Beispiel an seiner Katze nehmen können, doch Subtilität war nie seine Stärke gewesen. Rückschläge nahm er persönlich, vor allem, wenn er überzeugt war, im Interesse der Öffentlichkeit zu handeln. Wenn er statt auf Zustimmung auf Ablehnung stieß, was immer häufiger vorkam. Vielleicht war es Zeit aufzuhören, solange er noch Erfolge vorweisen konnte. Irgendwo hatte er gelesen, dass wiederholte Niederlagen entweder zu Gelassenheit, Gleichgültigkeit oder Bitterkeit führten. Gelassenheit war ihm fremd, gegen die Gleichgültigkeit würde er mit aller Macht ankämpfen. Doch wie verhinderte er, dass er nicht ganz verbitterte? Max' Tod hatte ihn verändert. Plötzlich hatte Moritz an seinen Werten, am Sinn des Lebens zu zweifeln begonnen. Er sah sich mit beängstigenden Fragen konfrontiert, auf die er keine Antworten wusste. Dieses Gefühl war ihm fremd. Es hatte das Fundament erschüttert, auf dem er seine Existenz aufgebaut hatte. Ein Abgrund tat sich vor ihm auf, und um nicht hinunterblicken zu müssen, stürzte er sich in den nächsten Kampf.

Er setzte Nelly auf den Boden und stand auf. Ihm wurde schwindlig. Er klammerte sich an die Stuhllehne, bis die Mansarde aufhörte, sich zu drehen, dann stieg er die Treppe hinunter. Im ersten Stock befanden sich drei Schlafzimmer und ein Bad. Moritz bückte sich über das Waschbecken und drehte den Hahn auf. Er ließ das Wasser über sein Gesicht laufen und trank einen großen Schluck. Das pelzige Gefühl blieb. Er trocknete sich mit einem Frotteetuch ab, dabei vermied er es, in den Spiegel zu schauen. Stattdessen sah er auf die Uhr. Es war bereits halb zehn. Dorothee käme bald zurück. Moritz versuchte, sich zu erinnern, wohin sie gegangen war. Er wusste nicht mehr, welcher Wochentag heute war. Montag? Nein, montags tagte der Kantonsrat. Oder hatte er die Sitzung am Vormittag verpasst? Ein kurzer Anflug von Panik erfasste ihn. Sein Vater hatte an Alzheimer gelitten, erwartete ihn das gleiche Schicksal? Moritz vergegenwärtigte sich die letzte Ratssitzung. Ja, richtig, die dritte Lesung zur Realisierung des Seeuferwegs stand auf der Tagesordnung. Es ging um die Formulierung eines einzigen Satzes, des berüchtigten Artikels 28c, der Enteignung von privaten Grundstücken ausschloss. Moritz hörte noch deutlich die Argumente der Schweizerischen Volkspartei. »Eigentum bedeutet, über seine legitim erworbenen materiellen und ideellen Güter jederzeit frei verfügen zu können!«, äffte er seinen Ratskollegen nach. Er hob den Blick. »Warum sollten Seeanwohner ein Sonderrecht genießen?«, fragte er sein Spiegelbild. »Die Bestimmung verstößt gegen die Verfassung! Überwiegt nämlich im Einzelfall das öffentliche Interesse, sind Enteignungen durchaus möglich!«

Der Antrag wurde trotzdem angenommen. Noch eine Niederlage.

Das Gesicht im Spiegel verzog sich zu einer Grimasse. Mit meinem Gedächtnis ist alles in Ordnung, dachte Moritz. Auf einmal fiel ihm ein, wo sich Dorothee befand: beim Zumbatanzen. Was sie dort genau tat, wusste er aber immer noch nicht. Sie hatte ihm erklärt, Zumba sei eine Sportart, bei der ohne Partner getanzt werde. Moritz hatte den Seitenhieb verstanden. Nach ihren Haaren hatte Dorothee auch ihre Beziehung auffrischen wollen. Sie schlug vor, einen Tanzkurs zu besuchen. Moritz hatte sich zunächst gesträubt, schließlich aber nachgegeben, weil sie nicht lockerließ. Schon nach der ersten Stunde bereute sie, ihn überredet zu haben. Sie behauptete, er stelle sich absichtlich ungeschickt an. Eine Woche später schrieb sie sich im Zumba ein. Moritz war nicht klar, warum es plötzlich doch möglich sein sollte, ohne Partner zu tanzen. Seine Erleichterung war jedoch so groß gewesen, dass er keine Fragen stellte.

Gähnend verließ er das Badezimmer. In der Küche öffnete er den Kühlschrank in der Hoffnung, Reste zu finden, die er aufwärmen konnte. Er entdeckte einen Behälter mit Spargelrisotto. Zögernd entfernte er den Deckel. Die Spargeln stammten aus Mexiko. Als Dorothee den Risotto aufgetischt hatte, hatte er sich geweigert, davon zu nehmen. Weshalb Gemüse essen, das um die halbe Welt gereist war? Er warf einen Blick in die unterste Schublade, sie enthielt Karotten, Feldsalat, zwei rote Bete und eine Stange Lauch. Alles roh. Ihm fehlte die Energie zu kochen. Seufzend nahm er den Risotto heraus.

Während die Mahlzeit in der Pfanne dampfte, füllte Moritz ein Glas mit Wasser und stellte sich ans Fenster. Die Küche lag zur Straße hin, ununterbrochen floss der Verkehr am Haus vorbei. Ein leichter Geruch von Angebranntem riss Moritz aus seinen Gedanken. Er schaltete die Herdplatte aus und schaufelte den Risotto auf einen Teller. Seine Glieder fühlten sich steif an. Er legte die Gabel hin und schloss die Augen. Kurz erwog er, ins Bett zu gehen, statt auf Dorothee zu warten. Sogar dazu fehlte ihm die Kraft.

Ein Lichtstrahl erhellte die Küche. Moritz hörte, wie ein Fahrzeug in die Einfahrt bog. Dorothee war da! Er stellte seinen Teller in den Geschirrspüler, räumte das Besteck weg und leerte das Wasserglas aus. Aus der Waschküche hörte er das Klappern des Katzentörchens, als sich Nelly hindurchzwängte.

Er könnte Dorothee einen Cocktail zubereiten, schoss es ihm durch den Kopf. Bloody Marys zu trinken war eine weitere Gewohnheit, die sie jüngst angenommen hatte. Moritz kam sich mit einem Drink in der Hand zwar genauso lächerlich vor wie auf dem Tanzparkett, ihr zuliebe machte er jedoch mit, auch wenn Alkohol Probleme nicht löste, sondern bloß davon ablenkte.

Bevor er den Tomatensaft holen konnte, klingelte es an der Tür. Hatte er den Schlüssel stecken lassen? Schlagartig kehrte die Unruhe zurück. Moritz versuchte, sich zu erinnern, welche Symptome bei seinem Vater zu Beginn der Alzheimer-Erkrankung aufgetreten waren. Die Vorstellung, dass sein Gehirn im Begriff sein könnte, sich aufzulösen, ließ sein Herz schneller schlagen. Rasch verdrängte er den Gedanken. Anna behauptete, Krankheiten ließen sich durch negative Gedanken heraufbeschwören. Mit wackligen Schritten ging Moritz zur Tür.

Elf Stunden später ging eine Vermisstmeldung bei der Polizei ein.

2

Staatsanwältin Regina Flint stand auf. Sie reichte dem Beschuldigten die Hand und nickte dem Transportdienst zu. Die Einvernahme hatte länger gedauert als erwartet. Trotz der anwesenden Dolmetscherin hatte der Beschuldigte vorgegeben, ihre Fragen nicht zu verstehen. Regina ließ sich nicht täuschen. Der 27-Jährige begriff nicht nur, was sie von ihm wissen wollte, ihm war zum Tatzeitpunkt auch klar gewesen, dass ein Fußtritt gegen den Kopf eines Mannes zu schweren Verletzungen führen konnte. Er hatte den Tod des Opfers vielleicht nicht gewollt, aber zumindest in Kauf genommen, wofür er nach über fünf Stunden endlich eine Erklärung lieferte: Der Mann hatte ihn vor seiner Freundin beleidigt.

Nina Dietz, seit acht Monaten im Vorbüro als Protokollführerin tätig, begleitete den Verteidiger und die Dolmetscherin zum Aufzug. Kaum war Regina allein, riss sie die Fenster auf, rückte die Stühle zurecht und räumte die Wassergläser weg. Sie warf einen Blick in ihren Posteingang und beschloss, dass die Beantwortung der Mails bis morgen warten konnte. Die Kita schloss in zwanzig Minuten. Eigentlich hatte Regina noch einige Lebensmittel einkaufen wollen, doch dazu reichte die Zeit nicht mehr. Sie hoffte, dass sich noch eine Pizza im Tiefkühlfach befand.

Ohne anzuklopfen, platzte Staatsanwältin Theresa Hanisch herein. »Für dich.« Sie klatschte ein Fax auf den Schreibtisch. »Vom Leib/Leben. Das solltest du dir sehr genau ansehen.«

Regina griff nach dem Ausdruck. »Ein neuer Fall? Ich habe keine Brandtour.«

»Als die Vermisstmeldung einging, warst du dran«, widersprach Hanisch. »Außerdem habe ich genug am Hals. In Schwamendingen wurde ein Tankwart von acht Typen niedergestochen. Am helllichten Tag! Früher haben sie damit wenigstens gewartet, bis es dunkel wurde!« Sie wandte sich ab und stapfte aus dem Raum.

Bevor Regina das Fax genauer studieren konnte, stand ihr Vorgesetzter in der Tür. Max Landolt, Leiter der Staatsanwaltschaft IV, trug wie immer Anzug und Krawatte. Der Blick hinter seiner Kunststoffbrille war ruhig, sein Lächeln freundlich, doch seine Finger tippten unentwegt gegen den Türrahmen und verrieten seine Anspannung.

»Du hast schon davon erfahren?« Er deutete auf das Fax.

Regina überflog die erste Seite. »Moritz Kienast? Der Name kommt mir bekannt vor.« Plötzlich fiel es ihr ein. »Ist das nicht dieser Sozialdemokrat? Der sich für Umweltthemen engagiert?« Sie schielte auf die Uhr.

»Parteilos«, antwortete Landolt. »Und ›engagiert‹ ist milde ausgedrückt. Kienast ist bekannt für seine Unnachgiebigkeit. Er nimmt kein Blatt vor den Mund. Seit Freitagabend fehlt jede Spur von ihm.«

Regina wusste, was als Nächstes kommen würde. Sie war froh, dass ihre Brandtour so glimpflich verlaufen war. Nur einmal hatte sie außerhalb der Arbeitszeit ausrücken müssen. Sie wappnete sich gegen Landolts Worte.

»Der Fall kann nicht warten. Die Polizei wird sich heute Abend nach der Tagesschau mit einem Zeugenaufruf an die Bevölkerung wenden. Wir können davon ausgehen, dass sich die Medien auf die Geschichte stürzen.«

»Gibt es Hinweise auf ein Verbrechen?«

»Pilecki glaubt jedenfalls nicht, dass sich Kienast bloß eine Auszeit gönnt.«

Juri Pilecki hielt seit zweieinhalb Monaten die Fäden beim Dienst Leib/Leben in der Hand, wie das Kapitalverbrechen nach der Reorganisation der Kriminalpolizei jetzt genannt wurde. Als Stellvertreter von Dienstchef Bruno Cavalli nahm er Führungsaufgaben wahr, leitete wichtige Fälle selbst und fungierte als Ansprechperson für die Staatsanwaltschaft IV, die auf Gewaltdelikte spezialisiert war. Regina mochte den gebürtigen Tschechen. Mit seiner ungezwungenen Art und seinem Humor schaffte er es, ein wenig Leichtigkeit in den manchmal düsteren Alltag zu bringen. Seit er Cavalli vertrat, hatten sie sich oft unterhalten, denn er war der einzige Sachbearbeiter, der wusste, dass sein Vorgesetzter nicht unbezahlten Urlaub genommen hatte, sondern als verdeckter Ermittler im Einsatz war.

Regina schob den Gedanken an ihren Lebenspartner beiseite. Sie durfte der Angst, die in ihr nagte, seit Cavallis wöchentliche Anrufe ausgeblieben waren, keinen Raum geben. Nicht hier. Nicht jetzt. In zehn Minuten musste sie in der Kita sein.

»Es ist wichtig, dass du dich sofort des Falls annimmst«, fuhr Landolt fort. »Ich weiß, du hast morgen frei, aber Theresa ist mit der Messerstecherei beschäftigt. Wenn du möchtest, kann ich mich um die Medien kümmern.«

Regina schüttelte den Kopf. Versteckte sie sich hinter Landolt, stände sie als inkompetent und überfordert da. »Ich bin für den Fall zuständig, also werde ich mich auch mit der Kommunikationsbeauftragten absprechen und wenn nötig den Medien Auskunft geben.« Sie packte die Unterlagen ein. »Ich werde Pileckis Bericht heute Abend lesen. Wir sehen uns morgen.«

Sie fuhr ihren PC herunter, schnappte sich ihre Tasche und eilte aus dem Büro. Als sie das Gebäude verließ, stellte sie fest, dass sie ihren Schirm vergessen hatte. Obwohl es bereits Ende April war, war noch nichts vom Frühling zu spüren. Kalter Regen schlug ihr ins Gesicht. Mit eingezogenem Kopf hastete Regina über den Helvetiaplatz. Auf einmal erinnerte sie sich, in welchem Zusammenhang sie von Moritz

Kienast gehört hatte. Anfang der Neunzigerjahre hatte ein Gemeinderat eine Motion zur Neugestaltung des Helvetiaplatzes eingereicht. Ziel war die Aufwertung des Kreises 4 gewesen, der damals noch maßgeblich vom Rotlichtmilieu geprägt war. Die Regierung sollte eine Vorlage ausarbeiten, beantragte aber stattdessen die Umwandlung der Motion in ein weniger verbindliches Postulat, was der Gemeinderat wiederum ablehnte. Es folgte ein jahrelanger Kampf. Immer wieder trat Moritz Kienast in Erscheinung. Soweit Regina wusste, lag das Geschäft nun bei der Spezialkommission Hochbaudepartement, Stadtentwicklung. Von den Gemeinderäten, die die Motion unterstützt hatten, war vermutlich keiner mehr im Amt. Einige hatten sich aus der Politik zurückgezogen, andere saßen heute wie Moritz Kienast im Kantonsrat. Inzwischen war sogar eine Tiefgarage unter dem Helvetiaplatz gebaut worden. Regina hatte dort vorübergehend einen Parkplatz gemietet. Seit Cavalli weg war, benutzte sie seinen Volvo, da Lily nach einem langen Kita-Tag oft müde war und die Fahrt nach Gockhausen mit Tram, S-Bahn und Bus sie zusätzlich anstrengte. Zwar hütete Reginas Mutter ihr Enkelkind regelmäßig, doch da Regina nicht mehr auf Cavallis Unterstützung zählen konnte, musste sie Lily häufiger in die Kita bringen. Ständig hatte sie ein schlechtes Gewissen. Lily war ein kränkliches Kind, brauchte viel Ruhe. Im Gegensatz zu anderen Dreijährigen konnte sie sich stundenlang allein beschäftigen. Menschen überforderten sie rasch. Seit Cavallis Abreise hatte sie sich zudem völlig in sich zurückgezogen, weinte oft und lutschte sogar am Daumen. Regina litt mit ihr. Sie verstand nicht, wie Cavalli seinen Beruf vor die Bedürfnisse der Familie stellen konnte, wenn auch nur für drei Monate. Sie wusste aber, dass sie ihm diesen Freiraum zugestehen musste. Fühlte er sich eingesperrt, ginge er für immer. In dieser Beziehung war er von Anfang an ehrlich zu ihr gewesen.

Er hatte nie vorgegeben, ein anderer zu sein, und sie hatte sich darauf eingelassen, wenn auch nur, weil die Alternative – die Beziehung zu beenden – zu schmerzhaft war, um sie ernsthaft in Betracht zu ziehen.

Regina strich sich das nasse Haar aus dem Gesicht und betrat die Kita. Sie war nicht die Einzige, die kurz vor Schluss gekommen war. In der Garderobe kniete eine entnervte Mutter vor ihrem Sohn und versuchte, ihm die Schuhe zu schnüren, während neben ihr ein Vater auf einen Vierjährigen einredete, der sich weigerte, einen Dinosaurier in eine Kiste zurückzulegen. Die Kita-Leiterin hörte einer besorgten jungen Frau zu. Ab und zu nickte sie. Regina hob grüßend die Hand und machte sich auf die Suche nach Lily. Sie fand ihre Tochter in der Puppenecke, wo sie mit einem Stoffadler spielte. Ihre glänzenden schwarzen Haare schimmerten im Licht der Deckenlampe, die blauen Augen fixierten den Adler, mit dessen Schnabel sie sich über den Handrücken strich. Der Anblick schnürte Regina die Kehle zu. Vielleicht maß sie der Symbolik zu viel Gewicht bei, doch sie fragte sich, ob Lily in diesem Vogel ihren Vater sah. Cavallis Großmutter nannte ihn Tsi'skwa, das Wort der Cherokee-Indianer für Vogel. Seit er ins Reservat zurückgekehrt war, um im Auftrag des FBI zu ermitteln, verbrachte Lily Stunden mit dem Stoffadler.

»Hallo, mein Schatz«, sagte Regina sanft, um sie nicht zu erschrecken.

Die meisten Kinder rannten ihren Eltern entgegen, wenn diese die Kita betraten. Lily rührte sich nicht. Regina hatte sich immer wieder gefragt warum, bis sie begriffen hatte, dass Lily Zeit brauchte, um aus ihrer Fantasiewelt in die Wirklichkeit zurückzukehren. Auch jetzt legte sie zuerst den Adler weg und deckte ihn zu, bevor sie in Reginas ausgestreckte Arme fiel.

»Wie geht es dir?«, fragte Regina.

Lily schwieg.

Regina führte sie an der Hand zur Garderobe, wo Lily ohne Aufhebens ihre Tigerfinken abstreifte und ins vorgesehene Fach legte. Sogar inmitten der Kindermöbel sah sie winzig aus. Regina dachte an Cavallis Sohn Chris, der fast 1,90 Meter maß. Ob Lily irgendwann in die Höhe schießen würde? Regina bezweifelte es. Alles an Lily war zierlich, sogar ihre Ohren glichen filigranen Muscheln. Regina half ihr, die Regenjacke anzuziehen, und zog den Reißverschluss hoch. Anschließend verabschiedete sie sich mit einem Winken von der Kita-Leiterin, die immer noch in das Gespräch vertieft war.

Im Volvo setzte Regina Lily in ihren Kindersitz und legte eine CD ein. Cavalli bewahrte über ein Dutzend CDs mit Geschichten im Auto auf. Er war mit Fabeln und Sagen aufgewachsen und liebte sie genauso wie Lily. Als die Stimme der Erzählerin erklang, verlor Lily sofort das Interesse an ihrer Umgebung. Regina blieb neben dem Volvo stehen und zog ihr Handy hervor. Unschlüssig betrachtete sie das Display. Wenn sie ihre Mutter bat, morgen auf Lily aufzupassen, müsste sie Lily jetzt nach Uitikon bringen. Um rechtzeitig in Gockhausen zu sein, musste Marlene schon um halb sechs Uhr aufstehen. Zweimal pro Woche wollte Regina ihr das nicht zumuten. Es genügte, dass sie die lange Fahrt jeden Mittwoch auf sich nahm. Für Lily wäre ein Abend zu Hause jedoch besser, als direkt von der Kita zur Großmutter zu fahren. Ob Chris zufällig freihatte? Lily vergötterte ihren Halbbruder, und seit Cavalli weg war, klammerte sie sich regelrecht an ihn. Regina hatte zu Beginn befürchtet, Chris zu viel Verantwortung aufzubürden, wenn sie ihn bat, Lily zu hüten, doch er schien die gemeinsamen Stunden genauso zu genießen. Sogar ihre Angst vor seiner Unzuverlässigkeit hatte sich als unbegründet erwiesen. Er kam immer pünktlich und nahm seine Aufsichtspflicht ernst. Reginas Wohnung sah danach zwar aus, als habe ein Sturm darin gewütet; damit hatte sie sich aber abgefunden. Leider hatte Chris als Koch lange Arbeitszeiten und selten dann frei, wenn sie ihn brauchte. Trotzdem versuchte sie, ihn zu erreichen. Er nahm sofort ab.

»Ich habe heute und morgen frei«, antwortete er. »Klar hüte ich den Zwerg.«

»Du bist ein Engel!«, sagte Regina. »Ich muss morgen leider früh aus dem Haus. Willst du bei uns übernachten?«

»Einen Moment.«

Regina hörte die Stimme seiner Freundin Debbie im Hintergrund.

»Nö«, sagte Chris schließlich. »Ich komme am Morgen und schlaf dann bei dir weiter.«

»Ich weiß nicht, ob Lily das zulassen wird.«

»Das krieg ich schon hin.«

Regina lächelte, immer noch verblüfft über die Wandlung, die Chris durchgemacht hatte. Sie hatte ihn als unglücklichen, verschlossenen Jungen kennengelernt, der sich zu einem schwierigen Jugendlichen entwickelt hatte. Eine Lehre als Maler hatte er abgebrochen, erst als er mit dem Gesetz in Konflikt geraten war, ließ er sich überreden, als Hilfskraft in einer Pizzeria zu arbeiten. Zur Überraschung aller absolvierte er anschließend eine Kochlehre. Seit er mit seiner Freundin zusammenlebte, wirkte er ausgeglichen und zufrieden.

»Vielen Dank«, sagte Regina. »Ich weiß nicht, was ich ohne dich machen würde.«

Er zögerte. »Hast du etwas von ihm gehört?«

Regina schloss kurz die Augen. »Nein.«

Es war ein Vertrauensbeweis, dass Cavalli seinem Sohn den wahren Grund für seine Abwesenheit verraten hatte. Zwar kannte Chris die Details nicht, er wusste aber, dass Cavalli beruflich unterwegs war. Regina war dankbar, dass sie Chris nicht belügen musste. Ab und zu fragte sie sich, ob es fair war, ihn den Ängsten auszusetzen, die ein verdeckter Ermittlungsauftrag für Angehörige mit sich brachte. Wenn sie aber daran dachte, wie oft Cavalli seinen Sohn als Kind im Stich gelassen hatte, kam sie zum Schluss, dass die Wahrheit für Chris wohl erträglicher war als die Vorstellung, Cavalli habe ihn erneut verlassen.

Sie verabschiedete sich und setzte sich ans Steuer. Lilys Augen waren halb geschlossen, ihr Mund stand offen. Schon bald lullte die weiche Stimme der Erzählerin auch Regina ein und versetzte sie in eine andere Welt. Zwar verstand Regina kein Wort Tsalagi, die Sprache der Cherokees, doch der Singsang war angenehm anzuhören. Als sie eine Dreiviertelstunde später in Gockhausen ankam, wäre sie am liebsten im Wagen sitzen geblieben. Lily war eingeschlafen, nur mit Mühe gelang es Regina, sie zu wecken. Sie machte ihr etwas zu essen und brachte sie anschließend ins Bett. Kaum lag Lilys Kopf auf dem Kissen, war sie hellwach und wollte spielen.

Es war fast zehn, als Regina sich mit Pileckis Fax aufs Sofa setzte. Sie breitete eine Fleecedecke über die Beine und begann, die Unterlagen zu sortieren. Pilecki war ein scharfsinniger Ermittler, doch seine Zusammenstellung ließ klare Strukturen vermissen. Regina brauchte eine Weile, bis sie sich einen Überblick verschafft hatte.

Laut Dorothee Kienast-Sutter verschwand ihr Mann am 19. April zwischen 19.15 Uhr und 22.10 Uhr. Wie jeden Freitag hatte sich Dorothee um 19.15 Uhr auf den Weg zu ihrem Zumba-Kurs gemacht. Moritz Kienast saß angeblich am Laptop in seinem Mansardenbüro. Als sie um 22.10 Uhr nach Hause kam, war die Haustür unverschlossen, in der Küche brannte Licht, und im Geschirrspüler entdeckte sie einen benutzten Teller. Es roch nach geschmolzenem Käse, offenbar hatte sich Kienast eine Portion Risotto aufgewärmt. Von ihm selbst fehlte jede Spur. Sein Handy lag auf dem Schreibtisch, den Laptop hatte er heruntergefahren. Obwohl sich Dorothee Sorgen machte, ging sie eine Stunde später ins Bett. Gegenüber der Stadtpolizei hatte sie erklärt, ihr Mann habe sich in letzter Zeit oft unwohl gefühlt. Dorothee vermutete deshalb, er sei zu einem Spaziergang aufgebrochen.

Als sie um halb sieben am folgenden Morgen aufstand, war seine Seite des Betts immer noch leer. Auch im Gästezimmer war er nicht. Beunruhigt setzte sich Dorothee ans Telefon und rief alle Spitäler in Zürich an. Ohne Erfolg. Daraufhin ging sie zur Stadtpolizei, die eine Vermisstenanzeige entgegennahm und Moritz Kienast im Fahndungssystem Ripol ausschrieb. Hinweise auf ein Gewaltdelikt lagen zum Zeitpunkt keine vor. Das änderte sich jedoch, als die Stadtpolizei mit dem Hausarzt der Familie sprach.

Mit wachsendem Interesse las Regina weiter. Moritz Kienast hatte Dr. Ulrich Schwegler wegen starken Juckreizes, anhaltender Müdigkeit und Kreislaufbeschwerden aufgesucht. Schwegler hatte psychische Gründe hinter den Symptomen vermutet. Um eine Allergie auszuschließen, hatte er aber verschiedene Tests vorgeschlagen. Dazu war es nicht mehr gekommen. Kienast war verschwunden, bevor sie durchgeführt werden konnten. Als ein erfahrener Polizist fragte, ob das Krankheitsbild auf eine Vergiftung hindeuten könnte, bejahte der Arzt. Daraufhin überwies die Stadtpolizei den Fall an den Kanton.

Regina zog ein Foto des Vermissten hervor. Moritz Kienast blickte mit ernsten, tief liegenden Augen in die Kamera. Sein knochiges Gesicht wirkte asketisch, das Lächeln aufgesetzt. Tiefe Furchen hatten sich in sein Gesicht gegraben. Als junger Mann mochte er attraktiv gewesen sein, doch als Mittfünfziger strahlte er eine unübersehbare Bitterkeit aus. Unwillkürlich wich Regina zurück. Sie fragte sich, ob diese

Unzufriedenheit in Kienasts Charakter lag oder ob sie im Laufe seines Lebens entstanden war. Hatte er zu viele Niederlagen einstecken müssen? Sie zu persönlich genommen? Oder war er schlicht müde? Er machte auf Regina den Eindruck, als habe er den Moment verpasst, dringend nötige Veränderungen in Angriff zu nehmen.

Oder hatte er genau das getan? Vielleicht hatte er gegessen, war aufgestanden und einfach zur Tür hinausspaziert. Regina erinnerte sich an den Fall eines 46-Jährigen, der wegen geschäftlicher Probleme ohne Erklärung verschwunden war. Nach einigen Wochen kehrte er wieder zu seiner Familie zurück.

Hatte Moritz Kienast genug gehabt und beschlossen, irgendwo neu anzufangen? Oder gar sein Leben zu beenden? Dass er keine Nachricht hinterlassen hatte, schloss einen Suizid nicht aus. Hunderte Menschen nahmen sich in der Schweiz jährlich das Leben. Von den rund zweihundert Personen, die pro Jahr verschwanden, wurden nur wenige Opfer eines Verbrechens.

Regina stand auf, sah kurz nach Lily und brühte sich anschließend einen Tee auf. Als sie sich wieder ins Wohnzimmer setzte, schaltete sie den Fernseher für die Spätnachrichten ein. Sie fragte sich, ob der öffentliche Aufruf sinnvoll gewesen war. Für die Familie war es eine Belastung, wenn das Verschwinden eines Angehörigen publik wurde. Da es in der Schweiz aber keine nationale Plattform zur Ausschreibung von Vermissten gab, war dies der einzige Weg, um Informationen aus der Bevölkerung zu erhalten. Moritz Kienast bekleidete ein politisches Amt, damit nahm er das Interesse der Öffentlichkeit an seiner Person in Kauf.

Regina trank einen Schluck Tee. Ihr Blick kehrte zum Foto des Politikers zurück. Plötzlich glaubte sie, hinter der Bitterkeit ein Grinsen zu sehen. Sie rieb sich die Augen. Zeit fürs

Bett, dachte sie. Anstrengende Tage lagen vor ihr. Moritz Kienast war kein beliebter Politiker gewesen, doch das schmälerte das Interesse der Bevölkerung an seinem Verschwinden nicht.

3

Auf dem Lindenhof dämmerte es. Unterhalb des historischen Platzes floss das dunkle Wasser der Limmat träge dahin, als laste der schwere, graue Himmel auf der Oberfläche. Schachfiguren warteten zwischen den Linden auf Spieler, Parkbänke, die an warmen Sommertagen so begehrt waren wie der Schatten der Bäume, auf Spaziergänger. Eine Touristin fotografierte an der Stützmauer die Doppeltürme des Grossmünsters. Sie beachtete die Männer nicht, die sich hinter ihrem Rücken die Hand gaben.

»Danke, dass du gekommen bist, Bruder.«

»Das ist doch selbstverständlich. Wie geht es dir?«

»Den Umständen entsprechend.«

»Kann ich etwas für dich tun?«

»Ich brauche Informationen.«

»Informationen?«

»Ich muss wissen, was geschehen ist.«

»Mir sind Grenzen gesetzt. Das ist dir klar, nicht wahr?«

»Ich erwarte nicht, dass du sie übertrittst. Aber ich muss verstehen, was sich abgespielt hat.«

»Nosce te ipsum. Erkenne dich selbst.«

»Ich weiß nur zu gut, dass meine Möglichkeiten genauso beschränkt sind wie deine. Aber ich halte mich lieber an Platon, der einen optimistischeren Zugang zur Selbsterkenntnis pflegte: Das Wissen um das eigene Nichtwissen ist die Voraussetzung aller Entwicklung.«

»Was wirst du mit diesem Wissen anfangen?«

»Was immer nötig ist.«

»Wenn du schon Platon zitierst, gehe ich noch einen Schritt weiter. Die Neuplatoniker vertraten nämlich die Ansicht, die Wahrheit sei nicht in der Außenwelt, sondern in der

Besinnung auf sich selbst zu finden. Ist dir das zu wenig? Was bezweckst du mit der Ausweitung der Suche?«

»Muss alles einen Zweck haben? Reicht es nicht, begreifen zu wollen? Vor allem du müsstest das doch verstehen! Wir sind alle Suchende, du aber hast das Suchen zu deinem Lebensinhalt gemacht.«

»Ja, und mir gefällt nicht immer, was ich finde.«

»Ist das eine Warnung?«

»Nein, eine Erfahrung, die ich dir mitteile. Bist du wirklich sicher, dass du Antworten auf deine Fragen willst?«

»Lass das meine Sorge sein.«

»Gut. Ich schaue, was ich tun kann.«

»Danke. Ich weiß das wirklich zu schätzen.«

»Du würdest das Gleiche für mich tun.«

Das Wasser des Lindenhofbrunnens plätscherte leise. Eine Amsel hüpfte über den Platz, hielt inne, bohrte den Schnabel zwischen zwei Pflastersteine und breitete die Flügel aus, um davonzufliegen. Als die Kirchenglocken um 7.01 Uhr läuteten, fielen die ersten Regentropfen.

4

Juri Pilecki holte sich eine zweite Tasse Kaffee und setzte sich wieder an seinen Schreibtisch. Obwohl es zwischen ihm und seinem Vorgesetzten in den letzten Jahren oft zu Auseinandersetzungen gekommen war, sehnte er Cavallis Rückkehr herbei. Er hatte genug davon, als Erster ins Büro kommen zu müssen, um die Meldungen der vergangenen Nacht vor dem Morgenrapport durchzusehen. Um halb sieben Uhr war er kaum in der Lage, sein Spiegelbild zu erkennen, und erst recht nicht, Informationen zu verarbeiten. Im Korridor hörte er Stimmen. Er sah auf die Uhr und rieb sich die Augen. Es war bereits sieben, in einer halben Stunde würden sich die Sachbearbeiter des Dienstes Leib/Leben in der Kripoleitstelle versammeln, um zu erfahren, was sich seit der letzten Sitzung ereignet hatte und um sich von Pilecki über die außergewöhnlichen Todesfälle ins Bild setzen zu lassen, bevor sie im Personalrestaurant gemeinsam frühstückten.

Pilecki nahm einen großen Schluck Kaffee. Er zuckte zusammen, als er sich die Zunge verbrannte. Leise fluchend stellte er die Tasse hin. Der Kaffee schwappte über den Rand und bekleckerte seine Notizen. Die aufgemalte Sonne lachte ihn aus. Seine Stieftochter hatte ihm die Tasse zu Weihnachten geschenkt mit der Bemerkung, vielleicht werde er so morgens schneller wach. Obwohl Katja erst die vierte Klasse besuchte, hatte sie einen feinen Sinn für Humor. Unwillkürlich musste Pilecki lächeln. Es war nicht einfach gewesen, sich nach achtundvierzig Jahren als Junggeselle von einem Tag auf den anderen auf ein Leben zu dritt einzustellen. Da sich Irina als Kabaretttänzerin illegal in der Schweiz aufgehalten hatte, mussten sie heiraten, bevor sie das Familienleben erproben konnten. Nie hatte Pilecki den Entscheid bereut. Sein Leben war dadurch zwar komplizierter geworden, trotzdem empfand er Irinas und Katjas Anwesenheit als Bereicherung. Wenn er Freiraum brauchte, traf er sich mit Kollegen zu einem Bier oder besuchte mit einem Kumpel von der Sitte, der Pileckis Leidenschaft für Eishockey teilte, die Heimspiele der ZSC Lions. Seit er die Fünfzig überschritten hatte, fiel ihm das Aufstehen am Tag danach deutlich schwerer. Er tupfte mit einem Taschentuch seine Unterlagen ab. Wenn Cavalli zurückkehrte, würde Pilecki gleich Urlaub einreichen.

Das Team war bereits versammelt, als er die Kripoleitstelle betrat. Seit der Umstrukturierung der Kriminalpolizei waren sie nur noch fünfzehn Sachbearbeiter beim Dienst Leib/Leben. Zwei Kollegen hatten zur Kriminalanalyse gewechselt, drei zum neu geschaffenen Dienst Gewaltschutz. Wenigstens war eine Personalverstärkung in Sicht. Dass die Reorganisation, die den Namen »Progress« trug, tatsächlich ein Fortschritt war, bezweifelte Pilecki. Viele Polizisten hatten die Spezialabteilungen zugunsten der neu geschaffenen Abteilung Allgemeine Kriminalität verlassen, und manch einer tat sich schwer, sich in das Aufgabenfeld einzuarbeiten. Die neue Fallplanung war mit zusätzlicher Schreibarbeit verbunden, Sachbearbeiter spotteten, sie verbrächten mehr Stunden damit nachzuweisen, wofür sie ihre Zeit einsetzten, als mit der eigentlichen Fallarbeit. Pilecki ärgerte sich, dass die Betroffenen zu wenig in die Veränderungen miteinbezogen worden waren und dass die Projektleiter inzwischen Offiziersstellen bekleideten, während Polizisten, die sich querstellten, kaltgestellt worden waren.

»Scheint dir im Chefsessel zu gefallen«, begrüßte ihn Heinz Gurtner. »Oder ist es das Alter? Deinen mickrigen Hintern rechtzeitig hierherzubewegen fällt dir offenbar jeden Morgen schwerer.«

»Scharfsinnig«, stellte Pilecki fest. Langsam entfaltete das

Koffein seine Wirkung. »Pass nur auf, dass du nicht alle Hirnzellen verschwendest, bevor der Tag richtig losgeht. Du wirst heute noch ein paar brauchen.«

Vera Haas grinste. Die ehemalige Regionalpolizistin gehörte erst seit wenigen Monaten zum Team, bearbeitete dank ihrer schnellen Auffassungsgabe aber bereits eigene Fälle. Da sie nicht zögerte zu fragen, wenn sie Unterstützung brauchte, ließ Pilecki ihr freie Hand.

»Motz-Moritz?«, fragte Gurtner.

»Bingo«, erwiderte Pilecki.

»Motz-Moritz?«, wiederholte Haas.

»Moritz Kienast«, erklärte Tobias Fahrni. »Siebzehn Jahre Gemeinderat, seit 2007 Kantonsrat. Umweltingenieur, Familienvater, Atomenergie-Gegner, Uferweg-Befürworter, Initiant von zahlreichen Postulaten und Anfragen. Verschwunden seit vergangenem Freitag.«

»›Ein Verbrechen kann nicht ausgeschlossen werden‹«, zitierte Pilecki den Sprecher, der den Zeugenaufruf nach der Tagesschau verlesen hatte. Pilecki fasste kurz zusammen, was über das Verschwinden des Politikers bekannt war. »Es ist bereits eine ganze Woche vergangen. Wenn Kienast tatsächlich Opfer eines Verbrechens wurde, müssen wir schnell handeln. Tobias, du hast zwar das Eins«, sagte er und meinte damit die Reihenfolge beim Pikettdienst, »doch bis auf Weiteres übernehme ich die Leitung des Falls. Du wirst mich unterstützen, vorläufig werden auch Heinz und Vera sowie zwei Sachbearbeiter vom Kripo-Pikett Aufgaben übernehmen.« Er hielt kurz inne, bis die drei zustimmend nickten. »Im Anschluss an den Rapport halten wir eine ausführliche Besprechung ab. Es wäre gut, wenn Kristian auch dabei wäre.«

»Klar«, sagte Kristian Stanic. Als Sachbearbeiter bei der Kriminalanalyse war er dem Dienst Leib/Leben zugeteilt. Er bereitete elektronisch erfasste Daten auf und stellte sie grafisch dar. Nur wenige Polizisten besaßen das nötige Fachwissen, um mit dem Programm i2 iBase umzugehen. Die meisten waren froh, einen Spezialisten an ihrer Seite zu haben.

»Ist eine Telefonkontrolle angeordnet worden?«, fragte er.

»Ich gehe davon aus«, erwiderte Pilecki. »Ich habe noch nicht mit der Staatsanwältin telefoniert.« Er sah auf die Uhr. »Ich werde es nach der Pause versuchen. Um acht sollte sie im Büro sein.«

Gurtner stöhnte. »Theresa Hanisch?«

Pilecki grinste. »Ja, aber wir haben Glück. Landolt hat den Fall Regina Flint zugeteilt, weil sie Brandtour hatte, als die Anzeige bei der Stadtpolizei einging.«

Sogar Fahrni, der als Einziger mit Hanischs herrischem Gehabe zurechtkam, wirkte erleichtert.

Pilecki wandte sich den Ereignissen der vergangenen Nacht zu, fasste die Informationen des Dienstchef-Rapports zusammen und gab anschließend seinen Teamkollegen das Wort. Nachdem die Sachbearbeiter erklärt hatten, woran sie arbeiteten, leitete Pilecki eine kurze Befindlichkeitsrunde ein. Cavallis Vorgänger hatte diese Maßnahme eingeführt, um Probleme im Team frühzeitig zu erkennen und das Zusammengehörigkeitsgefühl zu stärken. Als Cavalli die Stelle antrat, schaffte er die Befindlichkeitsrunde wieder ab, weil er sie für Zeitverschwendung hielt. Obwohl Pilecki nur vorübergehend die Führung innehatte, hatte er als Erstes die Tradition wiederbelebt. Unstimmigkeiten beeinträchtigten nicht nur den Teamgeist, sondern auch den Informationsaustausch und somit die Fallarbeit.

Haas meldete sich. »Kann es sein, dass wir wegen Kienast dieses Wochenende arbeiten müssen? Ich habe einen Auftritt mit der Korpsmusik.«

»Die Arbeitsverteilung müssen wir noch prüfen«, antwortete Pilecki. »Aber der Auftritt lässt sich bestimmt einplanen.«

Er wandte sich an Gurtner. »Kommt nicht Brigitte dieses Wochenende?«

»Sonntagmorgen«, antwortete Gurtner.

Pilecki wusste, dass Gurtner ungern vor anderen über seine Familiensituation sprach. Seit seine Frau aufgrund ihrer Multiple-Sklerose-Erkrankung im Rollstuhl saß, war sie auf Hilfe angewiesen. Gurtners Tochter, die in Kanada lebte, wollte in die Schweiz zurückkehren, um sich um ihre Mutter zu kümmern. Bis es so weit war, arbeitete Gurtner reduziert. Pilecki war stets darauf bedacht, dem Team diese Tatsache in Erinnerung zu rufen, damit keine Missgunst aufkam. Allzu schnell wurde vergessen, warum Gurtner morgens später kam oder abends früher aufbrach.

»Sonst noch etwas?«, fragte er in die Runde.

Niemand meldete sich.

»Gut, dann habe ich noch ein Anliegen. Wie ihr wisst, kehrt der Häuptling in zwei Wochen zurück.« Cavalli bei seinem Spitznamen zu nennen fiel Pilecki schwer. Noch mehr Mühe bereiteten ihm die nächsten Worte. »Wir sollten einen Willkommensapéro für ihn organisieren.«

Gurtner schnaubte.

»Ist das dein Ernst?« Haas nahm wie immer kein Blatt vor den Mund. »Ich habe nicht den Eindruck, dass sich jemand auf Cavallis Rückkehr freut.«

»In den vergangenen drei Monaten haben wir viel erreicht«, erklärte Pilecki. »Wir sind wieder zu einer Einheit zusammengewachsen. Wenn wir den Häuptling nicht mit ins Boot holen, war alles umsonst.«

»Ich finde die Idee gut.« Fahrni nickte. »Schließlich war er lange weg.«

»Wie er das bloß hingekriegt hat?«, brummte Gurtner. »Seit wann bewilligt die Kapo drei Monate unbezahlten Urlaub? Jede Wette, Vollenweider steckt dahinter.«

»Claudia Vollenweider? Vergiss es!« Haas schüttelte den Kopf. »Die Kripochefin ist immun gegen seinen Charme.«

»Es muss eine Frau gewesen sein«, beharrte Gurtner. »Was findet ihr eigentlich alle an ihm? Erklär mir das mal, Häschen. Warum fallen euch gleich die Höschen runter, wenn der Häuptling auftaucht? Riecht ihr das Testosteron?«

Fahrni neigte den Kopf zur Seite. »Eine interessante Frage. Ein starker Sexualtrieb und große Durchsetzungskraft sind tatsächlich die Folge eines hohen Testosteronspiegels«, erklärte er. »Beim Häuptling kommt noch das Aussehen dazu. Ich habe gelesen, dass Männer mit flacher Stirn, schmalen Augen, markantem Kinn und hervorstehenden Wangenknochen als besonders maskulin gelten. Ein athletischer Körperbau und ausgeprägte Muskeln kommen auch gut an. Das alles hat der Häuptling. Deshalb finden Frauen ihn attraktiv. Aber ob man Testosteron riechen kann?«

Gurtner hob die Hände. »Die Weiber leben in der Steinzeit!«

Haas schnappte nach Luft.

Pilecki ergriff rasch das Wort. »Das können wir beim Kaffee besprechen. Tobias, hast du die Kapazität, einen Apéro auf die Beine zu stellen?«

»Claro.« Fahrnis Blick wurde glasig. »Ich könnte Chipa organisieren. Oder Empanadas. Vielleicht noch ein paar Schokogipfel?«

Eine Stunde später versammelten sich Gurtner, Haas, Fahrni und Stanic erneut um den Sitzungstisch. Pilecki stellte zwei Sachbearbeiter vom Kripo-Pikett vor, setzte sich und zückte den Notizblock.

»Ich habe soeben mit Regina Flint telefoniert. Sie hat mir den Durchsuchungsbefehl für das Haus und alle elektronischen Geräte bereits gefaxt. Auch um die rückwirkende

Telefonkontrolle hat sie sich schon gekümmert. Die Verfügung ist beim UVEK, den Antrag ans Zwangsmaßnahmengericht wird sie heute noch ausstellen, nicht nur für das Telefon von Kienast, sondern auch für das seiner Frau.«

»Gibt es Hinweise, dass sie als Täterin infrage kommt?«, wollte Haas wissen.

»Soviel wir wissen, ist Dorothee Kienast-Sutter die letzte Person, die Moritz Kienast gesehen hat. Das macht sie zwangsläufig verdächtig. Wir müssen überprüfen, ob Kienast wirklich zwischen 19.15 und 22.10 Uhr verschwand oder ob seine Frau sich mit der Aussage bloß ein Alibi verschaffen wollte.«

»Weißt du mehr über die Vergiftungsanzeichen?«, fragte Gurtner.

Pilecki verneinte. »Kannst du dich darum kümmern? Lade den Arzt so schnell wie möglich vor. Sprich dich aber zuerst mit Regina ab. Sie will, dass wir den Ermittlungsschwerpunkt im Moment auf Kienasts gesundheitliche Beschwerden legen. Wenn sich herausstellt, dass jemand versucht hat, ihn zu vergiften, haben wir es möglicherweise mit einem Tötungsdelikt zu tun. Gleichzeitig sollten wir aber auch Kienasts Finanzen überprüfen. Tobias, das möchte ich dir übertragen. Regina will wissen, ob er geschäftliche Probleme hatte. Hat«, korrigierte er und wandte sich an Haas. »Vera, du gehst bitte den eingegangenen Hinweisen nach. Das Kripo-Pikett wird dich unterstützen.« Er schaute in die Runde. »Ich werde die Hausdurchsuchung in die Wege leiten und mit Kienasts Tochter sprechen.«

»Wie alt ist sie?«, fragte Gurtner.

»Zweiundzwanzig. Sie studiert an der Uni Zürich Psychologie. Wohnt nicht mehr zu Hause, besucht die Eltern aber häufig.« Pilecki sah auf die Uhr. »Der Fall hat oberste Priorität. Der Mediendienst will heute um sechzehn Uhr erste Infos rausgeben, um Spekulationen vorzubeugen. Der

Zeugenaufruf hat das Interesse der Öffentlichkeit geweckt, der Ansturm der Medien wird groß sein. Bitte haltet mich auf dem Laufenden«, schloss er. »Ich werde mit dem Mediensprecher und der Staatsanwaltschaft in Kontakt bleiben. Gibt es noch Fragen?«

»Was ist mit Dorothee Kienast-Sutter?«, warf Fahrni ein.

»Regina möchte mit der Befragung warten bis nach der Hausdurchsuchung«, antwortete Pilecki. »Sie befürchtet, Kienast-Sutter könnte uns die Arbeit erschweren, wenn sie merkt, dass sie unter Verdacht steht. Die Kollegen von der Stadt haben ihre Aussage bereits aufgenommen. Sie waren ziemlich gründlich. Damit können wir im Moment arbeiten.« Er stand auf. »Gut, die nächste gemeinsame Besprechung halten wir um fünfzehn Uhr ab. Regina Flint wird auch hier sein, wenn sie es zeitlich schafft.«

Als Pilecki gegenüber Anna Kienast Platz nahm, schossen ihm Gurtners Worte durch den Kopf. Die Blondine war eindeutig die Tochter von »Motz-Moritz«. Sie hatte von ihrem Vater nicht nur die tief liegenden Augen geerbt, sondern auch die scharfen Wangenknochen und die provokative Körperhaltung. Herausfordernd reckte sie das Kinn in die Höhe.

»Danke, dass Sie so schnell herkommen konnten«, begann Pilecki. »Ich verstehe, dass die Situation für Sie sehr belastend ist.«

Anna Kienast beugte sich vor. »Ich weiß, dass ihm etwas zugestoßen ist! Mein Vater würde nie einfach so verschwinden!«

Pilecki nickte mitfühlend. »Wann haben Sie zuletzt mit ihm gesprochen?«

»Am Donnerstagabend. Ich wollte am Sonntag meine Eltern besuchen. Ich rief an, um zu fragen, ob ich einen Freund mitbringen dürfe.«

»Einen Freund?«

»Ich habe vor einigen Wochen einen Medizinstudenten kennengelernt und wollte ihn meinen Eltern vorstellen. Ich bin sicher, mein Vater hätte ihn gemocht!«

»Wie verhielt sich Ihr Vater am Telefon?«

»Sie meinen, ob er anders war als sonst?«

»Ja.«

»Er war wie immer! Er hat mich gefragt, wie es im Studium läuft, wollte mehr über meinen neuen Freund wissen und erzählte, dass er Platten für den Sitzplatz hinter dem Haus gekauft hat. Er will dort einen Wintergarten bauen.« Sie schüttelte den Kopf. »Er hat sich über den Preis beschwert. Ich glaube, es waren Granitplatten oder etwas in der Art. Es ist so typisch für ihn, dass er immer reklamiert!«

»Typisch?«

Anna Kienast setzte einen abgeklärten Blick auf. »Um meinen Vater zu verstehen, müssen Sie wissen, dass er mitten in einer Midlife-Crisis steckt. Ich glaube, es ist ihm bewusst geworden, dass er vieles im Leben nicht mehr erreichen kann. Sie kennen das bestimmt: Mit fünfzig sind die besten Jahre vorbei. Dann geht es bergab, körperlich, gesundheitlich und auch, was das Aussehen betrifft.«

Pilecki blinzelte.

»Es ist eine Umbruchsphase«, dozierte sie. »Männer testen ihren Marktwert, verspüren den Drang, etwas zu verändern. Bei meinem Vater äußert sich das in Unzufriedenheit. Er ist gereizt und müde. Um zu beweisen, dass er noch nicht zum alten Eisen gehört, reißt er neue Projekte an, aber er ist nur mit halbem Herzen dabei. Er hat seine Meinung nie verheimlicht. Jetzt geht es ihm jedoch nicht mehr darum, Diskussionen auszulösen, sondern Frust abzulassen. Verstehen Sie, was ich meine?« Sie seufzte. »Ich nehme es ihm nicht übel. Schließlich kann er nichts dafür. In der Lebensmitte sinkt die

Testosteronproduktion, das hat körperliche Veränderungen zur Folge. Die Potenz lässt nach, erste Anzeichen einer Glatze zeigen sich, die Leistungsfähigkeit nimmt ab. Damit umzugehen, ist nicht einfach.«

Schon wieder das Thema Testosteron, dachte Pilecki, während er sich über seine dünnen Haare strich. Er räusperte sich. »Seit wann fühlt sich Ihr Vater gereizt und müde?«, fragte er.

»Zwei Monate? Vielleicht etwas länger? Ich weiß es nicht mehr so genau. Es begann schleichend und wurde immer stärker. Manchmal ist er fast unerträglich.«

»Wie ist Ihre Beziehung zu ihm?«

»Gut!«, sagte Anna Kienast laut, als habe Pilecki mit seiner Frage andeuten wollen, sie könnte die Ursache für Moritz Kienasts Unzufriedenheit sein. »Wir haben uns immer bestens verstanden. Ich besuche meine Eltern mindestens einmal pro Woche.«

»Worüber reden Sie mit Ihrem Vater?«

»Eigentlich über alles: das Studium, Freunde, die Familie. Was eben läuft.«

»Über Politik?«

»Klar.« Zum ersten Mal lächelte sie. »Bei meinem Vater ist das unumgänglich. Politik ist sein Leben. Ich finde es toll, wie er sich engagiert. Manchmal nimmt er die Dinge aber zu ernst. In die Sache mit dem Seeuferweg hat er sich richtig verbissen. Mal ehrlich, so schlimm ist es auch wieder nicht, wenn der Weg nicht immer genau dem Ufer entlang verläuft. Klar wäre es schön, aber sich deswegen so aufzuregen? In letzter Zeit sprach er über nichts anderes. Er meinte, es gehe um weit mehr als um einen Spazierweg, nämlich darum, wem die Schweiz gehöre. Seit der Bankenkrise ist er total empfindlich. Es stört ihn, dass sich einige wenige auf Kosten vieler bereichern. Er behauptet, heute denke jeder nur noch an sich.

Der Seeuferweg ist für ihn zum Symbol geworden.« Ihr Blick schweifte zum Fenster. »Er nimmt alles so persönlich. Er fühlt sich, entschuldigen Sie das Wort, verarscht. Ich weiß nicht, wie ich es sonst ausdrücken soll.«

»Von wem?«

Sie zuckte die Schultern. »Von der Regierung? Der Verwaltung? Keine Ahnung. Es nervt ihn zum Beispiel gewaltig, dass die Seeuferweg-Befürworter ihre Volksinitiative zurückzogen und das Parlament dann den Gegenvorschlag der Regierung abänderte. Er sagt, das verstoße gegen Treu und Glauben, und die Bürgerlichen seien Betrüger.«

»Hat er auch über seine Tätigkeit als Umweltingenieur gesprochen?«

»Selten. Ich weiß nur, dass er viel zu tun hat, seit sein Partner vor einigen Jahren starb. Max' Tod hat ihn sehr mitgenommen. Uns alle. Max war wie ein Onkel für mich.«

»Sie haben vorhin gesagt, Ihr Vater würde nie einfach so verschwinden. Warum glauben Sie das?«

»Weil er nicht so ist! Er hat keine Geheimnisse. Wenn ihn etwas stört, redet er darüber oder kämpft dagegen. Warum sollte er untertauchen? Auch privat bewegt sich alles im grünen Bereich. Meine Mutter und er sind seit Ewigkeiten verheiratet. Sie hatten nie Probleme. Er hat schlicht keinen Grund zu verschwinden. Ich bin sicher, es ist ihm etwas zugestoßen! Vielleicht ging er spazieren und stürzte unglücklich. Mein Gott«, flüsterte sie. »Wenn er irgendwo liegt? Verletzt ist? Bitte, suchen Sie ihn!«

»Eine letzte Frage habe ich noch«, sagte Pilecki. »Hatte Ihr Vater Feinde?«

Anna Kienast riss die Augen auf. »Sie glauben doch nicht, dass ihm jemand etwas angetan hat?«

»Wir müssen alle Möglichkeiten überprüfen.«

»Natürlich hatte er Feinde. Jede Menge! Immobilienfirmen,

Hausbesitzer, Politiker, Verwaltungsangestellte, Juristen – sogar mit unserem Nachbarn ist er zerstritten.«

»Weswegen?«

»Wegen Gertrud. Sie kackt dauernd in unseren Garten.«

Die Befragung hatte länger gedauert, als Pilecki erwartet hatte. Zahlreiche Nachrichten waren für ihn eingegangen. Der Chef der Ermittlungsabteilung Gewaltkriminalität sowie die Medienstelle hatten ihn gesucht, Regina Flint rief an, und das Forensische Institut bat um eine kurze Besprechung wegen der geplanten Hausdurchsuchung. Sein Posteingang quoll über, der Schreibtisch war mit Unterlagen und Berichten übersät. Pilecki ärgerte sich. Er hätte die Befragung nicht selber durchführen, sondern delegieren müssen. Noch immer unterschätzte er die Zeit, die Führungsaufgaben beanspruchten. Obwohl er es als befriedigend empfand, als amtierender Dienstchef taktische und strategische Entscheidungen zu treffen, war er im Herzen Sachbearbeiter. Er war es gewohnt, einzutauchen und zu ermitteln, nicht aber zu dirigieren.

Mit schlechtem Gewissen rief er Irina an und sagte das gemeinsame Abendessen ab. Freitags wurde Katja von einer Studentin betreut, die in der gleichen Genossenschaftssiedlung wohnte. Der Abend gehörte ihm und Irina. Die paar Stunden bedeuteten beiden viel, sie gaben ihnen Gelegenheit, Themen anzusprechen, die im Alltag keinen Platz fanden, und sich ungestört über Dinge zu unterhalten, die sie beschäftigten. Immer wieder hatte Irina angedeutet, sich eine andere Stelle suchen zu wollen. Mit dem neuen Vorgesetzten gefiel ihr die Arbeit als Analystin bei der Schweizerischen Kreditgesellschaft nicht mehr. Pilecki vermutete, dass sie sich selbst Hoffnungen auf die Kaderposition gemacht hatte, auch wenn sie es bestritt. Gestern Abend hatte sie gesagt, sie wolle von der Bankbranche weg. Pilecki hatte nur mit halbem Ohr zugehört. In

Gedanken war er bei der Arbeit gewesen. Nun bereute er, sich nicht mehr Zeit für Irina genommen zu haben.

Er fragte sich, wie Cavalli es geschafft hatte, Beruf und Familie unter einen Hut zu bringen. Von seinen Untergebenen hatte er da wenig Unterstützung bekommen. Zum ersten Mal wurde Pilecki klar, dass er zwar auf dem Papier sein Stellvertreter gewesen, im Alltag jedoch seiner Funktion nicht gerecht geworden war. Er nahm sich vor, Cavallis Rückkehr als Neuanfang zu nutzen. Vielleicht würden sie es schaffen, zu dem entspannten Verhältnis zurückzufinden, das ihre Zusammenarbeit früher geprägt hatte. Bis Cavalli aber wieder da war, dauerte es noch zwei Wochen. Und so, wie die Dinge lagen, würden es zwei sehr lange Wochen werden. Pilecki setzte sich an seinen Schreibtisch und griff nach dem Telefonhörer.

5

Die Schmerzen waren nicht das Schlimmste. Sondern die Angst. Moritz Kienast konnte sich nicht erinnern, jemals solche Angst verspürt zu haben. Sie hatte sich in seinem Innersten festgesetzt wie ein Parasit. Er dachte an den tropischen Wurm, von dem ihm ein Studienkollege vor Jahren erzählt hatte. Der Parasit kreiste in den Adern des Wirts, ab und zu drang er durch die Haut, doch es war fast unmöglich, ihn zu packen und herauszuziehen. Der einzige Weg, den Wurm loszuwerden, war durch eine Operation. Moritz hatte ungläubig gelacht, doch nun wusste er, dass es vieles gab, das sich seinem Vorstellungsvermögen entzog.

Er versuchte, eine bequemere Haltung einzunehmen. Der Käfig war so eng, dass er sich zusammenrollen musste. Wie ein Hund, dachte er und berührte das Eisenband um seinen Hals. Die Haut darunter fühlte sich wund an. Moritz schob zwei Finger unter das Metall, um den Druck auf die aufgescheuerte Stelle zu verringern, und verschaffte sich vorübergehend Linderung. Die Angst jedoch blieb. Sie schärfte seine Sinne, sodass er jeden Luftzug spürte und jedes Knacken wahrnahm. Gleichzeitig lähmte sie ihn. Er traute sich nicht zu schreien, aus Furcht, seine Situation zu verschlimmern. Wimmernd presste er die Faust gegen den Mund. Er schmeckte Blut, dort, wo die Knöchel gegen etwas Hartes geprallt waren. Der metallene Geschmack löste Brechreiz in ihm aus, und sein Magen zog sich zusammen. Um die aufkeimende Panik zu ersticken, versuchte er, sich ein Bild von seiner Umgebung zu machen.

Er befand sich in einer Art Keller. Sonnenlicht hatte er seit Tagen nicht mehr gesehen. Da er mit verbundenen Augen hergebracht worden war, wusste er nicht, was über ihm lag. Er erkannte den säuerlichen Geruch von Lageräpfeln und glaubte, in der Dunkelheit eine Holzkiste mit Kartoffeln ausmachen zu können. Die modrige Luft erinnerte ihn an den Keller auf dem Bauernhof seiner Großeltern. Als Kind hatte er jeden Sommer zwei Wochen dort verbracht. Sogar wenn die Sonne schien und sich in der Erde im Gemüsegarten Risse bildeten, blieb es unten im Haus feucht. Er hatte es wenn immer möglich vermieden, hinabzusteigen. Manchmal hatte ihm die Großmutter aber aufgetragen, einen Sack Kartoffeln oder ein Glas Apfelmus zu holen. Moritz kam der Bitte nur nach, weil der Großvater über seine Angst gelacht hätte. Für Städter hatte er nicht viel übriggehabt. Moritz hatte zu beweisen versucht, dass er genauso zupacken konnte wie seine Cousins, doch kaum nahm er eine Heugabel in die Hand, musste er niesen.

Seine Allergien waren ihm peinlich gewesen. Er kam sich schwach vor, er hätte sie gerne unterdrückt. Doch so sehr er sich bemühte: Seine Augen tränten, die Nase lief. Von Sellerie bekam er Ausschläge, Schweinefleisch verursachte ihm Bauchschmerzen, Innereien ekelten ihn. Trotzdem hatte er seine Ferien gerne auf dem Hof verbracht. Er mochte die Kühe mit ihren glänzenden Nüstern und warmen Flanken. Es gefiel ihm, dass seine Tante ihre Namen im Stall auf Schiefertafeln schrieb. Wenn sein Onkel die Melkmaschinen anschloss, stellte sich Moritz so hin, dass er die Euter der Kühe im Blickfeld hatte und den Milchstrom sah, der durch den Schlauch schoss. Manchmal versuchte er, von Hand zu melken, aber die Zitzen der Tiere gaben nie mehr als ein paar Tropfen her. Seine Cousins neckten ihn, doch es lag keine Bosheit in ihren Sprüchen, höchstens Unverständnis. Nur Moritz ärgerte sich über seine Ungeschicktheit. Weder konnte er einen Baum fällen noch ein Holzscheit spalten. Seine Cousins waren verwegen, zudem packten sie an wie richtige Männer. Moritz beneidete sie um ihre Furchtlosigkeit und ihre Kraft.

Er fuhr sich mit der Zunge über die trockenen Lippen. Der Wassernapf stand hinter ihm, aber er wollte sich nicht auf die andere Seite drehen. Dort war der helle Schimmer. Das Auge. Irgendwo saß jemand und beobachtete ihn. Aber warum? Um sich an seiner Scham zu ergötzen? Ihm eine Lektion zu erteilen? Wer hasste ihn so sehr, dass es ihm Freude bereitete, ihn zu demütigen? Moritz hatte seinen Entführer nie gesehen, die Näpfe wurden im Dunkeln gefüllt. Einmal hatte Moritz den Arm gepackt, der das Futter hielt, doch sofort wurde er schmerzhaft nach hinten geschleudert. Fragen zu stellen war sinnlos, denn Antworten bekam er keine. Er wusste nicht einmal, ob er von einem Mann oder einer Frau gefangen gehalten wurde.

Er schloss die Augen. Ab und zu gelang es ihm, ein wenig zu schlafen. Er hatte jegliches Zeitgefühl verloren. Es war beängstigend, als löse sich die Zeit selbst auf. Die Sekunden, Minuten und Stunden wurden ihrer Bedeutung beraubt, das Leben floss in alle Richtungen. Moritz konnte Gegenwart, Zukunft und Vergangenheit nicht mehr unterscheiden. Jetzt dachte er an die Monate nach Annas Geburt. Damals hatte die Uhr ihr Leben weitgehend bestimmt. Vor allem die Nächte. Alle zwei Stunden war Anna aufgewacht und hatte nach der Brust verlangt. Um Dorothee zu entlasten, hatte er einen Stillplan erstellt. Wachte Anna zu früh auf, trug Moritz sie im Arm herum, bis es Zeit war, Dorothee zu wecken. Wie oft war er in der Küche hin und her gegangen, den Blick auf den Minutenzeiger gerichtet, der sich kaum bewegte! Wenn er geahnt hätte, wie schnell die Jahre vergehen würden, hätte er sich bei der Uhr bedankt. Von einem Tag auf den anderen war aus dem Säugling ein Kind, aus dem Kind ein Teenager geworden. Und nun war Anna eine Frau. Moritz bereute, die einzelnen Augenblicke nicht stärker ausgekostet zu haben. Stets hatte er sich für die nächste Schlacht gewappnet, kaum war sie vorbei, setzte er sich neue Ziele. Obwohl er nach wie vor an die Ideale glaubte, für die er gekämpft hatte, fragte er sich, ob er zu verbissen gewesen war. Dorothee warf ihm kürzlich vor, er würde vor sich selbst davonlaufen. Ihre Worte ärgerten ihn. Es genügte, dass Anna ihn analysierte. Von Dorothee wünschte er sich Unterstützung, nicht Kritik. Jetzt aber, da er Zeit zum Nachdenken hatte, musste er sich eingestehen, dass sie vermutlich recht hatte. Von klein auf hatte er das Gefühl gehabt, nicht zu genügen. Obwohl er in der Schule gute Leistungen erbrachte, wurde er selten gelobt. Kein Mädchen drehte sich nach ihm um, wirkliche Freunde fand er erst im Studium. Und nun war er ein Hund in einem Käfig.

Eine Welle von Selbstmitleid überkam ihn. Er zog die Beine an und presste die Knie an die Stirn. Seine Hüfte schmerzte von der harten Unterlage, sein Kopf pochte. Der Durst ließ keine anderen Gedanken mehr zu. Langsam rollte er sich auf die Knie, rutschte einige Zentimeter zur Seite und tauchte seine Zunge in den Napf, um die letzten Tropfen Wasser aufzulecken. Er versuchte, das Licht der Kamera zu ignorieren, doch der schwache Schimmer verhöhnte ihn. Plötzlich erfasste ihn ein beinahe kindliches Trotzgefühl. Er richtete sich so weit auf wie möglich und streckte dem unsichtbaren Zuschauer die Zunge heraus.

6

Jedes Mal, wenn Regina aus dem Aufzug trat und die Glastür im fünften Stock des Kripogebäudes aufzog, blickte sie unwillkürlich zu Cavallis Büro hinüber. Obwohl es seit zweieinhalb Monaten leer stand – Pilecki hatte es vorgezogen, im eigenen Büro zu bleiben –, erwartete sie, Cavallis Stimme zu hören. Entschlossen drehte sie den Kopf in die andere Richtung. Pilecki kam ihr entgegen.

»Gut, dass du es geschafft hast!« Er reichte ihr die Hand. »Auch wenn Motz-Moritz nicht sehr beliebt war, verursacht sein Verschwinden ziemliches Aufsehen.«

»Motz-Moritz?«

Pilecki grinste. »Nach allem, was wir bis jetzt über ihn herausgefunden haben, passt der Name gut. Wie geht es dir? Was macht Pocahontas?«

»Chris ist mit einer Tasche voller Lebensmittel angerückt. Vermutlich experimentieren Lily und er gerade in der Küche.«

»Wer hätte gedacht, dass sich Chris so entwickeln würde.«

Regina lächelte. »Wie geht es Katja?«

»Im Moment fährt sie völlig auf Pferde ab. Tobias lässt sie ab und zu auf seiner Stute reiten, nun will sie, dass ich mit ihr gehe.« Er zog eine Grimasse. »Bis jetzt konnte ich mich damit herausreden, dass ich bis zur Rückkehr des Häuptlings keine Zeit hätte. Aber dieses Argument kann ich nur noch zwei Wochen bringen.«

Regina schaute hinter sich. Als sie sich vergewissert hatte, dass sie allein waren, sagte sie mit gesenkter Stimme: »Er hat sich immer noch nicht gemeldet.«

Pilecki setzte sich in Bewegung. »Das muss nichts bedeuten. Du weißt, wie er ist, wenn ihn eine Ermittlung packt. Er vergisst alles um sich herum.«

Regina schüttelte den Kopf. »Er hat zehn Wochen lang jeden Sonntag angerufen und Lily eine Geschichte erzählt. Dass er mich vergisst, traue ich ihm zu. Aber Lily nicht.«

»Wahrscheinlich kommt er nicht einmal auf die Idee, du könntest dir Sorgen machen.« Pilecki schien noch etwas sagen zu wollen, doch er verstummte und hielt ihr die Tür zur Kripoleitstelle auf.

Regina wusste, was er dachte. Cavalli war bekannt für seine Frauengeschichten. Eine verbindliche Beziehung einzugehen war ihm immer schwergefallen. Seit Lily aber auf der Welt war, hatte er sich nicht nur bemüht, ihr ein guter Vater, sondern auch Regina ein verlässlicher Partner zu sein. Er war den Problemen nicht aus dem Weg gegangen, sondern hatte sich ihnen gestellt. Offenbar wollte er die Fehler, die er bei Chris gemacht hatte, nicht wiederholen. Erstmals hatte Regina geglaubt, sie hätten als Familie eine Zukunft. Was ihm zu Hause gelang, schaffte er bei der Arbeit jedoch nicht. Zwischenmenschliche Konflikte mied er, indem er sie ignorierte, Kritik ließ er an sich abprallen. Die Leistungsbereitschaft seiner Untergebenen nahm ab, gleichzeitig wuchsen seine Ansprüche. Kein Wunder glaubte Pilecki, Cavalli habe seine Familie vergessen.

»Von mir aus könnte er jetzt schon zurückkehren«, sagte er versöhnlich. »Wir brauchen jeden Mann. Das hier ist eine ziemlich große Sache.«

Regina schenkte ihm ein dankbares Lächeln und betrat die Kripoleitstelle. Bis auf einen dunkelhaarigen Enddreißiger mit Kinnbart und schläfrigem Blick, den Pilecki mit Kristian Stanic vorstellte, kannte sie alle Anwesenden. Sie freute sich, als sie Martin Angst bemerkte. Der gutmütige Forensiker arbeitete ohne viel Aufsehens, erzielte aber immer gute Resultate. Auch Hans-Peter Thalmann, Chef der Ermittlungsabteilung Gewaltkriminalität, sowie ein Mediensprecher saßen am Tisch. Regina fragte sich, ob Thalmann an Pileckis Fähigkeit zweifelte, eine politisch heikle Ermittlung zu leiten, oder ob er den Fall als Schlüsselfall betrachtete.

»Legen wir los«, sagte Pilecki, nachdem sich Regina gesetzt hatte. »Die Zeit drängt.« Er erklärte kurz, womit er seine Mitarbeitenden beauftragt hatte, und übergab Haas das Wort.

»Es sind zahlreiche Hinweise eingegangen«, begann sie. »Es ist nicht ganz einfach, die Spreu vom Weizen zu trennen, aber bis jetzt verdienen vier Beobachtungen meiner Meinung nach besondere Aufmerksamkeit.«

Sie berichtete, ein Nachbar habe Moritz Kienast kurz vor halb zehn Uhr am vergangenen Freitag am Küchenfenster stehen sehen. Nachdem der Mann sich im Bad die Zähne geputzt habe, sei er eine Viertelstunde später ins Wohnzimmer zurückgekehrt, um sich die Nachrichtensendung 10 vor 10 anzuschauen. Da sei ihm aufgefallen, dass in der Küche der Kienasts immer noch Licht brannte. Moritz Kienast sei aber nicht mehr zu sehen gewesen. Der Nachbar machte sich keine weiteren Gedanken, sondern setzte sich aufs Sofa und schaltete den Fernseher ein. Nach der Sendung stand er auf, um ein Fenster zu schließen, und sah den Smart der Familie Kienast in die Einfahrt einbiegen. Wer ausstieg, wusste er nicht, da er sich wieder hinsetzte, um den Wetterbericht zu schauen.

»›10 vor 10‹ dauert rund fünfundzwanzig Minuten«, schloss Haas. »Um 22.15 Uhr beginnt die Sendung ›Meteo‹. Wenn Dorothee Kienast-Sutter den Smart fuhr, stimmt ihre Aussage: Sie ist zwischen 22.10 und 22.15 Uhr nach Hause gekommen. Und Moritz Kienast war um 21.30 Uhr noch zu Hause.«

Den zweiten Hinweis, der möglicherweise von Bedeutung sei, habe eine Verkäuferin in einem Tankstellen-Shop geliefert. Sie behauptete, Moritz Kienast habe um 22.30 Uhr ein Sandwich und ein Bier gekauft.

»Weiter hat ein Zugführer der SBB am Samstagmorgen einen Mann im Intercity nach Basel gesichtet, auf den die Beschreibung des Vermissten passt. Und eine Familie will Kienast am Flughafen in Zürich begegnet sein.« Haas lehnte sich zurück. »Alle konnten ihn sehr genau beschreiben. Auch die Zeitangaben passen. Es sind aber noch zahlreiche weitere Beobachtungen gemeldet worden. 58 Personen glauben, Kienast innerhalb der letzten sieben Tage gesichtet zu haben. Ein Geschäftsmann glaubt sogar, ihm in einem Hotel in Dubai über den Weg gelaufen zu sein. Wenn nur ein Bruchteil der Meldungen stimmt, müsste sich Kienast mindestens an zehn verschiedenen Orten gleichzeitig aufgehalten haben. Eine Frau sagte außerdem aus, sie habe das rostrote Hemd erkannt, das Kienast laut seiner Frau am Abend seines Verschwindens getragen habe. Ein Zipfel ragte aus dem Kofferraum eines Personenwagens.«

»Genau deshalb sind Zeugenaufrufe heikel«, sagte Regina. »Viele Menschen wollen helfen und reden sich ein, wichtige Beobachtungen gemacht zu haben. Ich nehme an, dass alle Personen vorgeladen werden?«

Pilecki nickte. »Wir werden sie ausführlich befragen. Und ich gehe die Hinweise sicherheitshalber selber noch durch. Vielleicht erscheinen sie nach der Hausdurchsuchung morgen in einem anderen Licht. Die nötigen Maßnahmen sind übrigens eingeleitet. Das FOR beginnt um sieben Uhr mit der Spurensicherung; sobald die Räume freigegeben sind, fangen wir an. Zwei Kollegen von der allgemeinen Kriminalität sind aufgeboten. Ich übernehme die Leitung.« Er tippte mit einem Stift auf den Tisch. »Den Nachbarn der Kienasts müssen wir uns ebenfalls näher ansehen. Laut Kienasts Tochter hat sich ihr Vater über den Hund geärgert.«

Haas runzelte die Stirn. »Das hat er nicht erwähnt.«

»Nicht der Nachbar, der Kienast am Fenster gesehen hat,

sondern ein gewisser Werner Imfeld. Er wohnt direkt nebenan. Tobias, haben die Bankunterlagen etwas ergeben?«

Regina notierte sich Stichworte. Pileckis chaotische Sitzungsleitung machte ihr zu schaffen. Cavalli hatte jeweils alle Daten klar strukturiert. Zudem hatte er von jedem Sachbearbeiter verlangt, dass er die wichtigsten Informationen am White Board festhielt. Er hatte ein System mit verschiedenen Farben entwickelt, das die Übersicht vereinfachte. Offenbar wollte Pilecki eigene Akzente setzen. Oder stand er zu sehr unter Druck? Ordnung in eine Fülle von Daten zu bringen brauchte Zeit. Gerade zu Beginn einer Ermittlung fehlte diese oft. Ohne Struktur wuchs jedoch die Gefahr, dass wichtige Informationen übersehen wurden.

Tobias Fahrni hatte wenig zu berichten. Moritz Kienast hatte in den letzten sieben Tagen weder seine EC-Karte noch seine Kreditkarte benutzt. Er hatte keine größere Summe überwiesen und vom Familienkonto keine Rechnungen beglichen, von denen Dorothee Kienast-Sutter nichts wusste. Die Geschäftskonten hatte Fahrni erst überfliegen können. Auf den ersten Blick war ihm nichts Außergewöhnliches aufgefallen, doch er erklärte, er brauche Zeit, die Kontobewegungen nachzuvollziehen.

»Wenn er sich abgesetzt hat, muss er sein Verschwinden lange im Voraus geplant haben«, sagte Fahrni. »Sonst hätte er Spuren hinterlassen. Vielleicht hat er ein geheimes Konto oder Bargeldvorräte. Ich werde die Zahlungen der letzten Monate durchgehen und abklären, ob einige aus der Reihe fallen. Leider starb sein Geschäftspartner vor wenigen Jahren. Er hätte uns helfen können.«

Thalmann meldete sich. »Wenn du Unterstützung brauchst, wende dich an die Kollegen der Wirtschaftskriminalität. Sie haben Erfahrung mit Firmenstrukturen. Wurde die Telefonkontrolle schon bewilligt?«

»Ja, so schnell habe ich das Zwangsmaßnahmengericht noch nie erlebt«, antwortete Regina. »Es müssten aus Bern bereits erste Informationen eingetroffen sein.«

Pilecki blätterte in seinen Unterlagen und räusperte sich. »Ich werde mich gleich nach der Besprechung darum kümmern.«

»Die Telefondaten haben oberste Priorität«, sagte Regina. »Wenn du keine Zeit hast, die Informationen zu verarbeiten, müssen mehr Sachbearbeiter eingesetzt werden.«

»Es arbeiten genug Leute am Fall«, sagte Thalmann kurz. Niemandem entging der strenge Blick, den er Pilecki zuwarf.

»Ich hielt die Befragung von Anna Kienast für wichtiger«, erklärte Pilecki. »Sie steht ihrem Vater nahe und weiß womöglich, wer etwas gegen ihn haben könnte.«

»Das bringt uns erst weiter, wenn wir sicher sind, dass Moritz Kienast Opfer eines Verbrechens wurde«, wandte Regina ein.

»Dazu kann ich mehr sagen«, meldete sich Gurtner. »Es sieht tatsächlich so aus, als sei Motz-Moritz vergiftet worden. Sein Arzt meint, eine Allergie sei möglich, seltsam ist aber, dass die Beschwerden plötzlich auftraten und am Wochenende zunahmen. Eine Allergie entsteht nicht über Nacht. Außer der Auslöser tritt plötzlich auf. Doch Motz-Moritz hat weder den Wohnort gewechselt noch neue Gebüsche im Garten gepflanzt oder seine Essgewohnheiten geändert. Behauptete er zumindest gegenüber seinem Arzt. Als Kind sei er auf Sellerie allergisch gewesen. Da er Sellerie aber nicht mag und deshalb gar nicht isst, kommt der nicht infrage.«

»Dem müsst ihr auf jeden Fall nachgehen«, sagte Regina. »Vielleicht hat er ein neues Hobby.«

»Oder eine Geliebte«, warf Fahrni ein.

Gurtner schnaubte. »Die schon nach zwei Monaten genug von ihm hatte?«

»Dass seine Beschwerden am Wochenende zunahmen, deutet darauf hin, dass Kienast zwischen Freitag und Sonntag mit dem Auslöser in Berührung kam«, antwortete Fahrni. »Seine Arbeitswoche war immer randvoll. Er hatte kaum Zeit, sich mit einer Geliebten zu treffen.«

»Denkst du, er könnte auf Körpersäfte allergisch sein?«, frotzelte Pilecki.

Fahrni zupfte an seinem Ohrläppchen. »Nein, aber zum Beispiel auf ein Waschmittel oder ein Nahrungsmittel, das die Frau benutzt. Vielleicht hat sie auch ein Haustier.«

»Gut möglich«, stimmte Regina zu. »Klärst du das bitte ab?«

Erst als sie Pileckis verärgerten Blick sah, merkte sie, dass sie zu weit gegangen war.

»Heinz wird das übernehmen«, sagte Pilecki ungewöhnlich scharf. »Tobias soll sich um die Finanzen, das Geschäft und die politischen Anliegen von Kienast kümmern.« Er wandte sich an Gurtner. »Kann der Arzt mit weiteren Tests die Ursache der Beschwerden herausfinden?«

»Nicht ohne Motz-Moritz«, antwortete Gurtner. »Das Labor hat zwar Blut- und Urinproben, doch wenn man nicht weiß, wonach man sucht, ist es fast unmöglich, etwas zu finden. Außerdem hätte der Stoff bereits abgebaut sein können, als die Proben entnommen wurden.«

»Hat der Hund eigentlich nicht gebellt?«, fragte Fahrni.

Pilecki runzelte die Stirn. »Welcher Hund?«

»Du hast vorhin erzählt, Kienast habe sich wegen eines Hundes mit seinem Nachbarn gestritten«, sagte Regina. »Wenn sich ein Fremder in der Nähe des Hauses befand, hat der Hund womöglich reagiert.«

»Der Hund«, wiederholte Pilecki, sichtlich verlegen. »Vera, gehst du dem bitte nach?«

»Klar.«

Er wandte sich an Regina. »Ich finde, wir müssen Dorothee Kienast-Sutter so bald wie möglich vorladen. Gleich nach der Hausdurchsuchung.«

»Ich kümmere mich darum«, sagte Regina. »Ich möchte die Einvernahme selbst durchführen.«

»Hältst du das für eine gute Idee? Wenn du sie einvernimmst, wird sie wissen, dass sie unter Verdacht steht.«

Regina schüttelte entschlossen den Kopf. »Ich werde die Einvernahme nicht delegieren.«

Sie sah Pilecki an, dass er ihre Entscheidung als Zeichen mangelnden Vertrauens interpretierte, doch sie konnte es sich nicht leisten, auf seine Befindlichkeit Rücksicht zu nehmen. Dorothee Kienast-Sutter war eine Schlüsselfigur. Regina wollte ihre Aussage mit eigenen Ohren hören und sich einen Eindruck von der Frau verschaffen. Ein Protokoll sagte nie so viel aus wie eine direkte Begegnung. Je nachdem, wer es verfasste, fehlten wichtige Beobachtungen zur Körpersprache, zum Tonfall oder zu den Gesten des Befragten. Cavalli hatte seine Untergebenen zwar stets angehalten, jedes Detail zu notieren, nicht alle arbeiteten jedoch gleich sorgfältig.

»Es ist deine Entscheidung, du führst die Untersuchung«, sagte Pilecki gelassen, doch seine grünen Augen blitzten gefährlich.

Regina seufzte innerlich. Männer, dachte sie. Alles dreht sich um Macht.

Der Mediensprecher meldete sich. »Was geben wir an die Presse?«

Um Pilecki zu besänftigen, fragte Regina ihn nach seiner Meinung.

»Mehr oder weniger das, was gestern nach der Tagesschau ausgestrahlt wurde«, antwortete er. »Dass wir ein Verbrechen nicht ausschließen, zurzeit aber nicht mehr dazu sagen können.«

Hans-Peter Thalmann nickte zustimmend. Der Mediensprecher verabschiedete sich, um die vorbereitete Pressemitteilung anzupassen. Regina sah auf die Uhr. Noch zwanzig Minuten bis zur Pressekonferenz. Sie entschuldigte sich und verließ die Kripoleitstelle. Auf der Toilette zog sie ihre Lippen nach und trug ein wenig Puder auf. Mit den Fingern fuhr sie sich durch die hellen, schulterlangen Haare. Sie fühlten sich struppig an. Höchste Zeit, sie zu schneiden, dachte sie, doch sie würde sich bis Cavallis Rückkehr gedulden müssen. Es war schwierig genug, die Kinderbetreuung während der Arbeit sicherzustellen. Bevor sie die Toilette verließ, zog sie ihre weiße Bluse und den dunklen Blazer zurecht.

Ein Stockwerk höher legte ihr der Mediensprecher seinen Entwurf vor. Sie überflog den Text und bedankte sich. Das Interesse war groß. Mehrere Journalisten wichtiger Zeitungen saßen auf den vorgesehenen Plätzen, Vertreter verschiedener Radio- und Fernsehsender stellten Mikrofone und Kameras auf. Da das Verschwinden eines Erwachsenen in der Regel wenig Aufsehen erregte, war der Wirbel ein Zeichen dafür, wie stark Moritz Kienast als öffentliche Person die Gemüter bewegte. Das hat vermutlich eher mit seinem Auftreten als mit seiner Funktion als Kantonsrat zu tun, dachte Regina. Wenn er tatsächlich einem Verbrechen zum Opfer gefallen ist, wird die Liste der Verdächtigen beträchtlich sein.

Die Fragen, die im Anschluss an die Medienkonferenz gestellt wurden, bestätigten ihre Vermutung. Viele betrafen aktuelle Themen, für die sich Kienast einsetzte, oder seine Vorstöße zum Seeuferweg. Offenbar hatte er Politiker, Liegenschaftsbesitzer und Unternehmer gleichermaßen vor den Kopf gestoßen. Regina hatte sich nie näher mit dem Anliegen befasst, doch die Schlagworte waren ihr ein Begriff. Die Befürworter waren der Ansicht, das aufgeschüttete Land am See gehöre dem Staat, was immer wieder zu hitzigen Diskussionen führte. Aus rechtlicher Sicht war die Frage spannend, aber nicht einfach zu lösen.

Regina vermied es, konkrete Antworten auf die Fragen der Journalisten zu geben. Sie wies darauf hin, dass unklar sei, ob Moritz Kienasts Verschwinden mit seiner politischen Arbeit zusammenhänge, und versprach, die Öffentlichkeit zu informieren, sobald mehr bekannt sei. Sie spürte die Unzufriedenheit im Raum. Gerne hätte sie den Presseleuten konkrete Informationen gegeben, um Spekulationen und Ermittlungen in Eigenregie vorzubeugen, doch sie hatte keine. Der Mediensprecher gab Claudia Vollenweider das Wort. Auch die Kripochefin hatte nicht viel mehr zu sagen.

Es war kurz vor fünf, als Regina das Kripogebäude verließ. Nasse, kalte Luft schlug ihr entgegen wie immer in diesem sogenannten Frühling. Vielleicht würde sie mit Lily am Wochenende ins Hallenbad gehen, um Wärme zu tanken. Sie verwarf den Gedanken gleich wieder, sie hatte Pilecki versprochen, während der Hausdurchsuchung jederzeit übers Handy erreichbar zu sein. Außerdem musste sie dringend Hausarbeiten erledigen. Der Kühlschrank war leer, der Wäschekorb voll, und Chris hatte die Küche bestimmt in ein Schlachtfeld verwandelt.

Auf der Fahrt nach Hause schaltete sie das Radio ein. Bereits wurden erste Ausschnitte der Pressekonferenz ausgestrahlt. Anschließend folgte die Wiederholung eines Streitgesprächs über den Seeuferweg, bei dem Moritz Kienast die Befürworter vertreten hatte. Regina kam es seltsam vor, seine Stimme zu hören. Sie drehte die Lautstärke auf.

»Es ist sonnenklar: Das Gewässer gehört der Allgemeinheit, und das Ufer gehört zum Wasser – genau wie der Rand zur Badewanne! Es handelt sich um Land, das im 19. Jahrhundert durch Aufschüttung entstand, sogenanntes Konzessionsland. Und damit verbunden sind eben Auflagen«, sagte er mit weinerlicher Stimme. »Von Eigentum kann ohnehin nicht die Rede sein. Nach Ablauf der maximalen Konzessionsdauer fällt das Land zurück an den Staat.«

In Regina regte sich Widerstand. Moritz Kienast klang wie ein quengelndes Kind. Es dürfte schwierig sein, andere in diesem Tonfall zu überzeugen. Sie verspürte den Impuls, das Radio auszuschalten, hörte sich den Beitrag aber weiter an.

»Der Begriff ›Konzession‹ hat sich im Lauf der Jahre verändert«, entgegnete ein Anwalt. »Heute bezeichnet er ein befristetes Nutzungsrecht, da stimme ich Ihnen zu. Im 19. Jahrhundert aber war es nur eine Auflage für den Besitzer. Davon, dass das Seeufer eine Leihgabe sein soll, war nie die Rede.«

»Bei der Konzessionsvergabe wurde kein Kaufpreis genannt«, konterte Moritz Kienast. »Höchstens eine Gebühr. Hätte das Land am Seeufer in Privateigentum übergehen sollen, hätte der Staat einen Schenkungs- oder Verkaufsvertrag abgeschlossen!«

»Und wie erklären Sie sich, dass der Staat Grundstücksgewinnsteuern einforderte?«, fragte der Anwalt. »Das ist ein eindeutiger Beleg dafür, dass das erworbene Land als Eigentum betrachtet wurde.«

»Das stimmt einfach nicht!«, empörte sich Kienast. »Das Bundesgericht hat im Jahr 2000 entschieden, dass Konzessionen zwingend befristet sein müssen!«

»Der Entscheid betrifft Wassernutzungskonzessionen, das …«

»Dieser ist auch auf Landanlagekonzessionen anwendbar!«, fuhr Kienast dazwischen. »Das wissen Sie als Anwalt ganz genau!«

Der Moderator versuchte, die Diskussion auf die sachliche Ebene zurückzuführen, indem er fragte, wo denn der See ende und das Land beginne. Der Anwalt war der Ansicht, die im

Grundbuch eingetragenen Vermarkungen seien ausschlaggebend. Kienast zitierte erneut einen Bundesgerichtsentscheid, wonach Grundbucheintragungen keinen genügenden Beweis für Privateigentum darstellten. »Die natürliche Hochwasserlinie des Sees ist seine Begrenzung. Demnach gehören die künstlichen Aufschüttungen der Allgemeinheit!«, behauptete er.

»Es geht also um eine grundsätzliche Frage«, folgerte der Moderator. »Gewichtet man die Interessen Privater stärker als die der Allgemeinheit?«

Wie brisant diese Frage war, begriff Regina, als sie hörte, dass fünfundneunzig Prozent des Seeufers aus Konzessionsland bestand. Galt es als Privateigentum, käme ein Seeuferweg die Steuerzahler teuer zu stehen. Betrachtete man es hingegen als Lehen, könnte der Kanton das Land unentgeltlich einfordern. Kein Wunder erhitzte die Debatte die Gemüter.

Regina bog in eine ruhige Quartierstraße ein und parkte vor ihrem Wohnhaus. Die Fenster standen weit offen. Von seinem Vater hatte Chris eine Resistenz gegen Kälte geerbt, um die Regina ihn beneidete. Doch Lily war nicht so robust. Besorgt stieg Regina aus dem Volvo. Vor einigen Monaten war Lily an einer schweren Lungenentzündung erkrankt. Die Erinnerung an die bangen Tage und Nächte am Spitalbett waren noch frisch. Regina dachte an die Vorwürfe zurück, die sie Cavalli gemacht hatte, weil er mit Lily im Freien übernachtet hatte. Ihre Beziehung stand auf Messers Schneide. Im Nachhinein bereute Regina, ihre Wut an ihm ausgelassen zu haben. Cavalli sorgte immer dafür, dass Lily gut eingepackt war, wenn er mit ihr durch die Wälder streifte. Hatte sie sich je entschuldigt? Wenn sie keine Gelegenheit mehr dazu hätte?

Die Tür war unverschlossen. Ein beißender Geruch schlug Regina entgegen, gleichzeitig hörte sie Lily lachen. Sie biss sich auf die Unterlippe. Lily lachte so selten, seit Cavalli weg war. Manchmal fürchtete Regina, dass etwas in ihr zerbrochen war. Von allen Seiten hörte sie, wie schnell sich Kinder von traurigen Erlebnissen erholten und an neue Situationen anpassten. Nicht so Lily.

»Lily? Chris? Ich bin zu Hause!«

»Wir sind in der Küche.«

Das Bild, das sich Regina bot, übertraf ihre Befürchtungen. Jede freie Fläche war mit schmutzigen Kochgeräten oder Lebensmitteln belegt. Eine weiße Spur zog sich über den Boden. Lily stand auf einem Stuhl und begutachtete einen Fladen auf einem Blech. Etwas Dunkelrotes klebte in ihren Haaren.

Chris grinste. »Der Zwerg wollte nicht glauben, dass auch der höchste Mozzarellaturm im Ofen schmilzt.«

Zögerlich trat Regina einen Schritt näher. »Was ist das?«

»Pissa!«, verkündete Lily.

Regina musterte den Belag. »Sind das nicht Teigwaren?«

Chris nickte belustigt. »Sie hat ihre Pizza selber belegt. Die dunklen Punkte sind Rosinen, die grünen Erbsen.«

»Und das Rote in ihren Haaren?«

»Wo?« Chris bückte sich. »Ach so. Tomatenpüree, nehme ich an. Hast du Hunger? Wir wollten gerade essen.« Als Regina nicht gleich antwortete, fügte er hinzu: »Für dich haben wir Pizza mit Salami und frischen Artischocken gemacht.«

»Das klingt gut!«

Regina räumte den Küchentisch frei und holte drei Teller aus dem Schrank. Alles, was sie in die Hand nahm, klebte. Als sie den ersten Bissen nahm und das glückliche Gesicht ihrer Tochter betrachtete, war das auf einmal unwichtig. Der selbst gemachte Teig schmeckte wunderbar, der mit frischem Oregano gewürzte Büffelmozzarella ließ ihr das Wasser im Mund zusammenlaufen. Chris strahlte eine beinahe kindliche Freude aus, als Lily ihn nach dem Essen umarmte und ihn zum Abschied küsste. Regina verstand nicht, was er ihr auf Tsalagi sagte, doch Lily nickte ernst.

Auf einmal überkam Regina ein heftiges Verlangen nach Cavalli. Sie sehnte sich danach, von seinen kräftigen Armen umschlossen zu werden und den Geruch von Frische einzuatmen, der ihn umgab, wenn er nach einer Nacht im Wald zu ihr unter die Decke schlüpfte. Nachdem sie Lily gebadet und ins Bett gebracht hatte, holte sie das T-Shirt hervor, das Cavalli zuletzt getragen hatte. Sie war sich albern vorgekommen, als sie es kurz nach seiner Abreise aus dem Wäschekorb gefischt hatte, wie ein Teenager, der zum ersten Mal verliebt war. Doch als sie nun daran roch, war sie froh, dass sie es nicht gewaschen hatte. Sie schloss die Augen und genoss den vertrauten Duft. Dann legte sie es wieder weg und machte sich daran, die Küche aufzuräumen.

7

Das Haus der Kienasts erinnerte Pilecki an eine Matrioschka. In jedem Behälter, den er öffnete, steckte ein weiterer. Aus einem Bastkorb zog er eine Schachtel, darin lag eine Dose, die ein Säckchen mit Glückspuppen enthielt. Über die Jahre hatte sich vieles angesammelt. Das Paar hatte Mühe, sich von Gegenständen zu trennen. Auf dem Estrich befanden sich Babykleider, Kinderspielzeug, alte Schulhefte und Bücher, in die Dorothee Kienast-Sutter mit kindlicher Schrift ihren Namen geschrieben hatte. Sowohl sie als auch ihr Mann hatten eine Vorliebe für natürliche Produkte. Die Wohnzimmermöbel waren aus Rattan und Holz gefertigt, die Parkettböden mit Flickenteppichen belegt.

Pilecki vermutete, dass Dorothee Kienast-Sutter sich um die Einrichtung gekümmert hatte. Sie strahlte etwas Weibliches aus, das in der Mansarde, wo Moritz Kienast arbeitete, fehlte. Pilecki dachte an Irinas Worte, als sie ihn das erste Mal zu Hause besucht hatte: »Wo du schläfst, sehe ich. Aber wo wohnst du?«

Die Spurensicherung war abgeschlossen, Zeichen eines Kampfes hatten die Polizisten keine entdeckt. Martin Angst kam ihm mit einer Kiste voller Elektronik entgegen. Als Fachbereichsleiter rückte er selten aus, schon gar nicht für eine gewöhnliche Hausdurchsuchung. Dass er trotzdem hier war, deutete Pilecki als leisen Protest. Auch das Forensische Institut war von den Umstrukturierungen betroffen. Statt für Schusswaffen und Elektrotechnik war der promovierte Physiker nun für Faser-, Blut- und Schuhspuren sowie Fingerabdrücke zuständig. Obwohl diese Bereiche nicht zu seinem Spezialgebiet gehörten, war er bereit, sich einzuarbeiten; neben den zunehmenden administrativen Aufgaben fand er jedoch keine

Zeit dafür, was ihn ärgerte. Gegenüber Pilecki hatte er einmal den Verdacht geäußert, er werde absichtlich mit Papierkram zugemüllt, weil er gewissen Leuten nicht genehm sei. Wie Pilecki nahm er nie ein Blatt vor den Mund, was ihm viel Kritik eintrug. Kurze Zeit hatte Angst sogar überlegt zu kündigen, schließlich entschied er sich aber dagegen. Dafür pickte er sich nun die Fälle heraus, die ihm Spaß machten. Das Administrative ließ er liegen, wofür Pilecki Verständnis hatte, da er ähnlich vorging.

»Zu Hause benutzt Kienast nur einen Laptop«, sagte Angst. »Haben wir einen Durchsuchungsbefehl für die Geräte im Ingenieurbüro?«

Pilecki bestätigte. »Regina will, dass sich die Techniker jedes Gerät ansehen. Auch den PC von Dorothee Kienast-Sutter, falls sie einen eigenen besitzt.«

»Habe ich schon eingepackt«, sagte Angst. »Sie ist gar nicht erfreut.«

Dorothee Kienast-Sutter hatte sich mit Anna in die Küche zurückgezogen. Sie wirkte erschöpft. Eine Hausdurchsuchung war ein massiver Eingriff in die Privatsphäre. Pilecki wusste nicht, wie er reagieren würde, wenn Fremde in seinen Sachen wühlen und intime Details über sein Leben erfahren würden. Deshalb bemühte er sich, so rücksichtsvoll wie möglich vorzugehen. Er bat um Erlaubnis, wenn er Schubladen öffnete, und entschuldigte sich, wenn er etwas einpackte, das der Betroffene nicht herausrücken wollte.

»Frau Kienast«, sagte er. »Mit dem Büro Ihres Mannes sind wir fertig. Wir würden uns nun gerne das Schlafzimmer ansehen.«

Dorothee Kienast-Sutter starrte ihn aus runden Augen an. Der grünblaue Umhang, den sie sich um die Schultern geschlungen hatte, betonte die türkisfarbene Iris. Sie ist eine attraktive Frau, dachte Pilecki, die ihren Körper offenbar pflegt, auch wenn er unter der weiten Leinenhose und dem Umhang kaum zur Geltung kommt.

»Muss das sein?«, fragte sie.

»Ich fürchte ja.«

Anna stand auf. »Das ist eine Schikane! Was werden Sie im Schlafzimmer schon finden?«

»Schon gut, Anna, setz dich.«

»Nein! Ich werde nicht einfach hier sitzen bleiben und zusehen, wie diese Trottel in deinen Sachen wühlen!«

»Anna!«

»Ich verstehe, dass es für Sie unangenehm ist«, sagte Pilecki. »Wir werden uns bemühen, alles so zu hinterlassen, wie wir es vorgefunden haben.«

»Sie sollten draußen sein und dort nach meinem Vater suchen!« Anna zeigte zur Tür. »Was Sie hier tun, bringt rein gar nichts!«

Pilecki verließ die Küche und stieg die Treppe hoch. Im Schlafzimmer der Kienasts warteten zwei Mitarbeiter der Allgemeinen Kriminalität auf ihn. Pilecki nickte. Sie begannen, den Raum systematisch zu durchsuchen. Es war rasch klar, dass Moritz Kienast nicht viel zu verbergen hatte. In seiner Nachttischschublade lagen Taschentücher, ein Ladegerät für sein Smartphone, eine Lesebrille und einige Fachzeitschriften, auf der Ablagefläche verschiedene Medikamente. Bis auf eine Salbe zur Linderung des Juckreizes kannte Pilecki sie alle. Trotzdem packte er sie ein. Vielleicht enthielten Nasenspray oder Augentropfen Fremdsubstanzen.

Auch der Schrank barg keine Überraschungen. Auf Moritz Kienasts Seite hingen Hemden, Jacketts und dunkle Hosen, auf dem Regal darüber lagen Jeans, Pullover, T-Shirts und Sportbekleidung. Eine Schublade war mit Unterwäsche und Socken gefüllt. Im Gegensatz zu seiner Frau bevorzugte er gedämpfte Farben. Pilecki dachte an die Beschreibung des

Hemdes, das er am Abend seines Verschwindens getragen hatte. Dorothee Kienast-Sutter hatte die Farbe als rostrot bezeichnet. Sie passte nicht in die Reihe von Braun- und Grautönen. Pilecki machte sich eine Notiz. Er würde Regina darauf aufmerksam machen, damit sie den Punkt bei der Einvernahme ansprach. Ein leiser Pfiff riss ihn aus den Gedanken.

»Sieh mal einer an«, sagte der jüngere der beiden Polizisten. Vor ihm lag eine Schachtel, die er unter dem Bett gefunden hatte. Er entnahm ihr ein Paar Handschellen und hielt sie grinsend in die Höhe.

Pilecki warf ihm einen warnenden Blick zu.

Der Polizist steckte die Hand in die Schachtel und zog einen Dildo hervor. »Na na, was haben wir denn da!«

Pilecki nahm ihm die Sachen aus der Hand, legte sie zurück und stellte die Schachtel auf die Kommode. Sie enthielt einige weitere, harmlose Sexspielzeuge. Pilecki notierte sich den Inhalt und schob die Schachtel wieder unters Bett.

»Kienast kriegt ihn wohl nicht mehr hoch!«

»Nun beruhige dich mal«, sagte Pilecki. »Man könnte meinen, du hättest noch nie Sexspielzeuge gesehen.«

»Meine Frau und ich haben keine nötig.«

»Ihr wisst gar nicht, was ihr verpasst.«

»Würdest du dich etwa mit solchen Dingern«, der Polizist deutete auf die Handschellen, »an ein Bettgestell fesseln lassen?«

»Nein«, antwortete Pilecki ruhig. »Ich bevorzuge echte.«

Der zweite Polizist, der dem Austausch schweigend zugehört hatte, brach in Gelächter aus.

Der jüngere Polizist zog verärgert die Brauen zusammen. »Es hat eben nicht jeder eine Pro…fessionelle zu Hause!«

Pilecki drehte sich langsam um. »Wenn du bei deiner Frau nicht auf deine Rechnung kommst, gebe ich dir gerne ein paar gute Adressen. Hier bist du mit deinen Frustrationen fehl am Platz. Dorothee Kienast-Sutter verdient respektvollen Umgang. Falls du ein Problem damit hast, steht es dir frei zu gehen.«

Mit hochrotem Kopf setzte der Polizist seine Arbeit fort. Pilecki verließ den Raum. Auch er klopfte gerne Sprüche, um Druck abzubauen und Distanz zu schaffen, aber nicht, wenn Angehörige und Außenstehende zugegen waren. Zu schnell vergaß ein Polizist, dass die Gewalt, die Schmerzen und die Trauer, denen er im Alltag mit Selbstverständlichkeit begegnete, für Betroffene eine große Belastung darstellten.

Im Flur traf er erneut auf Martin Angst, der ihn bat, kurz ins Mansardenzimmer zu kommen. Es war zur Hälfte leergeräumt.

»Ihr habt euch mächtig ins Zeug gelegt«, stellte Pilecki fest.

»Die ganze Elektronik ist eingepackt.« Angst deutete auf eine Reihe Archivschachteln neben der Tür. »Kantonsratsunterlagen. Willst du die mitnehmen? Und in der Hängeregistratur findest du alles, was mit Kienasts politischen Aktivitäten außerhalb seiner offiziellen Mandate zu tun hat.«

»Ihr braucht mich ja gar nicht«, scherzte Pilecki. »Ihr wisst fast besser, wonach ich suche.«

»Klar brauchen wir dich, wer sonst soll das Protokoll schreiben?«

»Autsch.«

»Wie weit seid ihr unten?«, fragte Angst.

»Im ersten Stock sind wir fertig. Nun sind Küche und Wohnzimmer dran.«

»Wir haben draußen im Wagen Kaffee, wenn du eine Stärkung brauchst.«

»Kaffee? Klingt wie früher. Hat sich die Stimmung bei euch gebessert?«

Angst zog eine Grimasse. Er war nicht der einzige Wissenschaftler, der unzufrieden war. Auch andere Fachbereichsleiter ärgerten sich, dass sie nicht mehr komplizierte Fälle bearbeiteten und wissenschaftliche Projekte leiteten, sondern nur noch Tagesgeschäfte erledigten.

»Intern haben wir uns arrangiert«, sagte er. »Wir arbeiten nicht strikt nach Vorgabe. Ich verstehe aber immer noch nicht, was das Ganze soll. Da will sich jemand schlicht auf unsere Kosten profilieren.«

Pilecki verstand genau, was er meinte. Er füllte eine Kiste mit Archivschachteln und trug sie zum Kastenwagen des Forensischen Instituts. Auf einem Klapptisch im Laderaum stand eine große Thermosflasche, daneben lag eine ungeöffnete Papiertüte mit der Aufschrift einer Bäckerei. Pilecki schenkte sich einen Becher Kaffee ein und gab zwei Löffel Zucker dazu. Nach der Pause kehrte er ins Mansardenzimmer zurück, um die restlichen Unterlagen einzupacken. Anschließend suchte er Dorothee Kienast-Sutter. Er fand sie auf dem Sitzplatz hinter dem Haus. Trotz des Nieselregens saß sie auf einem Gartenstuhl und starrte ins Leere. Als sie seine Schritte hörte, sah sie auf.

»Und? Haben Sie etwas gefunden?«

»Wir haben die Medikamente eingepackt, die auf dem Nachttisch Ihres Mannes lagen«, erklärte Pilecki.

Dorothee Kienast-Sutter nickte stumm.

»Wo ist Ihre Tochter?«

»Sie ist ihre Sachen holen gegangen. Sie denkt, ich sollte jetzt nicht allein sein.«

»Es ist gut, dass Sie jemanden haben.«

Dorothee Kienast-Sutters Augen füllten sich mit Tränen. »Glauben Sie, dass er noch lebt?«

Pilecki schwieg.

»Er würde nie ohne ein Wort verschwinden«, fuhr sie fort. »Ich weiß, viele halten ihn für rücksichtslos, aber das stimmt nicht! Im Grunde war Moritz ein sehr feinfühliger Mensch.

Manchmal steigerte er sich in etwas hinein. Er wollte einfach zu viel. Kompromisse lagen ihm nicht, er behauptete immer, der Mittelweg führe nur alle Nachteile zusammen.«

Pilecki setzte sich. Regina wäre nicht erbaut darüber, aber wenn Dorothee Kienast-Sutter das Bedürfnis verspürte zu reden, würde er sie nicht daran hindern.

»Ich weiß, was Sie denken«, sagte sie.

Pilecki wartete.

»Sie glauben, er habe mich wegen einer jüngeren Frau verlassen. Und dass ich so naiv war, die Zeichen zu übersehen.«

»Wenn es so ist, hat er einen großen Fehler gemacht«, erwiderte Pilecki.

»Es gibt keine andere. Wie alle Paare hatten auch wir unsere Schwierigkeiten, immerhin sind wir seit fünfundzwanzig Jahren verheiratet. Vieles wird nach so langer Zeit zur Gewohnheit. Sie haben die Schachtel gefunden, nicht wahr? Ich habe versucht, die Leidenschaft, die wir damals füreinander empfunden haben, wiederaufleben zu lassen. Und bevor Sie fragen: Nein, es ist mir nicht gelungen. Moritz war nicht offen dafür. Für ihn gab es in den vergangenen Jahren nur noch die Politik. Je weniger er erreichte, desto verbissener kämpfte er.«

»Das kann sehr frustrierend sein.«

»Ja.« Ihr Blick ging in die Ferne.

Pilecki stand auf. »Wir werden jetzt Wohnzimmer und Küche durchsuchen.«

Dorothee Kienast-Sutter antwortete nicht. Sie zog ihren Umhang enger und presste die Knie zusammen, als fröre sie. Pilecki war nicht entgangen, dass sie in der Vergangenheitsform über ihren Mann gesprochen hatte. Weil sie mehr wusste, als sie zugab? Oder weil sie sich keine falschen Hoffnungen machen wollte? Manchmal war es auch das Unterbewusstsein, das sich in der Wahl der Zeitform ausdrückte.

Dorothee Kienast-Sutter behauptete zwar, ihr Mann verschwände nicht einfach so, doch sie hatte über längere Zeit mit ansehen müssen, wie er immer unzufriedener wurde. Vielleicht hielt sie es doch für möglich, dass er plötzlich genug gehabt hatte. Nach allem, was Pilecki über den Politiker wusste, passte der Abgang zu ihm. Durch sein Verschwinden machte Moritz Kienast ein letztes Mal von sich reden, die Presse nahm seine Themen auf und richtete die Aufmerksamkeit auf seine Anliegen.

Im Haus war es ruhig. Die Kollegen hatten eine Pause eingelegt. Pilecki zog sich ein frisches Paar Latexhandschuhe über und begann, die Küche auseinanderzunehmen. Fast alle Lebensmittel waren biozertifiziert, viele mit einem Fair-Trade-Label versehen. Da jedes Nahrungsmittel als Ursache der Vergiftungserscheinungen infrage kam, packte Pilecki alle Produkte ein. Viele kannte er nicht. Als er eine Packung Quinoa in den Händen hielt, fragte er sich, ob den Kienasts diese Mahlzeiten schmeckten oder ob sie sie nur zu sich nahmen, um dem Körper Nährstoffe zuzuführen. Er dachte an die üppigen Gerichte, die Irina auftischte. Letztes Wochenende hatte sie Schweinshaxen, Salzkartoffeln und scharf gewürztes Sauerkraut zubereitet. Bei der Erinnerung daran lief ihm das Wasser im Mund zusammen. Dazu ein Pils, und Pileckis Welt war perfekt. Dass er trotz der schweren Küche nur achtundsechzig Kilogramm wog, verdankte er einzig seinem Biorhythmus. Vor dem frühen Nachmittag brachte er keinen Bissen hinunter, danach hatte er bis Arbeitsschluss keine Zeit zu essen. Erst am Abend schlug er zu. Da Irina aber unter der Woche selten kochte, musste er sich oft mit Resten oder einer Scheibe Brot begnügen.

»Willst du auch ein Sandwich?«, fragte Martin Angst, der in der Tür stand.

Pilecki winkte ab. »Hier ist eine Kiste mit Lebensmitteln.

Ich habe alles eingepackt. Ich kann schlecht beurteilen, welche Allergien auslösen oder sich eignen, um Giftstoffe zu kaschieren.«

Angst nahm ihm die Kiste aus den Händen. »Ich habe mir den Smart angeschaut. Leider ist er nicht mit einem GPS-Gerät ausgerüstet. Wir werden den Wagen noch auf Blutspuren untersuchen und die Flächen abkleben, aber ich glaube nicht, dass wir etwas finden.«

»Überprüft auch, ob der Innenraum kürzlich gereinigt wurde.«

»Wurde er nicht, das kann ich dir jetzt schon sagen.«

Es war fast sechzehn Uhr, als Pilecki die Küche für abgeschlossen erklärte. Bevor er mit den Polizisten das Wohnzimmer in Angriff nahm, ging er nach draußen, zündete sich eine Zigarette an und wählte Irinas Nummer. Sie war enttäuscht gewesen, als er am Vorabend das gemeinsame Essen absagen musste, und hatte vorgeschlagen, eine Nachbarin zu fragen, ob sie heute auf Katja aufpassen könne. Was immer sie besprechen wollte, es war ihr wichtig.

Katja nahm ab. »Kyrytschuk.«

»Katjenka, ich bins. Wie gehts? Habt ihr Reitstiefel gefunden?«

»Superschöne!« Begeistert beschrieb sie die neuen Stiefel. »Jetzt brauche ich nur noch ein eigenes Pony.«

Pilecki lachte. »Darüber reden wir ein anderes Mal.«

»Echt?«, kreischte Katja. »Ich bekomme ein Pony?«

»Das habe ich nicht gesagt!«

»Doch, du hast gesagt, wir reden darüber. Warum sollen wir darüber reden, wenn du Nein meinst?«

Pilecki zog an seiner Zigarette. »Holst du bitte deine Mutter ans Telefon?«

»Sag mir zuerst, ob ich ein Pony bekomme! Bitte, bitte!«

»Katja!«, sagte er warnend.

Das Mädchen seufzte dramatisch. Kurz darauf erklang Irinas Stimme.

»Du bist wieder in die Falle getappt«, stellte sie schmunzelnd fest.

»Das Leben mit einer Elfjährigen ist der reinste Hindernislauf.«

»Das ist erst der Anfang«, warnte Irina. »Deshalb heißt es Vorpubertät. Die schwierigen Jahre stehen uns noch bevor. Wie kommt ihr voran?«

»Gut. Ich schätze, in einer Stunde sind wir durch. Wie sieht es mit heute Abend aus? Hast du jemanden gefunden, der auf Katja aufpasst?«

»Ja, sie kann zu einer Freundin.« Irina senkte die Stimme. »Wir haben die ganze Nacht für uns.«

Pileckis Herzschlag beschleunigte sich. »Ach ja? Und was genau führst du im Schilde?«

Irina lachte. »Schau lieber, dass du schnell fertig wirst. Katja geht in einer halben Stunde.«

Pilecki beendete das Gespräch. Ihm war, als sei sämtlicher Sauerstoff aus der Luft gewichen. Er atmete tief durch und versuchte, die Bilder, die Irinas Andeutungen heraufbeschworen hatten, zu verdrängen.

Als er das Wohnzimmer der Kienasts betrat, fragte er sich, wie er so viel Glück verdient hatte. Wenn er Irina nie begegnet wäre? Wo stünde er heute? Hätte er eine Midlife-Crisis wie Moritz Kienast? Es war nicht seine Art zu grübeln, doch in letzter Zeit erstaunte es ihn immer wieder, welche Rolle das Schicksal in seinem Leben spielte.

Die Kollegen hatten die Arbeit bereits aufgenommen. Ein Sekretär am Fenster diente Dorothee Kienast-Sutter als Arbeitsplatz, auf einem Regal daneben standen Sprachlehrmittel und Nachschlagewerke. Pilecki erinnerte sich, im Protokoll gelesen zu haben, dass Dorothee Kienast-Sutter Migrantinnen

Deutschunterricht erteilte. In einer Schublade fand ein Polizist Briefe, die er sorgfältig einpackte.

Einen Fernseher besaßen die Kienasts nicht. Dort, wo sich der Anschluss befand, stand ein niedriges Möbelstück aus Rattan. Es enthielt einige Gläser, eine Flasche Wodka und vier kleine Flaschen mit Tomatensaft. Pilecki steuerte darauf zu. Irgendetwas gefiel ihm nicht daran. Er ging in die Hocke und betrachtete das Arrangement. Er selbst mochte Bier, ab und zu genehmigte er sich auch einen Schnaps. Irina trank selten. Sie habe als Cabaret-Tänzerin mehr als genug Alkohol konsumieren müssen, erklärte sie. Nur wenn sie einen besonders anstrengenden Tag gehabt hatte, öffnete sie eine Flasche Rotwein oder mixte sich einen Drink. Plötzlich wusste Pilecki, was ihn störte. Bei ihm zu Hause stand im Kühlschrank Bier, im Keller lagerten Weinflaschen, und im Schrank befanden sich verschiedene Schnäpse. Hier hatte er außer der Flasche Wodka im ganzen Haus keinen Alkohol gesehen. Wie kam es, dass die Kienasts ausschließlich Bloody Marys tranken? Das Ganze wirkte inszeniert.

Er nahm die Flasche in die Hand. Sie enthielt billigen russischen Fusel. Er rümpfte die Nase. Sein Blick fiel auf eine Holzschachtel, die von der Flasche verdeckt gewesen war. Es befanden sich eine Pfeffermühle und ein Gewürzstreuer darin, auf dem eine Knospe abgebildet war. Pilecki nahm das Gewürz heraus. Als er die Aufschrift las, erstarrte er.

8

Eine Hand berührte Moritz am Rücken. Dankbar schmiegte er sich an sie. Wärme breitete sich auf seiner Haut aus, ein wohliges, angenehmes Gefühl. Er hatte nicht gewusst, wie sehr Kälte schmerzen konnte. Sie hatte sich in seine Knochen gefressen, es fühlte sich an, als drücke ihm ein Stein aufs Skelett, und seine Nerven vibrierten. Auf einmal verschwand die Wärme. Moritz versuchte, den Arm zu heben, doch es gelang ihm nicht. Seine starren Glieder wehrten sich gegen die Impulse, die sein Gehirn aussandte.

Ein leises Lachen ließ ihn zusammenzucken. Plötzlich floss die Energie. Er hob den Kopf und drehte ihn in die Richtung, aus der das Geräusch gekommen war. Die Schwärze war dort weniger undurchdringlich. Er hörte, wie Holz über einen Steinbelag gezogen wurde. Es folgte ein Klicken, ein Kratzen, und auf einmal stieg ihm ein warmer, würziger Duft in die Nase. Moritz erkannte gebratene Zwiebeln, Fleisch und etwas Säuerliches, das ihn an gekochte Tomaten erinnerte. Im Geist sah er einen Teller Spaghetti mit Bolognesesauce vor sich. Er stöhnte leise. Seit er in diesem Käfig war, hatte er nichts als Hundefutter gegessen. Die Vorstellung, warme Teigwaren in den Mund zu schieben, den Käse auf der Zunge zergehen zu lassen, das Hackfleisch zwischen den Zähnen zu spüren und den Zwiebelgeschmack in die Nasenhöhlen steigen zu lassen, ließ ihn alles andere vergessen.

Er versuchte, sich zu drehen und auf die Knie zu kommen. Seine Gelenke protestierten schmerzhaft. Wenn er die Beine doch nur ein einziges Mal strecken könnte! Bewegungsfreiheit war für ihn immer etwas Selbstverständliches gewesen, erst jetzt, da er sie verloren hatte, wurde ihm bewusst, wie viel sie zu seinem Wohlbefinden beigetragen hatte. In diesem

Käfig lernte er Dinge schätzen, die er als normal betrachtet hatte. War er deshalb hier? Hatte er zu wenig Dankbarkeit gezeigt? Als Kind hatte er die Nase gerümpft, wenn der Braten fettig oder das Gemüse bitter gewesen war. Sein Vater hatte dafür kein Verständnis gehabt. Es wird gegessen, was auf den Teller kommt, bekam Moritz dann zu hören. Der ältere Bruder hatte sich nie beschwert. Doch ihm drehte es auch nicht den Magen um, wenn er Sehnen kauen oder fette Fleischstücke hinunterschlucken musste. Zumindest ließ er sich nichts anmerken. Er tat immer, was von ihm erwartet wurde. Die kleine Schwester hingegen war störrisch wie Moritz, im Gegensatz zu ihm setzte sie aber meist ihren Kopf durch. Ihr gegenüber war der Vater nachsichtig, sie brauchte sich nur auf seinen Schoss zu setzen und den Kopf an seine Brust zu legen, schon bekam sie, was sie wollte.

Moritz streckte die Zehen und sog den pikanten Duft ein. Er hatte seine Lektion gelernt. Egal, ob das Hackfleisch in der Sauce aus artgerechter Haltung stammte, er würde es essen. Es kümmerte ihn auch nicht, dass die Tomaten womöglich aus der Dose kamen oder in einem spanischen Treibhaus gewachsen waren. Erwartungsvoll streckte er die Nase in die Höhe. Er hörte ein Schmatzen, dann ein Schluckgeräusch. Automatisch schluckte er mit. Warum dauerte es so lange, bis er seine Mahlzeit erhielt? Er benahm sich anständig. Ließ kein Zeichen von Ungeduld erkennen. Das war es doch, was der Vater von ihm erwartete. Er duldete kein Zappeln am Tisch, Messer und Gabel waren zum Essen und nicht zum Spielen da. Vielleicht gefiel es ihm nicht, dass Moritz sich aufgerichtet hatte. Langsam ließ er sich wieder auf die Seite fallen. Wie lange wollte ihn der Vater auf die Probe stellen?

Moritz begann zu zählen. Als er bei hundert angelangt war, zählte er rückwärts. Das Schmatzen war verstummt. Es raschelte. Kurz herrschte Stille, dann wurde ein Deckel aufgeschraubt. Kaffeeduft wehte in seine Richtung. Moritz' Magen knurrte. Er hörte ein Schlürfen, einen zufriedenen Seufzer. Er zählte noch einmal bis hundert und zurück. Als er bei dreiundzwanzig ankam, schepperte, klirrte und rumpelte es. Dann war es endlich so weit. Die Klappe am Käfig wurde geöffnet. Etwas Hartes traf Moritz am Kopf. Er wich zurück, so gut es ging, um Platz zu machen. Als die Klappe wieder geschlossen wurde, steckte er gierig Mund und Nase in den Napf. Seine Zunge berührte trockene Brocken. Er schnupperte an ihnen. Hundefutter. »Vater!«, rief er.

Als Antwort kam ein Lachen.

Moritz begann zu zittern. »Bitte!«, flehte er. »Ich esse alles auf! Ich verspreche es! Vater? Wo bist du? Ich beschwere mich nie mehr über das Essen. Ich weiß, dass sich Mutter Mühe gegeben hat. Gib mir noch eine Chance! Bitte!«

Das Lachen verklang. Eine Tür fiel ins Schloss.

Moritz rollte sich zusammen und wiegte sich hin und her. Das Futter rührte er nicht an. Den Gefallen würde er dem Vater nicht tun. Schon immer hatte dieser ihn ungerecht behandelt. Der große Bruder durfte in den Ferien ins Fußballlager, Moritz musste auf den Bauernhof. Zwar gefiel es ihm dort, aber er wollte auch nach seinen Wünschen gefragt werden. Vielleicht hätte er auch lieber Fußball gespielt.

Trotzdem hatte er sich gefügt. Dem Vater reichte es nicht. Immer wurde er mit seinem Bruder verglichen. Klemens schaffte es im Fußball bis in die Nationalliga B. Seine schulischen Leistungen litten nicht unter dem Sport. Nach der Matura absolvierte er ein Wirtschaftsstudium, um wie vorgesehen in das Bauunternehmen des Vaters einzusteigen. Obwohl Moritz die Matura mit Bestnoten absolvierte, würdigte der Vater seine Leistungen nicht. Als er aber bei der militärischen Aushebung für untauglich erklärt wurde, rümpfte der Vater die Nase. Klemens war Offizier.

Sogar jetzt, Jahre nach seinem Tod, gab der Vater keine Ruhe. Moritz fragte sich nicht, wie er es schaffte, aus dem Grab Einfluss auf sein Leben zu nehmen. Der Vater war mächtig. Früher hatte sich die Mutter schützend vor Moritz gestellt. Als Moritz die Kritik nicht mehr hinnahm, versuchte sie zu schlichten. Jetzt war er auf sich allein gestellt.

»Glaub nur nicht, dass du mich so schnell kleinkriegst, du Mistkerl!«, schrie er. »Ich bin stärker, als du denkst!«

9

Regina zog die letzten Kleidungsstücke aus der Waschmaschine und legte sie in den Wäschekorb. Sie hatte ein Feuer im Schwedenofen entfacht, nun stellte sie den Wäscheständer neben den Ofen und begann, die nassen Kleider aufzuhängen. Lily hatte ihre Stofftiere in ihren Schlafsack gepackt, sich zu ihnen gelegt und summte leise vor sich hin. Als das Telefon klingelte, verstummte sie augenblicklich. Ihr freudiger Blick versetzte Regina einen Stich. Cavalli würde sie nicht auf dem Handy, sondern übers Festnetz anrufen.

»Flint?«

»Pilecki«, erklang es am anderen Ende.

»Ich rufe dich in einer Minute zurück.« Regina legte auf und kniete sich vor Lily hin. »Mein Schatz, möchtest du dir eine der Geschichten anhören, die wir aus der Bibliothek mitgebracht haben?«

Lily nickte stumm und saugte am Ohr eines Stoffhasen. Regina legte die CD ein, nahm ihr Handy und ging ins Schlafzimmer. Pilecki meldete sich nach dem ersten Rufton.

»Seid ihr fertig?«, fragte Regina.

»Ja. Wir haben keine Spuren eines Kampfes oder gewaltsamen Eindringens gefunden. Entweder ist Kienast freiwillig gegangen, oder er hat dem Täter die Tür geöffnet, was zu Dorothee Kienast-Sutters Geschichte passen würde.«

»Du klingst, als folge jetzt ein Aber«, stellte Regina fest.

»Allerdings«, sagte Pilecki. »Wir haben etwas gefunden, das ihre Aussage in einem anderen Licht erscheinen lässt.« Er machte eine kurze Pause. »Selleriesalz.«

»Selleriesalz?«, wiederholte Regina. Dann begriff sie. »Moritz Kienast ist allergisch auf Sellerie.«

»Ich habe soeben mit dem Hausarzt gesprochen. Wie

Gurtner bereits sagte, leidet Kienast tatsächlich an einer Sellerieallergie. Dr. Schwegler meint, es sei durchaus möglich, dass die Vergiftungserscheinungen auf Selleriesalz zurückzuführen sind. Das Salz kann genauso wie die Knolle Allergien auslösen.«

»Warum wurde das nicht näher untersucht?«

»Weil Kienast behauptete, er esse keinen Sellerie.«

»Ist es denkbar, dass er das Gewürz unwissentlich zu sich genommen hat?«

Pilecki erzählte, wo er es gefunden hatte. »Der Streuer ist deutlich beschriftet. Wenn Kienast das Salz benutzt hat, konnte ihm nicht entgangen sein, dass es Sellerie enthielt.«

Regina ließ die Informationen auf sich wirken. Wusste Dorothee von der Allergie? War es möglich, dass Moritz nie etwas erwähnt hatte? Die Wahrscheinlichkeit besteht, dachte Regina, aber sie ist äußerst gering. Das Ehepaar kannte sich seit fast dreißig Jahren. Irgendwann musste das Thema aufgekommen sein. Näherliegend war, dass Dorothee Kienast-Sutter das Salz gekauft und absichtlich beigemischt hatte.

»Da ist noch etwas«, sagte Pilecki. »Ich habe mir soeben die Resultate der Telefonkontrolle angesehen. Jemand hat Kienast am Abend seines Verschwindens angerufen.«

Regina hielt die Luft an.

»Um 18.32 Uhr«, präzisierte Pilecki. »Von einer unregistrierten Prepaid-Nummer aus.«

»Du meinst, er wurde aus dem Haus gelockt?«

»Möglich.«

Regina war sicher, dass diese Information bereits am Vorabend vorgelegen hatte; doch Pilecki jetzt mit dem Vorwurf zu konfrontieren, er habe die Prioritäten falsch gesetzt, brachte nichts. »Vielleicht hatte Dorothee Kienast-Sutter einen Komplizen.«

»Das war auch mein erster Gedanke«, sagte Pilecki. »Was

soll ich tun? Reicht es deiner Meinung nach für eine Verhaftung?«

»Hat Dr. Schwegler gesagt, dass eine Sellerievergiftung tödlich sein kann?«

»Nicht direkt«, erwiderte Pilecki. »Aber Gurtner hat auch nicht explizit danach gefragt.«

Regina ging im Zimmer auf und ab. Eine Verhaftung ohne Leiche war immer schwierig. Wenn Dorothee Kienast-Sutter kein Geständnis ablegte, würde ihr Regina die Schuld am Tod ihres Mannes nicht nachweisen können. Da sie Dorothee ohnehin für Montag vorgeladen hatte, beschloss sie, die Entscheidung nach der Einvernahme zu fällen.

»Lass dir deinen Verdacht nicht anmerken«, instruierte sie Pilecki. »Und bitte sorg dafür, dass ich so viele Informationen wie möglich über Dorothee Kienast-Sutter bekomme. Ich werde die Einvernahme zu Hause vorbereiten.«

»Reicht es, wenn ich dir die Unterlagen morgen zusammenstelle?«

Regina zögerte. Sie hätte gerne heute Abend daran gearbeitet, wenn Lily schlief. Doch Pilecki war seit sieben Uhr im Einsatz, von ihm zu verlangen, dass er auch den Samstagabend im Dienst verbrachte, würde seine Leistungen nicht verbessern.

»Das ist prima, danke«, sagte sie.

Nachdem sie das Gespräch beendet hatte, wählte sie die Telefonnummer von Uwe Hahn. Der Rechtsmediziner trennte Beruf und Privatleben zwar strikt, doch Regina brauchte die Meinung einer Fachperson, um die Einvernahme vorbereiten zu können. Hahns Frau nahm ab. Sie reagierte zurückhaltend, als Regina erklärte, weshalb sie anrief, holte dann aber doch ihren Mann ans Telefon.

»Ja, in gewissen Fällen könnte es nach der Einnahme eines Allergens durchaus zu einem anaphylaktischen Schock kommen«, beantwortete Hahn Reginas Frage. »Viel häufiger sind meines Wissens aber lokale Reizerscheinungen wie Jucken, Taubheits- oder Schwellungsgefühl, Niesen, eine tropfende Nase, Rötungen oder Ausschläge. Auch asthmatische Beschwerden oder Krämpfe sind nicht ungewöhnlich.«

»Kann es sein, dass der Betroffene jahrelang nichts merkt, die Beschwerden dann von einem Tag auf den anderen auftreten?«

»Hat er seine Essgewohnheiten geändert?«

Regina erklärte, was sie über Moritz Kienast wusste.

»Sellerie wird in der Lebensmittelindustrie wegen seines hohen Gehalts an ätherischen Ölen und Bitterstoffen oft verwendet. Vor allem in Fertiggerichten ist er zu finden. Ich bin kein Spezialist, doch ich halte es für unwahrscheinlich, dass Kienast nie Sellerie zu sich nahm. Möglicherweise hat er aber über längere Zeit so geringe Mengen eingenommen, dass diese keine Reaktionen auslösten. An deiner Stelle würde ich nach Veränderungen in seinem Essverhalten suchen.« Er hielt kurz inne. »Eine weitere Möglichkeit für plötzlich auftretende Beschwerden könnte auch eine Kreuzallergie sein.«

»Was ist das?«

»Eine Reaktion mit einer bestehenden Allergie. Ein Pollenallergiker kann zum Beispiel auf Sellerie allergisch sein, obwohl primär keine Sellerieallergie vorliegt. Das hat damit zu tun, dass gewisse Stoffe eine ähnliche chemische Struktur aufweisen.«

Regina hörte, wie ein Stuhl zurückgeschoben wurde. Kurz darauf vernahm sie das Klicken einer Tastatur.

»Hier steht, dass eine Sellerieallergie häufig in Kombination mit einer Pollenallergie auf Beifuß oder Birke auftritt. Man spricht von einem Birken-Beifuß-Sellerie-Syndrom. Interessant«, murmelte der Rechtsmediziner. »Das Hauptallergen des Selleries ist Api g1. Das ist ein relativ thermolabiles

Allergen mit großer Homologie zu den PR-Proteinen, wie sie zum Beispiel in Petersilie, Kartoffeln oder Sojabohnen vorkommen. Zwischen Api g1 und dem Birkenpollenhauptallergen Bet v1 besteht eine vierzigprozentige Übereinstimmung.«

Regina verstand kein Wort. »Ist das wichtig?«

»Wenn der Betroffene bei mir auf dem Tisch landen sollte, ja.«

»Möglicherweise lebt er noch.«

»Dann würde ich an deiner Stelle der Frage nachgehen, ob er kurz vor seinem Verschwinden Sellerie zu sich nahm. Und wenn ja, ob ihm bekannt war, dass er unter einer Sellerieallergie litt.«

Regina bedankte sich und wünschte Hahn einen schönen Sonntag. Nachdenklich setzte sie sich aufs Bett. Moritz Kienast wusste, dass er auf Sellerie allergisch war. Er glaubte aber nicht, das Gemüse gegessen zu haben, und hatte deshalb keinen Zusammenhang zu seinen Beschwerden hergestellt. Hatte seine Frau versucht, ihn zu vergiften? Laut Dorothee Kienast-Sutter verschwand ihr Mann zwischen 19.15 und 22.10 Uhr. War Moritz Kienast nach der Arbeit nach Hause gekommen, hatte sich, müde von einem langen Tag, ins Wohnzimmer gesetzt und sich gefreut, als ihm Dorothee eine Bloody Mary mixte? Hatte sie sich, während sie Zumba tanzte, vorgestellt, wie ihr Mann zusammengekrümmt auf dem Sofa lag? Vielleicht hoffte sie, dass die letzte Dosis endlich die tödliche wäre. Oder hatte sie den Drink mit Selleriesalz gewürzt, ohne von der Allergie ihres Mannes zu wissen? War sie um 22.10 Uhr nach Hause gekommen und hatte schockiert festgestellt, dass ihr Mann während ihrer Abwesenheit gestorben war? Warum hatte sie in diesem Fall nicht den Notarzt oder die Polizei gerufen?

Im Wohnzimmer war es still geworden. Regina hatte gar nicht bemerkt, dass das Märchen zu Ende war. Sie stand auf, langsam bekam sie Hunger. Cavalli hatte Lily mindestens einmal pro Woche ihr Lieblingsgericht gekocht, Reis mit Erbsen. Das würde auch Regina noch schaffen. Es war kein Gourmetmenü, aber immerhin kein Fertiggericht. Sie hatte sich vorgenommen, gesünder zu kochen, meist scheiterte ihr Vorsatz aber an mangelnder Zeit oder fehlenden Lebensmitteln. Sie betrat das Wohnzimmer.

Das Sofa war leer. Der Stoffhase lag am Boden.

»Lily?«, rief sie.

Als sie keine Antwort erhielt, begann ihr Herz zu klopfen. Sie konnte sich ihre plötzliche Angst nicht erklären. Seit Lily auf der Welt war, fürchtete Regina, sie würde ihr wieder genommen. Das Gefühl ging weit über die natürlichen Sorgen einer Mutter hinaus. Lily war ein fragiles Kind, ihr Wesen so flüchtig, dass Regina sich einbildete, sie sei ihr nur vorübergehend anvertraut worden. Sie ließ sich auf die Knie fallen und spähte unter das Sofa. Keine Lily. Hastig lief sie ins Bad. Es war leer, ebenso das Kinderzimmer. Mit wachsender Panik lief Regina in die Küche. Und atmete erleichtert auf. Lily hatte einen Stuhl ans Fenster geschoben und war hinaufgeklettert. Ihr Blick war auf den Wald gerichtet. Dorthin, wo Cavalli immer zwischen den Bäumen hervortrat, wenn er vom Joggen oder einer Nacht im Freien zurückkam.

Pilecki war es gewohnt, dass Männer sich nach Irina umdrehten. Sie war eine wunderschöne Frau. Ihr dunkles Haar betonte ihre milchig weiße Haut, ihr aufrechter Gang die perfekt geformten Brüste und die weichen Rundungen ihrer Hüften. Sobald Irina aber den Blick auf ihre Bewunderer richtete, sahen die meisten weg, als seien sie bei einer Indiskretion ertappt worden. Pilecki war es zu Beginn ähnlich ergangen. Irinas Schönheit hatte etwas Intimes; sie zu betrachten war, als würde man heimlich einen Blick in ein fremdes Schlafzimmer werfen.

Manchmal fragte er sich, was die Leute dachten, wenn sie ihn neben Irina sahen. Er war fast einen Kopf kleiner als sie, in seiner verbeulten Lederjacke und der alten Jeans sah er aus wie ein Drogenfahnder, der er tatsächlich einmal gewesen war. Seine dünnen Haare waren mit Grau durchsetzt, die Fingernägel vom Rauchen verfärbt. Er machte sich keine Illusionen. Irina hatte ihn nicht wegen seines Aussehens geheiratet. Auch nicht wegen seines Körpers. Sie hatte in ihm einen Freund gesehen, der ihr Zugang zu einer Aufenthaltsbewilligung verschaffen konnte, jemand, der es ihr ermöglichte, ihre Tochter in die Schweiz zu holen. Dass aus der Freundschaft Liebe geworden war, erfüllte Pilecki mit Ehrfurcht. Vielleicht würde die Liebe nicht ewig halten, doch er genoss jeden Augenblick. Das Leben war unberechenbar, sich Sorgen über die Zukunft zu machen sinnlos. Deshalb störten ihn die Blicke nicht, die Irina folgten, als sie sich einen Weg zu ihrem Tisch in einem kleinen indischen Restaurant bahnte.

Sie aßen jede Woche woanders, um möglichst viele Restaurants kennenzulernen. Mit der indischen Küche war er wenig vertraut. Als Irina ihn fragte, ob er schon wisse, was er wolle, schüttelte er den Kopf. Er konnte sich nicht zwischen einer Linsensuppe als Vorspeise und den Kheema Pattis, Bällchen aus Lammfleisch, Erbsen und Kartoffeln, entscheiden. Sie beschlossen, sich einen gemischten Vorspeisenteller zu teilen. Als Hauptgang wählte Pilecki Kingfish in Ajwani-Marinade, Irina ein Malabari Chicken Curry, dazu bestellten sie Ghee Reis und Naan.

»Also, schieß los«, sagte Pilecki, nachdem sie ihre Bestellungen aufgegeben hatten. »Worüber wolltest du mit mir reden?«

Irina betrachtete einen Moment lang ihre lackierten Nägel. »Weißt du, dass ein Forschungsteam eine neue größte Primzahl entdeckt hat? Zwei hoch 57 885 161 minus eins. Voll ausgeschrieben hat die Zahl mehr als siebzehn Millionen Stellen! Das Team von Cooper stieß darauf.« Die Suche nach großen Primzahlen war ein weltweites Unternehmen. Es lockten Preisgelder bis zu 150 000 Dollar. Irina hatte sich schon während ihres Mathematikstudiums dafür interessiert.

»Spannend.« Pilecki nahm einen Schluck Wein.

»Du weißt, dass ich immer gerne in die Forschung gegangen wäre«, fuhr Irina fort.

»Du hast gesagt, dieser Zug sei längst abgefahren.«

»Ist er auch. Als ich von der Entdeckung las, löste es aber etwas in mir aus. Ich begann, über Träume nachzudenken. Wann glauben wir nicht mehr daran, sie verwirklichen zu können? Was tritt an ihre Stelle? Warum hören wir irgendwann auf zu fragen, was wir tatsächlich wollen?« Sie strich sich über den Arm. »Für eine Karriere in der Forschung ist es für mich zu spät. Aber ich bin zum Schluss gekommen, dass ich dort, wo ich jetzt bin, auch nicht glücklich werden kann. Und dass ich etwas verändern muss.«

Pilecki war nicht überrascht.

»Nicht nur wegen meines neuen Vorgesetzten«, stellte Irina klar. »Auch wenn er ein Arsch ist. Natürlich hat er mitbekommen, dass ich früher im ›Blue Girl‹ gearbeitet habe. Seither glaubt er, er könne mich jederzeit anmachen. Damit werde ich fertig«, fügte sie rasch hinzu, als Pilecki empört Luft holte. »Was mich stört, ist diese Scheinwelt. Ich komme mir vor wie in einem schlechten Theater. Jeder bekleidet eine Rolle. Die Banker gebärden sich als seriöse Geschäftsleute, gaukeln vor, sich um Renditen, Gewinnmargen, Währungsschwankungen oder Aktienfonds zu kümmern, in Tat und Wahrheit sind sie aber nichts als schwanzgesteuerte Böcke wie alle anderen Männer auch. Bestenfalls interessieren sie sich noch für ihre eigenen Konten. Wenn sie überhaupt so weit denken können.«

»Einen solchen Bock hast du geheiratet«, stellte Pilecki amüsiert fest.

Irinas graue Augen blitzten. »Du hast wenigstens nie vorgegeben, etwas anderes zu sein.« Sie beugte sich vor. »Es ist nicht meine Welt! Verstehst du? Ich kann diese aufgeblasenen Typen nicht ernst nehmen mit ihrem Gesabber, ihren Hugo-Boss-Anzügen und ihren Schlipsen.«

»Gefallen sie dir besser ohne?«, witzelte Pilecki.

»Ja«, sagte Irina ernst.

Pilecki betrachtete sie überrascht. Bevor er antworten konnte, brachte die Kellnerin die Vorspeise. Irina stach mit der Gabel auf ein Lammfleisch-Bällchen ein.

»Ja«, wiederholte sie. »Nackt sind mir Männer lieber. Dann sind sie sie selbst.«

»Heißt das, du willst in dein altes Leben zurück?« Pilecki bemühte sich, die Frage in einem neutralen Ton zu stellen, doch es gelang ihm nicht, seine Sorge zu verbergen. Er wollte Irina nicht im Weg stehen, sie sollte ihr Leben so führen, wie sie es für richtig hielt. Ob er sie aber mit anderen Männern teilen konnte, wusste er nicht. Er nahm einen großen Schluck Wein.

»Natalja will aussteigen«, sagte Irina. »Erinnerst du dich an sie?«

»Natalja Popowa? Die Russin, die das ›Etoile‹ führt?«

»Eigentlich gehört ihr das Etablissement sogar. Auf dem Papier ist ihr Mann der Besitzer, aber nur der Einfachheit halber. Sie hat mich gefragt, ob es mich reize, ihre Nachfolge anzutreten.«

Pilecki atmete erleichtert aus.

Irina interpretierte den Seufzer falsch. »Ich weiß, ich ginge ein finanzielles Risiko ein, aber ich glaube, ich wäre eine gute Geschäftsführerin. Ich kenne das Milieu, ich verstehe etwas von Zahlen, und dank der letzten Jahre ist mir auch die

Kundschaft mehr als vertraut. Ich wäre meine eigene Chefin!« Sie legte die Gabel hin. »Bedenken habe ich eigentlich nur deinetwegen. Würdest du Schwierigkeiten bekommen?«

So weit hatte Pilecki noch gar nicht gedacht. Seine Erleichterung, dass Irina nicht selbst als Prostituierte arbeiten wollte, ließ alles andere nebensächlich erscheinen.

»Wenn du dich im Rahmen des Gesetzes bewegst, sehe ich eigentlich kein Problem«, antwortete er. »Schließlich arbeite ich nicht bei der Sitte.«

»Nein, aber seit der Korruptionsaffäre sind die Gemüter erhitzt.«

Fünf Polizisten der Fachgruppe Milieu/Sexualdelikte der Stadtpolizei waren wegen Korruptionsverdachts festgenommen worden. Den zwei Hauptverdächtigen war vorgeworfen worden, vertrauliche Informationen an Personen aus dem Rotlichtmilieu weitergegeben zu haben. Sie hatten bevorstehende Polizeikontrollen angekündigt und auf Anzeigen verzichtet. Als Gegenleistung hatten sie unter anderem gratis sexuelle Dienstleistungen erhalten. Beide Polizisten waren während der Untersuchungshaft aus personalrechtlichen Gründen entlassen worden. Es hieß, ihre Handlungen seien nicht vereinbar mit ihrem Beruf.

»Die neue Prostitutionsgewerbeverordnung sieht zusätzliche Bewilligungspflichten vor. Erfüllt das ›Etoile‹ die nötigen Auflagen?«

»Soweit ich es beurteilen kann ja. Aber natürlich würde ich das alles noch genau abklären. Nur ein seriöses Etablissement käme für mich infrage.«

Während Irina ihre Ideen entwickelte, widmete sich Pilecki den Vorspeisen. Er hatte seine Frau schon lange nicht mehr so lebendig erlebt. Allein die Vorstellung, die Verantwortung für einen Betrieb zu übernehmen, verlieh ihr Energie. Pilecki zweifelte keinen Augenblick, dass sie den nötigen

Geschäftssinn mitbrachte. Was ihr an Fachwissen fehlte, kompensierte sie mit Intelligenz und Menschenkenntnis.

Die Kellnerin brachte zwei Rechauds und stellte sie in die Mitte des Tisches. Nachdem sie die Kerzen angezündet hatte, verteilte sie Schalen und Platten mit dampfenden Speisen auf dem Tisch.

Pilecki häufte großzügige Portionen auf seinen Teller. Irina sprach weiter. Sie hatte bereits die Geschäftsberichte des »Etoile« studiert. Sie erklärte die Berechnungen, die sie angestellt hatte, und beschrieb die Veränderungen, die sie vornehmen wollte. Pilecki brach ein Stück Naan ab. Sein Blick blieb an Irinas Brüsten hängen. Wenn sie aufgeregt war, hoben und senkten sie sich im Takt ihrer Atemzüge.

»Weißt du mehr darüber?«, fragte Irina.

Pilecki sah auf. Er hatte nicht mitbekommen, worauf sich die Frage bezog. Schuldbewusst schüttelte er den Kopf. Ich bin ein schwanzgesteuerter Bock, lachte er in sich hinein.

»Zum Glück hat der Kantonsrat die Meldepflicht abgelehnt. Eine Kontingentierung von ausländischen Prostituierten hat in Zürich ohnehin keine Chancen. Nicht auf Kosten von Spezialisten, die die Wirtschaft benötigt.« Irina verschränkte die Arme vor der Brust. »Hörst du mir überhaupt zu?«, fragte sie mit gespielter Strenge.

Pilecki nickte mit vollem Mund.

Irina hob den Zeigefinger. »Zuerst das Geschäft, dann das Vergnügen.«

Pilecki grinste. »Das gefällt mir. Vor allem, wenn ich daran denke, was das Geschäft in Zukunft sein wird.«

Sie schlug ihm mit der Gabel auf die Hand, die langsam über den Tisch gerutscht war und ihren Arm hochstrich. »Hier, nimm etwas Sesam.« Sie reichte ihm ein Schälchen. »Nicht, dass du es nötig hättest!«

»Nötig wozu?«

Sie hob die Augenbrauen. »Sesam ist ein Aphrodisiakum, wusstest du das nicht?«

»Nein. Wie du so treffend bemerkt hast, habe ich das nicht nötig.«

»In Thailand stellen sie daraus Liebeskekse her«, erzählte Irina. Sie neigte den Kopf zur Seite. »Das wäre vielleicht ein lukrativer Nebenerwerb. Ich könnte an der Bar Liebeskekse oder Kokosbällchen mit Kardamom und Kurkuma anbieten. Wer Lust auf Pikantes hat, kriegt Rosmarinchips, für die Gesundheitsbewussten gibt es Selleriesalat oder Kartoffeln mit Senf und Dill.«

Pilecki hatte aufgehört zu kauen. »Ist das auch ein Aphrodisiakum?«

»Natürlich«, antwortete Irina. »Heute gibt es Senf und Dill, mein Mann muss machen, was ich will«, zitierte sie. »Kennst du den Spruch nicht?«

»Ich meine Sellerie.« Pilecki hatte die Gabel hingelegt. »Ist Sellerie auch ein Aphrodisiakum?«

»Vermutlich das bekannteste«, antwortete Irina.

10

Dass Spazierwege entlang eines Seeufers attraktiv sind, bestritt niemand. Wie sie angelegt sein sollten, löste jedoch heftige Kontroversen aus. Fünfundsiebzig Prozent aller Seeufer in der Schweiz waren verbaut durch Quaianlagen und Hafenmauern oder befanden sich auf privatem Grund. Mit ihrer Initiative hatten die Sozialdemokraten einen durchgehenden Uferweg um den Zürichsee gefordert. Als der Kantonsrat einen Gegenvorschlag annahm, der jährlich sechs Millionen Franken für den Bau von Uferwegen vorsah, zogen die Sozialdemokraten ihre Initiative zurück. Der Ball lag nun beim Regierungsrat, der dem Kantonsrat einen Vorschlag zur Umsetzung unterbreiten musste.

Was aber war ein Uferweg? Verlief er zwingend entlang des Wassers? Oder reichte es, wenn er in Seenähe lag? Die Formulierung im Straßengesetz war unklar. Das Amt für Verkehr behauptete, der kantonale Richtplan gewähre einen gewissen Spielraum. Moritz Kienast hatte das anders gesehen. »Was ein Uferweg ist, weiß wohl jedes Kind: nämlich ein Weg, der nahe am Ufer verläuft.«

Tobias Fahrni hatte gar nicht bemerkt, dass er die Worte laut ausgesprochen hatte, bis seine Bürokollegin Vera Haas applaudierte.

»Eine tiefsinnige Bemerkung«, sagte sie.

Fahrni, der kein Gespür für Ironie hatte, lächelte. »Ja, dumm war er nicht, unser Motz-Moritz.«

Haas verdrehte die Augen. Fahrni las weiter. Kienast behauptete, der kantonale Richtplan sei zwar nicht ganz genau, lege aber fest, dass der Uferweg in Seenähe verlaufen müsse. Außerdem bestimmten die übergeordneten Gesetze, dass Gewässer öffentlich zugänglich sein müssten. Deshalb wehrte sich Kienast gegen Alternativen, die zum Beispiel einen Umweg durch ein Dorf vorsahen.

»Ganz konkret werden erst die regionalen Richtpläne«, sagte Fahrni.

Haas ignorierte ihn.

»Die Gegner stimmen nur einer teilweisen Verbesserung des Seezugangs zu. Zum Beispiel der Verein ›Fair‹. Ihm sind vor allem die Diskussionen um Enteignungen und die hohen Kosten ein Dorn im Auge.« Fahrni nahm ein leeres Blatt und zog einen Längsstrich. Er beschriftete die rechte Spalte mit »Freund« und die linke mit »Feind«. Links trug er den Verein »Fair« ein. Dann fügte er den Hauseigentümerverband hinzu. Nach einigem Überlegen notierte er »Verein Zürichsee-Landschaftsschutz«. Dieser war der Ansicht, ein durchgehender Seeuferweg habe verheerende Konsequenzen für Pflanzen, Tiere und Umwelt. Er prangerte die aktuelle Spaß- und Konsumgesellschaft an und kritisierte deren grenzenloses Erholungsbedürfnis. Als Reiter bekam auch Fahrni von Umweltschützern immer wieder zu hören, er zerstöre Flora und Fauna. Die Schweiz ist einfach zu dicht besiedelt, dachte er. Vor zwei Jahren hatte er mit seinem Pferd Lisa eine längere Reittour durch den französischen Jura unternommen. Stundenlang war er durch die Wälder geritten, ohne einer Menschenseele zu begegnen. Sein Zelt hatte er dort aufgeschlagen, wo es ihm gerade passte. Niemand störte sich daran. Er skizzierte einen Pferdekopf auf dem Rand des Blattes.

»Soll ich die Gemeinden auch auf die Liste setzen?«

»Woher soll ich das wissen«, antwortete Haas genervt.

Fahrni beachtete sie nicht. Er blätterte Kienasts Unterlagen durch und suchte einen Zeitungsartikel heraus, den er eben gelesen hatte. Er betraf den Beitrag, den die Gemeinden zu entrichten hätten, würde der Gegenvorschlag angenommen. Als der Regierungsrat die Umsetzungsvorlage in die Vernehmlassung gegeben hatte, war es zu empörten Reaktionen gekommen. Erstmals waren Zahlen genannt worden. Zwanzig Prozent müssten die Gemeinden an die Projekte auf ihrem Gebiet zahlen. Dass sie sich ärgern, ist verständlich, dachte Fahrni, denn grundsätzlich ist es Aufgabe des Kantons, das im Richtplan eingetragene Wegenetz zu finanzieren. Doch die Regierung vertrat den Standpunkt, ein Uferweg erhöhe die Attraktivität der Gemeinden und sei deshalb ein Mehrwert.

»Der Kanton plant, die Gemeinde zahlt«, stellte Fahrni fest. Er beschloss, die Orte nicht einzeln aufzulisten, sondern fasste sie unter »Gemeinden« zusammen und fügte noch »Liegenschaftsbesitzer am See« hinzu. Aus einer Tüte, die auf seinem Schreibtisch lag, fischte er ein ringförmiges Brötchen aus Maniokmehl.

»Möchtest du auch eines?«, fragte er Haas.

Haas hob beide Hände. »Wenn ich nur Chipa rieche, wird mir schon übel!«

»Es tut Paz gut, sie zu backen.«

»Von mir aus kann sie backen, so viel sie will. Aber essen werde ich sie nicht.«

Fahrni hatte Paz Rubin durch eine Partnervermittlerin kennengelernt. In Paraguay hatte die 26-Jährige ihren Lebensunterhalt mit dem Verkauf von Chipa an Bushaltestellen verdient. Sie war zu Fahrni in die Schweiz gereist, weil sie in Zürich ihre verschwundene Tochter vermutete. Die Spur hatte sich als falsch erwiesen, doch Paz hatte erfahren, was mit Ariana geschehen war. Das Mädchen war seit sechs Jahren tot. Paz' Welt war zusammengebrochen. Fahrni konnte nichts tun, um ihr zu helfen – außer Chipa essen. Backen verlieh ihrem Leben noch einen ganz kleinen Sinn. Jeden Morgen um vier Uhr stand sie auf und begab sich in die Küche. Es waren die einzigen Stunden, in denen sie glücklich war.

Fahrni kaute langsam und richtete seine Aufmerksamkeit auf die Spalte »Freunde«. Als Mensch war Kienast vielleicht unbeliebt gewesen, doch sein Anliegen teilten nicht nur die Sozialdemokraten und die Grünen, sondern auch mehrere Organisationen und Vereine. »Rives publiques« setzte Fahrni zuoberst auf die Liste. Der Verein bekämpfte die Privatisierung der Seeufer durch Reiche. Präsident war ein ehemaliges Kadermitglied eines internationalen Konzerns, das sich seit seiner Frühpensionierung für den – seiner Meinung nach – öffentlichen Grund einsetzte. Als Fahrni las, dass er sich Seeanrainer, Bauherren zukünftiger Luxuswohnungen sowie Gemeindevertreter zum Feind gemacht hatte, sah er Parallelen zu Moritz Kienast. Vielleicht würde der Manager ihnen weiterhelfen können. Gut möglich, dass sich Kienast ihm anvertraut hatte.

Kienast hatte auch mit Bürgerbewegungen zusammengearbeitet, zum Beispiel mit »Uetikon an den See«. In der gut sechstausend Einwohner zählenden Gemeinde am oberen Zürichsee war eine heftige Diskussion um die Nutzung von aufgeschüttetem Uferland entbrannt, als die Bewohner von einem luxuriösen Wohnprojekt erfuhren, das auf einem Teil des Fabrikareals der Chemie Uetikon geplant war. Das Projekt scheiterte in der Gemeindeversammlung, die Landfrage wurde jedoch nicht geklärt.

»Wem gehört das Land am See?«, fragte Fahrni. »Das ist eine gute Frage.«

»Vermutlich demjenigen, der es gekauft hat«, antwortete Haas, ohne aufzuschauen.

»Das Problem ist, dass es kaum Verkaufsverträge gibt. Es ist Konzessionsland. Bei der Vergabe war meistens nur von Gebühren die Rede.«

Haas sah auf. »Was? Du meinst, das Land wurde verschenkt?«

»Vor zweihundert Jahren wollte niemand Land am See«,

erklärte Fahrni. »Es war sumpfig und mit Malaria verseucht. Erst als die Sümpfe entwässert und die Ufer aufgeschüttet und befestigt wurden, gewann das Land an Attraktivität. Es kostete aber viel. Zu einem großen Thema wurden die Aufschüttungen, als es im 19. Jahrhundert um den Bau der Seestraße und der Bahnlinie ging. Der Kanton konnte sich die Trockenlegung nicht leisten, also gab er das Land gegen eine geringe Gebühr an Privatleute mit der Auflage, es zu befestigen und einen Teil davon dem Staat zu überlassen. Kein Vertrag glich dem anderen. Das führt heute zu großen Diskussionen. Ist das Land den Besitzern nur geliehen worden, oder gehört es ihnen? Der Kanton ist der Meinung, Konzessionsland sei in Privateigentum übergegangen. Der Heimatschutz und andere Organisationen behaupten, spätestens nach Ablauf der maximalen Konzessionsdauer falle das Land an den Staat zurück.«

Haas' Interesse war geweckt. »Das würde ja heißen, dass das Land, auf dem die Villen der Bonzen stehen, gar nicht ihnen gehört.«

»Genau. Moritz Kienast sah das jedenfalls so. Und wenn das Land nur geliehen war, könnte der Kanton den Streifen für den Seeuferweg einfordern, ohne dafür zu bezahlen. Da ist eine Menge Geld im Spiel. Die Gegner behaupten aber, von einem befristeten Nutzungsrecht sei nie die Rede gewesen. Deshalb sprechen sie von geplanten Enteignungen.«

»Ich habe mich immer gefragt, warum die Realisierung eines Spazierwegs so umstritten ist. Ich dachte, die Seeanrainer wollten ihre Privatsphäre schützen.«

»Das natürlich auch«, stimmte Fahrni zu. »Aber du kannst sicher sein, wo heftig gestritten wird, geht es immer um Geld. Viel Geld. Du hast vielleicht mitbekommen, dass der Zürcher Heimatschutz einige Bauvorhaben am Seeufer bekämpft. Auch da geht es nicht nur um die eigentlichen Projekte. Der Heimatschutz versucht, durch die Rekurse eine juristische Klärung des

Begriffs Konzessionsland zu erwirken. Bis jetzt hat sich aber nicht einmal das Bundesgericht eindeutig dazu geäußert.«

»Motz-Moritz wird mir immer sympathischer«, stellte Haas fest.

»In einem Fall – er betrifft ein Baugesuch in Uetikon – hat der Heimatschutz vor dem Zürcher Verwaltungsgericht zwar recht bekommen, aber der Baustopp wurde nur verfügt, weil eine alte Baubewilligung nicht mehr gültig war. Die Grundsatzfrage wurde nicht geklärt. Und gebaut wurde später trotzdem. In Wädenswil wurde zwar ein Teilerfolg erzielt, aber das Gericht hat sich vor einer klaren inhaltlichen Aussage gedrückt. Dort will die Mondial-Property-Group Luxuswohnungen bauen.«

»Haben die nicht die Häuser der ehemaligen Porzellanmanufaktur gesprengt?«

»Das war der Bruder des CEO«, korrigierte Fahrni. »Er ist auch im Baugeschäft. Die Wohnungen in seiner Luxussiedlung kosteten …«, er blätterte in den Unterlagen, »bis zu zehn Millionen Franken. Die Ex-Frau von …« Er hielt inne.

»Von wem?«

»Warum taucht der Name Kienast hier auf?«, murmelte Fahrni.

»Die Ex-Frau von wem?«, wiederholte Haas.

»Hier ist von einem Klemens Kienast die Rede. Was? Ach so. Die Exfrau des Rohstoffhändlers Marc Rich.«

»Was ist mit ihr?«

»Sie hat dort eine Wohnung gekauft.« Fahrni sah auf. »Sagt dir der Name Klemens Kienast etwas? Ist er mit Moritz Kienast verwandt?«

Haas gab den Namen ein. »Das ist der ältere Bruder«, antwortete sie prompt.

Fahrni griff nach dem Telefonhörer.

Regina hatte bereits die Jacke vom Bügel genommen, als Nina Dietz ihr ein Zeichen gab. Die Protokollführerin legte die Hand auf die Sprechmuschel und erklärte, Tobias Fahrni sei am Apparat.

»Kann es warten?«, fragte Regina. Sie wollte vor der Einvernahme noch eine Kleinigkeit essen.

»Er sagt nein«, antwortete Dietz und leitete das Gespräch mit bedauernder Miene an sie weiter.

Regina kehrte an ihren Schreibtisch zurück. Es dauerte einen Moment, bis sie begriff, was Fahrni ihr zu sagen versuchte.

»Der Bruder von Moritz Kienast ist Generalunternehmer für die Ausführung eines Projekts, das Kienast bekämpft?«

»Er bekämpft es nicht direkt, aber er unterstützt die Gegner. Es handelt sich um Luxuswohnungen auf der Halbinsel Giessen. Das Vorhaben umfasst mehrere Abschnitte. Gegen einzelne hat der Zürcher Heimatschutz Beschwerde eingelegt. Das Baurekursgericht hat daraufhin die Mondial-Property-Group zu Konzessionen gezwungen. Die Details sind ziemlich kompliziert. Ich kann dir die Unterlagen des Anwalts faxen, wenn du möchtest. Wichtig ist meiner Meinung nach vor allem, dass das Gericht zwei bestehende Bauten auf dem Areal geschützt hat. Sie dürfen nicht abgerissen werden. Das bedeutet, dass bei einem der Teilprojekte zweitausend Quadratmeter Wohnfläche eingespart werden müssen. Damit ist die Mondial natürlich nicht einverstanden.«

»Hat die Firma das Urteil angefochten?«, fragte Regina.

»Ja, und das Verwaltungsgericht hat den Entscheid bestätigt.«

»Wie viel Geld ist im Spiel?«

»Die Mondial rechnet damit, das Ganze für 346 Millionen Franken zu verkaufen. Die Verzögerung gefällt ihr nicht.«

»Was bedeutet sie für Klemens Kienast?«

»Um Genaueres zu sagen, müsste ich mehr über seine Firma und ihre Auftragslage wissen. Aber ein Projekt in diesem Umfang ist für einen Generalunternehmer vermutlich bedeutsam. Rechtsstreitigkeiten sind immer belastend. Es wäre gut zu wissen, wie die beiden Brüder zueinander stehen.«

Regina teilte seine Meinung. Sie bedankte sich und legte auf. Es war bereits 12.30 Uhr. In einer halben Stunde würde Dorothee Kienast-Sutter eintreffen. Wenn Regina die Gelegenheit nutzen wollte, ihr Fragen zu ihrem Schwager zu stellen, musste sie sich vorbereiten. Sie hängte ihre Jacke wieder an den Bügel und öffnete die Schreibtischschublade. Ihr Darvida-Vorrat war fast zu Ende. Sie nahm die zweitletzte Packung heraus und riss sie auf. Anschließend breitete sie die Blätter mit den Fragen aus, die sie am Vorabend zusammengestellt hatte. Pileckis Information, Sellerie werde als Aphrodisiakum verwendet, rückte das Verschwinden von Moritz Kienast in ein anderes Licht. Erst recht, da Dorothee Kienast-Sutter mehr Schwung in ihre Ehe zu bringen versuchte, wie Pilecki es ausdrückte. Gut möglich, dass die Vergiftungssymptome und Kienasts Verschwinden zufällig zusammenfielen.

»Hab mir gedacht, dass du noch hier sein würdest«, sagte Dietz in der Tür. »Ich habe dir ein Sandwich und einen Karottensalat mitgebracht.«

Dankbar nahm Regina das Essen entgegen. »Bist du sicher, dass du Polizistin und kein Engel bist?«

Dietz fuhr sich durch die kurz geschnittenen braunen Haare. »Sind Engel nicht blond?«, grinste sie. »Hier ist noch ein Fax von Fahrni.«

Regina packte das Sandwich aus und überflog das Fax. Der Zürcher Heimatschutz hatte sich unter anderem daran gestört, dass die Bauten teilweise bloß dreieinhalb Meter Abstand zum Seeufer aufwiesen. Es folgten einige Seiten über Gutachten, die Regina übersprang. Das Hauptthema von

Heimatschutz und »Rives publiques« schien das Bauen auf Konzessionsland zu sein.

Regina bezweifelte, dass Dorothee Kienast-Sutter im Detail über die Geschäfte ihres Schwagers Bescheid wusste. Wichtig war, wie sie die Beziehung der Brüder beurteilte. Regina beschloss, die Fragen zu Klemens Kienast gleich zu Beginn zu stellen. Sie wollte Dorothee Kienast-Sutter nicht das Gefühl geben, dass sie selbst unter Verdacht stand. Je entspannter sie war, desto mehr Informationen gäbe sie preis. Sie sollte in Regina jemanden sehen, der sie bei der Suche nach ihrem Mann unterstützte.

Ein grünlicher Tropfen fiel aufs Blatt. Regina fragte sich, was sie da eigentlich aß. Über ihre Essgewohnheiten schüttelte Nina Dietz nur den Kopf. Wenn Regina ihr keine genauen Anweisungen gab, brachte sie meistens etwas mit, das Vitamine und Ballaststoffe enthielt. Regina hob die obere Brotscheibe ab und starrte auf das grüne Mus. Sie pickte zwei Salatblätter heraus und ließ sie in den Abfalleimer fallen.

Das Telefon klingelte, und der Empfang kündigte Dorothee Kienast-Sutter an. Regina warf auch den Rest des Sandwichs weg und schnappte sich ihre Zahnbürste. Nachdem sie sich hastig die Zähne geputzt hatte, ordnete sie ihre Unterlagen und eilte die Treppe hinunter.

Dorothee Kienast-Sutter wirkte übernächtigt. Ihre Augen waren gerötet, die Lippen blass. Als Regina ihr die Hand reichte, bedankte sie sich dafür, dass die Staatsanwaltschaft das Verschwinden ihres Mannes ernst nahm. Regina führte sie ins Büro, stellte ihr Nina Dietz vor und klärte sie über ihre Rechte auf. Dorothee Kienast-Sutter nickte gleichgültig.

»Ich möchte mit einigen Fragen zu Ihrer Person beginnen.« Aus den Akten der Stadtpolizei wusste Regina nur, dass Dorothee Kienast-Sutter dreiundfünfzig Jahre alt, Bürgerin von Zürich und seit fünfundzwanzig Jahren verheiratet war. Sie hatte ursprünglich eine Ausbildung zur Lehrerin absolviert, jetzt unterrichtete sie Deutsch.

»Arbeiten Sie Vollzeit?«, fragte Regina.

Dorothee Kienast-Sutter erklärte, sie erteile zwölf Lektionen pro Woche. Bis zu Annas Geburt arbeitete sie Vollzeit als Mittelstufenlehrerin; als ihre Tochter zur Welt kam, widmete sie sich ausschließlich der Familie. Nachdem Anna in den Kindergarten gekommen war, hatte Dorothee das Unterrichten wieder aufgenommen. Einige Monate übernahm sie Stellvertretungen, doch das ständige Organisieren empfand sie als mühsam. Deshalb beschloss sie, eine Zusatzausbildung zu machen. Seither unterrichtete sie Deutsch.

»Meine Mutter starb, als ich zwanzig war. Ich hatte niemanden, der auf Anna aufpassen konnte«, erklärte sie.

»Was war mit Ihrer Schwiegermutter?«

Dorothee Kienast-Sutter schüttelte den Kopf. »Moritz hat sich nie besonders gut mit seinen Eltern verstanden.«

»Und mit den Geschwistern?«

»Die jüngere Schwester Klara starb früh an einer seltenen Form von Leukämie. Und Klemens«, sie hielt kurz inne. »Ich glaube, Moritz hat sein Leben lang darunter gelitten, dass Klemens ihn in allem übertraf. So hat es jedenfalls sein Vater beurteilt.«

Klemens Kienast war drei Jahre älter als Moritz. Als Kind war er ein Draufgänger gewesen, was den Vater mit Stolz erfüllte. Mit vier Jahren fuhr er freihändig Fahrrad, mit fünf legte er ohne Schwimmhilfe eine ganze Länge im Freibad zurück, mit sechs kletterte er auf die höchsten Bäume im Wald. Als er sich mit acht das Bein brach, änderte er kurzerhand die Fußballregeln. Er beschloss, dass der Ball ab sofort mit einem Stock statt mit dem Fuß getreten werden müsse. Alle Kinder der Nachbarschaft fügten sich. Obwohl er immer den Ton angab, war er beliebt. Auch Erwachsene mochten ihn. Sie lobten seinen Anstand und schätzten, dass er ihnen mit Respekt begegnete. Klemens wusste genau, was von ihm erwartet wurde, und bemühte sich, diese Erwartungen zu übertreffen.

»Ich empfand ihn immer als berechnend«, sagte Dorothee Kienast-Sutter. »Er ist stets auf seinen Vorteil bedacht. Außerdem mangelt es ihm an Empathie. Er kann sich nicht in Schwächere hineinversetzen. Vielleicht, weil er nie jemandem unterlegen war. Es muss schwer für Moritz gewesen sein, in seinem Schatten aufzuwachsen. Vor allem, weil er eine Seite von Klemens sah, die vielen verborgen blieb.«

Es waren Kleinigkeiten. Klemens schnappte sich Extraportionen Fleisch aus dem Ofen, wenn die Mutter wegschaute, und pflückte vom Strauch des Nachbarn reife Himbeeren, wenn dieser ihm den Rücken zukehrte. Ging ihm das Taschengeld vor Monatsende aus, befahl er Moritz, Süßigkeiten für ihn zu kaufen. Weigerte sich Moritz, bestrafte der Vater ihn, weil er nicht teilen wollte. In der Schule stahl Klemens aus dem Schreibtisch der Lehrerin sternförmige Kleber, mit denen sie besondere Leistungen auszeichnete.

»Dabei hätte er es gar nicht nötig gehabt«, sagte Dorothee Kienast-Sutter. »Er erhielt ohnehin die meisten Sterne. Ich glaube, das hat Moritz am meisten zugesetzt.«

Im Gegensatz zu seinem Bruder war Moritz schon als Kind durch und durch ehrlich. Wenn ihn jemand nach seiner Meinung fragte, äußerte er sie unverblümt, auch wenn er merkte, dass sie im Grunde gar nicht gefragt war, sondern sich sein Gegenüber bloß Unterstützung von ihm erhoffte. Von Notlügen hielt Moritz Kienast nichts. Lehrpersonen bezeichneten ihn als dickköpfig und bemängelten seine fehlende Bereitschaft zu kooperieren. Im Sport hieß es, er verstehe die Bedeutung von Teamgeist nicht. Wehrte er sich gegen vermeintliche Ungerechtigkeiten, galt er als Querulant.

»Er hatte immer ein Problem mit Autoritäten«, erklärte

Dorothee Kienast-Sutter. »Er würde sein letztes Hemd hergeben, wenn er damit jemandem helfen könnte. Aber nur, wenn es seine eigene Entscheidung war. Zwänge man ihn dazu, würde er sich mit allen Mitteln dagegen wehren.«

»Wie ist das Verhältnis zwischen Moritz und Klemens Kienast heute?«, fragte Regina.

»Sie haben keinen Kontakt. Dass Klemens den Sohn seiner Frau adoptiert hat, hat Moritz ihm nie verziehen.« Sie erklärte, dass Klemens nach dem Tod des Vaters das Elternhaus geerbt habe. »Er hat Linas adoptiert, damit Anna später keinen Anspruch auf das Haus würde erheben können.«

»Also hat er keine eigenen Kinder«, stellte Regina fest.

»Seine erste Ehe blieb kinderlos, seine jetzige Frau Gabriele brachte Linas aus einer früheren Ehe mit. Der Junge war zwölf, als sie heirateten.« Sie runzelte die Stirn. »Weshalb interessieren Sie sich für Klemens? Glauben Sie, er hat etwas mit Moritz' Verschwinden zu tun?«

»Wie viel wissen Sie über die politischen Aktivitäten Ihres Mannes?«, fragte Regina.

Der plötzliche Themenwechsel irritierte Dorothee Kienast-Sutter. »Wir haben viel über Politik gesprochen, warum?«

»Sagt Ihnen das Bauprojekt auf der Halbinsel Giessen etwas?«

Dorothee Kienast-Sutter nickte langsam. »Jetzt verstehe ich, worauf Sie hinauswollen. Aber Sie liegen völlig falsch. Klemens würde Moritz nie etwas antun.«

Regina wartete.

»Aus dem einfachen Grund, weil er Moritz nicht als Bedrohung betrachtet.« Dorothee lachte bitter. »Er nimmt ihn viel zu wenig ernst.«

»Der Rekurs des Heimatschutzes hat Ihrem Schwager geschadet. Zumindest in finanzieller Hinsicht.«

»Moritz dafür verantwortlich zu machen hieße, ihm Macht

zuzugestehen. Für Klemens ist das unvorstellbar. Für ihn ist Moritz bestenfalls eine lästige Mücke.«

»Mückenstiche können sehr unangenehm sein.«

Dorothee Kienast-Sutter schüttelte den Kopf. »Nein, glauben Sie mir, mit Mücken gibt Klemens sich nicht ab. Außerdem würde er sich nie die Hände schmutzig machen.«

Regina sah ihr lange in die Augen. »Wer sonst? Wer würde sich die Hände schmutzig machen?«

Dorothee Kienast-Sutter nagte an ihrer Unterlippe. Dietz hörte auf zu tippen. Stille breitete sich im Raum aus. Regina verspürte den Drang, sie zu brechen, widerstand aber dem Impuls. In Dorothee Kienast-Sutters Blick erkannte sie Verzweiflung. Sie liebt ihn, dachte Regina. Das Gefühl ist echt. Sie versuchte, sich vorzustellen, wie sie empfände, wenn der Mann, mit dem sie das halbe Leben verbracht hatte, von einem Tag auf den anderen verschwände. Plötzlich wurde ihr die Ironie der Situation bewusst. Cavallis Anruf war auch gestern ausgeblieben. Sie zwang ihre Gedanken in eine andere Richtung. Cavalli war nicht verschwunden. Er hatte sich bloß nicht gemeldet. Dafür musste es einen guten Grund geben.

»Vielleicht …«, begann Dorothee Kienast-Sutter. »Nein, es ist einfach zu lächerlich.«

»Reden Sie weiter«, drängte Regina.

»Mir kommt nur eine Person in den Sinn, die Moritz etwas hätte antun wollen, aber das ist absurd.«

»An wen denken Sie?«

Sie räusperte sich, sichtlich verlegen. »Können Sie sich an die Gummiboot-Demo erinnern?«

Im vergangenen Sommer waren die Jungsozialisten mit Gummibooten in den See gestochen. Sie fuhren das rechte Seeufer entlang, nahe an den Grundstücken der Anrainer vorbei. Dabei hielten sie Flaggen und Transparente in die Höhe, auf denen Sprüche wie »Reclaim the Beach« standen, und forderten einen frei zugänglichen See. Die Aktion verlief friedlich, die Botschaften, die sie an die Mauern der Villen anbrachten, waren mit Kreidespray geschrieben, den der Regen kurz darauf wegspülte.

»Trotzdem haben sich einige Liegenschaftsbesitzer darüber geärgert. Von einem Oskar Zellweger aus Zollikon erhielt Moritz drei Tage später einen auf Schreibmaschine getippten Brief mit üblen Beschimpfungen.«

»Ihr Mann hat an der Demonstration teilgenommen?«, fragte Regina.

Dorothee Kienast-Sutter errötete. »Er war begeistert vom Engagement der Jungen. Er wollte ihnen zeigen, dass er hinter ihnen stand.«

Aus dem Augenwinkel sah Regina, wie Dietz ein Lächeln unterdrückte. Obwohl Moritz Kienast im Gummiboot zweifellos eine amüsante Figur abgegeben hatte, empfand Regina Mitleid. Ihr Blick traf sich mit jenem von Dorothee Kienast-Sutter. Regina erkannte, wie sehr die Frau litt. Nicht nur unter dem Verschwinden ihres Mannes, sondern auch unter seiner Unfähigkeit, seine Botschaft zu vermitteln. Moritz Kienast stand sich selbst im Weg. Er bekam nie die Anerkennung, nach der er sich sehnte. Dabei hat er sie verdient, dachte Regina. Er hat seine Zeit und seine Energie für Ziele eingesetzt, an die er glaubte. Er begnügte sich nicht damit, zu reklamieren, wie so viele andere, sondern versuchte, etwas zu verändern. Doch die Politik war ein undankbares Betätigungsfeld. Kritisiert wurde rasch, gelobt selten.

»Wir werden dem nachgehen«, versprach Regina. »Haben Sie den Brief noch?«

Dorothee Kienast-Sutter schüttelte resigniert den Kopf. Ihre Körpersprache passte zu ihren Aussagen, Regina hatte nicht das Gefühl, dass die Frau ihr etwas vorspielte. Dennoch schloss Regina nicht aus, dass sie mehr über das Verschwinden ihres Mannes wusste, als sie zugab. Zu oft zeigten Beschuldigte aufrichtige Sympathien für ihre Opfer, und manchmal distanzierten sie sich im Nachhinein so sehr von der Tat, dass sie sich gar wie Unbeteiligte fühlten.

Regina beugte sich vor. »Ist es Ihnen nie zu viel geworden? Sie mussten mit ansehen, wie sich Ihr Mann abrackerte. Als Dank erntete er oft nur Spott. Das hat Sie bestimmt mitgenommen.«

Dorothee Kienast-Sutter richtete sich auf. »Moritz hat auch viel erreicht! Schon nach wenigen Monaten im Kantonsrat war er als Erstunterzeichner für mehrere Anfragen verantwortlich. Ohne ihn wären viele Altlastsanierungen nie Thema geworden. Auch der Erfolg der Seeufer-Initiative geht zu einem großen Teil auf sein Konto.«

»Haben Sie sich nie gewünscht, er würde aus der Politik aussteigen?«

»Nein«, antwortete sie klar. »Ich habe mir nur gewünscht, er könnte das Leben etwas gelassener nehmen. Ohne die Politik wäre Moritz nicht mehr Moritz.«

»Wirkte sich seine Frustration auf Ihre Beziehung aus?«

Dorothee Kienast-Sutter erzählte, was sie bereits Pilecki geschildert hatte. Sie sprach von der Krise in ihrem Sexualleben, beschrieb, wie sie die abnehmende Lust ihres Mannes gekränkt habe, bis ihr klar geworden sei, dass sie seine Reaktion nicht persönlich nehmen durfte. Statt zu schmollen, beschloss sie zu handeln. Sie ließ sich auf einer Fachstelle beraten und begann zu experimentieren. Sie versuchte, gewohnte Muster zu durchbrechen und Moritz mit neuen Praktiken zu überraschen. Mut machte ihr die Erfahrung einer Freundin, die erst mit fünfzig entdeckt hatte, dass ihr Mann von Gruppensex angetan war. Seit sie sich regelmäßig mit einem gleichgesinnten Paar trafen, hatte ihre Ehe einen Aufschwung erlebt.

»Wie hat Ihr Mann auf Ihre Bemühungen reagiert?«, fragte Regina.

»Er zeigte kein großes Interesse«, gestand Dorothee Kienast-Sutter. »Ich glaube, er hat sich unter Druck gefühlt. Genau das wollte ich nicht! Im Gegenteil, ich habe nur versucht, die Freude, die wir einst aneinander hatten, wieder aufleben zu lassen.«

»Kam Ihnen je der Gedanke, dass nicht der Stress der Grund für sein Verhalten sein könnte?«

»Sondern?« Dorothee Kienast-Sutter reckte das Kinn in die Höhe. »Sie denken an eine andere Frau.«

Regina schwieg.

»Es gibt keine andere! Und es gab auch nie eine! Moritz ist der treuste Mann, den ich kenne. Und der ehrlichste.«

»Sie haben ausgesagt, er habe zum Zeitpunkt seines Verschwindens ein rostrotes Hemd getragen. Hat er das Kleidungsstück selbst gekauft?«

»Anna hat es ihm zum Geburtstag geschenkt, warum?«

»Hat sich Ihr Mann in letzter Zeit über Unwohlsein beklagt?«

Dorothee Kienast-Sutter war in Gedanken noch beim Hemd. »Wie bitte?«

Regina wiederholte ihre Frage.

»Ich habe der Polizei bereits erzählt, dass er wegen verschiedener Beschwerden seinen Arzt aufgesucht hat.«

»Bitte erzählen Sie es mir noch einmal.«

Dorothee Kienast-Sutter schilderte die Symptome. Ihre Angaben stimmten mit ihrer früheren Aussage überein. Sie war der Meinung, der Stress sei Auslöser der Beschwerden gewesen, auf die Idee, ihr Mann könnte vergiftet worden sein, kam sie nicht.

»Litt Ihr Mann unter Allergien?«, fragte Regina.

»Wenn er ein frisch gemähtes Feld durchquerte, musste er

manchmal niesen«, antwortete sie. »Im Frühling kam es auch vor, dass es ihn in den Augen juckte. Aber nie stark. Und vor allem nicht über so lange Zeit.«

»Was ist mit Lebensmittelallergien?«

Dorothee Kienast-Sutter schüttelte den Kopf. »Nein, er aß alles. Es sei denn, es schmeckte ihm nicht.«

»Zum Beispiel?«

»Schweinefleisch mied er, wenn möglich, er ekelte sich davor. Sellerie und Weißkohl mochte er auch nicht.«

»Haben Sie auf seine Abneigung gegenüber bestimmten Lebensmitteln Rücksicht genommen?«

»Natürlich.«

Regina wartete. Der Regen prasselte gegen die Fensterscheiben. In Cherokee schien heute die Sonne. Sie hatte die Ortschaft in der Wetter-App ihres Smartphones gespeichert. Seit sie Cavalli kannte, wünschte sie sich, das Reservat, in dem er aufgewachsen war, zu besuchen. Doch er verwehrte ihr den Zugang zu diesem Teil seines Lebens, was sie mehr schmerzte, als sie sich eingestehen mochte. Sie wurde den Verdacht nicht los, dass er etwas zu verbergen versuchte. Sie hatte plötzlich einen absurden Gedanken. Vielleicht war es nicht Moritz Kienast, der eine Beziehung zu einer anderen Frau geheim hielt, sondern Cavalli. Führte er ein Doppelleben? Verärgert über sich selbst, richtete sie ihre Aufmerksamkeit wieder auf Dorothee Kienast-Sutter. Sie musste aufhören, Vergleiche zwischen Kienast und Cavalli anzustellen.

»Bitte denken Sie nach«, sagte Regina.

»Es gibt nichts, worüber ich nachdenken müsste. Warum sollte ich etwas kochen, das Moritz nicht mag?«

»Frau Kienast«, sagte Regina langsam. »Die Polizei hat in Ihrem Wohnzimmer Selleriesalz gefunden.«

Dorothee Kienast-Sutter schaute sie verwirrt an.

»Haben Sie das Gewürz gekauft?«, fragte Regina.

»Ist etwas damit nicht in Ordnung?«

Regina wiederholte ihre Frage.

»Ja, ich habe es gekauft.«

»Wozu haben Sie es benutzt?«

Dorothee Kienast-Sutter blickte flüchtig zu Dietz hinüber, als hoffte sie, die Protokollführerin könnte erklären, warum sich Regina für das Selleriesalz interessierte. »Was hat das Gewürz mit Moritz zu tun?«

»Hat er etwas davon genommen?«

»Ja, wir haben abends oft zusammen eine Bloody Mary getrunken. Ich habe ihm den Drink damit gewürzt, warum?«

»Vorhin haben Sie gesagt, er möge Sellerie nicht.«

»Er mag das Gemüse nicht, gegen das Salz hatte er nichts einzuwenden.«

»Wusste er, dass Sie es seinem Drink beimischten?«

»Nein, aber er hat nie reklamiert«, rechtfertigte sie sich. »Er hätte gesagt, wenn es ihm nicht schmeckte.«

»Warum haben Sie es ihm verschwiegen?«

»Weil ich ihn nicht unter Druck setzen wollte«, antwortete sie leicht verärgert. »Selleriesalz gilt als Aphrodisiakum. Ich dachte mir, es wäre einen Versuch wert. Nützts nichts, so schadets nichts.«

Regina beugte sich vor. »Moritz Kienast ist auf Sellerie allergisch.«

Dorothee Kienast-Sutter runzelte die Stirn. »Allergisch? Nein, er mag den Geschmack nicht, das ist alles.«

»Gegenüber seinem Arzt hat er behauptet, er sei darauf allergisch.«

Dorothee Kienast-Sutter schnappte nach Luft.

»Es ist möglich, dass seine Symptome auf diese Allergie zurückzuführen sind«, erklärte Regina.

»Sie meinen … die Beschwerden, das Jucken, der Schwindel … es war gar nicht der Stress? Sondern das Selleriesalz?«

»Alles deutet im Moment darauf hin.«

Dorothee Kienast-Sutter verlor die Fassung. Sie begann zu zittern, und ihre Augen füllten sich mit Tränen. Mit ungeschickten Bewegungen zog sie ein Taschentuch hervor. Ein Lippenstift fiel zu Boden. Regina hob ihn auf und reichte ihn ihr.

»Mein Gott …«, flüsterte sie. »Ich wollte doch nur …« Sie presste die Faust auf den Mund.

11

Moritz schämte sich. Obwohl er es sich damals nicht eingestehen wollte, hatte ihn die Alzheimer-Erkrankung seines Vaters mit Genugtuung erfüllt. Der große Konstantin Kienast wusste plötzlich nicht mehr, wozu Socken da waren. Moritz erinnerte sich, wie sein Vater sie in den Händen gedreht hatte, einen verwirrten Ausdruck auf dem Gesicht. Moritz war vor ihm in die Knie gegangen und hatte sie ihm über die Füße gestreift. Auf die Dankbarkeit, die in den Augen des Vaters aufleuchtete, hatte er ein Leben lang gewartet.

Das Pflegepersonal war des Lobes voll für Moritz. Er besuchte seinen Vater jede Woche, nie störte er sich daran, dass Konstantin ihn jedes Mal von Neuem fragte, wer er sei. Geduldig erklärte er, wie er heiße. Manchmal erzählte er von seiner Arbeitswoche oder seinen politischen Aktivitäten. Der Vater hörte zu. Moritz wusste nicht, wie viel er verstand. Ab und zu stellte er Fragen, die darauf schließen ließen, dass er versuchte, sich in ihn hineinzuversetzen. An seinen schlechten Tagen wollte der verwirrte Ausdruck aus seinem Gesicht gar nicht weichen. Einmal hatte der Vater seine Hand genommen und sie festgehalten. Es war die einzige Zärtlichkeit, die er Moritz gegenüber gezeigt hatte. Söhne sollten nicht verhätschelt werden, hatte er stets gesagt.

Klemens kam nie. Er ertrug es nicht, den Vater hilflos zu sehen. Schwäche bereitete ihm Unbehagen. Er wolle den Vater so in Erinnerung behalten, wie er gewesen sei, erklärte er. Der Vater fragte nicht nach ihm. Zum ersten Mal in seinem Leben gab es für ihn nur Moritz. Obwohl Moritz wusste, dass er austauschbar war, begann er sich langsam mit der Vergangenheit zu versöhnen. Da versetzte ihm der Vater vom Grab aus einen letzten Schlag.

Moritz war immer davon ausgegangen, dass ihm die Hälfte des Elternhauses gehören würde. Er hatte sich ausgemalt, wie Anna unten mit ihrer Familie lebte, und in Gedanken hatte er den Estrich als Alterswohnung ausgebaut. Er hatte ausgerechnet, dass sein Firmenanteil reichen würde, um Klemens auszubezahlen. Doch er hatte die Rechnung ohne den Vater gemacht. Statt des Hauses erhielt er den Familienschmuck der Mutter. Moritz hatte den Siegelring des Großvaters angestarrt. Das geschwungene M war eine Erinnerung daran, dass er kein richtiger Kienast war. Die Mutter hatte ihn nach ihrem Vater benannt. Er, Moritz, war das Muttersöhnchen. Klemens und Klara führten die Namenstradition der Kienasts weiter.

Konstantin Kienast. Klemens Kienast. Klara Kienast. K-K-K. Moritz' Zähne klapperten. Käfig. Kalt. Kotzen. Kot.

Und jetzt versank auch er in einem schwarzen Loch. Er hatte nicht gewusst, dass Alzheimer schmerzte. Zwar hatte er gesehen, dass der Vater litt, doch er hatte sein Leiden nicht mit physischen Qualen in Verbindung gebracht. Nun wusste er es besser. Ihm war inzwischen klar, dass er an Alzheimer litt. Ihm fehlten ganze Stücke seiner Erinnerung. Er wusste nicht, wo er war. Immerhin kannte er seinen Namen. Noch.

»Ich bin Moritz Kienast«, sagte er. »Muttersöhnchen Moritz.«

Warum kam Anna nicht? Wollte sie ihn auch so in Erinnerung behalten, wie er gewesen war? Darüber müsste er sich freuen, denn es bedeutete, dass sie ihn geliebt hatte, dass er ein guter Vater gewesen war. Er hätte viel darum gegeben, ihre Hände an seinen Füßen zu spüren. Genau wie die Füße seines Vaters waren seine nackt. Und wie Konstantin fand auch er seine Socken nicht. Wir sind uns ähnlicher, als er glaubte, dachte Moritz. Hilflos und frierend liegen wir da und warten, bis uns jemand ankleidet. Die Mutter hatte immer gesagt, an den Füßen sei der Wärmeverlust am größten. Sie war eine intelligente Frau gewesen, die Mutter, auch wenn sie nie die Chance erhalten hatte, ihre Intelligenz unter Beweis zu stellen. Moritz hatte ihre Ratschläge ernst genommen. Noch als Student hatte er nachts Bettsocken getragen. Nie würde er vergessen, wie Dorothee gelacht hatte, als er die handgestrickten Socken anzog. Sie hatte sich gleich entschuldigt, doch seither schlief Moritz mit nackten Füßen. Er hatte sich durch ihre Augen betrachtet, und ihm gefiel nicht, was er sah.

Er vermisste Dorothee. Wie schön es jetzt wäre, ihre Wärme zu spüren, den Arm um ihren Körper zu legen und sie an sich zu ziehen. Sie würde sich darüber freuen, dass der Juckreiz fort war. Auch das pelzige Gefühl im Mund war weg. So plötzlich, wie es aufgetreten war, war es wieder verschwunden. Glaubte er. Ob er sich noch auf sein Gedächtnis verlassen konnte?

»Ich bin Moritz Kienast«, wiederholte er laut.

12

Werner Imfeld schaffte es, die harten Stühle im Büro, das dem Dienst Leib/Leben als zusätzlicher Raum für Befragungen diente, wie bequeme Sessel aussehen zu lassen. Er lehnte sich entspannt zurück, die Beine ausgestreckt, die tätowierten Arme locker vor der Brust verschränkt. Unter seinem buschigen Schnauzer verzogen sich seine Lippen zu einem Lächeln.

»Was genau finden Sie am Verschwinden Ihres Nachbarn lustig?«, fragte Vera Haas.

Imfeld hob die Hände. »Sorry, ich kann einfach nicht anders. Die Vorstellung, dass sich ausgerechnet Moritz Kienast in Luft auflöst, ist einfach zu viel.« Er schüttelte amüsiert den Kopf. »Kienast gehört zu der Sorte Mensch, die sich dauernd in alles einmischt. Wenn ich mal eine Party steigen lasse, kann ich mich darauf verlassen, dass er vor der Tür steht und mir einen Vortrag über Nachtruhe hält. Als ich für Gertrud eine Hundehütte baute, fragte er doch tatsächlich, ob ich eine Bewilligung hätte. Er beschwert sich über den Rauch, wenn ich grille, den Lärm, wenn ich Musik höre, die Abgase, wenn ich den Motor meiner Harley zu lange laufen lasse. Wie kann solch einer verschwinden, ohne dass es die ganze Welt mitbekommt?«

Genau das fragte sich Haas auch. Entweder musste Moritz Kienast das Haus zwischen 21.30 und 21.50 Uhr verlassen haben, oder Dorothee Kienast-Sutter hatte gelogen, als sie behauptete, er sei weg gewesen, als sie um 22.10 Uhr zurückkehrte. Um halb zehn führte Werner Imfeld seine Windhündin spazieren. Nach eigenen Angaben war er in der Regel dreißig bis vierzig Minuten unterwegs. Um 21.50 Uhr war der Nachbar gegenüber aus dem Bad gekommen, um »10 vor 10« zu schauen. Da war Moritz Kienast bereits fort gewesen.

Werner Imfelds Aussagen erschienen Haas stimmig. Zwar machte er keinen besonders vertrauenswürdigen Eindruck, doch seine Antworten fügten sich in das Bild ein, das er von seinem Leben gezeichnet hatte. Der Gelegenheitsarbeiter wohnte mit seiner 82-jährigen, gesundheitlich angeschlagenen Mutter zusammen. Eine ambulante Pflegekraft kümmerte sich um die Frau, Imfeld gab ihr aber jeweils um halb zehn noch eine Insulinspritze, bevor sie einschlief. Anschließend ging er mit dem Hund spazieren. Der Abend, an dem Moritz Kienast verschwand, sei wie jeder andere verlaufen, behauptete er. Nachdem er vom Spaziergang zurückgekehrt war, holte er sich ein paar Flaschen Bier aus dem Kühlschrank und setzte sich vor den Fernseher. Dass sein Nachbar vermisst wurde, erfuhr er erst, als die Polizei ihn aufsuchte.

Imfeld stritt nicht ab, dass es zwischen Kienast und ihm immer wieder zu Auseinandersetzungen gekommen war, doch er maß der Tatsache keine große Bedeutung bei. »Kienast regt sich über jeden Furz auf«, sagte er lakonisch.

»Sind Sie jemandem begegnet, als Sie mit Ihrem Hund unterwegs waren?«, fragte Haas.

»Nicht dass ich wüsste.«

»Können Sie mir den Weg beschreiben, den Sie gegangen sind?«

»Den Waldweg hinauf Richtung Uetliberg«, antwortete er. »Ich gehe immer mehr oder weniger die gleiche Strecke. Im Wald kann ich Gertrud laufen lassen.«

Haas bezweifelte, dass es erlaubt war, Hunde dort von der Leine zu lassen. »Sind Sie bei Ihren Spaziergängen je Moritz Kienast begegnet?«

»Es kam vor, aber eher selten.«

»Was ist mit dem Abend des 19. April?«

Imfeld hob erneut die Hände. »Hey, ich verstehe, worauf Sie hinauswollen. Da liegen Sie aber falsch, Lady! Der Alte war mir nicht besonders sympathisch, aber beseitigt habe ich ihn nicht.«

»Kann jemand bezeugen, dass Sie allein unterwegs waren?«

»Gertrud«, antwortete Imfeld prompt.

Haas verzog das Gesicht. »Witzig. Sehr witzig.«

»Ich meine es ernst!« Imfeld sperrte die Augen auf. »Gertrud kann Kienast nicht ausstehen. Sie hätte gebellt, wenn sie ihm begegnet wäre.«

»Ich werde sie vorladen«, meinte Haas ironisch.

»Nun mal langsam. Brauche ich einen Anwalt?«

»Nur, wenn Sie etwas zu verbergen haben.«

Imfeld hatte sich aufgerichtet. Er wirkte nicht mehr so entspannt. Als er sich vorbeugte, fielen Haas die roten Äderchen auf seiner Nase auf. Sie fragte sich, wie viel er trank. Zwar zeigte er trotz ihrer provokativen Fragen keine Aggressionen, unter Alkoholeinfluss verhielt er sich aber womöglich anders. Sie entschuldigte sich und verließ den Raum, um eine Landkarte zu holen. Als sie zurückkehrte, bat sie Imfeld, den Weg einzuzeichnen, den er am 19. April gegangen war. Er verlief rund zweihundert Meter parallel zur Straße, bevor er in einem rechten Winkel in den Wald hineinführte. Von dort aus gab es zahlreiche Spazierwege. Imfeld behauptete, bergauf bis zu einer Lichtung spaziert zu sein. Haas markierte die Stelle.

»Wir müssen eine Suchaktion durchführen«, sagte Haas und klatschte die Landkarte vor Pilecki auf den Schreibtisch. »Hier.« Sie fuhr den Strich entlang und fasste Imfelds Aussagen zusammen.

Pilecki zündete sich trotz Rauchverbots eine Zigarette an. »Liegt ein konkreter Verdacht vor?«

»Imfeld hat ein Motiv«, erklärte Haas. »Kienast hat ihm das Leben schwer gemacht.«

»Motz-Moritz hat jedem das Leben schwer gemacht«, kommentierte Gurtner, ohne von der Tastatur aufzusehen, die er mit zwei Fingern bearbeitete.

»Vielleicht finden wir bei Imfeld zu Hause ein Prepaid-Handy«, sagte Haas.

»Vergiss es«, sagte Pilecki. »Für eine Hausdurchsuchung liegt viel zu wenig vor. Regina würde nie einwilligen. Erklär mir lieber, wie du dir den Ablauf der Ereignisse vom 19. April vorstellst.«

»Versetz dich in Kienasts Lage«, sagte Haas. »Er fühlt sich schlecht. Er isst etwas, doch es wird nicht besser. Seine Frau ist noch nicht zu Hause. Da beschließt er, etwas frische Luft zu schnappen.« Sie hielt kurz inne. »Oder vielleicht hat Imfeld um 18.32 Uhr angerufen und um ein Gespräch gebeten, weil zwischen ihnen dicke Luft herrschte. Wie auch immer, um halb zehn verlässt Kienast das Haus. Zur gleichen Zeit wie Imfeld. Ihre Wege kreuzen sich. Falls es zufällig zur Begegnung kommt, beschwert sich Kienast möglicherweise, weil Imfeld seinen Hund nicht angeleint hat. Imfeld hat genug von der ewigen Motzerei. Die Hand rutscht ihm aus. Kienast stürzt unglücklich. Imfeld beseitigt die Leiche. Variante zwei: Imfeld hat Kienast aus dem Haus gelockt, also hat er die Tatwaffe mit größter Wahrscheinlichkeit dabei. Auch in diesem Fall ginge er wohl mit Kienast in den Wald, weil er dort unbeobachtet wäre. Der Rest spielt sich auf die gleiche Weise ab. Ende der Geschichte.«

Gurtner hatte aufgehört zu tippen. »Da könnte was dran sein, Häschen.«

»Wenn Imfeld Kienast im Wald verscharrt hat, hätte er kaum verraten, welchen Weg er gegangen war«, wandte Pilecki ein.

»Er dreht immer die gleiche Runde«, widersprach Haas. »Er kann also schlecht lügen. Er weiß, dass wir früher oder später Zeugen auftreiben werden. Ich nehme natürlich nicht an, dass er die Leiche am Wegrand vergraben hat, aber vielleicht in der Nähe.«

Pilecki zog nachdenklich an seiner Zigarette. »Anna hat erwähnt, Imfelds Hund habe in den Garten der Kienasts geschissen.«

»Na also«, sagte Haas. »Lass uns suchen!«

»Nach Hundehaufen?«, fragte Gurtner.

»Ist Imfeld vorbestraft?«, erkundigte sich Pilecki.

»Er hat einige Bußen nicht bezahlt. Verkehrsdelikte, illegale Abfallentsorgung, weiter liegt ein Verstoß gegen das Betäubungsmittelgesetz vor. Nichts Großes.«

Pilecki griff nach dem Telefonhörer.

Regina legte auf. Kurz nach Kienasts Verschwinden hatten zwei Teams mit Suchhunden die Umgebung durchkämmt. Trotzdem stimmte sie einer erneuten, ausgeweiteten Suche zu. In den letzten Tagen waren sie keinen Schritt weitergekommen. Dorothee Kienast-Sutters Aussage hatte die Ermittlung ins Stocken gebracht. Wenn sie zutrifft, dachte Regina. Doch sie neigte dazu, der Frau zu glauben. Dafür sprach nicht nur Dorothee Kienast-Sutters Reaktion, als sie von der Sellerieallergie ihres Mannes erfahren hatte. Auch ihre Telefondaten und die Aussagen der Zumba-Teilnehmerinnen stimmten mit Dorothees Angaben überein. Die Wahrscheinlichkeit, dass sie ihren Mann absichtlich vergiftet hatte, war gering. Damit stand die Grundfrage wieder im Zentrum der Untersuchung: Lag überhaupt ein Verbrechen vor? Oder war Kienast freiwillig gegangen?

Regina zog den Bericht hervor, den Fahrni ihr gefaxt hatte. Seit dem 19. April hatte Moritz Kienast weder Geld von seinen Konten abgehoben noch eine Bank- oder eine Kreditkarte benutzt. Bisher waren auch keine versteckten Geldanlagen gefunden worden. Sein Ingenieurbüro war mit Aufträgen ausgelastet, Schulden hatte er keine. Die Zahlungen, die er in den letzten Monaten getätigt hatte, waren alle nachvollziehbar; weder hatte er regelmäßig Beträge an Unbekannte überwiesen noch verdächtige Gelder erhalten. Sein elektronischer Kalender wurde peinlich genau geführt, Dorothee Kienast-Sutter hatte nicht nur Einsicht in seine Termine, sie trug sie teilweise selbst ein. Sogar die Telefondaten stimmten mit den Vermerken überein. Weder der Laptop noch der PC im Büro hatte Unerwartetes zutage gefördert. Der Mann hat nichts zu verbergen, dachte Regina. Wenn doch, ist er ein Meister im Verstecken.

Wie erwartet, hatte die Sonntagspresse ausgiebig über Moritz Kienasts Verschwinden berichtet. Die Journalisten, die mehrere Ratskollegen interviewt hatten, zeichneten ein zwiespältiges Bild des Politikers. Einige Kantonsräte hatten der Versuchung nicht widerstehen können, auf eigene Anliegen aufmerksam zu machen. Ein Mitglied der Volkspartei hatte behauptet, Kienast habe sich mit seiner Einstellung zu Enteignungen viele Feinde geschaffen. Im gleichen Satz zählte er die Argumente gegen einen durchgehenden Seeuferweg auf. Landschaftsschützer bezeichneten Kienast als Umweltzerstörer, Liberale nannten ihn eine Gefahr für die Demokratie. Jeder nutzte die Plattform, um seine Interessen zu vertreten und sich zu positionieren.

Dank der Medienbeiträge waren zahlreiche neue Hinweise eingegangen, doch keiner hatte weitergeführt. Sowohl die Beobachtungen des Zugführers als auch die der Kiosk-Verkäuferin hatten sich als falsch erwiesen. Dass Kienast am Flughafen gesichtet worden war, erschien ebenfalls unwahrscheinlich. Er war auf keiner Passagierliste zu finden. Haas hatte in den letzten Tagen mit elf Personen gesprochen, deren Aussagen am Telefon vielversprechend geklungen hatten. Keine hatte jedoch mehr Licht in Kienasts Verschwinden bringen können.

Bleiben nur noch die Laborresultate, dachte Regina, doch sie machte sich keine großen Hoffnungen, dass die Medikamente auf Kienasts Nachttisch etwas anderes enthielten als das, was auf den Beipackzetteln stand. Genauso bezweifelte sie, dass man in den Lebensmitteln, die Pilecki eingepackt hatte, Giftstoffe nachweisen könnte.

Es klopfte, und Max Landolt trat ein. Regina unterdrückte einen Seufzer. »Nein, es gibt keine Neuigkeiten«, kam sie ihm zuvor. »Und die Fragen der Medien habe ich beantwortet oder an die Medienstelle weitergeleitet.«

Landolt schob seine Brille zurecht. »Wie sehen deine nächsten Schritte aus?«

Regina erzählte ihm von der geplanten Suche. »Ohne Leiche stecken wir fest. Wir müssen Moritz Kienast finden. Pilecki wird sich weiter mit seinen Feinden befassen. Ein gewisser Oskar Zellweger aus Zollikon hat zugegeben, Kienast einen verärgerten Brief geschrieben zu haben, doch er scheint harmlos zu sein. Interessanter ist der Bruder, Klemens Kienast.«

Landolt runzelte besorgt die Stirn. »Klemens Kienast ist ein mächtiger Mann. Ihn zum Feind zu haben, kann gefährlich sein.«

»Kennst du ihn?«

»Nicht persönlich, aber die Kollegen der Staatsanwaltschaft III haben ihn vor einigen Jahren ins Visier genommen. Es ging um Bilanzmanipulation. Sie konnten ihm keine Verstöße nachweisen, die strafrechtliche Konsequenzen hatten. Ich erinnere mich aber, dass sie von Ungereimtheiten sprachen. Angeblich sollen Beweise auf unerklärliche Weise verschwunden sein. Lade ihn erst vor, wenn du einen konkreten Verdacht hast.«

»Ohne Leiche haben wir gar nichts«, stellte Regina klar. »Möglicherweise wird mir also nichts anderes übrig bleiben, als Klemens Kienast befragen zu lassen.«

»Geh behutsam vor!«, wiederholte Landolt.

Regina ärgerte sich über Landolts Vorsicht. Manchmal war es unumgänglich, jemandem auf die Füße zu treten, wenn man der Wahrheit näher kommen wollte. Zwar war ihr dabei nicht wohl, denn es entsprach nicht ihrem Charakter, aber sie hatte im Laufe der Jahre lernen müssen, dass es zu ihren Aufgaben gehörte. Sie fühlte sich in erster Linie den Opfern verpflichtet.

Landolt wechselte das Thema. »Übernimmt Cavalli am Montag den Fall? Oder wird Pilecki die polizeiliche Ermittlung weiterführen?«

Regina senkte den Blick. »Mal sehen«, murmelte sie.

Nachdem Landolt gegangen war, schaltete sie den Wasserkocher ein und brühte sich eine Tasse grünen Tee auf. Als am letzten Sonntag Cavallis Anruf zum dritten Mal in Folge ausgeblieben war, hatte Chris mit seiner Urgroßmutter im Reservat telefoniert. Sie hatte Cavalli seit einigen Wochen nicht mehr gesehen, klang aber nicht beunruhigt. Tsi'skwa habe schon immer ein großes Bedürfnis nach Freiheit gehabt, erklärte sie. Noch liege Schnee am Clingmans Dome, und der Sassafrasbaum blühe nicht. Regina und Chris hatten sich den Kopf zerbrochen, was sie damit gemeint haben könnte. Beide vermuteten, dass sich hinter den Worten eine Botschaft versteckte. Tsi'skwa war Cavallis indianischer Name, er bedeutete Vogel. Seine Großmutter hatte ihn so genannt, weil er im Alter von wenigen Monaten mit dem Flugzeug zu ihr gekommen war. Cavallis Mutter lebte damals in Frankreich und konnte nicht für ihn sorgen.

Versuchte sie, ihnen zu sagen, dass sie Cavallis Drang nach Freiheit zu respektieren hätten? Dass er Zeit für sich brauche? Es wäre nicht das erste Mal, dass er abtauchte. Nach seiner Scheidung von Chris' Mutter hatte Regina drei Jahre mit ihm zusammengelebt; sie verließ ihn, weil er immer wieder

Affären mit anderen Frauen hatte. Daraufhin war er über ein Jahr von der Bildfläche verschwunden. Erst viel später hatte sie erfahren, dass er im Reservat gewesen war.

Doch Lilys Geburt hatte ihn verändert. Erstmals in seinem Leben übernahm er Verantwortung für einen anderen Menschen. Lily hatte, was sich Chris immer gewünscht hatte: einen Vater, auf den sie sich verlassen konnte. Bis vor Kurzem jedenfalls. Regina fiel es schwer zu glauben, dass sich Cavalli von einem Tag auf den anderen verändert hatte. Allerdings kannte sie Cavallis indianische Seite kaum. Gut möglich, dass er, wenn er sich im Reservat befand, ein anderer wurde. Regina erinnerte sich an eine ehemalige Kommilitonin mit türkischen Wurzeln. Sie hatte Leyla für eine intelligente, fortschrittlich denkende Studentin gehalten. Als Regina sie jedoch zu Hause besuchte, erkannte sie die Kollegin fast nicht wieder. Vor ihren Brüdern und den Eltern verhielt sie sich zurückhaltend und unterwürfig. Lange hatte sich Regina gefragt, welches die wirkliche Leyla war. Die aufgeschlossene Studentin oder die konservative Tochter und Schwester? Wann war sie sie selbst, und wann schlüpfte sie in eine Rolle?

Hatte Cavalli womöglich auch zwei Gesichter?

Regina goss Wasser in ihre Tasse und setzte sich an den Computer. Bevor sie die Anklageschrift aufrief, an der sie weiterarbeiten wollte, gab sie »Clingmans Dome« in die Suchmaschine ein. Ein Bild des 2025 Meter hohen Berges erschien auf dem Bildschirm. Der runde Gipfel war mit Engelmann-Fichten und Felsengebirgstannen bedeckt. Schnee lag keiner.

13

Normalerweise blühte die Eibe früh. Bereits im Februar oder März öffneten sich die gelblichen Pollensäcke; schon die geringste Windbewegung genügte, um die Pollenkörner fortzutragen. Der lange Winter hatte jedoch dazu geführt, dass die kugelförmigen Blüten am Uetliberg erst jetzt heranwuchsen. Ebenso ihre weiblichen Gegenstücke, die aufgrund ihrer grünen Farbe kaum sichtbar waren, deren klebrige Tropfen jedoch an Jacken und Haaren hängen blieben.

Die beiden Suchhunde störten sich nicht daran. Genauso wenig wie an der Uetlibergbahn, die leise ratternd zur Endstation unterhalb des Gipfels fuhr, oder am Nieselregen, der im Frühlingswald eine herbstlich-trübe Stimmung aufkommen ließ. Konzentriert folgten sie mit ihren Hundeführern dem gekiesten Pfad. Die Deutschen Schäferhunde waren seit mehreren Jahren im Einsatz. Obwohl sie täglich trainierten, spürten sie, dass heute der Ernstfall eingetreten war.

Dorothee Kienast-Sutter beobachtete sie vom Wohnzimmerfenster aus. Die Hunde schlugen den Weg ein, den Werner Imfeld am 19. April mit Gertrud gegangen war. In den vergangenen Wochen hatte Dorothee selbst jeden Pfad abgesucht, den Moritz benutzte. Hoffend und bangend zugleich hatte sie die Abgründe hinuntergespäht, Äste und Zweige auseinandergeschoben und Senken durchsucht. Ohne Erfolg. Am liebsten mochte Moritz die schmalen, steinigen Wildwechsel.

Sogar beim Gehen sucht er die Herausforderung, dachte Dorothee. Nie wählt er den einfachen Weg. Sie bemühte sich, die aufkommende Trauer zu ersticken. Bis Moritz gefunden war, würde sie sich an die Hoffnung klammern, dass er lebte. Sollte sie sich als falsch erweisen, hätte sie den Rest ihres Lebens Zeit zu weinen. Die Vorstellung, ohne ihn alt zu werden, erfüllte sie mit Einsamkeit.

Die Katze strich ihr um die Beine. Dorothee hatte der Polizei nicht die ganze Wahrheit gesagt. Manchmal war es ihr tatsächlich zu viel geworden, da hatte sie sich einen Partner gewünscht, der sich auch mal zurücklehnte und das Leben genoss. Sie wollte kein schlechtes Gewissen haben, wenn sie ab und zu Früchte kaufte, die von weit her eingeflogen wurden, oder wenn sie Schokolade aß, die kein Fair-Trade-Label trug, Saft trank, dessen Hersteller ungerecht entlohnt worden waren. Sie sehnte sich danach, die Heizung dann einzuschalten, wenn sie fröstelte, und nicht erst, wenn die Temperatur unter die von Moritz programmierte Grenze von 17,5 Grad fiel.

Sie wollte geliebt werden. Nicht, dass Moritz sich ihr gegenüber gleichgültig verhalten hätte, Dorothee wusste, dass sie ihm viel bedeutete. Doch sie wollte es auch spüren. Als sie sich kennengelernt hatten, betrachtete er ihren Körper wie ein Wunder. Er war es nicht satt geworden, sie zu berühren, sie zu bestaunen, sie zu streicheln. Sie war die erste Frau in seinem Leben gewesen. Es hatte ihn beglückt, sie in den Armen zu halten; wenn sie miteinander schliefen, bedankte er sich anschließend bei ihr.

Irgendwann war der Liebesakt zur Routine geworden. Der Abschiedskuss am Morgen zur Pflicht. Dorothee begann, sich an Kleinigkeiten zu stören. Sie kritisierte die Art, wie Moritz die Nase rümpfte, wenn er etwas nicht hören wollte. Sie warf ihm seinen bevormundenden Tonfall vor, wenn er Anna Mathematikaufgaben erklärte. Sie nörgelte so lange, bis er seine Brille durch Kontaktlinsen ersetzte, obwohl er sich damit nicht wohlfühlte. Ihre Ehe drohte zu scheitern. Möglicherweise wäre es tatsächlich so weit gekommen, wäre da nicht die junge Politikerin gewesen. Dorothee erinnerte sich nicht einmal mehr an ihren Namen. Die blonden Locken und der straffe Busen hingegen hatten sich ihr ins Gedächtnis eingegraben.

Es war ein Mittwochabend gewesen. Dorothee hatte eine Freundin in der Stadt getroffen und beschlossen, Moritz nach der Gemeinderatssitzung abzuholen. Sie hatte sich zum Rathaus begeben, sich ans Geländer gelehnt und von dort aus das Limmatschiff betrachtet, das vorbeifuhr. Moritz sah sie nicht, als er aus dem Gebäude kam. Er war in eine Diskussion mit einer jungen Ratskollegin vertieft. Als sie sich verabschiedeten, legte er ihr kurz die Hand auf den Arm. Die Kollegin lachte über etwas, bevor sie eilig die Straße überquerte. Es war nicht die Berührung gewesen, die Dorothee aufgerüttelt hatte, sondern Moritz' beschwingte Schritte, als er weiterging. Schlagartig war Dorothee klar geworden, dass sie ihn verlieren könnte. Das Erlebnis hatte sie zur Besinnung gebracht. Sie hatte gemerkt, wie viel er ihr bedeutete, und eingesehen, dass sie in ihre Ehe investieren musste, um sie zu erhalten.

Sie hatte Moritz nie davon erzählt. Doch von diesem Tag an lebte sie die Beziehung bewusster. Sie überdachte ihre Kritik, bevor sie sie äußerte. Sie hinterfragte ihre Reaktionen, ehe sie sie zeigte. Sie versuchte, Moritz' gute Seiten hervorzuheben und die schlechten weniger stark zu gewichten. In ihrem Bekanntenkreis häuften sich die Scheidungen. Moritz und sie feierten den silbernen Hochzeitstag.

Der Regen prasselte gegen die Scheibe. Die Hundeteams verschwanden im Wald. Dorothee wandte sich vom Fenster ab. Das Haus kam ihr fremd vor. Zwar hatte sie die Spuren der Hausdurchsuchung beseitigt, doch die Wände pochten wie ein Zahn, nachdem er ausgehöhlt und neu gefüllt worden war. Sie musste etwas tun. Sie konnte nicht untätig hier stehen und warten, bis die Polizei eine Spur fand. So packte sie Handtasche und Schirm und verließ das Haus. Sie schloss nicht ab. Es gab nichts mehr, das man ihr nehmen konnte.

Pilecki stellte den Kragen seiner Jacke auf. Er war nicht wetterempfindlich, doch jetzt hatte auch er genug. Es war der 3. Mai. Erneut lag die Schneefallgrenze unterhalb von tausend Metern. Seit zwei Monaten regnete es beinahe ununterbrochen. Europa versank im Wasser. Sogar seine Mutter klagte, obwohl sie in ihrer Alterswohnung im Zentrum Prags wenig wahrnahm. Pileckis Stimmung wurde zusätzlich getrübt, weil er gar nicht hier sein dürfte. Er hätte die Leitung der Suche delegieren müssen. Auf seinem Schreibtisch stapelte sich der Papierkram, den er erledigen sollte, doch dazu fehlte ihm die nötige Ruhe. An der letzten Sitzung hatte Vollenweider beiläufig bemerkt, die Ermittlung gewinne hoffentlich an Schwung, wenn Cavalli am Montag die Arbeit aufnehme. Pilecki traf der Kommentar wie eine Ohrfeige. Dennoch war er erleichtert, dass Cavalli bald zurückkehrte. Er hatte genug von den zahlreichen Sitzungen, den Berichten und den nie enden wollenden administrativen Aufgaben. Als Cavalli zum Dienstchef ernannt worden war, hatte er ihn beneidet. Pilecki war klar geworden, dass seine jetzige Position Endstation war. Beim Leib/Leben gab es keine anderen Aufstiegschancen, und den Dienst zu wechseln kam für ihn nicht infrage. Bei der Umstrukturierung hätte er die Möglichkeit gehabt, sich um die Stelle als Chef beim neu geschaffenen Dienst Gewaltschutz zu bewerben, doch er hatte sich klar dagegen entschieden. Nun war er ganz sicher, dass die Entscheidung richtig gewesen war.

Noch hatten die Hunde nichts gefunden. Viel länger konnte Pilecki nicht im Wald herumtrödeln. Es war Freitag. Wenn er rechtzeitig zu Hause sein wollte, um mit Irina essen zu gehen, musste er ins Büro zurück. Doch etwas hielt ihn davon ab. Er brauchte einen Augenblick, um zu erkennen, was es war. Als ihm klar wurde, warum er zögerte, schämte er sich. Ihm war nicht danach, mehr über Irinas Pläne zu erfahren.

Inzwischen bereute er, ihrem Vorhaben so leichtfertig zugestimmt zu haben. Jetzt, da er in Ruhe darüber nachdachte, fürchtete er die beruflichen Konsequenzen. Hatte er sich mit seiner Zustimmung selbst ein Bein gestellt? Irina hat recht, dachte er. Männer sind schwanzgesteuert. Die Erleichterung, sie nicht teilen zu müssen, hatte ihn alle Vorsicht über Bord werfen lassen. Pilecki wusste, dass er dringend das Gespräch mit seinen Vorgesetzten suchen sollte, doch der Moment erschien ihm ungünstig. Wenn Cavalli zurück war, hätte er die nötige Luft.

Ein Ast schlug ihm ins Gesicht. Fluchend duckte er sich. Dabei übersah er einen Stein, der zwischen dem Farn emporragte. Er trat mit dem Fuß dagegen, verlor das Gleichgewicht und fiel kopfüber in den Matsch. Ein stechender Schmerz schoss ihm das Bein hoch. Als er aufzustehen versuchte, zuckte er zusammen. Das darf doch nicht wahr sein, fluchte er. Er rieb das Knie, aber der Schmerz verging nicht. Der Hundeführer hatte sich schon weit entfernt, nur noch das Prasseln des Regens war zu hören. Pilecki drehte sich so, dass er sich aufrichten und auf einem Bein stehen konnte. Sobald er das andere zu belasten versuchte, stockte ihm der Atem. Er hüpfte zu einem Baumstamm und setzte sich, das Bein ausgestreckt. Er schloss die Augen. Zehn Minuten später war der Schmerz immer noch nicht abgeklungen, und Pilecki wusste, er schaffte es nicht zurück zum Wagen. Wenigstens hatte sein Handy den Sturz unbeschadet überstanden. Er rief Fahrni an, der versprach, Pilecki abholen zu lassen und die Leitung der Suche zu übernehmen. Pilecki fragte sich, was er gemacht hätte, wenn er ohne Telefon unterwegs gewesen wäre oder kein GPS installiert hätte, das seine genaue Position angab. Wie viele Spaziergänger hielten sich bei diesem Wetter im Wald auf? Hätten sie seine Rufe gehört? Wenn er abseits des Wegs ausgerutscht wäre?

Vielleicht hatte sich Moritz Kienast auf die gleiche Weise verletzt. Seine Frau hatte ausgesagt, er gehe oft ohne Handy spazieren. Saß Kienast ebenfalls irgendwo und wartete auf Hilfe? Cavalli behauptete, es sei kein Problem, im Wald zu überleben. Wo Bäume wuchsen, gebe es immer ausreichend Wasser, Nahrung und Brennholz. Pilecki zog eine Grimasse. Wer außer einem verdammten Indianer konnte ohne Feuerzeug ein Feuer entfachen? Oder wusste, welche Pflanzen essbar waren? Ein Pfadfinder vielleicht. Er sicher nicht. Und Moritz Kienast wohl auch nicht.

Gleichmäßige Schritte erklangen. Kurz darauf lief ein Jogger den Weg entlang. Er sah, dass Pilecki sein Bein mit beiden Händen umklammerte, und verlangsamte sein Tempo.

»Alles in Ordnung?«

»Das Knie«, erklärte Pilecki. »Ich bin gestürzt. Wissen Sie, ob der Weg durchgängig befahrbar ist? Ich werde abgeholt.«

Der Jogger zeigte auf eine Stelle im Wald. »Der Weg dort unterhalb der Lichtung führt direkt zur Hauptstraße. Er ist nur etwa hundertfünfzig Meter von hier entfernt, aber Sie müssen durchs Gestrüpp, um ihn zu erreichen. Können Sie das Bein belasten?«

Pilecki schüttelte den Kopf. »So weit komme ich nicht.«

»Und wenn ich Ihnen helfe?«

Pilecki zögerte. Schließlich willigte er ein. Der Jogger, der sich mit Claudio Loebell vorstellte, war über einen Kopf größer als er. Als er Pilecki am Arm packte, hob er ihn fast vom Boden hoch. Langsam bahnten sie sich einen Weg durch den nassen Untergrund.

»Scheint ganz schön wehzutun«, bemerkte Loebell, als sie eine Pause einlegten. »Da ist bestimmt etwas mit den Bändern nicht in Ordnung. Sie haben sich keinen guten Tag für einen Waldspaziergang ausgesucht.«

»Ich bin Polizist«, presste Pilecki hervor. »Wir führen eine

Suchaktion durch. Nach einem verschwundenen Mann. Mitte fünfzig. Könnte im Wald sein. Haben Sie vielleicht Rufe gehört? Oder etwas gesehen?«

»Mir ist niemand aufgefallen. Zumindest nicht entlang des Wegs. Weiter oben ist der Hang ziemlich steil. Wenn der Mann dort hinuntergestürzt ist, sähe man ihn vom Weg aus nicht.«

Sie setzten sich wieder in Bewegung.

»Sind Sie oft hier?«, keuchte Pilecki.

»Jeden Dienstag und Freitag«, antwortete Loebell. »Meistens aber erst nach acht. Ich arbeite bis sieben. Diese Woche habe ich frei.«

Pilecki vergaß die Schmerzen. »Wie lange joggen Sie jeweils?«

»Eine Stunde, eineinhalb. Je nachdem, ob ich am Mittag einen Kurs gebe oder nicht. Ich unterrichte Tae Bo«, erklärte er.

Pilecki beschrieb Moritz Kienast. »Sind Sie ihm am 19. April zwischen 21.30 und 21.50 Uhr begegnet?«

»Ist das nicht der Politiker, der verschwunden ist?«, fragte Loebell. »Ich habe in den Nachrichten davon gehört. Ich wusste nicht, dass er hier in der Nähe wohnt.«

Pilecki wartete.

Loebell blieb stehen. »Nicht zufällig neben dem Windhund?«

»Sein Nachbar besitzt einen Windhund, ja.«

Loebell nickte. »Doch, ich habe etwas gesehen. Ich weiß nicht mehr genau wann. Gut möglich, dass es zwei oder drei Wochen her ist. Aber ich war zu weit weg, um die Gesichter ausmachen zu können. Zuerst dachte ich, zwei Personen würden sich streiten. Aber dann war da plötzlich nur noch ein Mensch. Glauben Sie, das hat mit dem Politiker zu tun?«

»Beschreiben Sie bitte, was Sie beobachtet haben!«

Claudio Loebell dachte angestrengt nach. »Ich kam aus dem Wald und lief oberhalb der Straße weiter. Ich stelle mein Fahrrad immer neben der Mülltonne ab, weil ich es dort an den Metallgriff anschließen kann. Deshalb kenne ich den Windhund. Er bellt jedes Mal, wenn ich vorbeifahre.«

Pilecki versuchte, seine Ungeduld im Zaum zu halten.

»An jenem Freitag war es schon dunkel, als ich aus dem Wald kam. Ich sah die Personen nur, weil die Tür offen stand und das Licht aus dem Haus auf sie fiel. Sie bewegten sich hastig, und plötzlich wurden sie klein. Dann war nur noch eine Person da.«

»Sie wurden klein?«, wiederholte Pilecki. »Wie meinen Sie das?«

Loebell richtete den Blick in die Ferne. »Als hätten sie sich gebückt.«

»Beide?«

Er nickte. »Ich glaube schon.«

»Haben Sie gesehen, wie die zweite Person wegging?«

»Nein, der Windhund lenkte mich ab. Er rannte bellend auf mich zu. Ich mag Hunde nicht«, erklärte er.

»Einen Moment«, sagte Pilecki. »Sie haben gesagt, Sie waren oben am Waldrand.«

»Ja.«

»Der Windhund war also nicht im Garten?«

»Nein, sein Halter kam den Weg herauf. So ein Rocker-Typ. Ich habe ihn schon mehrmals gebeten, den Hund an die Leine zu nehmen.«

»Was haben Sie anschließend gemacht?«

»Ich schloss das Fahrrad auf und fuhr los.«

»Haben Sie die zwei Personen noch einmal gesehen?«

»Nur eine«, antwortete Loebell. »Sie schloss gerade den Kofferraum, als ich vorbeifuhr.«

Dorothee hatte ihren Schwager seit der Beerdigung von Konstantin Kienast nicht mehr getroffen. Als sie am See entlangfuhr, dachte sie an ihre letzte Begegnung mit ihm zurück. Klemens hatte während der Beisetzung kein Anzeichen von Trauer erkennen lassen. Er war am Grab gestanden, als erfülle er eine Aufgabe. Seine stramme Haltung hatte Dorothee an einen Soldaten erinnert, der bei der Beerdigung eines Kollegen Spalier steht. Nachdem sich der letzte Angehörige vom Grab abgewandt hatte, beugte sich Klemens vor und warf etwas hinein. Kurz trafen sich ihre Blicke. Dorothee erschrak, als sie den Schmerz in den Augen ihres Schwagers sah. Aus einem Impuls heraus ging sie zu ihm und drückte seine Hand. Nie würde sie vergessen, wie er zusammenzuckte. Sie hatte eine Grenze überschritten, und das hatte er ihr bis heute nicht verziehen. Von diesem Tag an blieben die Weihnachtskarten aus. Anna erhielt keine Geschenke mehr zum Geburtstag. Moritz behauptete, der Grund sei nicht ihre Anteilnahme gewesen, sondern der Streit, den das Erbe auslöste. Doch Dorothee wusste es besser. Sie hatte diesen letzten, intimen Moment zwischen Vater und Sohn gestört und dabei eine Seite von Klemens gesehen, die er niemandem zeigen wollte.

Sie bog in eine Sackgasse ein. Fast wäre sie am Haus der Kienasts vorbeigefahren. Vieles hatte sich verändert, seit sie das letzte Mal hier gewesen war. Hohe Hecken schirmten die Liegenschaft vor neugierigen Blicken ab, neben dem Briefkasten hatte Klemens ein schmiedeeisernes Tor installiert. Dorothee stellte den Wagen am Straßenrand ab und stieg aus. Sie versuchte, durch die Hecke hindurchzuspähen, doch die Blätter waren zu dicht. Dorothee drückte auf die Klingel und wartete. Ein Summen ertönte, ohne dass sie vorher nach ihrem Namen gefragt worden war. Überrascht blickte sie sich nach einer Kamera um. Sie entdeckte keine.

Auch der Garten sah nicht mehr so aus, wie Dorothee ihn

in Erinnerung hatte. Die Beete, die Marie-Therese Kienast angelegt hatte, waren verschwunden. Der Weg führte durch einen gepflegten Steingarten. Im Schotter wuchsen Stauden und Zierpflanzen, dazwischen standen abstrakte Skulpturen aus Alpenkalk und Rosalit. Dorothee war so vertieft in ihre Betrachtung, dass sie die Gestalt, die in der Tür wartete, zuerst gar nicht bemerkte. Erst als sie bei den Stufen angekommen war, die zum Eingang führten, nahm sie ihre Schwägerin wahr.

Im Gegensatz zur Liegenschaft hatte sich Gabriele kaum verändert. Ihr Haar war genauso blond wie vor vierzehn Jahren, als Klemens sie kennengelernt hatte, ihre Haut straff, die Stirn auf eine künstliche Weise glatt, was den Schluss nahelegte, dass sie dem Alterungsprozess Einhalt geboten hatte. Auch die Brustimplantate hatte sie damals noch nicht gehabt.

»Dorothee! Was für eine Überraschung!«

Dorothee rang sich ein Lächeln ab.

Gabriele merkte, dass ihre Freude angesichts von Moritz' Verschwinden unangebracht war, und setzte eine sorgenvolle Miene auf. Es gelang ihr nicht ganz, da das Botox die Faltenbildung auf der Stirn verhinderte. Sie bat Dorothee ins Haus. Klemens hatte die Villa aus den Dreißigerjahren komplett renovieren lassen. Statt mit Teppichen war das Erdgeschoss mit Schieferplatten ausgelegt, bodentiefe Fenster gaben die Sicht auf den See frei. Gabriele führte Dorothee zu einer Außenlounge und bat sie, Platz zu nehmen. Im Kamin prasselte ein Feuer, auf einem Beistelltisch lagen Frauenmagazine. Alle Details der Einrichtung waren aufeinander abgestimmt, doch es stellte sich keine Wärme ein. Dorothee fühlte sich wie in einem Ausstellungsraum. Gabriele bot ihr ein Getränk an, und sie wählte Orangensaft.

»Hast du immer noch keine Nachricht von Moritz?«, fragte Gabriele.

»Nein.«

»Wie furchtbar! Hat er keinen Brief hinterlassen? Keine Erklärung?«

»Er ist nicht freiwillig gegangen«, stellte Dorothee klar.

Gabriele schaute sie mitleidig an. Sie glaubt mir nicht, dachte Dorothee. Auf einmal sah sie sich durch die Augen ihrer Schwägerin. Ungeschminkt, mit grauem Haaransatz und Falten im Gesicht und am Hals, musste sie ihr wie der Inbegriff des Alters vorkommen. Vermutlich war es für Gabriele naheliegend, dass Moritz sie verlassen hatte.

»Eigentlich suche ich Klemens«, sagte Dorothee.

»Er kommt erst gegen sieben nach Hause. Kann ich ihm etwas ausrichten?«

Dorothee hatte vergessen, dass Freitag war. Sie hatte jegliches Zeitgefühl verloren. Auf einmal schämte sie sich. Sie hatte Klemens zur Rede stellen wollen, weil sie glaubte, dass er wusste, wo Moritz war. Ihr Schwager wusste immer alles. Information sei Macht, hatte er einmal im Spaß gesagt, doch Dorothee hatte sich nicht täuschen lassen. Es war ihm ernst gewesen. Kein Geheimnis war vor Klemens sicher. Nun merkte Dorothee, wie töricht ihr Vorhaben war. Moritz und Klemens hatten seit Jahren keinen Kontakt mehr. Warum sollte Klemens mehr über sein Verschwinden wissen?

Sie stand auf. »Entschuldige«, flüsterte sie. »Es war ein Fehler herzukommen. Ich weiß nicht, was in mich gefahren ist.«

»Meine Liebe«, begann Gabriele.

Sie hielt inne, als ein gut aussehender Jugendlicher in engen, grauen Jeans und modisch löchrigem T-Shirt auftauchte. Mit einer lässigen Kopfbewegung warf er die blonden Haare aus dem Gesicht.

»Ich geh dann mal«, sagte er.

»Linas, willst du nicht deine Tante Dorothee begrüßen?«

»Hallo«, sagte Linas in Dorothees Richtung.

»Salut, Linas.« Dorothee reichte ihm die Hand.

Linas streifte sie flüchtig.

»Wo gehst du hin?«, rief ihm Gabriele nach, als er die Lounge durchquerte und ins Freie trat. »Linas!«

Er nahm die Sonnenbrille, die im Ausschnitt seines T-Shirts hing, und setzte sie auf.

Gabriele lächelte gezwungen. »Die bevorstehenden Maturaprüfungen machen ihm zu schaffen. Bald hat er sie aber überstanden.«

»Weiß er schon, was er danach machen will?«, fragte Dorothee aus Höflichkeit.

Gabriele senkte den Blick. »Klemens meint, er solle Wirtschaft oder Jura studieren.«

Obwohl sich Gabriele um einen leichten Tonfall bemühte, hörte Dorothee die Sorge in ihrer Stimme. Moritz hatte ihr einmal mit Genugtuung erzählt, dass Linas eine Privatschule besuche, weil er die Aufnahmeprüfung an das öffentliche Gymnasium nicht geschafft habe. Klemens' Erwartungen mussten schwer auf dem Jungen lasten. Dorothee war froh, dass Anna ohne Druck gute Leistungen erbracht hatte. Auf einmal stieg ein Gefühl von Großmut in ihr auf.

»Er wird seinen Weg schon finden«, sagte Dorothee. »Danke für den Saft. Ich lasse Klemens grüßen.«

»Soll er dich anrufen?«

»Nein, es hat sich erledigt, danke.«

14

Nachdem Claudio Loebell das Protokoll unterschrieben hatte, begleitete Fahrni ihn zum Ausgang. Er bedankte sich für Loebells Bereitschaft, sofort für eine Befragung ins Kripogebäude zu kommen, und kehrte ins Büro zurück, wo er als Erstes Pilecki anrief. Er erfuhr, dass dessen Kreuzband gerissen war. Pilecki würde längere Zeit an Krücken gehen, sich möglicherweise sogar einer Operation unterziehen müssen. Zum Glück kommt der Häuptling am Montag zurück, dachte Fahrni.

Bevor er sich bei Regina meldete, um ihr von Loebells Beobachtung zu berichten, ließ er sich die neuen Informationen durch den Kopf gehen. Die Suchaktion hatte nichts ergeben. Dass sich Moritz Kienast im Wald befand, war unwahrscheinlich, ebenso dass Werner Imfeld etwas mit seinem Verschwinden zu tun hatte. Leider hatte Loebell weder den Wagen noch den Unbekannten beschreiben können, da er zu weit weg gewesen war. Hatte Kienast ihn gekannt? Gar erwartet? War es der Unbekannte gewesen, der um 18.32 Uhr angerufen hatte? Um Kienast zu überwältigen, musste der Täter kräftig sein, dachte Fahrni, oder ihn mit einer Waffe bedroht haben, aber das passte nicht zu Loebells Schilderungen. Einen bewusstlosen Menschen zu tragen war anstrengend. Fahrni schloss die Augen und stellte sich vor, wie der Täter Kienast in den Kofferraum hievte. Vermutlich hatte er sich Kienasts Arm über die Schultern gelegt, wie Loebell es getan hatte, als er Pilecki stützte. Wenn er es schaffte, den Schwerpunkt des Körpers bis zum Rand des Wagens zu heben, wäre der Rest einfach. Kienast fiele von allein in den Kofferraum. Der Täter müsste nur dessen Beine anwinkeln und den Deckel schließen.

Fahrni riss die Augen auf. Hatte nicht eine Frau behauptet, sie habe Stoff im Spalt eines Kofferraums gesehen? Fahrni steckte sich ein Stück Chipa in den Mund und kaute konzentriert. Die Information stammte von einem telefonischen Hinweis, den Haas nicht weiterverfolgt hatte. Oder hatte Pilecki Kontakt zu der Frau aufgenommen? Fahrni stand auf. Haas war bereits gegangen, auch Gurtners Büro war leer. Er stellte fest, dass es schon sechs Uhr war, Loebells Befragung hatte mehr Zeit in Anspruch genommen, als er dachte. Aus der ehemaligen Hausmeisterwohnung am Ende des Gangs hörte er ein Geräusch. Es dauerte einen Augenblick, bis er realisierte, dass es nicht von Cavalli stammen konnte. Der Häuptling benutzte die Dusche im Bad häufig, wenn er die Nacht im Büro verbracht hatte. Oder Pläne hatte, über die Fahrni lieber nicht nachdachte.

Arbeitete Haas womöglich noch? In den Räumen waren Befragungszimmer, ein Warteraum sowie das Kripositzungszimmer untergebracht. Als er den Korridor hinunterging, hörte er aus dem Treppenhaus Stimmen, und irgendwo surrte ein Drucker. Fahrni mochte die Stimmung am Abend, wenn viele Büros leer waren, sie vermittelte ihm ein Gefühl von Geborgenheit, als schlendere er durch die eigene Wohnung. Ein kurzer Blick um die Ecke zeigte ihm, dass die Befragungszimmer nicht besetzt waren. Enttäuscht wandte er sich ab. Da sah er, dass eine Sachbearbeiterin vom Kindesschutz im Warteraum kniete und Spielsachen einsammelte. Fahrni senke den Kopf. Er wollte nicht wissen, woran sie arbeitete.

Er kehrte ins Büro zurück und rief die Hinweise in der Datenbank auf. Inzwischen waren über dreihundert Anrufe eingegangen. Er durchkämmte die ersten und wurde bald fündig. Eine Karin Ott hatte ausgesagt, sie sei am 19. April um 22.30 Uhr auf dem Nachhauseweg hinter einem roten Subaru hergefahren. Aus dem Kofferraum hätte ein rostrotes Stück Stoff herausgeschaut. Fahrni wählte die angegebene Telefonnummer. Niemand nahm ab. Er hinterließ eine

Nachricht und überprüfte die Adresse. Karin Ott wohnte nur zehn Minuten von Bonstetten entfernt, wo Fahrni mit seinen Eltern lebte. Er fuhr den Computer herunter und holte den Schlüssel zu einem der Dienstwagen. Am nächsten Tag hatte er Pikett, sollte er in den frühen Morgenstunden ausrücken müssen, wollte er gerüstet sein. Zum Glück war Regen angekündigt. Die Wochenenden verliefen viel ruhiger, wenn die Menschen zu Hause blieben.

Paz erwartete ihn im Stall. Obwohl sie selbst nicht ritt, hatte sie es sich zur Gewohnheit gemacht, ihn nach der Arbeit dort zu treffen. Sie half der Stallbesitzerin beim Ausmisten der Boxen und bei der Pflege des Zaumzeugs, kochte Kaffee für die Reitschüler und striegelte Lisa, bis ihr Fell glänzte. Fahrni war froh, dass Paz eine Beschäftigung gefunden hatte. Zwar stellte sie keine Ansprüche an ihn, dennoch hatte er ein schlechtes Gewissen, weil er sie so oft allein ließ. Neben der Arbeit und Lisa blieb ihm nicht viel Zeit für sie. Es störte sie nicht, sie nahm seine Abwesenheit gelassen hin.

Sie hatte Lisa bereits gesattelt. Als sie ihm die Zügel in die Hand legte, fiel ihm auf, wie sehr er sich an sie gewöhnt hatte. Von Liebe zu sprechen war vielleicht übertrieben, doch die Freundschaft zwischen ihnen wuchs mit jedem Tag, trotz ihrer Trauer, oder vielleicht gerade deswegen. Außer ihm hatte sie niemanden, der für sie da war. Ob sie ihn noch brauchen würde, wenn ihre Wunden verheilt waren? Fahrni hoffte, dass ihre Beziehung sich weiterentwickelte. Paz war zu einem festen Bestandteil seines Lebens geworden.

Er gab ihr einen flüchtigen Kuss und schwang sich in den Sattel. Die ersten zwei Kilometer legten sie gemeinsam zurück. Paz ging schweigend neben Lisa her. Zu Beginn hatte es Fahrni gestört, dass er ritt und sie zu Fuß ging. Er erklärte, Lisa könne sie über eine kurze Strecke beide tragen, bot sogar an, das Pferd am Zügel zu führen, wenn sich Paz dabei sicherer fühlte, doch sie lehnte ab. Inzwischen hatte er sich an die Situation gewöhnt, auch wenn ihm immer noch unwohl war, wenn er über ihr thronte.

Auf Deutsch erzählte er ihr von seinem Tag. Sie hörte aufmerksam zu. Manchmal fragte sie nach einem Wort, und Fahrni übersetzte es ins Spanische. Viel verstand sie nicht, doch sie mochte den Klang seiner Stimme. Fahrni glaubte, dass sie sich so die Sprachmelodie einprägte, und ihm erlaubte es, seine Gedanken zu ordnen, ohne dass er Gefahr lief, Amtsgeheimnisse zu verletzen.

»Ich verstehe nicht, warum jemand Kienast entführen sollte«, sagte er. »Und eine Lösegeldforderung ist bisher auch nicht eingegangen. Moritz und Dorothee sind nicht reich, und der Bruder, Klemens, würde kaum bezahlen. Sie haben genug, um anständig zu leben, aber nicht so viel, dass jemand das Risiko einer Entführung auf sich nehmen würde. Also hatte der Täter die Absicht, ihn zu töten. Oder war Kienast schon tot, als ihn der Unbekannte in den Kofferraum lud? Vielleicht war es ein Unfall gewesen, und der Täter geriet in Panik. Oder er hat Spuren an der Leiche hinterlassen, die zu ihm führen könnten, und musste sie deshalb verstecken. Warum hat niemand sie entdeckt? Es ist nicht einfach, eine Leiche zu beseitigen.«

»Leiche?«

»Cadáver«, übersetzte Fahrni.

»Leiche«, wiederholte Paz langsam.

»Weißt du, er hatte viele Feinde. Ich könnte dir eine ganze Reihe Namen nennen. Die Menschen mögen es nicht, wenn man ihnen etwas wegzunehmen versucht, von dem sie glauben, dass es ihnen gehört. Bei uns hat Privateigentum einen hohen Stellenwert. Kienast ist sogar einen Schritt weitergegangen: Er hat behauptet, der Boden, auf dem die Seeanrainer ihre Häuser gebaut haben, gehöre nicht ihnen. Wenn man sich das genau überlegt, birgt das Thema ziemlichen Zündstoff. Eigentlich erstaunt es mich, dass die Diskussion um Konzessionsland nicht höhere Wellen wirft, denn Kienast hat recht, klar geregelt ist die Angelegenheit nicht. Er hat es sehr schön ausgedrückt: ›Der See gehört der Allgemeinheit, und das Ufer gehört zum See wie der Rand zur Badewanne.‹«

»Badewanne?«

»Bañadera. Die Frage ist: Endet der See bei den Aufschüttungen oder beim früheren Seeufer? Moritz meinte, die natürliche Hochwasserlinie sei die Begrenzung. Also gehören die künstlichen Aufschüttungen am Ufer der Allgemeinheit. Eine interessante Sicht. Die Gegner sehen das selbstverständlich anders. Für sie sind das Grundbuch und die dort eingetragenen Vermarkungen maßgebend. Auch verständlich, nicht wahr? Und dann kann man sich natürlich fragen, ob es nicht so etwas wie ein Gewohnheitsrecht gibt. Die Besitzer leben schließlich seit Generationen im Glauben, das Land gehöre ihnen. Ich habe den Begriff ›Gewohnheitsrecht‹ nachgeschlagen. Er wird in diesem Zusammenhang falsch verwendet, er gilt nur auf der Ebene der Gesetze, nicht bei Rechten und Ansprüchen. Eigentum kann man aber ›ersitzen‹. Eine seltsame Vorstellung, nicht? Vielleicht könnte ich behaupten, mein Bürostuhl gehöre mir.« Er schmunzelte, und Paz erwiderte sein Lächeln, obwohl sie den Sinn des Satzes nicht verstanden hatte.

Sie waren am Waldrand angekommen. Der Regen hatte sich in Fahrnis Hutkrempe gesammelt. Er schüttelte den Kopf, und die Tropfen flogen in alle Richtungen. An dieser Stelle trennten sie sich immer. Paz spazierte zurück, Fahrni schlug ein höheres Tempo an.

»Sehen wir uns im Stall?«, fragte er auf Spanisch.

Paz strich Lisa über die Nüstern. »Pass auf ihn auf«, wies sie das Pferd an.

Sie drehte sich um und machte sich auf den Weg zurück. Fahrni sah ihr nach. Ihm gefiel, wie ihr langer Zopf hin und her schaukelte, wenn sie ging. Noch schöner fand er ihre Haare, wenn sie wie ein dunkler Fächer auf dem Kissen lagen. Er winkte hinter ihr her. Dann gab er Lisa mit einem Schnalzen das Zeichen zum Trab.

Der Regen fühlte sich auf seiner Haut an wie Stiche. Außer ihm war niemand auf dem Feldweg unterwegs. Auch in der Nacht des 19. April hat es geregnet, dachte er. Der Täter hätte ungestört im Wald graben können. Allerdings war nasser Boden schwer, es würde eine Weile dauern, bis die Grube tief genug war. Wenn er Kienast bloß provisorisch zugedeckt hätte, wäre es eine Frage der Zeit, bis ein Tier die Leiche freilegte.

Niemandem war ein Mann mit nasser, schmutziger Kleidung aufgefallen. Lebte der Täter allein? Übte er einen Beruf im Freien aus, sodass sein Zustand nicht auffiel? Vielleicht hatte er die Leiche nicht vergraben, sondern an einem trockenen Ort entsorgt. Warum war sie bis heute nicht aufgetaucht? Fahrni überlegte, was er in solch einer Situation täte. Er wusste es nicht. Jede Möglichkeit barg Risiken. Schließlich war immer auch Glück oder Pech mit im Spiel, je nachdem aus welcher Perspektive man die Sache betrachtete.

Lisa schnaubte erwartungsvoll. Sie kannte die Strecke und wusste, dass sie demnächst in Galopp übergehen durfte. Fahrni beugte sich vor und lockerte die Zügel. Er spürte, wie sich die Muskeln des Pferdes zusammenballten, und vergaß alles andere. An dieser Stelle begann der Feierabend. Der Wind trug die Gedanken an Tod und Gewalt fort, Fahrni konzentrierte sich nur noch auf seine Sinne. Als er eine halbe Stunde später auf den Stall zuritt, fühlte er sich, als habe er eine Hygieneschleuse passiert. Der Geruch von Lisas Schweiß mischte sich mit dem Duft von Heu und feuchtem Leder. Paz kam heraus, Striegel und Hufkratzer in der Hand. Während sie gemeinsam das Pferd versorgten, erzählte sie, Fahrnis Mutter habe ihr gezeigt, wie man Krapfen zubereitet.

»Ich werde sie für deinen Apéro am Montag machen. Mit Konfitüre gefüllt.«

»Keine Chipa?«

»Deine Mutter meint, Krapfen wären festlicher. Schließlich kommt dein Chef zurück.«

Der Gedanke an frische Krapfen ließ Fahrni das Wasser im Mund zusammenlaufen. Sein Magen knurrte. Er drehte die Satteldecke zum Trocknen um und hängte das Zaumzeug an den dafür vorgesehenen Haken. Paz hatte Lisas Box bereits mit frischer Streu ausgelegt. Fahrni gab dem Pferd eine Karotte zum Abschied, und sie machten sich auf den Nachhauseweg, wo sie ein Kartoffelgratin, Würstchen und Bohnen erwarteten. Als Fahrni am Tisch saß, klingelte sein Handy. Er entschuldigte sich und ging in die Küche, wo er den Anruf entgegennahm. Karin Ott war am Apparat.

»Ja, ich bin mir ganz sicher, dass es sich um ein rostrotes Stück Stoff gehandelt hat«, sagte Ott.

»War es um 22.30 Uhr nicht dunkel?«, fragte er.

»Der Wagen stand im Kreisel, genau unter der Straßenlampe. Ich bin Handarbeitslehrerin«, erklärte sie. »Mir fiel die Farbe auf, weil ich am selben Tag Stoff für ein Projekt eingekauft und mir überlegt habe, welche Farbe Füchse eigentlich haben.«

»Konnten Sie sehen, wer am Steuer saß?«

»Ich glaube, es war ein Mann, sicher bin ich mir aber nicht.«

»Warum vermuten Sie, dass es ein Mann war?«

Karin Ott dachte nach. »Es waren die Haare. Besser gesagt, die fehlenden Haare. Er muss einen Bürstenschnitt oder eine Glatze gehabt haben.«

»Haben Sie auf das Nummernschild geachtet?«

»Ich denke, es war eine Zürcher Nummer. Alles andere wäre mir aufgefallen.«

Fahrni bedankte sich. Sie vereinbarten einen Termin, um die Aussage aufzunehmen. Nachdem Fahrni aufgelegt hatte, wählte er Reginas Nummer. Sie nahm nicht ab. Er setzte sich wieder an den Tisch und nahm sich eine zweite Portion Kartoffelgratin. Sein Vater erzählte gerade von einer Froschart, die in Brasilien entdeckt worden war, als das Handy erneut klingelte. Fahrnis Mutter legte ihm die Hand auf den Arm.

»Kann das nicht warten, Tobi? Iss zuerst in Ruhe fertig.«

Fahrni schüttelte bedauernd den Kopf.

»Du hast mich gesucht?«, meldete sich Regina.

Fahrni ging erneut in die Küche und schloss die Tür hinter sich. Er berichtete ihr von den Ereignissen des Tages.

»Fällt Pilecki ganz aus?«, fragte sie.

»Er ist eine Woche krankgeschrieben. Danach wird er längere Zeit an Krücken gehen müssen. Wenn du dieses Wochenende etwas brauchst, kannst du dich an mich wenden, ich habe ohnehin Pikett. Und ab Montag ist der Häuptling ja wieder da.«

Regina antwortete nicht. Fahrni überkam das ungute Gefühl, in ein Fettnäpfchen getreten zu sein. Vielleicht freute sie sich nicht auf seine Rückkehr?

»Konnte Karin Ott etwas zur Beschaffenheit des Stoffs sagen?«, fragte sie.

»Nein, nur zur Farbe.«

»Also kann es genauso gut eine eingeklemmte Decke oder eine Tasche gewesen sein«, stellte Regina fest.

»Ja.«

»Hat Loebell die Frisur des Mannes beschrieben?«

»Leider nicht.« Fahrni versuchte, optimistisch zu klingen. »Aber immerhin wissen wir dank ihm, dass Werner Imfeld tatsächlich mit seinem Hund spazieren war, als Kienast verschwand. Und dass sich Kienast mit jemandem gestritten hat.«

»Das hilft uns nicht weiter. Vielleicht besteht kein Zusammenhang zwischen Kienasts Verschwinden und der Auseinandersetzung an der Tür. Vielleicht hat der Unbekannte nicht Moritz Kienast, sondern eine Kiste Wein oder sonst etwas in den Kofferraum geladen. Vielleicht sind Kienast und Imfeld erst nach dem Spaziergang aneinandergeraten. Vielleicht kam Dorothee Kienast-Sutter zwar um 22.10 Uhr zurück, fuhr aber wieder weg. Vielleicht hat sie einen Freund. Vielleicht ist Kienast ihr gefolgt. Vielleicht hat sich …«

»Regina? Ist alles in Ordnung?«

Sie holte Luft. »Entschuldigung«, sagte sie. »Ich bin etwas … ich habe vorhin erfahren, dass meine Mutter dieses Wochenende nicht auf Lily aufpassen kann, sie ist krank. Und ich habe Brandtour. Meine Nerven liegen ziemlich blank. Danke, dass du dich sofort mit Karin Ott in Verbindung gesetzt hast. Ich schätze deinen Einsatz, du hast im Moment viel um die Ohren. Schaffst du es? Pileckis Ausfall kommt höchst ungelegen.«

»Unfälle kommen nie gelegen«, antwortete Fahrni.

15

Eine Tür ging auf. Moritz hörte Stimmen. Zuerst glaubte er, sie wären in seinem Kopf. Doch dann hörte er Schritte. Erwartungsvoll blähte er die Nasenflügel. Er roch nichts. Keine Bolognesesauce. Keinen Kaffee. Nur den Gestank, der ihn umgab. Er dachte an den Vater. Während der letzten Monate hatte Konstantin nicht mehr gewusst, wozu eine Toilette da war. Moritz hatte sich für ihn geschämt. Jetzt schämte er sich für sich selbst.

Die Schritte kamen näher. Moritz regte sich nicht. Jede Bewegung schmerzte. Seine Haut war wund. Blut und Eiter klebten am Halsband. Das Futter hatte er nicht mehr angerührt. Er wollte sterben, aber er schaffte es nicht. Obwohl er sich vornahm, nichts zu trinken, tauchte er den Mund immer wieder in den Wassernapf. Er versuchte zu schlucken. Seine Zunge kam ihm ungewöhnlich groß vor.

»Hier ist er«, sagte eine raue Stimme.

»Scheiße, Mann, der stinkt!«, stieß ein tiefer Bass aus.

Ein Licht blendete Moritz. Er kniff die Augen zusammen. Hörte ein Schaben von Metall auf Metall, ein Quietschen. Etwas bewegte sich. Er fühlte sich durch die Gestalten bedrängt. Sie kamen ihm zu nahe, atmeten die Luft, die ihm gehörte. Er formte Laute mit den Lippen, doch er brachte keinen Ton heraus.

»Geil«, sagte der Bass.

»Komm, hilf mir.«

»Wollen wir ihn nicht im Käfig transportieren?«

»Metall brennt nicht, du Idiot.«

Etwas schlug auf dem Boden auf. Füße, die sich schnell bewegten. Moritz hörte ein Grunzen. Der Lichtkegel tanzte durch den Raum. Moritz sah Steinwände und ein Holzregal.

In einer Ecke blitzte das grüne Glas einer Flasche auf. Er schloss die Augen. Sein Kopf schmerzte.

»Pass auf, wen du einen Idioten nennst!«

»Nun mach mal halblang.« Die raue Stimme fluchte leise. »Hilf mir lieber.«

»Hast du die Kamera?«

»Wofür hältst du mich?«

Die Tür des Käfigs ging auf. Eine Kette rasselte. Moritz spürte einen Zug am Hals. Das Halsband grub sich in seine Haut. Er wollte den Druck lindern, indem er sich in die gleiche Richtung bewegte, doch seine Glieder trugen ihn nicht. Eine Hand schlug ihm ins Gesicht. Sein Kopf prallte gegen etwas Hartes.

»Reiß dich zusammen, Mann!«

»Er will es doch!«

»Er ist völlig fertig, siehst du das nicht? Wenn wir nicht aufpassen, gehen ihm die Lichter aus, bevor wir richtig loslegen!«

Arme schoben sich unter Moritz' Achselhöhlen. Er wurde hochgehoben. Als jemand an seinen Beinen zerrte, schrie er. Man ließ ihn fallen. Der Boden fühlte sich kalt an unter seiner Wange. Er hörte ein Ratschen, dann wickelte sich etwas um seinen Kopf und bedeckte seinen Mund. Er bekam zu wenig Luft. Erneut wurde er unter den Achselhöhlen gepackt und hochgezogen. Seine Füße schleiften über den Boden. Er schaffte es nicht, sie hinzustellen. Die Haut brannte, wo der Stein die oberste Hautschicht wegraspelte.

Er wollte zurück in den Käfig, wo er geschützt war, doch die Hände zerrten ihn eine Treppe hoch. Der Bass stöhnte. Moritz roch Schweiß. Der Boden unter ihm veränderte sich. Er wurde glatt. Obwohl kein Licht brannte, war es auf einmal weniger dunkel. Moritz fragte sich, wo er war. Sollte er dieses Haus kennen? Hatte er es gekannt, bevor die Krankheit

Löcher in sein Gehirn gefressen hatte? Waren die beiden vielleicht Pfleger? Vielleicht stand heute Duschen auf dem Programm.

Sein Vater hatte es gehasst, geduscht zu werden. Daran erinnerte sich Moritz. Die Brause ängstigte ihn. Moritz wusste nicht, was er von einer Dusche halten sollte. Er war erleichtert, dass er verstand, wozu eine Brause da war. Lieber hätte er gewusst, wo er sich befand. Warum besuchte ihn Anna nicht? Gerne hätte er die Pfleger gefragt, aber er konnte nicht sprechen.

Erneut ließen sie ihn fallen. Er landete weich. Es roch nach ranzigem Teppich. Vor ihm stand ein Tisch. Auf einmal fiel Moritz das Ingenieurbüro ein. Ein Adrenalinstoß durchdrang seinen Körper. Wer kümmerte sich um die Aufträge? Hatte er einen Nachfolger organisiert, bevor er erkrankt war? Warum kam ihm das erst jetzt in den Sinn? Dorothee würde sich darum kümmern, beruhigte er sich. Er war stolz auf seine zusammenhängenden Gedanken, im Gegensatz zu seinem Vater kannte er seine Familie noch. Er erinnerte sich an das Leben, das er geführt hatte.

Neben ihm breiteten die Pfleger eine Plane auf dem Boden aus. Die Scham kehrte zurück. Sie fürchteten, er würde sich beschmutzen. Moritz klemmte die Beine zusammen. Der Kunststoff raschelte. Langsam spürte Moritz seine Glieder wieder. Die Wärme war wohltuend. Seine Haut prickelte. Er versuchte, den Kopf zu heben, doch das Halsband zog ihn wie ein Anker in die Tiefe.

Die Pfleger schlugen die Plane über Moritz zusammen, und Dunkelheit hüllte ihn ein. Die Wärme breitete sich in seinem ganzen Körper aus. Er schloss die Augen. Der Anker zog ihn tiefer, die Geräusche drangen nur noch gedämpft zu ihm durch. Vielleicht war er unter Wasser. Er fühlte sich leicht, die Schmerzen nahm er nur noch als dumpfes Pochen wahr. Es rüttelte. Um Beine und Brustkasten spürte er einen Druck. Er schwebte. Die Plane legte sich über seine Nase, und Moritz atmete schneller, warf den Kopf hin und her. Als er glaubte, es nicht mehr auszuhalten, strömte kühle Luft durch eine kleine Öffnung herein. Ein Schnappschloss sprang auf. Moritz' Beine wurden gekrümmt. Er wimmerte. Der Druck verschwand, Moritz fiel und landete auf einer unebenen Fläche. Über ihm schlug ein Deckel zu, und die Stimmen verschwanden. Ein Motor sprang an. Moritz begriff, dass er sich in einem Auto befand. Einem Krankenwagen? Die Liege war hart. Er stieß mit dem Kopf gegen einen spitzen Gegenstand. Ein beißender Geruch stieg ihm in die Nase. Schimmelpilz, dachte Moritz. Und das in einem Krankenwagen! Das Gesundheitswesen ging vor die Hunde. Er hatte es immer gesagt. Aber wer hörte schon auf ihn?

Er wollte nach Hause. Er vermisste Dorothee. Ob er sie im Spital sähe? Hoffentlich würde er sie erkennen. Hatte sie nicht etwas mit ihren Haaren gemacht? Er versuchte, sich zu erinnern, aber er hatte Veränderungen in ihrem Aussehen nie beachtet. Einmal hatte sie sich für einen Theaterbesuch die Haare hochgesteckt. Sie war enttäuscht gewesen, als er das nicht kommentierte. Er hätte sich mehr Mühe geben sollen, aber dafür war es nun zu spät. Oder vielleicht nicht? Seit man ihn aus dem Käfig geholt hatte, fühlte er sich klarer im Kopf.

Der Wagen beschleunigte. Moritz hörte weitere Fahrzeuge. Er fragte sich, ob es Tag oder Nacht war. Er war müde. Die Aufregung hatte ihn erschöpft. Ich bin alt, dachte er. Früher hatte er viel Energie gehabt. Das Jucken fiel ihm ein. Es war ganz verschwunden, genau wie das pelzige Gefühl auf der Zunge. Ob der Ausschlag noch da war? Er konnte die Arme nicht bewegen, die fest an seinen Körper gepresst worden waren. Was immer mit ihm geschah, er hatte nicht die Macht, es zu verhindern. Er schloss die Augen.

Er erwachte, als der Deckel aufsprang. Arme hoben ihn hoch. Durch die Öffnung in der Plane drang kühle Luft. Er fühlte sich schwer, wollte weiterschlafen. Eine Tür quietschte. Er landete hart. Gegenstände wurden über den Boden geschleppt, etwas kitzelte ihn am Fuß, Metall schlug gegen Metall, eine Axt traf auf Holz. Der Bass lachte. Moritz driftete ab. Er kam wieder zu sich, als sich alles um ihn zu drehen begann. Auf einmal lag er ungeschützt auf einem staubigen Holzboden. Die Plane knackte, als der Bass sie schüttelte. Moritz sah Balken an der Decke. Er drehte den Kopf. Neben ihm befand sich eine Feuerstelle. Dort lagen sorgfältig aufgeschichtete Holzscheite.

»Bist du so weit?«, fragte die raue Stimme.

»Einen Moment«, antwortete der Bass. »Gut, sie läuft!«

Ein Gesicht tauchte in Moritz' Blickfeld auf. »Es kann losgehen!«

16

Der Anruf kam am Sonntag um 9.25 Uhr. Stumm nahm Regina die Informationen auf. Sie versprach, sofort loszufahren. Kaum hatte sie das Pikettelefon aus der Hand gelegt, klingelte ihr privates Handy. Lily hatte aufgehört zu spielen, sie stand im Wohnzimmer, den Stoffhasen im Arm, den Daumen im Mund, und starrte Regina an. Die Pyjamahose war zu lang, sie fiel über ihre Füße, sodass nur die Zehen hervorschauten. Kurz erwog Regina, das Klingeln zu ignorieren, als sie aber sah, dass Fahrni sie zu erreichen versuchte, nahm sie den Anruf entgegen.

»Bist du auch benachrichtigt worden?«, fragte er ohne Umschweife.

»Ja.«

»Glaubst du, er ist es?«

»Ich habe keine Ahnung.«

Eine Leiche war in einer abgebrannten Waldhütte auf dem Albis gefunden worden. Um halb vier Uhr hatte die Feuerwehr den Hinweis auf den Brand erhalten. Als sie eintraf, war das Dach bereits eingestürzt. Den Toten hatten die Feuerwehrleute vor einer halben Stunde entdeckt. Außer dass es sich um einen Mann handelte, war nichts über seine Identität bekannt. Einen Unfall schlossen sie aus.

»Hör zu, Tobias, ich muss mich beeilen. Wir sehen uns an der Brandstelle.«

»Warte! Brauchst du immer noch einen Babysitter? Paz passt auf Lily auf, wenn du möchtest.«

»Paz?«, wiederholte Regina.

Sie dachte an den Moment zurück, als Paz begriffen hatte, dass ihre Tochter tot war. Regina hatte sich abwenden müssen, weil sie den Schmerz in den Augen der Frau nicht ertragen konnte. Was würde es in Paz auslösen, wenn sie sich um ein fremdes Mädchen kümmerte? Könnte sie damit umgehen? Würde es sie aus dem fragilen psychischen Gleichgewicht werfen, das sie gerade erst wiedererlangt hatte? Wäre Lily bei ihr überhaupt sicher?

Doch was blieb Regina übrig? Ihre Mutter lag mit Fieber im Bett. Chris arbeitete. Eine Nachbarin hatte zwar eingewilligt, Lily im Notfall zu hüten, war aber nicht besonders erfreut gewesen, und Lily fühlte sich nicht wohl bei ihr. Das letzte Mal, als die Nachbarin sie gehütet hatte, war Lily anschließend krank geworden.

»Meine Eltern sind auch hier«, sagte Fahrni, der offenbar verstand, was Regina durch den Kopf ging. »Paz wäre nicht allein mit Lily.«

»Bist du sicher, dass es ihr nicht zu viel ist?«

»Ich glaube, sie würde sich freuen.«

Dass er es nur glaubte, beruhigte Regina nicht. Dennoch bedankte sie sich und versprach, in einer halben Stunde bei ihm zu sein. Die Fahrt bedeutete nur einen kleinen Umweg. Hastig packte sie eine Tasche mit Spielsachen. Aus dem Kinderzimmer holte sie frische Kleider. Als Lily die Kleider sah, rannte sie weg.

»Komm, Schatz, wir müssen uns beeilen.« Regina streckte die Arme aus.

Lily setzte sich zu ihren Stofftieren und spielte weiter.

»Bitte, Lily.«

Lily ignorierte sie. Mit einem Seufzer kniete sich Regina vor sie hin und versuchte, ihr den Pyjama auszuziehen. Lily sperrte sich. Ungeduldig zerrte Regina an ihrem Oberteil. Lily wand sich.

»Halt still!«, rief Regina und packte das Kind am Arm.

Erschrocken riss Lily die Augen auf. Sie begann zu weinen.

»Entschuldige, mein Schatz.« Regina zog sie in ihre Arme

und legte ihre Wange auf den kleinen Kopf. Ihre Wut galt nicht Lily, sondern der Tatsache, dass sie ausrücken musste. Lily brauchte dringend einen ruhigen Tag zu Hause. Und ich hab ihn ebenfalls nötig, dachte Regina. Die letzte Woche war anstrengend gewesen. Seit der Einführung der Eidgenössischen Strafprozessordnung waren ihre Gerichtsfälle auf den ganzen Kanton verteilt, die langen Anfahrtswege und die Zwischenzeit, die sie schlecht nutzen konnte, stellten eine zusätzliche Belastung dar. Immer saß ihr die Angst im Nacken, nicht rechtzeitig bis Kita-Schluss in Zürich zu sein.

Sie hatte die Hoffnung, dass Cavalli am nächsten Tag zurück war, noch nicht aufgegeben. Es war ihm zuzutrauen, dass er nach dreimonatiger Abwesenheit direkt vom Flughafen ins Büro fuhr. Doch sie musste sich eingestehen, dass das wenig wahrscheinlich war. Seit einem Monat hatte er kein Lebenszeichen von sich gegeben. Vielleicht konnte er das Umfeld des Täters infiltrieren. Über den Fall, den er bearbeitete, wusste sie wenig, außer dass er wichtig sein musste, denn sonst hätte das FBI sich nicht die Mühe gemacht, Cavalli zu holen – und der Kommandant der Kantonspolizei hätte den Einsatz nicht bewilligt. Cavalli würde sicher bis zum Äußersten gehen, wenn er glaubte, dem Täter auf der Spur zu sein. Statt sich den Kopf darüber zu zerbrechen, wo er steckte, sollte sie sich lieber Gedanken über die Zukunft machen. Wenn Cavalli länger wegblieb, musste sie sich anders organisieren. Lily und sie waren am Anschlag. Der Alltag war so straff organisiert, dass kein Spielraum für Krankheiten oder kurzfristige Änderungen blieb. Vielleicht sollte sie eine Tagesmutter suchen, die Lily zu Hause betreute. Das wäre zwar teuer, ließe ihr aber mehr Freiheit. Einen kurzen Augenblick lang verdrängte diese Aussicht das Gefühl von Einsamkeit, das sie zu überwältigen drohte.

Sanft strich sie Lily über den Rücken. Als sich ihre Tochter beruhigt hatte, zog Regina ihr den Pyjama über den Kopf.

Lily ließ es geschehen, sie hatte sich in ihr Schicksal gefügt. Was blieb ihr übrig? Schuldgefühle überkamen Regina.

Sie fuhr über die Nordumfahrung zu Fahrni, statt den Weg durch Zürich zu nehmen. Auf der Autobahn konnte sie besser abschalten, weder drängten sich Radfahrer vor, noch zwangen sie Rotlichter zum Anhalten. Mit ihren Gedanken war sie bei dem Brand. Vermutlich hatte jemand zu viel getrunken, vielleicht Drogen konsumiert und nicht bemerkt, wie die Hütte Feuer fing. Dann fiel ihr ein, dass die Feuerwehr von einem Tötungsdelikt ausging. Weshalb? Es handle sich um einen Mann, hatte Fahrni gesagt. Moritz Kienast? Regina wünschte sich, endlich Klarheit über den Verbleib des Politikers zu haben. Wenn er aus freien Stücken gegangen war, könnte sie die Untersuchung einstellen. War er Opfer eines Tötungsdelikts geworden, triebe der Fund der Leiche die Ermittlungen voran.

Kaum hatte sie den Motor abgestellt, öffnete Fahrni die Haustür. Regina hob Lily aus dem Kindersitz und trug sie die paar Schritte zum Haus. Sie spürte einen Kloß im Hals, als sich Lilys Finger in ihre Haare gruben. Fahrni bedeutete ihr einzutreten. Sie war noch nie bei ihm zu Hause gewesen, sie wusste nur, dass er seit der Trennung von seiner Freundin vor über vier Jahren wieder bei den Eltern wohnte. Es kam ihr seltsam vor, dass er kein Bedürfnis nach Unabhängigkeit verspürte. Als sie den Duft von frischem Brot roch, die Überreste des üppigen Frühstücks auf dem Esstisch sah und die fröhlichen Fotos an der Wand bemerkte, begriff sie warum. Elisa Fahrni kam aus der Küche, sie trocknete sich die Hände an ihrer Schürze ab und lächelte. Sogleich stürzte sie sich auf Lily, die sich zu Reginas Erstaunen ohne Protest umarmen ließ. Elisa führte sie ins Wohnzimmer, wo Hans Fahrni in einem Sessel saß und Zeitung las. Lily setzte sich auf den Boden und begann, ihre Sachen auszupacken.

»Ich kann Ihnen gar nicht sagen, wie dankbar ich bin«, sagte Regina.

Elisa Fahrni winkte ab. »Wir haben uns so gefreut! Was gibt es Schöneres, als ein Kind im Haus zu haben!«

Regina wusste, wie sehr sich Fahrni eigene Kinder wünschte. Paz konnte keine mehr bekommen. Ohne ihr Wissen war ihr bei einem Kaiserschnitt die Gebärmutter entfernt worden. Auf der Treppe hörte Regina Schritte, und sie drehte sich um. Paz kam herunter, sie hatte gerade geduscht. Geschickt flocht sie die nassen Haare, die ihr bis zur Taille reichten, zu einem Zopf. Ihr Gesichtsausdruck war schwer zu deuten. Sie begrüßte Regina zurückhaltend und ging ins Wohnzimmer, wo Lily es sich inzwischen in den Armen von Hans Fahrni bequem gemacht hatte. Unwillkürlich verglich Regina Fahrnis Eltern mit ihren eigenen. Walter Flint hätte in Gegenwart seiner Frau, die ständig seine Aufmerksamkeit forderte, nie in Ruhe Zeitung lesen können. Die Stimmung war selten entspannt, da war immer eine leise Unstimmigkeit, und obwohl es nicht zu offenen Konflikten kam, belastete die Situation alle – außer Marlene, die Energie daraus schöpfte. Sonntags zog sich Walter in sein Büro zurück, als Kind hatte sich Regina in ihrem Zimmer verschanzt. Das obligate gemeinsame Mittagessen hatten sie hinter sich gebracht wie eine lästige Pflicht.

Fahrni küsste seine Mutter zum Abschied und führte Regina damit vor Augen, wie ihre Kindheit hätte sein können, wenn Marlene nicht andere für ihr Unglück verantwortlich gemacht hätte. Sogar Paz taute in der Gegenwart von Elisa und Hans Fahrni auf. Hans zog einen Stuhl heran, damit sie sich neben ihn setzen konnte. Auf dem Beistelltisch lag ein Spanisch-Wörterbuch.

Fahrni beugte sich über Paz und berührte ihre Wange mit dem Finger. Sie sah auf. Das Lächeln, das sie ihm schenkte, war warm. Als Fahrni sie küsste, wurde es Regina zu viel.

»Ich warte draußen«, verkündete sie.

Sie verabschiedete sich von Lily und verließ das Zimmer.

Kurz darauf kam Fahrni nach. Er schlug vor, mit seinem Wagen zu fahren. Regina hatte nichts dagegen. Im Auto veränderte sich sein Gesichtsausdruck. Sorgenfalten gruben sich in seine Stirn.

»Was ist?«, fragte Regina.

»Ich weiß es nicht«, gestand er. »Ich habe ein ungutes Gefühl.«

Regina wartete.

»Ich habe mit dem Polizisten vor Ort gesprochen. Er klang seltsam. Ich wollte mehr über die Brandleiche wissen, doch er wich mir aus. Irgendetwas geht hier vor. Er wollte mir auch nicht sagen, warum er einen Unfall ausschließt.«

Sein Handy klingelte. Er steckte sich die Kopfhörer in die Ohren und nahm den Anruf entgegen. Aus dem einseitigen Gespräch schloss Regina, dass Pilecki am anderen Ende war. Fahrni entschuldigte sich für die Verspätung und versprach, sofort zurückzurufen, wenn er Informationen habe.

»Es tut mir leid, dass du meinetwegen so spät dran bist«, sagte Regina.

Fahrni war in Gedanken woanders. »Thalmann ist unterwegs.«

Regina verstand nicht, warum er die Tatsache betonte. Im Rahmen der Kripo-Brandtour rückte auch der Chef der Gewaltkriminalität aus.

»Walker hat Pikett«, erklärte Fahrni. Josef Walker war Chef der Fahndungsabteilung.

Thalmann rückte freiwillig aus. Regina fragte sich, was an dem Brand so außergewöhnlich sein mochte. Fahrni zupfte an seinem Ohrläppchen. Schweigend fuhren sie Richtung Albis. Der Regen hatte nachgelassen, nun nieselte es wieder. Sie kamen an einem See vorbei, der verlassen zwischen

Sumpfwäldern, Riedwiesen und Mooren lag. Wohnwagen mit hochgezogenen Jalousien standen vereinzelt auf dem Campingplatz, zusammengeklappte Liegestühle lagen unter Kunststoffplanen. Ein Postauto bog vor ihnen in die Hauptstraße ein. Sie folgten ihm durch ein Waldstück, kurz darauf tauchte ein Dorf auf. Fahrni setzte den Blinker. Flachdachhäuser überzogen den Hang, die Fensterfronten gegen die Alpenkette ausgerichtet, die bei schönem Wetter sichtbar war.

Sie ließen das Dorf hinter sich und fuhren weiter den Berg hinauf. Nachdem sie an einem Bauernhof vorbeigefahren waren, kam lange Zeit nichts. Nach einer steilen Linkskurve erblickte Regina eine Ansammlung von Fahrzeugen am Straßenrand. Sie zog den Reißverschluss ihrer wetterfesten Jacke hoch. Die Waldhütte lag am Ende einer schmalen Zufahrt, von der Straße aus war sie nicht zu sehen. Das Feuer und die Löscharbeiten hatten die Vegetation in Mitleidenschaft gezogen. Eine geschwärzte Tanne ragte wie ein Skelett in den grauen Himmel, stellenweise quoll Rauch aus dem zusammengefallenen Gebäude. Es waren aber nicht die Brandspuren, die Regina als Erstes auffielen, sondern die Art und Weise, wie sich die Rettungskräfte bewegten.

Normalerweise herrschte organisierte Betriebsamkeit. Die meisten Rettungskräfte verfügten über jahrelange Erfahrung, jede Person wusste, was sie zu tun hatte, und erledigte ihre Aufgaben ohne großes Aufheben. Hier war es anders. Der Regionalpolizist, der kurz nach der Feuerwehr eingetroffen war, stand mit dem Rücken zur Hütte und starrte verstört in den Wald. Die Brandermittler bewegten sich am Rand der Ruine, als hielte sie eine unsichtbare Hand zurück. Feuerwehrleute standen in kleinen Gruppen beisammen, schweigend. Die Kriminaltechnik hatte ein Zelt aufgebaut, um die Spuren vor dem Regen zu schützen, doch niemand sammelte Material ein oder vermaß Abdrücke. Martin Angst war in ein Gespräch mit

Josef Walker vertieft. Ein Brandmittelspürhund lief unruhig hin und her. Nur der Polizeifotograf ging seiner Arbeit nach. Mit grimmiger Entschlossenheit filmte er die Brandstelle.

Als Regina den freigegebenen Pfad betrat, sah sie Uwe Hahn. Der Rechtsmediziner beugte sich über einen Feuerwehrmann, der unkontrolliert zitterte. Regina verlangsamte ihren Schritt. Im Nacken spürte sie Fahrnis Atem. Walker hatte sie erblickt und kam auf sie zu. Ein Profi, schoss es Regina durch den Kopf, als sie den grauen Bürstenschnitt, die stechenden Augen und den aufrechten Gang sah. Sie wappnete sich gegen seinen harten Ton, zu ihrer Überraschung war sein tiefer Bariton weich.

»Joe Walker«, stellte er sich vor. »Ich hoffe, Sie haben einen starken Magen.«

Regina und Fahrni sahen sich an.

»Sieht der Tote schlimm aus?«, fragte Regina.

»So etwas habe ich noch nie gesehen. Machen Sie sich am besten selbst ein Bild«, sagte Walker.

Er berührte sie am Ellenbogen und deutete mit dem Kopf zur Brandstelle, als fordere er sie zu einem Tanz auf. Zu Fahrnis Verspätung sagte er nichts. Die Hütte war beinahe komplett niedergebrannt, nur in einer Ecke ragten Überreste einer beschädigten Mauer in die Höhe. Regina hatte genug Brandstellen gesehen, um zu wissen, dass vermutlich Brandbeschleuniger verwendet worden war. Das Ausmaß der Zerstörung war zu gleichmäßig, als dass sie zufällig hätte entstehen können. Über die Ursache und den Verlauf des Brandes würden ihnen die Brandermittler mehr berichten. Im Moment interessierte Regina vor allem die Leiche, die in der Mitte des Trümmerhaufens lag.

Regina bedeckte Nase und Mund mit ihrem Schal, um die rußgeschwängerte Luft zu filtern. Langsam bewegte sie sich über einen Steg, den die Feuerwehr errichtet hatte, auf ein niedriges Rechteck aus Stein zu, vermutlich die Überreste der Grillstelle, die sich in der Hütte befunden hatte. Aus einer Vertiefung ragte eine metallene Vorrichtung, die als Halterung für einen Rost gedient hatte. Als Regina näher trat, erkannte sie einen Körper. Die Haut war stellenweise verkohlt, durch die hitzebedingte Schrumpfung waren Arme und Beine gebeugt. Doch es war nicht der Anblick der Verbrennungen, der Regina erschauern ließ. Es war der Eisenspieß, der aus Hals und Unterleib ragte.

Hinter sich hörte Regina ein Würgen. Fahrni stolperte, fing sich wieder und rannte von der Brandstelle weg. Hinter einem Busch fiel er auf die Knie und erbrach sich. Ihr wurde schwindlig. Walker fasste sie am Arm.

»Gehts?«, fragte er.

Regina atmete langsam durch den Mund ein und aus. »War er bereits tot, als er … aufgespießt wurde?«

»Dr. Hahn konnte dazu noch nichts sagen.«

»Aber er ist sicher, dass es sich um einen Mann handelt?«

»Ja.«

Ein Fahrzeug näherte sich und hielt neben dem Einsatzwagen der Regionalpolizei. Hans-Peter Thalmann stieg aus. Walker gab ihm ein Zeichen. Als er Regina von der Leiche wegzuführen versuchte, schüttelte sie den Kopf. Sie war noch nicht so weit. Walker ließ ihren Arm los und ging Thalmann entgegen. Regina schob die Hände in die Taschen ihrer Jacke. Sie begriff, warum ein Unfall ausgeschlossen worden war. Die Metapher »schreien wie am Spieß« ging ihr durch den Kopf, und sie fragte sich, woher die Redewendung stammte. Als wäre das jetzt wichtig. Doch es fiel ihr leichter, sich mit dieser Frage zu beschäftigen, als sich darüber Gedanken zu machen, wozu Menschen fähig waren.

Im Laufe ihrer fünfzehn Jahre als Staatsanwältin hatte Regina viel Unfassbares gesehen. Männer, die ihre Frauen spitalreif schlugen, um ihre Überlegenheit zu demonstrieren. Drogensüchtige, die den Tod eines Rentners in Kauf nahmen, um ein paar Franken zu erbeuten. Junge Menschen, die aus Langeweile auf andere einstachen oder Unbeteiligte verprügelten, Berufskriminelle, die vor nichts zurückschreckten, um sich zu bereichern. Doch das hier war etwas anderes.

Regina hoffte inständig, dass es sich nicht um Moritz Kienast handelte. Wie sollte Dorothee mit diesem Wissen weiterleben? Regina wusste, dass ihre Gedanken keinen Sinn ergaben. Auch wenn der Mann vor ihr nicht Kienast war, hatte er eine Mutter, einen Vater, möglicherweise eine Frau oder Kinder, die ihn vermissten. Er hatte gelacht, geweint, sich geärgert und sich gefreut und vielleicht jemanden geliebt. Er hatte gelebt. Sie spürte eine Hand auf der Schulter.

»Ich dachte, ich hätte das Schlimmste schon gesehen«, sagte Uwe Hahn. »Doch das übertrifft alles.«

»Glaubst du, er hat noch gelebt, als es geschah?«

»Ich kann die Frage nicht ohne Autopsie beantworten. Je nachdem, wo der Spieß liegt, werden sich vitale Blutaustritte, eventuell sogar die Einatmung von Blut nachweisen lassen. Dasselbe gilt für die Brandgasbestandteile.«

Regina starrte den Rechtsmediziner entsetzt an. »Du meinst, er könnte sogar noch geatmet haben, als er brannte?«

»Theoretisch ja.« Hahn zeigte mit einem knochigen Finger auf die Austrittsstelle am Hals. »Das Metall ist sehr spitz. Dadurch hat es eine verdrängende, nicht eine durchtrennende Wirkung, ähnlich wie eine Akupunkturnadel. Es ist möglich, dass Organteile, Dünndarmschlingen zum Beispiel, nur beiseitegedrängt wurden. Bestimmt hast du schon Geschichten von Personen gehört, denen ein Gegenstand wie ein Pfahl tief in den Körper eingedrungen ist. Oft wurde er erst längere Zeit nach dem Unfall operativ entfernt, ohne dass die Person durch Verbluten gestorben wäre.«

»Ich dachte immer, das seien Gruselmärchen«, gestand Regina. »Du weißt schon, Geschichten, die man sich erzählt, die sich aber nie zugetragen haben.«

Hahn schüttelte den Kopf. »Nein, das sind keine Märchen. Sobald ich die einzelnen Organe untersucht habe, kann ich deine Frage beantworten.«

»Ist von den Organen überhaupt noch etwas vorhanden? Sind sie nicht verbrannt?«

»Eine Kremation schafft man im häuslichen Bereich nie. Das«, Hahn betonte das Wort, »ist ein Gruselmärchen.« Er deutete auf den Toten. »Ich gehe davon aus, dass die Flammen zunächst von unten kamen. Vermutlich ist Brandschutt auf die Leiche gefallen und hat sie zugedeckt. Ab diesem Moment ist er sozusagen hitzefixiert. Es würde mich nicht erstaunen, wenn wir bei der Autopsie schöne Verhältnisse vorfänden.«

»Beauty is in the eye of the beholder«, erklang Walkers Stimme hinter ihnen. »Oder simpler ausgedrückt: Schönheit ist relativ.«

»Margaret Wolfe Hungerford«, sagte Regina leise.

»Sie haben die *Duchess* gelesen?«

Regina war nicht danach, ihre literarischen Vorlieben zu diskutieren.

Hahn, dem seine unglückliche Wortwahl bewusst wurde, schnalzte verärgert mit der Zunge. »Mit schön meine ich intakt.«

Der Chef der Gewaltkriminalität machte einen zögerlichen Schritt und spähte auf die Grillstelle. Regina beobachtete, wie sein Adamsapfel auf- und abhüpfte und sein Gesicht eine blassgelbe Farbe annahm. Sie nutzte die Gelegenheit, um den Rückzug anzutreten, und bahnte sich vorsichtig einen Weg über den Pfad. Fahrni hatte sich inzwischen so weit erholt, dass er sprechen konnte.

»Wann genau kommt der Häuptling zurück?«, fragte er heiser. Hoffnungsvoll fügte er hinzu: »Oder ist er schon da?«

Regina schüttelte den Kopf. Sie sah Fahrni an, dass er nicht hier sein wollte. Nicht hier sein konnte. Sie dachte daran, dass er bereits zwei Mal kurz davor gewesen war zu kündigen. Vielleicht machte er diesmal ernst. Er scharrte mit dem Fuß, als versuche er, ein Loch zu graben, in das er versinken konnte. Regina überlegte, wie sie seinen Fokus vom Grauen weg auf die sachliche Ebene lenken konnte.

»Wer hat den Brand gemeldet?«, fragte sie.

»Der Bauer dort unten.« Fahrni zeigte Richtung Mittelalbis.

»Hat er einen Namen?«, fragte Regina scharf.

Fahrni rieb sich die Augen. »Staub. Jörg Staub. Die Hütte gehört ihm. Er vermietet sie regelmäßig. Hat sie regelmäßig vermietet«, korrigierte er sich.

»Hast du mit ihm gesprochen?«

»Noch nicht.«

»Worauf wartest du?«

Fahrni schob die Hände in die Taschen und stapfte davon. Regina wandte sich an einen der Brandermittler. Obwohl die Ursachen für den Brand erst nach den Sicherungsmaßnahmen ermittelt würden, konnte er bereits jetzt bestätigen, dass Brandbeschleuniger benutzt worden war. Im vorderen Teil der Hütte hatten die Techniker eine Stelle des Bodens freigelegt, die kaum mit Schutt bedeckt war. Sie wies eine lokale, unregelmäßig begrenzte Brandzehrung auf, typisch, wenn flüssiger Brandbeschleuniger ausgeschüttet wurde.

»Kann die Leiche heute schon geborgen werden?«, fragte Regina.

Der Einsatzleiter der Feuerwehr, der zugehört hatte, schüttelte den Kopf. »Die Einsturzgefahr ist zu groß. Sobald die Kriminaltechnik fertig ist, beginnen wir mit der Sicherung.«

Martin Angst war im Lieferwagen des Forensischen Instituts verschwunden. Als er zur Brandstelle zurückkehrte, fragte Regina, ob es möglich sei, Fingerabdrücke zu sichern.

Er nickte. »Aber es wird eine Herausforderung sein, Daktys unter dem Ruß zu finden. DNA oder Blutspuren ebenso.« Er betrachtete den Schutt. »Und unbeschadet zu sichern.«

Regina folgte seinem Blick.

»Wir werden den Ruß mit Flüssiglatex entfernen«, fuhr er fort. »Trocknet schnell und bildet einen elastischen Film, der sich leicht löst. Er bindet die oberste Schicht Ruß, sodass sie abgezogen werden kann. Die Spuren darunter bleiben intakt. Die Adhäsion führt direkt zu einer Visualisierung der Daktys. Der Ruß stellt sozusagen den Fingerabdruck dar.«

»Wie lange dauert das?«

»Wenn wir das Latex sprühen, trocknet es innerhalb von wenigen Stunden. Ich würde davor aber gerne eine Versuchsserie im Labor machen, um auszuschließen, dass das Produkt die DNA kontaminiert.«

Regina nickte. »Du bist der Fachmann.«

17

Die herzförmigen Blätter der Linden bildeten ein dunkelgrünes Dach über dem Platz. Noch hingen keine Blüten an den Zweigen, doch die Knospen der jungen Triebe leuchteten dunkelrot. Einige waren bereits aufgesprungen. Es roch nach frischem Grün, feuchtem Stein und Alkohol. Neben einer Bank lag eine leere Bierflasche.

»Ist er es?«

»Ich weiß es nicht.«

»Sag mir die Wahrheit, Bruder!«

»Ich würde dich nie anlügen. Schon gar nicht, wenn so viel auf dem Spiel steht. Aber … es war nicht zu erkennen.«

»Warum nicht?«

»Willst du das wirklich wissen?«

»Wir haben uns der Suche nach Wahrheit verpflichtet.«

»Normalerweise würde ich dir zustimmen, aber in diesem Fall … glaub mir, manchmal ist es besser, die Wahrheit nicht zu kennen.«

»Nicht für mich.«

»Also gut, wenn du darauf bestehst. Die Leiche ist verkohlt.«

»Der Tote wurde verbrannt?«

»Möglicherweise.«

»Wie soll ich das verstehen? Ist er nun verbrannt oder nicht?«

»Ja. Aber es ist nicht klar, ob er bereits tot war.«

Eine Gruppe johlender Jugendlicher überquerte die Straße und verschwand in den engen Gassen der Altstadt, bald war nur noch entferntes Lachen zu hören.

»Geht es, Bruder?«

»Warum? Warum wurde er auf so brutale Weise getötet?

Dafür gibt es keinen Grund! Egal, was er getan hat, das ist unmenschlich!«

»Wir wissen nicht, ob er es ist.«

»Sag mir warum!«

»Das kann ich nicht.«

»Hast du eine Vermutung?«

»Nein.«

»Ich muss es wissen.«

»Ich werde dich auf dem Laufenden halten. Aber wir können uns nicht mehr treffen. Es ist zu riskant.«

»In einem Monat werden die Linden blühen. Hast du gewusst, dass neue Wurzeln innerhalb des Stamms in den Boden wachsen? Sie verankern sich dort und bilden später eine junge Krone, wenn der alte Baum stirbt. Deshalb sind selbst uralte Linden noch vital. Sie verjüngen sich sozusagen von innen heraus und erwachen zu neuem Leben. Wie Phönix aus der Asche.«

18

Er war nicht gekommen. Reginas Glieder waren bleischwer, als sie am Montagmorgen Lily an der Hand nahm und zum Volvo führte. Ungeschickt nestelte sie am Gurt des Kindersitzes, bis Lily sich zu winden begann. An ihrem Hals klebte Konfitüre. Regina befeuchtete einen Finger und wischte sie weg. Paz hatte Lily am Vorabend zwei Krapfen mitgegeben, die sie für Cavallis Willkommensapéro gebacken hatte. Lily hatte sie gleich essen wollen, doch Regina hatte es ihr nicht erlaubt, weil sie schlecht schlief, wenn sie Süßes aß. Sie vertröstete Lily auf den Morgen, obwohl sie sich ein geeigneteres Frühstück für eine Dreijährige vorstellen konnte. Regina hatte nicht einmal die Energie, Lily davon abzuhalten, den ganzen Krapfen aufs Mal zu verschlingen. Nun klagte Lily über Bauchweh.

Nachdem Cavallis Anruf erneut ausgeblieben war, hatte Regina mit Chris telefoniert. Auch er hatte nichts von ihm gehört. Obwohl er sich nichts anmerken ließ, spürte Regina, dass er unter der Ungewissheit litt. Cavallis Abwesenheit riss Wunden auf, die erst seit Kurzem am Heilen waren. Chris' Kindheit war keine glückliche gewesen. Er konnte sich nie darauf verlassen, dass Cavalli für ihn da war. Nun musste Lily die gleiche Erfahrung machen. Wütend knallte Regina die Autotür zu.

Eine Visitenkarte fiel zu Boden. Regina hob sie auf und steckte sie in eine Plastiktüte, die mit Abfall gefüllt war. Nach kurzem Überlegen zog sie sie wieder heraus. »CFA Josef Walker« stand unterhalb des Logos der Kantonspolizei. Walker hatte Regina am Vorabend mitgenommen, da Fahrni bis zum Einbruch der Dunkelheit an der Brandstelle geblieben war. Beim Abschied hatte er sie gebeten, ihn auf dem Laufenden zu halten, und erklärt, er werde sich persönlich dafür einsetzen, dass dieses »sadistische Schwein« hinter Gitter komme. Regina hatte mechanisch genickt. Walkers Interesse galt nicht Moritz Kienast, sondern ihr. Sie fühlte sich geschmeichelt, hatte aber nicht die Absicht, Kontakt mit ihm aufzunehmen.

Im Büro erwartete Max Landolt sie bereits.

»Ist es Kienast?«, fragte er, kaum war sie aus dem Aufzug getreten.

»Die Leiche konnte noch nicht geborgen werden.« Regina knöpfte ihren Regenmantel auf. »Aber das FOR arbeitet auf Hochtouren.«

»Wer ist der Besitzer der Hütte?«

Regina leitete weiter, was sie von Fahrni erfahren hatte: Die Hütte gehörte Jörg Staub, der einunddreißig Jahre lang einen Bauernhof auf dem Albis geführt hatte. Kürzlich hatte sein Sohn Peter den Betrieb übernommen. Die Waldhütte hatten die Staubs in den Achtzigerjahren mit einer Feuerstelle, Tischen und Bänken ausgestattet, seither vermieteten sie sie für Feste und andere Anlässe. Jörg Staub hatte die Miete immer bar einkassiert. Ihm war es wichtig gewesen, seine Kunden zu kennen. Sein Sohn wickelte die Geschäfte jedoch übers Internet ab, deshalb hatte er die Frau, die die Hütte von Freitagabend bis Sonntagmorgen reserviert hatte, nie zu Gesicht bekommen. Er konnte nicht einmal mit Sicherheit sagen, dass es sich tatsächlich um eine Frau handelte. Die Buchung war elektronisch erfolgt, die vierhundertvierzig Franken waren bar am Postschalter einbezahlt worden. Die Kundin hatte den Namen Betsy Gore benutzt, ob dieser stimmte, war fraglich.

»Betsy Gore?«, wiederholte Landolt skeptisch. »Was ist denn das für ein Name?«

»Ein englischer.« Regina gelang es nicht, ihre Ungeduld zu verbergen. Sie riss sich zusammen. »Die Ex-Frau von Präsidentschaftskandidat Al Gore heißt Mary Elisabeth. Betsy ist eine Kurzform von Elisabeth.«

»Vermutest du einen Zusammenhang? Könnte jemand absichtlich ihren Namen verwendet haben? Steckt eine Botschaft dahinter?«

»Ich verspreche dir, du wirst es als Erster erfahren, wenn ich mehr weiß.«

Sie schlüpfte aus ihrem Regenmantel und hängte ihn an einen Bügel. Was erwartete Landolt? Dass sie über Nacht hellseherische Fähigkeiten entwickelte? Das Klingeln des Telefons riss sie aus ihren Gedanken. Sie entschuldigte sich und nahm ab. Es war der Kommandant der Kantonspolizei. Regina runzelte die Stirn. Dass der Fall hohe Wellen warf, war verständlich, nicht aber, dass sich der Kommandant deswegen persönlich bei ihr meldete. Moritz Kienast war Kantonsrat, nicht Bundesrat. Aus dem Augenwinkel sah sie, dass Landolt das Büro verließ.

»Wäre es Ihnen möglich, um neun Uhr zu einem kurzen Gespräch vorbeizukommen?«, fragte der Kommandant. »Es geht um Bruno Cavalli.«

Regina erstarrte. »Ich werde da sein.«

Der Kommandant bedankte sich und legte auf. Regina ließ sich auf ihren Stuhl fallen. Wusste er etwas? Oder erhoffte er sich im Gegenteil Informationen von ihr? Sie sah auf die Uhr. Am liebsten hätte sie sich gleich auf den Weg gemacht, doch es war erst 8.05 Uhr. Unkonzentriert ging sie ihre Post durch und beantwortete die dringendsten Mails. Um 8.50 Uhr brach sie auf. Nina Dietz erklärte sie, sie müsse kurz zur Polizei. Den Grund nannte sie nicht.

Das Büro des Kommandanten befand sich im Gebäude neben der ehemaligen Militärkaserne. Als sich Regina am Eingang meldete, bat man sie zu warten. Kurz darauf holte ein Polizist sie ab und begleitete sie zum Aufzug. Nervös strich sie ihren Blazer glatt. Die absurde Hoffnung, Cavalli könnte zurückgekehrt sein, hatte sich in ihr festgesetzt. Ihre

Vernunft sagte ihr, dass er sich zuerst bei ihr gemeldet hätte, nicht bei seinem Arbeitgeber, doch ihre Gefühle waren stärker als ihre Vernunft.

Ihr Herz hämmerte, vor Aufregung war ihr schwindlig. Obwohl sie ahnte, dass eine Enttäuschung auf sie wartete, hatte sie nicht mit der heftigen Reaktion ihres Körpers gerechnet, als sie das Büro betrat und feststellte, dass nicht Cavalli am Besprechungstisch saß, sondern Pilecki. Ihr war, als ramme ihr jemand eine Faust in den Magen.

»Frau Flint!« Der Kommandant stand auf und reichte ihr die Hand. »Danke, dass Sie es sich so kurzfristig einrichten konnten.«

Regina nickte, unfähig zu sprechen.

»Bitte, nehmen Sie Platz. Möchten Sie einen Kaffee? Ein Glas Wasser?«

»Wasser, bitte.«

Pilecki nahm einen Schluck Kaffee aus einer Espressotasse. Erst jetzt fielen Regina die Krücken auf, die an seinem Stuhl lehnten. War er nicht die ganze Woche krankgeschrieben?

»Ich habe heute Morgen aus Bern die Nachricht erhalten, dass sich Bruno Cavallis Rückkehr verzögert«, sagte der Kommandant, kaum hatte er sich gesetzt. »Man hat mich gebeten, Sie zu informieren«, erklärte er Regina. »Offenbar ist es zu einem Zwischenfall gekommen.«

Regina starrte ihn an.

»Das Bundesamt für Polizei kennt die Einzelheiten nicht. Sie werden abgeklärt. Fest steht nur, dass Bruno Cavalli unauffindbar ist.«

»Untergetaucht oder verschwunden?«, wollte Pilecki wissen.

»Was für ein Zwischenfall?«, fragte Regina bang.

»Ich bin nicht mit Cavallis Auftrag vertraut«, gestand der Kommandant. »Offenbar stand er aber kurz vor dem

Abschluss. Die Festnahme verlief nicht wie geplant. Es soll zu einem Schusswechsel gekommen sein.«

Regina wurde eiskalt.

»Ob Cavalli verletzt wurde, ist nicht bekannt. Seither hat ihn niemand mehr gesehen.« Er wandte sich an Regina. »Es tut mir leid, dass Sie es auf diese Weise erfahren müssen, Frau Flint.«

Regina sah, wie sich seine Lippen bewegten, doch die Laute ergaben keinen Sinn. Vor einigen Jahren war in einem abgelegenen Chalet auf Cavalli geschossen worden. Nie würde Regina vergessen, wie sie das Zimmer betreten und ihn am Boden liegend entdeckt hatte. Damals hatte sie die Angst verdrängen können, die sich in ihr breitmachen wollte, denn der Täter war noch im Haus gewesen, und die Situation hatte ihre volle Aufmerksamkeit verlangt. Jetzt aber war sie machtlos gegen die Panik, die von ihr Besitz ergriff.

»Verdammt«, stieß Pilecki aus.

Der Kommandant räusperte sich. »Da wäre noch etwas. Gleichzeitig mit Cavalli ist eine Frau verschwunden. Eine junge Indianerin aus dem Reservat.« Er senkte den Blick. »In den letzten Wochen sollen Bruno Cavalli und Emma Longhorn viel Zeit miteinander verbracht haben.«

Scheiß Knie. Pilecki humpelte durch den Gang. Die Stöcke quietschten auf dem blauen Linoleum. Sein Bein pochte. Schlimmer als sein Kopf, nachdem die Tschechen 2010 Weltmeister geworden waren. Obwohl er, wenn er es genau betrachtete, damals gar nicht so viel getrunken hatte. Zumindest nicht so viel wie in den beiden folgenden Jahren. Zwei Mal Bronze. Da hatte er gebechert. In seinem Kopf hatte am Tag darauf ein Presslufthammer gewütet.

Im fünften Stock des Kripogebäudes duftete es nach Krapfen. Die Stimmung war gedämpft. Ein Kollege vom

Gewaltschutz fragte nach der Verletzung, »Kreuzband gerissen«, antwortete Pilecki knapp, der völlig außer Atem war. Viel mehr gab es auch nicht zu sagen. Shit happens, hatte Irina mit einem Schulterzucken festgestellt. Normalerweise hätte Pilecki gleich reagiert. Warum sich aufregen? Doch er fühlte sich vom Pech regelrecht verfolgt. Sechs Wochen musste er die Schiene tragen, regelmäßig zur Physiotherapie, und dennoch würde er sein Knie nie wieder so gebrauchen können wie früher. Der Arzt riet ihm zu einer Operation, aber im Moment kam das ohnehin nicht infrage. Ebenso wenig die verschriebene Woche Ruhe zu Hause. Dabei wäre das Timing großartig gewesen. Am Freitag hatte die Eishockey-Weltmeisterschaft begonnen, Pilecki hätte sich alle Live-Übertragungen anschauen können.

Das konnte er nun vergessen. Wahrscheinlich käme er nicht vor Mitternacht aus dem Kripogebäude. Mit dem Ellenbogen stieß er die Tür zu Cavallis Büro auf. »Willkommen zurück« stand auf einem farbigen Banner, das am Fensterrahmen befestigt war. Dahinter steckte bestimmt Vera Haas. Kein Mann käme auf die Idee, den Chef in Gelb, Rot und Violett zu begrüßen. Mit einem Stöhnen setzte sich Pilecki auf Cavallis Stuhl. Er legte den Kopf in den Nacken und schloss die Augen, um die Papierstapel auf dem Schreibtisch nicht anschauen zu müssen. Bewerbungen. Berichte. Mitarbeitergespräche. Dienstpläne. Statistiken. Feriengesuche. Protokolle.

Es klopfte. Er öffnete die Augen. Vera Haas stand in der Tür, einige Unterlagen gegen die üppige Brust gepresst.

»Störe ich?«, fragte sie.

»Komm rein.«

»Wechselst du das Büro?«

»Nein. Vielleicht. Ja, gute Idee.« Im Zweierbüro, das er mit Gurtner teilte, war nicht genug Platz, um das Bein hochzulegen.

»Brauchst du Hilfe?«

»Ich organisiere mir jemanden vom Assistenzdienst. Aber danke. Was gibts?« Er deutete auf ihre Unterlagen.

»Die Laborresultate sind gekommen. In den Lebensmitteln der Kienasts befand sich nichts Außergewöhnliches. Kein Gift, keine fremden Substanzen. Die Medis, die auf dem Nachttisch lagen, sind ebenfalls sauber.«

Pilecki nickte. Er hatte nichts anderes erwartet.

»Dann habe ich noch die Briefe durchgelesen, die du aus Dorothees Schreibtisch mitgenommen hast. Sackgasse. Es gibt keinen heimlichen Geliebten, nichts. Die meisten Briefe stammen von Freundinnen. Es sind alte Geburtstagskarten, Feriengrüße und so weiter.«

Auch das erstaunte Pilecki nicht.

»Und hier ist noch das Protokoll von Zellwegers Befragung.« Haas streckte ihm ein Mäppchen entgegen. »Willst du es lesen?«

Pilecki brauchte einen Moment, bis er sich an Oskar Zellweger erinnerte. Das war der Rentner, der Moritz Kienast einen Drohbrief geschrieben hatte. »Bringt es uns weiter?«

»Nicht direkt. Zellweger hat sich ziemlich aufgeregt, dass ein Kantonsrat sich zu einer so lächerlichen Aktion wie dieser Gummiboot-Demo hinreißen lässt.«

Pilecki fiel Haas' ungewöhnliche Zurückhaltung auf. »Teilst du seine Meinung nicht? Noch vor Kurzem hattest du bloß ein Kopfschütteln für unseren Motz-Moritz übrig.«

»Ich weiß nicht«, gestand Haas. »Was Kienast von sich gibt, ist gar nicht so daneben. Seine Art kommt nicht gut an, seine Ideen haben aber Hand und Fuß. Tobias meint, gerade deswegen sei er so unbeliebt. Einige halten ihn wirklich für eine Bedrohung.«

»Erklär mir das genauer.«

Haas schilderte, was Fahrni ihr über das Konzessionsland und den Streit um die Schweizer Seeufer erklärt hatte. »In

Genf hat ›Rives publiques‹ soeben den ersten großen Erfolg verbucht. Auf einem Grundstück musste eine illegale Absperrung zu einem öffentlichen Strand entfernt werden. Das hat das Département de l'urbanisme entschieden. ›Rives publiques‹ spricht von einem Grundsatzentscheid. Wenn ich ein Grundstück am See besäße, gäbe mir das zu denken. Ich würde mich vermutlich bedroht fühlen.«

»Du glaubst also, es könnte tatsächlich ein Zusammenhang zwischen Kienasts Verschwinden und seinen politischen Aktivitäten bestehen?«, fragte Pilecki skeptisch.

Haas zuckte die Schultern. »Ich weiß, es klingt ziemlich verrückt – in der Schweiz. Aber Tobias meint ja.«

»Und was denkst du?«

Haas dachte nach. »Ehrlich gesagt, gefällt mir die Selbstmordtheorie besser. Ich denke, er hatte einfach genug davon, ständig als Spinner abgestempelt zu werden.« Sie verstummte, als ihr Handy klingelte, und nahm den Anruf entgegen.

Pilecki beobachtete, wie sie den Mund öffnete, wieder zuklappte und die Lippen zusammenpresste. Als sie tief Atem holte, hoben sich ihre Brüste wie zwei Schiffe auf einer Welle. Der oberste Knopf ihrer Bluse spannte. Pilecki gelang es nicht, den Blick abzuwenden.

»Okay, danke. Er ist hier. Ja, im Büro. Ich werde es ihm sagen.« Haas unterbrach die Verbindung. »Das war Tobias. Er ist es.« Sie setzte sich auf einen Besucherstuhl. »Der Mann am Spieß. Es ist Moritz Kienast. So viel zur Selbstmordtheorie.«

Regina bahnte sich einen Weg durch die Journalistenmenge. Jemand hielt ihr ein Mikrofon entgegen. Wütend hob sie die Hand und schob es weg. Sie wusste nicht, wer geredet hatte, doch die Katze war aus dem Sack. Noch bevor Dorothee Kienast-Sutter die Einzelheiten über den Tod ihres Mannes erfahren hatte, berichteten die Medien bereits von dem schrecklichen Fund auf dem Albis. Aus dem Augenwinkel sah Regina, wie Pilecki umzingelt wurde. Wegen seiner Verletzung war es ihm nicht gelungen, der Meute rechtzeitig zu entkommen. Mit gesenktem Kopf verließ Regina den Presseraum und eilte auf die Treppe zu. Erst als sie ein Stockwerk tiefer durch die Glastür trat, atmete sie auf. Sie strich sich eine Haarsträhne aus der Stirn. Ihr wurde schwarz vor Augen, und sie lehnte sich kurz an die Wand.

Ihr Handy klingelte. Sie machte sich gar nicht die Mühe nachzusehen, wer der Anrufer war. Seit die Identität des aufgespießten Toten bekannt war, läutete es ununterbrochen. Sie steckte mitten in einem Albtraum. Den ganzen Tag war sie von einer Besprechung zur nächsten gehetzt. Die Art und Weise, wie Moritz Kienast zu Tode gekommen war, löste Entsetzen aus. Forderungen nach einer Sonderkommission, die den Fall untersuchen sollte, wurden laut. Cavallis sofortige Rückkehr wurde verlangt. Dass es sich nicht um unbezahlten Urlaub handelte, wussten nur seine direkten Vorgesetzten.

Sie fand Fahrni in seinem Büro. Sein normalerweise rosiges Gesicht war bleich, die blauen Augen trüb. Vor ihm lag ein unangetasteter Krapfen. Er war direkt von der Brandstelle zu Dorothee Kienast-Sutter gefahren. Regina wusste, wie schwer es ihm fiel, Todesnachrichten zu überbringen. Sie trat einen Schritt näher. Er roch nach Rauch, verkohltem Holz und Schweiß.

»Gehts?«, fragte sie.

»Ein Care-Team ist bei ihr.«

»Aber wie geht es dir?«

»Ich verstehe das einfach nicht«, sagte er mit belegter Stimme. »Wer tut so etwas? Und warum?«

Regina zog einen Stuhl heran und setzte sich neben ihn. Ihre Wut war verflogen. Fahrnis Verzweiflung rückte alles in die richtige Perspektive. War es wirklich wichtig, wer die

Presse informiert hatte? Brauchte es sie zu kümmern, was Politiker forderten oder wie die Öffentlichkeit reagierte? Ihre Aufgabe war es, eine Untersuchung zu führen, und sie war es der Familie Kienast schuldig, dass sie ihre ganze Energie darauf konzentrierte.

»Sind die Brandermittler weitergekommen?«, fragte sie.

»Sie wissen, dass die Hütte absichtlich in Brand gesteckt wurde.« Fahrni wischte sich mit dem Handrücken über die Augen. »Das Feuer in der Grillstelle hat zuerst gebrannt. Die Hütte vermutlich einige Stunden später.«

»Wurde also tatsächlich Brandbeschleuniger benutzt?«

»Ja. Über den Brandverlauf können sie aber nichts Genaues sagen. Das wird noch etwas dauern.«

»Ist Martin Angst dort?«

Fahrni nickte. »Er hat den Ruß von der Grillstelle entfernt. Er hofft, darunter Daktys zu finden.«

»Was ist mit Schuhabdrücken? Reifenprofilen?«

Fahrni zuckte die Schultern.

»Gehört die Grilleinrichtung zur Hütte? Oder hat der Täter den Spieß selber mitgebracht?«

»Ich glaube, Gurtner befragt gerade Jörg Staub dazu.«

»Wo ist Vera Haas?«, fragte Regina.

Fahrni sah sich um, als habe er ihre Abwesenheit erst jetzt bemerkt. Regina stand auf. Es beunruhigte sie, dass Fahrni als leitender Sachbearbeiter des Falls nicht auf dem Laufenden war. Sie musste mit Pilecki sprechen. Dass die Informationen flossen, war gerade jetzt, in der sogenannten Chaosphase, entscheidend. Cavalli hatte immer großen Wert darauf gelegt, Daten zu strukturieren und zu analysieren, auch wenn es Zeit kostete. Er behauptete, neue Informationen seien unnütz, wenn sie nicht zu den bereits vorhandenen in Beziehung gesetzt wurden. Auf einmal vermisste Regina ihn mit einer Heftigkeit, die körperlich schmerzte.

Sie stand auf und sah auf die Uhr. »Ich habe noch eine knappe Stunde Zeit, bevor die Kita schließt. Meinst du, wir könnten kurz zusammensitzen? Ich mache mich auf die Suche nach Juri.«

Fahrni nickte. »Regina?«, sagte er, als sie nach ihrer Tasche griff.

Sie hielt inne.

»Falls du einen Babysitter brauchst, Paz passt gerne auf Lily auf. Auch unter der Woche.«

»Danke. Leider kann ich Lily frühmorgens nicht zu euch bringen. Es ist einfach zu weit weg. Aber richte Paz bitte aus, dass ich ihr Angebot schätze.«

»Paz könnte zu dir kommen.«

Regina stellte ihre Tasche wieder hin. »Nach Gockhausen?«

»Ich würde sie fahren.«

Regina zögerte. »Das ist ein riesen Aufwand. Gockhausen liegt nicht gerade auf deinem Weg zur Arbeit.«

»Es tut Paz gut, eine Beschäftigung zu haben. Und es wäre ja nicht jeden Tag. Außerdem …« Er zupfte an seinem Ohrläppchen. »Es geht mich zwar nichts an, aber der Häuptling bleibt noch eine Weile weg, oder?«

Regina nickte stumm. Auf seine unterschwellige Frage ging sie nicht ein. Sie war noch nicht bereit, darüber zu sprechen. Außerdem wusste sie nicht, was sie hätte sagen sollen. Sie würde sich eine gute Geschichte ausdenken müssen. Dass Cavalli seinen Urlaub verlängert hatte, während sie sich abmühte, Beruf und Kind unter einen Hut zu bringen, war nicht glaubhaft. Nach dem grausamen Mord an einem Kantonsrat erst recht nicht. Auch sein Team brauchte ihn.

Sie dachte über Fahrnis Angebot nach. Wenn sie nur einen Tag in der Woche hätte, an dem sie länger im Büro bleiben könnte, wäre ihr schon gedient. Die Vorstellung, ohne Zeitdruck zu arbeiten, war beinahe zu schön, um wahr zu sein.

Und Lily täte es gut, einen zusätzlichen Tag zu Hause zu verbringen. Sie versprach, es sich zu überlegen, obwohl sie weiterhin Zweifel an Paz' psychischer Verfassung hegte. Sie war gerührt von Fahrnis Angebot. Warum, fragte sie sich, habe ich mich nicht in einen Mann wie ihn verliebt?

19

Das Care-Team war gegangen. Dorothee hatte es kaum bemerkt. Moritz hatte ein so großes Loch hinterlassen, dass alles andere verblasste. Unvorstellbar, dass das Leben dennoch weiterging. Doch nur ihre Welt war untergegangen, ihre und Annas. Dorothee legte die Stirn auf die Tischplatte. Das Summen des Kühlschranks setzte ein. Anna schlief im Wohnzimmer, Dorothee hatte sie überredet, sich eine Beruhigungsspritze geben zu lassen, sie selbst hatte abgelehnt. Sie brauchte den Schmerz, er verband sie mit Moritz.

Immer wieder kehrte sie in Gedanken zu den letzten Wochen seines Lebens zurück. Wo hatte er sie verbracht? Hatte er leiden müssen? Woran hatte er gedacht, als ihm klar wurde, dass er sterben würde? Am schlimmsten war die Vorstellung, dass sie ihn vielleicht gefunden hätte, wenn sie intensiver nach ihm gesucht hätte. Wäre sein Tod zu verhindern gewesen? Dorothee presste die Finger gegen die Schläfen. Diese Frage würde sie den Rest ihres Lebens quälen – wenn das, was davon übrig war, noch als Leben zu bezeichnen war.

Nebenan bellte Gertrud, als ein Auto in die Einfahrt einbog. Nicht schon wieder, dachte Dorothee. Am Nachmittag hatte ein Fotograf das Haus abgelichtet, später war ein Kamerawagen auf der gegenüberliegenden Straßenseite aufgetaucht. Das Care-Team hatte sie gefragt, ob man sie irgendwohin bringen könne, zu Verwandten oder Freunden, aber Dorothee wollte nicht weg. Hier im Haus spürte sie Moritz. Sein Duft hing im Mansardenzimmer, seine Zahnbürste war immer noch mit Zahnpasta belegt. Als sie vor drei Wochen – waren es wirklich erst drei Wochen? – aus dem Zumba-Kurs gekommen war, hatte sie vor dem Zu-Bett-Gehen die Zahnbürste für ihn präpariert. Seit sie zusammenlebten, machten sie das so. Wer zuerst ins Bad ging, verteilte die Zahnpasta auf den Zahnbürsten. Sogar in den Jahren, in denen ihre Beziehung kriselte, hatten sie an dieser Gewohnheit festgehalten.

Dorothee hatte nach dem Tanzen ausgiebig geduscht und anschließend noch mit einer Kollegin geschwatzt. Wäre sie doch direkt nach Hause gekommen, vielleicht hätte sie das Unglück verhindern können. Doch sie hatten sich darüber unterhalten, welche Gemüsesorten sich am besten für eine vegetarische Lasagne eigneten. Als wäre das wichtig! Warum hatte sie nicht gespürt, dass Moritz sie brauchte? Über die Jahre war er ein Teil von ihr geworden, sie konnten sich auch ohne Worte mitteilen.

Sie biss sich in die Hand. Man hatte Moritz anhand seiner Zähne identifiziert. DNA-Resultate lagen noch keine vor. Eine absurde Hoffnung stieg in Dorothee auf. Vielleicht war es doch nicht Moritz, der in der Hütte verbrannt war. Es war doch sicher nicht einfach, jemanden anhand seines Gebisses zu erkennen. Vielleicht hatte der Rechtsmediziner einen Fehler gemacht. Einen kurzen Moment klammerte sich Dorothee an diese Vorstellung, doch ihr Inneres sagte ihr, dass man ihr die Nachricht von Moritz' Tod nicht überbracht hätte, wenn Zweifel bestanden hätten.

Eine Autotür schlug zu, und Dorothee hörte Schritte auf dem Kiesweg. Kurz darauf klingelte es. Dorothee hob den Kopf. Ein Journalist? So dreist wäre keiner, redete sie sich ein, aber wer konnte es sonst sein? Ihr Bruder lebte in London, ihre Eltern waren gestorben. Eine Freundin, die gekommen war, um Trost zu spenden? Dorothee stand auf. Sie hatte kein Bedürfnis nach Gesellschaft, doch sie wollte nicht, dass Anna durch das Klingeln geweckt wurde.

Die Frau, die vor der Tür stand, hatte sie am allerwenigsten erwartet.

»Gabriele«, stellte sie fest.

Ihre Schwägerin klammerte sich mit beiden Händen an eine Handtasche aus Krokodilleder. Sie mied Dorothees Blick.

»Wir haben es erst jetzt erfahren, es tut mir so leid! Wir waren in Frankfurt, Klemens hatte dort geschäftlich zu tun, ich habe ihn begleitet, deshalb habe ich nichts davon gehört, wir beide nicht, bis ich die Nachricht im Radio hörte. Ich musste einfach kommen, ich weiß nicht, ob du überhaupt ... wie du damit umgehst, brauchst du vielleicht Hilfe?« Gabriele sprach hastig, als fürchte sie sich vor Dorothees Reaktion. »Es ist so schrecklich! Als ich gehört habe, wie er ... es ist schlimm genug, dass er überhaupt gestorben ist, aber auf diese Art, mein Gott, ich weiß, wir standen uns nie besonders nahe, aber unter diesen Umständen, ich möchte dir einfach mein Beileid aussprechen, Liebes.«

Es war dieses letzte Wort, das den Damm zum Einsturz brachte. Den ganzen Tag hatte Dorothee nichts als Leere gespürt. Sie hatte auf die Tränen gewartet, doch sie waren nicht gekommen. Dass ausgerechnet Gabriele vor ihrer Haustür stand und kondolierte, ließ Moritz' Tod real werden. Auf einmal begann Dorothee heftig zu zittern. Sie hörte, wie Gabriele einen überraschten Laut ausstieß, spürte einen Arm um ihren Oberkörper, dann saß sie auf einem Stuhl. Unkontrollierte Schluchzer schüttelten sie. Gabriele reichte ihr ein Taschentuch, doch Dorothee nahm es nicht. Es war ihr egal, dass ihr die Tränen das Kinn hinunterrannen und dass ihre Nase lief. Sie wollte sich auflösen, Moritz ins Nichts folgen, das Leben hinter sich lassen. Gabriele hielt sie fest.

Dorothee wusste nicht, wie lange sie so dasaßen. Einmal öffnete sie die geschwollenen Augen und stellte fest, dass Gabrieles Seidenbluse mit Rotz verschmiert war. Sie war nicht in der Lage, sich dafür zu schämen. Dann stand Anna in der Küche. Dorothee wollte zu ihr gehen, sie musste stark sein für ihre Tochter, doch ihre Glieder gehorchten ihr nicht.

»Mami?«, flüsterte Anna.

Sie hatte Dorothee nicht mehr Mami genannt, seit sie in die Oberstufe übergetreten war und es als uncool galt, die Eltern zu lieben. Aus Mami wurde Mutter, aus Papi Vater, dann Doro und Mo. Moritz hatte sich dagegen gewehrt, Mo genannt zu werden. Über ein Jahr lang ignorierte er es, wenn Anna ihn so rief. Sie hatte ihm Schimpfwörter an den Kopf geworfen, an die Dorothee nicht zurückdenken wollte, doch Moritz war stur geblieben.

»Anna, Schätzchen, deiner Mutter geht es nicht gut.« Gabriele löste sich von Dorothee und stand auf.

Erst jetzt bemerkte Anna sie. »Was machst du hier?«, fragte sie unverblümt.

Gabriele lächelte nervös. »Ich wollte nur sichergehen, dass mit euch alles in Ordnung ist.«

»In Ordnung? Nichts ist in Ordnung! Was ist das für eine blöde Frage!«

»Anna«, mahnte Dorothee schwach.

»Was fällt dir ein, einfach hier hereinzuplatzen? Ihr habt Papi gehasst!«

Gabriele schnappte nach Luft. Einen Moment lang sah es aus, als würde sie gehen. Sie griff mit eingezogenem Kopf nach ihrer Handtasche und trat einen Schritt zurück. Sie drehte sich um und blickte zum Kühlschrank, an dem ein Foto von Moritz und Anna befestigt war. Es zeigte Vater und Tochter auf einem Berggipfel. Gabriele presste die Faust gegen den Mund. Als sie sich wieder umdrehte, sah Dorothee eine Entschlossenheit in ihrer Miene, die sie an ihr nicht kannte.

»Ihr kommt mit zu uns«, sagte sie. »Anna, würdest du deiner Mutter bitte einen Koffer packen?«

Anna reckte das Kinn. »Wir bleiben hier!«

»Deiner Mutter geht es schlecht. Sie kann nicht alleine hierbleiben.«

»Ich bin ja bei ihr!«

»Wenn du den Koffer nicht packen willst, mache ich es.« Gabriele wandte sich ab.

»Warte!« Anna setzte sich in Bewegung. »Wehe, du fasst etwas an!«

»Dann geh und packe den Koffer selbst!«

Zu Dorothees Überraschung gehorchte Anna. Sie hörte Schritte auf der Treppe, anschließend wurden Schubladen und Schranktüren geöffnet. Sie wollte Gabriele erklären, dass sie nicht vorhatte, das Haus zu verlassen, doch sie war wie gelähmt. Jetzt, da jemand die Führung übernommen hatte, setzte die Müdigkeit ein. Seit Wochen hatte sie keine Nacht durchgeschlafen. Die Augen fielen ihr zu, sie glitt in einen Halbschlaf. Von Weitem hörte sie Annas und Gabrieles Stimmen, gleichzeitig träumte sie wirr. Ob Stunden oder Minuten vergangen waren, als sie hochgezogen und zu Gabrieles BMW geführt wurde, vermochte sie nicht zu sagen. Plötzlich saß sie auf einem weichen Sitz, roch Leder und Parfüm. Im Innern des Wagens fühlte sie sich wie in einem Kokon. Ich muss stark sein, dachte sie. Für Anna. Doch es war Anna, die ihre Hand nahm und sie drückte.

20

Auf dem stählernen Obduktionstisch sah die verbrannte Leiche grotesk aus. Regina musste an die Rotisserieabteilung im Supermarkt denken. Sie sah die Hähnchen vor sich, die sich langsam am Spieß drehten und auf Käufer warteten. Sie konnte sich nicht vorstellen, je wieder Fleisch zu essen. Sogar Heinz Gurtner, der ursprünglich Metzger gelernt hatte, war unangenehm berührt. Anders konnte Regina es sich nicht erklären, dass er sich dauernd über die Kehle strich. Obwohl Fahrni der leitende Sachbearbeiter in diesem Fall war, hatte Pilecki Gurtner damit beauftragt, der Autopsie beizuwohnen.

Regina war froh. Der Anblick des Spießes, der aus Hals und Unterleib des verbrannten Körpers ragte, hätte Fahrni mit Sicherheit dazu veranlasst zu kündigen. Nachdem er Paz heute Morgen nach Gockhausen gebracht hatte, war Regina gemeinsam mit ihm in die Stadt gefahren. Unterwegs hatte er ihr von seinem Traum erzählt, eine Estancia in Paraguay zu kaufen und dort Reitferien anzubieten. Dass er es noch nicht getan hatte, lag einzig an seinen Eltern. Er brachte es nicht über sich, sie in der Schweiz zurückzulassen.

»Wer immer hier am Werk war, versteht etwas von Grillen«, stellte Gurtner fest. »Nur am Bauch hat er etwas zu viel Hitze abgekriegt.«

Obwohl er mit seinen Sprüchen bloß Distanz schaffen wollte, konnte Regina nicht mitlachen. Dennoch verstand sie, was er zu sagen versuchte. Am Vormittag hatte Uwe Hahn in Anwesenheit von Martin Angst sorgfältig den Ruß von der Leiche entfernt. Darunter war die Haut an vielen Stellen intakt. Wie Hahn bereits an der Brandstelle bemerkte, hatte das einstürzende Dach der Hütte den Körper konserviert. Nur an

Bauch, Brust, Armen und Knien, wo das Feuer der Grillstelle ungehindert gewütet hatte, war die Leiche verkohlt.

»Ich bin gleich so weit«, sagte Uwe Hahn, der sich am Bildschirm digitale Aufnahmen ansah.

Er klang angespannt. Regina wusste, dass er traditionelle Untersuchungsmethoden bevorzugte. Hahns wichtigste Instrumente waren seine Augen, Ohren, Hände, Nase, zwei Pinzetten und ein Thermometer. Damit, behauptete er, könne er fast immer die Fragen nach Todeszeitpunkt und Todesursache beantworten. Gegen technische Hilfsmittel hatte er sich lange gesträubt. Seit dem Wechsel in der Institutsleitung hatte sich Hahn jedoch anpassen müssen. Der neue Leiter hatte die virtuelle Autopsie nach Zürich gebracht. Virtopsy war zu Beginn umstritten gewesen, inzwischen hatte sich das Verfahren etabliert. Bevor eine Leiche geöffnet wurde, wurde sie vermessen. In einem eigens dafür vorgesehenen Raum fertigte ein Computertomograf zweidimensionale Schnittbilder an, die zu dreidimensionalen Röntgenbildern hochgerechnet wurden. Diese wurden von Radiologen beurteilt, die auf den Bildern Lufteinschlüsse, metallische Fremdkörper oder Knochenbrüche erkannten. Sogar das Gefäßsystem ließ sich auf CT-Bildern darstellen.

Nicht nur das Innere, auch Oberflächen wurden virtuell erfasst. Ein Scanner, der an einem Roboterarm befestigt war, fuhr über die gewünschten Partien und lieferte ein detailliertes 3-D-Abbild. So ließen sich Verletzungen bestimmten Waffen zuordnen. Erst kürzlich war ein Schläger verurteilt worden, weil das Profil einer Verletzung zu einer Schlagrute passte, die sich in seinem Besitz befand. Zusammen mit dem Magnetresonanztomografen, der Weichteile untersuchte, konnte somit jeder Körperteil erfasst werden.

Mit dem Cursor fuhr Hahn über das 3-D-Bild, das Virtopsy aus den gewonnenen Daten erstellt hatte. Schicht für

Schicht folgte er dem Verlauf des Spießes. Regina stellte sich hinter ihn und blickte ihm über die Schulter.

»Kannst du schon sagen, ob Kienast noch gelebt hat, als der Spieß ihn durchbohrte?«, fragte sie.

Hahn kniff die Augen zusammen. »Unglaublich«, murmelte er.

»Was?«, fragte Gurtner, der ebenfalls vor den Bildschirm getreten war und Regina mit seiner massigen Gestalt die Sicht versperrte.

»Entweder war ein Mediziner am Werk, oder der Täter hatte schlicht und einfach Glück.« Hahn rief eine Simulation des Spießverlaufs auf. »Hier am Unterleib ist der Spieß eingedrungen, direkt vor dem Anus. Er verläuft zwischen Rektum und Harnblase nach oben, etwas vor und links von der Lendenwirbelsäule, und kommt zwischen diesen Dünndarmschlingen zu liegen.« Hahn zeigte auf die Stelle am Bildschirm. »Im oberen Bauchraum taucht er dann hinter dem Querteil des Dickdarms auf, also rechts neben dem Magen, beziehungsweise vor der Bauchspeicheldrüse. In diesem Bereich hat das Metall überhaupt keine relevanten Strukturen verletzt. Erst hier«, er zeigte auf ein Organ, das Regina nicht erkannte, »wird es heikel. Der Spieß durchbohrt den linken Lappen der Leber. Dieser ist naturgemäß ziemlich dünn, deshalb kam es nur zu leichten Blutungen. Anschließend durchdringt die Spitze das Zwerchfell, genau vor der Körperhauptschlagader. Das ist die heikelste Stelle. Der weitere Verlauf ist unproblematisch. Der Spieß schiebt sich durch den linken Brustfellraum nach oben, drängt den linken Lungenflügel vom Mediastinum ab, geht direkt hinter der Lungenwurzel vorbei und stößt ganz oben auf die Pleurakuppel. Hier befindet sich die obere Thoraxapertur.«

»Die Brustöffnung?«, fragte Gurtner.

Hahn nickte. »Sie wird aus dem Ring der ersten Rippen

mit dem Brustbein vorne und der Wirbelsäule hinten gebildet. Direkt darüber liegen Gefäße und Nerven, die den Arm versorgen. Der Spieß hat sie zur Seite geschoben, bevor er die Haut am Übergang von der Vorder- zur Außenfläche der Halsbasis durchbohrt hat.« Hahn fuhr sich mit dem Finger über das Schlüsselbein. »Genau hier.«

Regina berührte die Stelle an ihrem Hals. »Und das kann ein Mensch überleben?«

»Durchaus«, bestätigte Hahn. Er wandte sich vom Bildschirm ab und trat an den Obduktionstisch. »Aber ob Kienast nach dem Eingriff noch lebte, kann ich euch erst nach der Autopsie mit Sicherheit sagen.«

Gurtner verschränkte die Arme. »Na dann los.«

Die äußere Leichenschau hatte Hahn bereits durchgeführt. Während er darauf wartete, dass seine Assistentin die letzten Vorbereitungen traf, fasste er die Informationen zusammen. Dass Moritz Kienast keine Kleider getragen hatte, erstaunte Regina nicht. Überrascht war sie jedoch, als Hahn auf eine helle Stelle am Hals des Toten zeigte und erklärte, ein metallener Ring habe darübergelegen.

Regina beugte sich über den Leichnam. »Ein Teil des Grills?«

Hahn verneinte. »Es handelt sich um eine Art Band. Angst hat den Ring mitgenommen. Gut möglich, dass sich Fingerabdrücke oder DNA darauf befinden. Den wenigsten Menschen ist bewusst, dass die DNA Temperaturen von bis zu achthundert Grad Celsius überstehen kann.«

»Ein Band?«, wiederholte Regina. »Du meinst ein Halsband?«

»Wie Hunde sie tragen?«, fragte Gurtner.

»Ja, außer dass es nicht aus Leder, sondern aus Metall war. Ich vermute, es diente dazu, das Opfer festzubinden.« Hahn sah Regina an. »Hast du nicht gesagt, der Mann sei vor drei Wochen verschwunden?«

Regina nickte entsetzt. Die schreckliche Art, wie Moritz Kienast umgekommen war, hatte die Frage verdrängt, was er in den Wochen zuvor erlebt haben mochte. Bevor sie darüber nachdenken konnte, sprach Hahn weiter.

»Die Haut darunter ist stark in Mitleidenschaft gezogen worden. Einige Stellen haben geblutet und sind bereits wieder verheilt. Er muss den Ring länger getragen haben.«

»Manche mögen es hart«, sagte Gurtner nachdenklich.

Regina ignorierte ihn. »Gibt es noch andere Hinweise darauf, was während der drei Wochen geschah?«

»Auf den ersten Blick fällt mir auf, dass er ungewöhnlich mager erscheint. Aus den Unterlagen, die ich vom Hausarzt erhalten habe, geht hervor, dass Moritz Kienast fünfundsiebzig Kilogramm wog. Er hat seither mit Sicherheit abgenommen.«

Hahn griff nach einem Skalpell und führte den ersten Schnitt durch. Regina zuckte zusammen, als die Klinge die Haut berührte. Cavalli hatte sich immer über ihre Reaktion amüsiert. Obwohl der Tote nichts spüren konnte, schauderte es Regina jedes Mal, wenn die ersten Schnitte erfolgten. Fast erwartete sie, die Leiche könnte sich bewegen und der Tod sich als Irrtum herausstellen. Viel weniger Mühe bereitete ihr die Untersuchung der Organe. Lag der Körper erst einmal offen auf dem Tisch, konnte sie abstrahieren.

Während Hahn arbeitete, zeichnete er seine Beobachtungen auf. Das alte Diktiergerät, das er dazu benutzte, war längst nicht mehr auf dem Markt erhältlich. Regina hatte schon einige Brandleichen gesehen, trotzdem staunte sie, wie oberflächlich die Verbrennungen waren. Das Körperinnere unterschied sich nur schwach von demjenigen unversehrter Leichname. Am auffälligsten waren die gegarten Muskeln. Sie fragte sich, in welchem Zustand der Mageninhalt war. Gurtners Gedanken gingen offenbar in die gleiche Richtung.

»Was ist, wenn Motz-Moritz' Henkersmahlzeit aus Tatar

bestand?«, fragte er. »Hat er nun einen Hamburger im Magen?«

Hahn schlug einen Hautlappen zurück. »Das kommt darauf an, ob die Verdauung schon eingesetzt hat.«

Gurtner streckte sich. »Ich geh mal das Komma schütteln«, verkündete er und verließ den Autopsieraum.

Hahn arbeitete schweigend weiter. Er machte Regina auf einen Blutaustritt im Unterhautfettgewebe an der rechten Hüfte aufmerksam, der auf eine stumpf-mechanische Einwirkung hindeutete. Möglicherweise war Moritz Kienast auf die Hüfte gefallen. Weitere Verletzungen waren nicht nachzuweisen. Ob er an Händen und Füßen gefesselt worden war, konnte Hahn nicht sagen.

»Erfahrungsgemäß brennen die Extremitäten immer schnell ab«, sagte er. »Es lassen sich deshalb keine Rückschlüsse ziehen.«

Seine Stimme klang seltsam tonlos. Als Regina ihn fragte, ob es sichtbare Stichverletzungen gäbe, antwortete er nicht. Auf einmal richtete er sich auf. Er fixierte sie mit seinen blassen Augen. »Warum tut ein Mensch so etwas?«, fragte er leise.

Reginas Glieder wurden schwer. Damit, dass Uwe Hahns Schutzschild bröckelte, hatte sie nicht gerechnet. Der Deutsche hatte sich immer hinter seiner Professionalität verschanzt. Sie ermöglichte es ihm, einen Körper als komplexe Maschine zu betrachten und nicht als einen Menschen, um den Angehörige trauerten. Regina fragte sich, ob der Rechtsmediziner die richtige Entscheidung getroffen hatte, als er nach einem Herzinfarkt vor zweieinhalb Jahren wieder in den Autopsieraum zurückgekehrt war. Er hätte sich frühpensionieren lassen können. Warum er es nicht getan hatte, begriff Regina nicht. Kürzlich hatte er erzählt, er erwarte sein erstes Enkelkind. Er hätte mehr Zeit mit seinen vier Töchtern und seiner Frau verbringen oder die Museen besuchen können, von denen er oft schwärmte.

Regina legte ihm die Hand auf den Arm. »Das werden wir nie wissen. Aber dank dir steigen die Chancen, dass wir den Täter finden. Vergiss das nie.«

Hahns Brustkasten hob und senkte sich in rascher Folge. Er setzte seine Arbeit fort.

Gurtner kehrte von der Toilette zurück. »Und? Gibt es Neuigkeiten?«, fragte er, an seiner Hose nestelnd.

Regina berichtete von Kienasts Hüftverletzung. »Ich frage mich, ob sie bei der Auseinandersetzung entstand, die der Jogger beobachtet hat.«

»Dass Motz-Moritz freiwillig mitgegangen ist, ist eher unwahrscheinlich«, stimmte Gurtner zu. »Erst recht nicht im Dritter-Klasse-Abteil. Es muss zu Handgreiflichkeiten gekommen sein; gut möglich, dass er dabei verletzt wurde.«

Regina teilte seine Meinung. »Wie schaffte es der Täter überhaupt, ihn zu überwältigen? Kienast muss bewusstlos gewesen sein, als er in den Kofferraum gehievt wurde. Oder so gefesselt, dass er sich überhaupt nicht bewegen konnte.«

»Ziemlich kaltblütig«, stellte Gurtner fest. »Jemanden zu fesseln braucht Zeit. Das bedeutet Risiko.«

»Er könnte einen Taser benutzt haben«, sagte Hahn, ohne aufzusehen.

Gurtner brummte anerkennend.

»Würde sich der Einsatz nachweisen lassen?«, wollte Regina wissen. »Ich meine, wegen der Verbrennungen.«

»Kaum. Brust- und Bauchpartie weisen tiefe Nekrosen auf.« Hahn legte die Leber auf ein Tablett und entnahm ihr eine Probe.

»Bist du dir ganz sicher?«, fragte Gurtner. »Immerhin hast du schon auf der Grundlage eines einzigen Haars die Herkunft eines Opfers bestimmt.«

Hahn antwortete nicht.

»Das war ein Kompliment«, stellte Gurtner klar.

»Auf dem Röntgenbild waren Knochenbrüche zu sehen«, sagte Regina. »Hat der Täter sie verursacht? Oder das einstürzende Dach?«

»Sie sind durch Aufplatzen entstanden«, erklärte Hahn. »Aufgrund der hohen Temperaturen. Auch bei der Blutansammlung im Schädelraum handelt es sich mit größter Wahrscheinlichkeit um ein Brandhämatom. Ich werde mir die Verletzungen genauer ansehen, wenn ich den Spieß entfernt habe.«

Regina stellte keine weiteren Fragen. Im Moment interessierte sie nur noch, ob Moritz Kienast gelebt hatte, als das Feuer unter ihm angezündet worden war. Bis darüber Klarheit herrschte, fiel es ihr schwer, andere Informationen zu verarbeiten. Es erschien ihr entscheidend, ob er vor seinem Tod gequält worden war. Der Ablauf sagte einiges über das Motiv des Täters und das Ausmaß seiner Wut aus.

Hahn legte Lunge und Atemwege frei. Er erklärte, nicht nur Ruß, sondern auch Brandgase wie Kohlenmonoxid, Blausäure, Nitrosegase oder verdampftes Brandlege- oder Brandbeschleunigungsmittel ließen sich nachweisen, wenn das Opfer diese eingeatmet habe. Gebannt folgte Regina seinen Bewegungen. Als er die Luftröhre aufschnitt, hielt sie den Atem an. Als Erstes fiel ihr der Farbton auf. Kein Ruß, stellte sie erleichtert fest. Moritz Kienast hatte nicht mehr geatmet, als er verbrannt wurde. Wenigstens das.

Die Aufgabe, Dorothee Kienast-Sutter zu informieren, fiel Fahrni zu. Regina hatte angeboten, ihn zu begleiten, da sie ohnehin gemeinsam nach Gockhausen fuhren. Sie fragte sich, ob Dorothee die Nachricht verkraftete, dass ihr Mann gelebt hatte, als er aufgespießt und verbrannt wurde. Die Witwe hatte darauf bestanden zu wissen, wie er gestorben war. Regina lehnte den Kopf gegen die Nackenstütze und schloss die Augen. Im Opel roch es nach Stall. Obwohl sie selbst nie den Wunsch verspürt hatte zu reiten, mochte sie den Geruch. Er erinnerte sie an samtige Nüstern und warme Pferdeaugen und gab ihr das Gefühl, dass die Welt irgendwo noch in Ordnung war. Sie verstand, warum Fahrni diesen Ausgleich brauchte.

Als sie die Augen wieder öffnete, fuhr Fahrni auf den See zu. Die Wolken hingen tief über dem Wasser und verdeckten die Sicht auf die Alpen. Der Verkehr staute sich auf der zweispurigen Straße. Stockend krochen sie weiter. Regina hätte es nicht erstaunt, wenn plötzlich der Weihnachtszirkus vor ihr aufgetaucht wäre, der im Dezember immer hier stand. Dass es Mai war, erkannte sie nur an der Datumsanzeige ihres Handys.

Sie war überrascht gewesen, als Fahrni ihr erzählt hatte, Dorothee Kienast-Sutter wohne bei ihrem Schwager. Sie hatte während der Einvernahme den Eindruck gewonnen, dass Dorothee nicht gut auf Klemens Kienast zu sprechen war. Noch größer war ihre Verblüffung gewesen, als sie erfahren hatte, dass das Elternhaus der Kienasts direkt am See lag – eine Tatsache, die Dorothee verschwiegen hatte. Absichtlich? Regina hatte sich gefragt, ob Moritz sich für den Uferweg engagiert hatte, um sich für den Verlust des Hauses zu rächen. Als sie Fahrni darauf ansprach, schüttelte er nachdenklich den Kopf.

»Ich glaube, es war ihm wirklich ein Anliegen, die Seeufer allen zugänglich zu machen«, sagte er. »Der Präsident von ›Rives publiques‹ könnte sich eine Villa am See leisten, doch er hat absichtlich ein Anwesen gekauft, das hinter der Straße liegt, die am Genfersee entlangführt. Ich schätze, Moritz Kienast hätte das Gleiche getan. Schon möglich, dass es ihn insgeheim befriedigt hat, seinen Bruder zu ärgern. Dass er sich aber deswegen für den Seeuferweg eingesetzt hat, kann ich mir nicht vorstellen. Es passt nicht zu ihm.« Er verstummte und reihte sich in die Kolonne ein, die stadtauswärts fuhr.

»Du hast eine hohe Meinung von Moritz Kienast«, stellte Regina fest. »Teilst du seine Anliegen?«

»Ich habe mir angesehen, was er in den letzten zwanzig Jahren geleistet hat. Er hat seine Arbeit ernst genommen. Im Gegensatz zu vielen Politikern verfehlte er praktisch nie eine Sitzung. Er bewies Konstanz und Durchhaltevermögen. Das bewundere ich«, gestand Fahrni. »Heutzutage werfen viele nach einer Amtsperiode das Handtuch, manche sogar früher. Es ist einfach schade, dass Kienast seine Visionen so schlecht rüberbrachte.« Er sah aus dem Beifahrerfenster. »Schau dir das an. Eine Villa reiht sich an die andere. Ich verstehe, dass sich Moritz Kienast darüber aufgeregt hat. Ich finde auch, das öffentliche Interesse müsste höher gewichtet werden als der Privatstrand einiger weniger Privilegierter. Deswegen gleich von Klassenkampf oder gar von Kommunismus zu sprechen ist doch lächerlich.«

Genau dies hätten aber ihre Eltern getan, dachte Regina. Obwohl sie es sich nie leisten konnten, am See zu wohnen, verteidigten Marlene und Walter Flint die Rechte der Reichen. Cavalli hatte diese Eigenschaft als typisch schweizerisch bezeichnet. Er behauptete, die große Identifikation mit Bessergestellten sei der wahre Grund dafür, dass das Bankgeheimnis nie abgeschafft wurde. Dass Cavalli so dachte, erstaunte Regina nicht. Im Reservat herrschten andere Gesetze, die Gemeinschaft zählte mehr als der Einzelne. Dass aber Fahrni, der in einem bürgerlichen Umfeld aufgewachsen war und den sie immer als konservativ eingeschätzt hatte, Kienasts Anliegen unterstützte, überraschte sie.

»Glaubst du, Kienast stellte eine Bedrohung dar?«, fragte sie. »Ich habe nicht den Eindruck, dass man ihn besonders ernst nahm.«

Fahrni zögerte. »Genau da blicke ich nicht durch. Der Seeuferweg stellt für viele eine Bedrohung dar. Aber Moritz Kienast? Warum gerade er? Andere haben sich genauso engagiert, vielleicht sogar gezielter. Denk nur an den Präsidenten von ›Rives publiques‹. Die Medien nannten ihn ›Robin Hood der Seen‹. Ich kann mir höchstens vorstellen, dass sich Kienast besonders gut als Feindbild eignete. Dass er quasi stellvertretend den Kopf hinhalten musste.«

»Die Art und Weise, wie er getötet wurde, erscheint mir ziemlich persönlich«, widersprach Regina.

»Ich bin mir da nicht so sicher.« Fahrni kratzte sich am Kopf. »Der Begriff ›am Spieß braten‹ wird in der Umgangssprache häufig verwendet. Ich habe selbst schon gehört, wie sich jemand über eine Person geärgert hat und meinte, man solle sie am Spieß braten.«

»Aber das war doch nicht ernst gemeint!«

»Ich will damit nur sagen, dass die Vorstellung uns nicht so fremd ist, wie wir vielleicht glauben. Sonst gäbe es die Redewendung nicht.«

»Du glaubst also, zwischen Kienast und dem Täter bestand keine enge Beziehung?«

»Ich sage nur, die Art, wie er getötet wurde, muss nicht unbedingt auf eine persönliche Beziehung oder große Wut hindeuten. Ehrlich gesagt, fällt es mir schwer zu verstehen, was in so einem Menschen vorgeht.«

Reginas Gedanken kehrten zu Dorothee zurück. Ihr graute davor, ihr zu erzählen, was ihr Mann durchgemacht hatte. Doch sie verstand das Bedürfnis der Frau, es entsprang der Hoffnung, die Einzelheiten könnten dem Geschehen einen Sinn verleihen. Dass es möglicherweise keinen Grund für das Verbrechen gab, würde den Schmerz allerdings noch vergrößern.

Schweigend fuhr Fahrni auf die Adresse zu, die man ihnen

genannt hatte. Unter anderen Umständen hätte der geschmackvolle Bau Regina beeindruckt. Die Villa war vorsichtig renoviert worden, Alt und Neu flossen ineinander, ohne das Gesamtbild zu stören. Als Regina die steinerne Fassade betrachtete, konnte sie aber nur an Dorothee Kienast-Sutters Schmerz denken. Fahrni parkte am Straßenrand, und sie stiegen aus. Das Eisentor öffnete sich, noch bevor sie klingelten. Offenbar wurden sie beobachtet. Reginas Vermutung bestätigte sich, als die Haustür aufging und ein Mann um die sechzig heraustrat. Dass es sich um Klemens Kienast handelte, war ihr sofort klar. Die Ähnlichkeit mit Moritz war frappant. Als er näher kam, erkannte Regina, dass sein Gesicht markanter, sein Körper muskulöser war. Im Vergleich zu seinem Bruder wirkte er geschliffener, was nicht nur an seinen Bewegungen, sondern auch an seinem teuren Anzug lag. Er musste gerade von der Arbeit gekommen sein.

Regina begrüßte ihn. Klemens Kienasts Händedruck war bestimmt, sein Blick ernst. Er bat sie ins Haus, wo ihnen die Jacken von einer Frau abgenommen wurden, die er mit Gabriele vorstellte, und führte sie ins Wohnzimmer. Sie nahmen auf einem hellgrauen Sofa Platz. Auf einem Beistelltisch stand eine Platte mit kleinen, quadratischen Brötchen. Gabriele fragte, was sie ihnen zu trinken anbieten könne.

»Danke, wir sind nur hier, um mit Ihrer Schwägerin zu sprechen«, sagte Regina.

Fahrni griff nach einem Brötchen und steckte es sich in den Mund.

Gabriele sah zu ihrem Mann, der dezent nickte. Sie entschuldigte sich und verließ den Raum.

»Dorothee fühlt sich nicht gut«, erklärte Klemens Kienast. »Sie hat sich hingelegt. Gabriele wird sie holen.«

»Der Tod Ihres Bruders muss für Sie alle ein Schock gewesen sein«, sagte Regina. »Mein Beileid.«

Klemens Kienast bedankte sich mit neutraler Stimme. »Es dürfte Ihnen kaum entgangen sein, dass wir uns nicht sehr nahestanden. Dennoch sind wir betroffen.«

Regina nickte.

»Haben Sie eine Ahnung, wer dahinterstecken könnte?«, fragte er.

»Wir überprüfen zurzeit verschiedene Spuren«, wich Regina aus.

»Steht jemand unter Verdacht?«

»Wir versuchen offenzubleiben.«

Obwohl Klemens Kienast höflich lächelte, spürte Regina, dass er sich über ihre Zurückhaltung ärgerte. Sein Blick war kühl, seine Haltung steif. Er war es gewohnt, Antworten zu bekommen.

»Ich würde Ihnen gerne einige Fragen zu Ihrem Bruder stellen«, fuhr Regina fort. »Wenn Sie sich in den nächsten Tagen dafür Zeit nehmen könnten, wäre ich Ihnen dankbar.«

Er nickte kurz. »Rufen Sie meine Sekretärin an und vereinbaren Sie mit ihr einen Termin.«

»Warum kümmern Sie sich um Frau Kienast-Sutter?«, fragte Fahrni. »Sie hatten vor dem Tod Ihres Bruders keinen Kontakt.«

Klemens Kienast schien überrascht über die Direktheit der Frage, doch er ließ sich nicht aus der Ruhe bringen. Er hob den Kopf. »Als Familienoberhaupt fühle ich mich für Dorothee und Anna verantwortlich. Sie haben einen schrecklichen Verlust erlitten. Meine persönlichen Sympathien sind in dieser Situation nicht von Belang.«

Das Klicken von Absätzen kündigte Gabriele an. Die Frau, um die sie ihren Arm gelegt hatte, hätte Regina fast nicht erkannt. Dorothee war förmlich in sich zusammengefallen, ihre Haut war fahl, das Haar stumpf. Das Leben schien ihren

Körper genauso verlassen zu haben wie den ihres Mannes. Regina stand auf. Neben ihr erhob sich Fahrni. Aus dem Augenwinkel sah sie, wie er seine Hände knetete.

Erneut sprach Regina ihr Beileid aus. Dorothee sah in ihre Richtung, nahm sie aber nicht wahr.

»Komm, Liebes, setz dich hierhin.« Gabriele führte sie zu einem weichen Sessel. »Die Polizei ist gekommen, um mit dir zu reden. Sie wollen helfen.«

Regina blickte zu Fahrni. Als er nichts sagte, räusperte sie sich. »Wir würden gerne allein mit Frau Kienast-Sutter sprechen.«

»Natürlich«, sagte Gabriele rasch.

Als sie sich aufrichtete, packte Dorothee ihre Hand. »Bitte«, flüsterte sie, »geh nicht.«

Gabriele blickte Regina fragend an. Regina nickte ihr zu. Sie würde sich nach Dorothees Wünschen richten. Klemens Kienast machte keine Anstalten, das Wohnzimmer zu verlassen. Regina erwog, ihn hinauszuschicken, doch sie wollte keine Auseinandersetzung riskieren. Sie blendete ihn aus und setzte sich wieder. Nur Fahrni blieb stehen. Unruhig verlagerte er sein Gewicht von einem Bein aufs andere.

»Frau Kienast-Sutter«, begann Regina, »Sie haben darum gebeten, über die Art und Weise, wie Ihr Mann gestorben ist, unterrichtet zu werden.«

Dorothee machte eine ruckartige Bewegung mit dem Kopf, die Regina als Nicken deutete.

»Der Rechtsmediziner hat einen tödlich endenden Herz-Kreislauf-Kollaps festgestellt.« Regina machte eine Pause, um Dorothee Zeit zu geben, die Bedeutung der Worte zu erfassen. »Moritz Kienast ist sozusagen eingeschlafen.«

Fahrni hüstelte.

»Hat er gelitten?«, flüsterte Dorothee.

»Ein Herzstillstand tritt rasch ein«, erklärte Regina. Sie

verschwieg, dass der Herzstillstand durch die mechanische Reizung des Vagus-Nervs ausgelöst worden war.

Dorothee legte die Hände auf die Brust.

Gabriele strich ihr über den Kopf. »Siehst du, Liebes, es ging ganz schnell.«

Dorothee schloss die Augen.

»Ist er wirklich aufgespießt worden?«, fragte eine Stimme in der Tür.

»Linas!«, rief Klemens Kienast barsch.

Regina zuckte zusammen. In der Tür stand ein Jugendlicher. Er warf die Haare aus der Stirn und schob die Hände in die Hosentaschen. Etwas an ihm erregte Reginas Aufmerksamkeit. Sie brauchte einen Moment, um zu erkennen, was es war: Mimik, Haltung und Worte stimmten nicht überein. Er versuchte, Gelassenheit auszustrahlen, als er jedoch Klemens Kienast ansah, stahl sich ein unsicherer Ausdruck in sein Gesicht. Mehr noch, dachte sie. Er sucht Anerkennung. Der Ausdruck in Linas' Augen war ihr vertraut. Sie hatte ihn unzählige Male bei Chris gesehen.

»Ich meine nur«, maulte er. »Im Fernsehen haben sie gesagt, Onkel Moritz sei …«

»Es reicht!« Kienast brauchte nicht einmal die Stimme zu erheben, um seine Botschaft hinüberzubringen.

Linas wich zurück. Mitgefühl überkam Regina. Sie bezweifelte, dass der Jugendliche von seinem Stiefvater je die Bestätigung erhielt, nach der er sich sehnte. Nachdem er gegangen war, herrschte Schweigen. Nur Dorothees Schluchzer waren zu hören. Offenbar hatte sie verstanden, dass Moritz Kienasts Tod alles andere als friedlich gewesen war.

21

Es war 6.10 Uhr, als Irina vor dem Kripogebäude hielt und Pilecki absetzte. Der schwarze Renault, den sie sich gekauft hatte, verschwand hinter der Kaserne. Pilecki besaß seit Jahren kein Auto mehr, in der Stadt kam er gut ohne zurecht. Irina aber hatte erklärt, wenn sie nachts unterwegs sei, benötige sie einen eigenen Wagen. Pilecki hatte geschwiegen. Die Übernahme des »Etoile« war für sie beschlossene Sache. Sie erstellte bereits Finanzkalkulationen und entwarf Businesspläne. Mit seinen Vorgesetzten hatte Pilecki immer noch nicht gesprochen.

Er humpelte auf den Eingang zu. Seine Schultermuskeln protestierten. Nach diesen sechs Wochen werde ich einen Oberkörper wie ein Bodybuilder haben, dachte er. Im Aufzug lehnte er sich außer Atem gegen die Wand. Es war einfach zu früh für Sport. Im ersten Stock stieg ein Sachbearbeiter für Wirtschaftsdelikte ein. Roger Schelbert wirkte erstaunlich munter für die Tageszeit. Pilecki nickte ihm zu, erstaunt darüber, wie viele Kollegen sich schon im Kripogebäude befanden. Polizisten waren Frühaufsteher. Pilecki hatte fast dreißig Jahre gebraucht, um das zu erkennen.

»Euch haben wir es aber gezeigt«, sagte Schelbert munter. »Fünf zu eins! Das hat bestimmt wehgetan!«

Pilecki warf ihm einen finsteren Blick zu. »Fünf zu zwei! Hudler hat zweimal getroffen, in der dreiunddreißigsten und der neununddreißigsten Minute. Aber wart ab! Wir sind noch am Warmlaufen. Die Dänen werden wir heute Abend fertigmachen.«

»Dream on. Die Tschechen sind nicht mehr, was sie mal waren.«

»Wolltest du nicht die Stelle wechseln?«, fragte Pilecki

giftig. »Ich finde, es ist höchste Zeit! Warum bist du überhaupt noch hier? Als wir uns das letzte Mal trafen, hast du nur geklagt.« Er ahmte Schelbert nach. »Alles ist aufwendiger, die Journalführung geht immer mehr Richtung Kostenrechnung …«

»So ist es auch!« Schelberts Ausdruck verdüsterte sich. »Man erwartet von uns bereits, dass wir Fälle innerhalb einer vorgegebenen Zeit lösen. Da hat jemand doch nicht mehr alle Tassen im Schrank! Als ob wir das beeinflussen könnten! Es ist immer noch der Staatsanwalt, der die Vorgaben macht, nicht wir. Und dass die Cyberkriminalität nicht mehr bei den Wirtschaftsdelikten angegliedert ist, passt mir auch nicht. Da gehts mehr um Strategie als um die Sache.« Er verstummte, als er Pileckis Grinsen sah.

Der Aufzug hielt im fünften Stock. Pilecki drückte mit der Schulter die Tür auf.

»Sag mal, stimmen die Gerüchte?«, fragte Schelbert, als er seine Stimme wiedergefunden hatte. »Bist du tatsächlich ins Business eingestiegen?«

Pilecki drehte sich langsam um. »Wo hast du das gehört?«

Jetzt grinste Schelbert. Nonchalant zuckte er die Schultern. »Ein Kollege hat erzählt, das ›Etoile‹ werde verkauft. Dein Name ist gefallen. Die Infos sollen aus sicherer Quelle stammen.«

»An deiner Stelle würde ich mir neue Quellen suchen«, sagte Pilecki schroff und verließ den Aufzug, bevor Schelbert ihm weitere Fragen stellen konnte. Eigentlich hätte er nicht erstaunt sein dürfen. Zürich war ein Dorf, Neuigkeiten sprachen sich schnell herum, vor allem im Milieu. Hatte er geglaubt, nur weil er den Kopf in den Sand steckte, täten es die Kollegen ebenfalls? Er musste dringend mit Hans-Peter Thalmann reden. Es länger hinauszuschieben würde die Situation nur verschärfen.

In Cavallis Büro ließ er sich mit einem tiefen Seufzer auf den Stuhl fallen und zog eine Zigarette aus der Packung. Er zündete sie an und blies den Rauch Richtung Decke. Cavalli würde sich darüber ärgern, wenn er zurückkehrte. Falls er zurückkehrte. Pilecki glaubte keinen Augenblick, dass er verletzt war. Nicht, nachdem er gehört hatte, dass gleichzeitig eine junge Frau verschwunden war. Der Häuptling war berüchtigt für seine Affären. Früher hatte er sogar über Mittag seine Geliebten aufgesucht. Zugegeben, seit er zum zweiten Mal Vater geworden war, hatte Pilecki ihn nie mit einer anderen Frau gesehen; dass er in den USA aber drei Monate lang abstinent leben würde, konnte Pilecki sich dennoch nicht vorstellen.

Wenn Cavalli sich abgesetzt hatte, müsste die Stelle des Dienstchefs neu besetzt werden. Die Vorstellung, sich zu bewerben, löste in Pilecki gemischte Gefühle aus. Die administrativen Aufgaben reizten ihn überhaupt nicht, doch er trüge mehr Verantwortung. Im Moment hatte seine Tätigkeit nur Nachteile. Die Arbeitsbelastung war hoch, Vorteile brachte ihm die Position keine. Als vorübergehender Dienstchef genoss er nicht das Vertrauen, das Cavalli beim Kader hatte, zudem war es ihm nur bedingt möglich, eigene Ideen einzubringen und seine Vorstellungen umzusetzen. Das würde sich ändern, wenn er offiziell Cavallis Nachfolge anträte. Falls er für die Stelle überhaupt infrage kam. Er nahm sich vor, noch heute mit Thalmann einen Termin für ein Gespräch zu vereinbaren.

Pilecki drückte seine Zigarette aus und ließ sie in die Sportflasche fallen, die er in einer Schublade gefunden und zum Aschenbecher umfunktioniert hatte. Er startete den PC und suchte seine Smartcard. Stöhnend stellte er fest, dass er sie in seinem Büro gelassen hatte. Ohne hatte er keinen Zugriff auf sein Laufwerk. Er hievte sich aus dem Stuhl und humpelte zur Tür hinaus. Der Gang war vollgestellt mit Möbeln. Die

Büros, in denen bis vor Kurzem der Gewaltschutz untergebracht gewesen war, standen leer. Weil der Dienst nun nicht mehr der Abteilung Gewaltkriminalität, sondern der Präventionsabteilung angehörte, waren die Sachbearbeiter umquartiert worden. Demnächst würden die Brändler hier einziehen, was Pilecki durchaus sinnvoll fand, da die Gewaltkriminalität so räumlich zusammenrückte. Wenigstens eine Neuerung, deren Zweck er einsah.

Aus dem Büro der Kripochefin hörte er ein Lachen. Als Pilecki sah, dass die Tür zu ihrem Vorbüro leicht offen stand, senkte er den Blick und versuchte vorbeizuschleichen, doch mit seinen Krücken war er nicht zu überhören.

»Juri!«, rief die Assistentin. »Kannst du bitte kurz hereinschauen? Claudia möchte dich sprechen.«

Also waren die Gerüchte auch zu ihr vorgedrungen. Schicksalsergeben betrat Pilecki das Vorzimmer. Er hatte zuerst mit seinem direkten Vorgesetzten sprechen wollen. Thalmann stand ihm näher als die Kripochefin. Mit Vollenweider hatte Pilecki wenig zu tun, da sie nur in Ausnahmefällen an Sachbearbeiter-Konferenzen teilnahm. Manche Polizisten warfen ihr Distanz zur Basis vor, zumal sie maßgeblich auf die Reorganisation Einfluss genommen hatte. Auch Pilecki hatte zu Beginn Mühe mit der Juristin gehabt. Irina hatte ihm aber klar gezeigt, wie schwierig ihre Position war. Claudia Vollenweider kämpfte mit Aufträgen von oben und gegen Widerstand von unten, und das auch noch als Frau in einem von Männern dominierten Umfeld. Was das bedeutete, erlebte Pilecki hautnah, seit Irina eine höhere Position bei der Bank innehatte. Seither bemühte er sich, mehr Verständnis für Vollenweider aufzubringen.

Auf dem Tresen stand eine Espressomaschine. Der Assistentin entging der sehnsüchtige Blick, den Pilecki darauf warf, nicht. Als sie ihm eine Tasse Kaffee anbot, nahm er dankend an.

»Einen doppelten Espresso, bitte.«

Er betrat das geräumige Büro der Kripochefin und setzte sich an den Besprechungstisch. An der Wand hing die Nahaufnahme eines Gebirges. Pilecki betrachtete die mächtigen Felsen. Auf einmal glaubte er, die Aufgaben, die ihm bevorstanden, nicht bewältigen zu können.

»Wie geht es dir?«, fragte Vollenweider.

Pilecki fasste zusammen, was der Arzt gesagt hatte.

»Bist du sicher, dass du arbeitsfähig bist?«

»Es geht nicht anders«, antwortete er. »Wir stecken ziemlich tief in der …« Er sprach den Satz nicht zu Ende.

»Scheiße«, sagte Vollenweider mit einem ernsten Nicken.

»Ja. Wir haben fest mit Cavalli gerechnet. Wenn ich jetzt auch noch ausfalle …«, Pilecki breitete die Arme mit einer hilflosen Geste aus. »Das kann ich dem Team nicht zumuten.«

»Ich schätze deinen Einsatz sehr«, sagte Vollenweider. »Solltest du aber merken, dass es nicht geht, melde dich rechtzeitig. Wir finden eine Lösung.«

»Danke.«

Jetzt kommt es, dachte Pilecki und wappnete sich gegen ihre nächsten Worte.

»Ich wollte mit dir über …«, Vollenweider hielt inne, als die Assistentin Pilecki den Kaffee brachte. Nachdem sie wieder gegangen war, fuhr sie fort. »Es geht um Klemens Kienast.«

Pilecki zog überrascht die Augenbrauen hoch.

»Ist es möglich«, fragte Vollenweider, »dass er etwas mit dem Tod seines Bruders zu tun hat?«

Mit dieser Frage hatte Pilecki nicht gerechnet. »Er war das ganze Wochenende in Frankfurt. Wir haben seine Angaben überprüft. Flint will seine Geschäftspartner natürlich befragen lassen – das Rechtshilfeersuchen hat sie bereits gestellt –, doch wir sind uns einig, dass er kaum heimlich am Samstag in die Schweiz fahren und am Sonntagmorgen nach Frankfurt zurückkehren konnte. Das schließt natürlich nicht aus, dass er als Auftraggeber hinter der Sache steckt.«

Vollenweider stützte sich mit den Händen auf den Tisch und beugte sich vor. »Klemens Kienast hat Freunde an höchster Stelle. Und er ist ein Machtmensch. Wenn er das Gefühl bekommt, er werde unnötig schikaniert, wird er nicht zögern zu handeln. Das könnte sehr unangenehm werden.«

Pileckis Augen verengten sich. »Für wen?«

»Für uns alle.«

»Willst du mir damit sagen, ich soll Klemens Kienast mit Samthandschuhen anfassen? Oder gar anders behandeln, als ich einen Verdächtigen normalerweise behandeln würde?«

»Natürlich nicht!« Sie schnalzte leicht verärgert mit der Zunge. »Ich wollte dich bloß warnen, damit du weißt, mit wem du es zu tun hast. Klemens Kienast wird nicht zögern, sich zu beschweren, wenn du dich nicht hundertprozentig an die Vorschriften hältst. Und er kann sich die besten Anwälte leisten. Wir dürfen uns also nicht den kleinsten Fehler erlauben. Am besten, du arbeitest so eng wie möglich mit der Staatsanwaltschaft zusammen.«

»Das tue ich ohnehin.«

»Gut.« Sie schenkte sich ein Glas Wasser ein.

Pilecki wusste, dass nicht nur der Kommandant und sein Stellvertreter, sondern auch der Sicherheitsdirektor den Fall genau verfolgten. Er fragte sich, ob Vollenweider ihn wirklich vor Klemens Kienast warnen wollte. Oder steckte mehr hinter ihren Worten?

»Kennst du Klemens Kienast?«, fragte er.

»Nicht persönlich. Er war einmal als Referent bei uns im Rotary Club.«

»Worüber hat er gesprochen?«

»Über Schmetterlinge.«

»Er spießt sie auf?« Vera Haas schnappte nach Luft.

»Oder er kauft sie bereits präpariert«, sagte Pilecki.

»Das finde ich das Hinterletzte! Was gibt ihm das Recht, Tiere zu quälen? Überhaupt, welcher normale Mensch sammelt Leichen?« Ihre Brüste hoben sich. »Das ist doch nicht zu fassen! Wo ist der Tierschutz, wenn man ihn braucht?«

»Seine Frau besitzt eine Handtasche aus Krokodilleder«, stellte Fahrni fest.

»Super!«, sagte Haas sarkastisch. »Dann passen sie ja zusammen.«

»Willst du einen Krapfen?«, fragte Fahrni.

»Nein, ich will wissen, warum es in der Schweiz erlaubt ist, Schmetterlinge aufzuspießen!«

Fahrni schob ihr einen Teller mit Krapfen hin.

Haas stieß ihn weg. »Hat dir deine Mutter als Baby eigentlich bei jedem Pieps das Fläschchen in den Mund geschoben, oder wo liegt dein Problem? Ich habe Nein gesagt!«

»Sie tut es immer noch«, stellte Gurtner fest.

Pilecki hob die Hand. »Es reicht. Uwe und Regina werden jeden Moment eintreffen. Martin Angst auch, wenn er es schafft. Er hat etwas von vielversprechenden Daktys gesagt.«

»Warum wollte dich Vollenweider wegen Klemens Kienast sprechen?«, fragte Haas. »Will sie etwa, dass wir die Finger von ihm lassen?«

»Natürlich nicht«, sagte Pilecki.

Beruhigt griff Haas nach einem Krapfen und biss hinein.

»Aber sie meint, wir sollten vorsichtig sein«, fuhr Pilecki fort. »Er wird nur darauf warten, dass wir einen Fehler machen. Regina wird ihn selber einvernehmen.«

Wie auf Kommando klopfte es, und Regina kam herein, gefolgt von Uwe Hahn, Martin Angst und Hans-Peter Thalmann, den Pilecki nicht erwartet hatte. Der Chef der Gewaltkriminalität wirkte bekümmert. Bevor Pilecki die

Neuankömmlinge begrüßen konnte, ging die Tür erneut auf, und Joe Walker betrat die Kripoleitstelle.

»Joe war am Tatort«, erklärte Thalmann seine Anwesenheit. »Vielleicht hat er Beobachtungen gemacht, die für die weiteren Ermittlungen nützlich sind.«

Pilecki runzelte die Stirn. Dass der Brandtouroffizier an der ersten Sachbearbeiter-Konferenz teilnahm, war normal. Doch diese lag bereits einige Tage zurück. Da sich im Moment keine Observation aufdrängte, verstand Pilecki nicht, was Walker hier zu suchen hatte. Der Fall war so heikel, dass sogar projektgeschützt rapportiert wurde. Nur wenige Personen waren berechtigt, auf das Rapportsystem zuzugreifen. Dazu gehörte nicht einmal die Kripochefin.

»Lasst uns beginnen«, sagte Thalmann und wandte sich an Gurtner. »Was hat der Bauer vom Albis ausgesagt?«

Pilecki schluckte verärgert. Thalmann hatte soeben die Sitzungsleitung übernommen. Gurtner warf ihm einen fragenden Blick zu. Pilecki bedeutete ihm weiterzumachen.

»Ich habe sowohl mit Jörg als auch mit Peter Staub gesprochen.« Gurtner fasste zusammen, was Vater und Sohn über die Mieterin der Waldhütte wussten. »Sie haben diese Betsy Gore nie gesehen.«

»Betsy Gore?« Walker lachte schallend. »Ein guter Witz!«

Die Anwesenden starrten ihn an.

Walker sah in die Runde. »Die Anspielung dürfte euch wohl nicht entgangen sein?«

»Welche Anspielung?«, fragte Fahrni neugierig.

»Auf Best Gore.« Walker hielt inne. »Ist das euer Ernst?«

»Wärst du bitte so freundlich, uns aufzuklären?«, bat Regina leicht verärgert.

»Entschuldige.« Er hob die Hände zu einer versöhnlichen Geste. »Best Gore ist eine Website mit schockierenden Videos. Sie gehört einem Kanadier, der deswegen stark kritisiert wurde. Er behauptet, er verbreite bloß unzensierte Nachrichten. Viele Beiträge stammen tatsächlich aus Nachrichtenmaterial, und nicht alle sind blutig. Vor einem Jahr löste aber ein Video, in dem ein Mord gezeigt wird, eine heftige Kontroverse aus. Ich glaube, in Montreal wurde danach ein Verfahren eröffnet.«

»To gore somebody«, sagte Regina. »Natürlich, das bedeutet auf Englisch jemanden aufspießen. Warum ist mir das nicht eher aufgefallen?«

»Heißt das, alles war nur eine einzige große Show?«, fragte Haas. »Fürs Internet? Und hat gar nichts mit Moritz Kienast zu tun?«

Pilecki entging nicht, dass sie die Frage an Walker richtete. Genauso wenig, dass sie den Blick nicht von seinen Oberarmen abwenden konnte, über deren Muskeln sich der Stoff des T-Shirts spannte.

»Das müsst ihr beurteilen«, antwortete Walker. »An eurer Stelle würde ich aber nicht nur Best Gore, sondern alle relevanten Internetseiten durchforsten. Es würde mich nicht erstaunen, wenn irgendwo ein Video auftaucht.«

»Danke«, sagte Pilecki kurz. »Heinz, was hat der Bauer zur Einrichtung der Waldhütte gesagt?«

»Einen Moment«, unterbrach Regina. »Was ist mit der Mailadresse dieser Betsy Gore? Von wo aus wurde die Nachricht versandt?«

»Sackgasse«, sagte Pilecki und schob ihr einen Bericht des Dienstes Informations- und Kommunikationstechnologie hin. »Laut ICT wurde die Adresse in einem Internetcafé eröffnet und nur benutzt, um die Waldhütte zu reservieren. Die Kollegen von der allgemeinen Kriminalität haben Zeugen gesucht, ohne Erfolg. Der Betreiber des Cafés spricht kaum Deutsch, sieht nichts und hört nichts. Eine Kamera hat er nicht installiert.«

»Wie kam die Verbindung zwischen Moritz Kienast und Betsy Gore zustande?«

»Nicht über diese Mailadresse, so viel ist klar. Mehr kann ich im Moment aber nicht sagen. Stanic hat uns eine Grafik von Kienasts Kontakten versprochen. Kristian Stanic von der Kriminalanalyse«, erklärte er, als er sah, dass Regina mit dem Namen nichts verband. »Er bereitet die Telefondaten auf. Vielleicht hilft uns seine Übersicht weiter.«

»Gab es auf Kienasts Laptop einen Hinweis darauf, dass er sich für Schockvideos interessierte?«

»Nein, der Laptop ist absolut sauber. Der PC im Büro auch.«

»Bleiben wir bei dem, was wir im Moment haben«, riet Thalmann. »Die Waldhütte?«

Gurtner zog eine Liste hervor und lehnte sich zurück. Er zählte das Inventar der Hütte auf. Weder ein Spieß noch eine Halterung befanden sich darunter. Angst erklärte, dass es sich um Teile eines Spanferkelgrills handle.

»Ich werde versuchen herauszufinden, woher sie stammen. Im Moment ist das hier aber wichtiger«, er deutete auf seine Unterlagen. »Daktys! Ich habe soeben zwei brauchbare Abdrücke einscannen können. Einer war auf dem Spieß, der andere auf dem Halsband. Ich habe sie bereits nach Bern geschickt. Vielleicht sind sie im System.« Er reichte Pilecki eine Mappe. »Reifen- oder gar Schuhabdrücke können wir aufgrund des starken Regens vergessen. Das Halsband wird noch analysiert.«

Pilecki streckte den Daumen in die Höhe. »Rufst du mich an, sobald sich Bern meldet?«

»Natürlich.«

Pilecki sah auf die Uhr. »Uwe muss um zehn gehen. Hören wir uns noch seinen Bericht an, bevor wir eine kurze Pause machen?«

Hahn holte weit aus. Pilecki wusste, dass es sinnlos war, ihn zu drängen. Obwohl bis auf Walker alle eine Kurzfassung des Berichts gelesen hatten, hörten sie schweigend zu, während Hahn seine Befunde zusammenfasste. Die Betroffenheit war groß. Die Art und Weise, wie Moritz Kienast gestorben war, erschreckte alle.

Fahrni presste die Daumen auf die Augen, als könne er so die Bilder fernhalten, die Hahns Worte heraufbeschworen.

»Ich habe hier einige Laborresultate, die euch interessieren dürften«, fuhr Hahn fort. »Im ersten Bericht geht es um den Mageninhalt des Verstorbenen. Der Magen-Darm-Trakt war beinahe leer. Wir können davon ausgehen, dass das Opfer nicht viel zu sich genommen hat seit seinem Verschwinden. Der starke Gewichtsverlust stützt diese These.«

Vera Haas beugte sich vor. »Was hat er gegessen?«

Hahn strafte sie für ihre Ungeduld mit einer langen Pause, bevor er fortfuhr. »Der Inhalt seiner letzten Mahlzeit setzt sich unter anderem zusammen aus Spuren von Hühnerfleischmehl, gemahlenem Mais, Reis und Weizen, Rübenbrei, Leinsamen, Kalziumkarbonat, Salz, Dikalziumphosphat, Kaliumchlorid, Lezithin, Ascorbyl-Phosphate, Yucca Schidigera Extrakt und getrocknetem Rosmarin. Letzteres wird häufig als Konservierungsmittel verwendet«, erklärte er.

»Und was zum Teufel ist das?«, fragte Gurtner.

»Hundefutter«, sagte Hahn.

Am Tisch, den das Leib/Leben im Personalrestaurant für sich beanspruchte, war nur noch ein einziger Platz frei. Regina setzte sich neben Joe Walker und riss einen Teebeutel auf.

»Ich habe als Kind einmal Hundefutter probiert«, sagte Walker. »Es schmeckt gar nicht so schlecht.«

Regina warf ihm einen skeptischen Blick zu.

»Nicht, dass ich tauschen möchte.« Er hielt einen Krapfen hoch.

»Ich frage mich, ob es Zufall ist, dass Moritz Kienast ein Halsband trug und mit Hundenahrung gefüttert wurde. Oder ob uns jemand damit etwas sagen will.«

»Eine Botschaft?«

Sie zuckte die Schultern. »Ich weiß, es klingt weit hergeholt, aber wenn es dem Täter nur darum gegangen wäre, Kienast zu beseitigen, hätte er das auch weniger auffällig machen können.«

»Magst du Hunde?«, fragte Walker.

Regina war klar, dass er das Gespräch absichtlich in eine persönliche Richtung lenken wollte, dennoch nickte sie. »Aber Katzen sind mir lieber. Sie machen, was sie wollen, sie lassen sich von niemandem vorschreiben, was sie zu tun oder zu lassen haben.«

»Höre ich in deiner Stimme Bewunderung oder Neid?«

»Hast du ein Haustier?«, wich Regina aus.

»Einen Labrador«, antwortete er. »Aber nur am Wochenende. Meine Ex-Frau und ich ›teilen‹ uns das Sorgerecht für Jasper. Ihre Vorstellung von Teilen ist einer der Gründe, weshalb ich mich scheiden ließ.«

»Ich kann mir nicht vorstellen, dass du der Regelung zugestimmt hättest, wenn sie dir nicht gepasst hätte«, bemerkte Regina trocken.

»Touché.« Walker lachte. »Ich gebe zu, unter der Woche habe ich keine Zeit für Jasper. Ihn den ganzen Tag allein zu lassen wäre nicht fair.«

Er griff nach einer Serviette und streifte mit der Hand Reginas Arm. Sie war überrascht über die Vielzahl von Emotionen, die die kurze Berührung auslöste. Sie genoss das Prickeln, das durch ihren Körper ging, gleichzeitig fühlte sie sich bedrängt. Ein Bild, das sie seit Tagen zu unterdrücken versuchte, nahm Gestalt an. Sie sah Cavalli vor sich, die Arme um eine junge, dunkelhaarige Frau geschlungen. In Reginas Vorstellung teilte Emma Longhorn nicht nur Cavallis Verlangen nach Natur und Weite, sondern auch die Vergangenheit, und zwar in einer Weise, die Regina ausschloss. Die vielen Jahre, die Regina mit ihm verbracht hatte, erschienen ihr plötzlich bedeutungslos. Sie würde die Kultur der Cherokees nie ganz verstehen, sosehr sie sich bemühte.

Vera Haas' giftiger Blick holte sie aus ihren Gedanken zurück. Sie ist eifersüchtig, stellte Regina verwundert fest. Genau wie ich auf Emma. Beschämt nahm sie einen Schluck Tee. Emma Longhorns Verschwinden bedeutete noch lange nicht, dass Cavalli eine Beziehung mit ihr hatte. Dass Regina überhaupt auf diese Idee kam, zeugte von einem geringen Selbstwertgefühl. Schon als Kind hatte sie geglaubt, nie zu genügen. Wie Moritz Kienast auch, schoss es ihr durch den Kopf. Die Vorstellung gefiel ihr nicht. Entschlossen schob sie den Stuhl zurück und stand auf.

»Bis gleich«, sagte sie zu Walker, der sein Handy hervorgezogen hatte und eine SMS las.

»Ich muss mich leider verabschieden«, sagte er und deutete auf sein Handy. »Aber ich bin sicher, wir sehen uns bei einer anderen Gelegenheit wieder.«

Regina lächelte unverbindlich und verließ das Personalrestaurant. Sie nutzte die verbleibenden Minuten, um einen Anruf zu erledigen und ihre Mails herunterzuladen. Dietz, die einen Termin für die Einvernahme mit Klemens Kienast zu vereinbaren versuchte, schrieb, es passe ihm nur vor acht, ab siebzehn Uhr oder am Freitag. Da Regina ohnehin die ganze Woche arbeiten musste, sagte sie für den Freitag zu. Dankbar dachte sie an Fahrnis Angebot, Paz zwei Mal die Woche nach Gockhausen zu fahren, sollte es nötig sein. Was Paz davon hielt, wusste Regina nicht. Es fiel ihr schwer, Worte und

Gesten der Paraguayerin zu deuten. Doch Lily mochte sie, und das genügte Regina. Ohne Paz hätte sie diese Woche nie bewältigen können. Paz hatte nicht nur auf Lily aufgepasst, sie hatte auch geputzt und gekocht. Nur entlohnen ließ sie sich dafür nicht. Darüber musste Regina noch mit Fahrni reden.

Nach der Pause stieß ein Brandermittler zu ihnen und stellte seinen Zwischenbericht vor. Er erklärte, dass in der Waldhütte Benzin als Brandbeschleuniger benutzt worden war. Im Schutt hatte man einen geschmolzenen Kanister gefunden. Das Holz in der Grillstelle stammte nur teilweise aus dem Bestand, den die Staubs ihren Mietern zur Verfügung stellten, die Buchenscheite hatte der Täter selbst mitgebracht. Der Brandermittler wies darauf hin, dass Buchenholz oft in Kachelöfen verwendet wurde, weil es über lange Zeit Wärme abgab.

»Im Wohnzimmer der Familie Staub steht ein Kachelofen«, stellte Gurtner fest. »Er ist noch in Betrieb.«

»Weiß jemand, was für ein Auto Staub fährt?«, warf Fahrni ein. »Subarus sind bei Bauern beliebt«, fügte er hinzu, auf die Befragung von Karin Ott Bezug nehmend.

»Das ist ein Klischee«, widersprach Haas. »Außerdem wurde kein Subaru in der Nähe der Waldhütte gesehen.«

»Was bleibt bei der Kremation eines Bauern übrig?«, fragte Gurtner.

Haas verdrehte die Augen. »Ein Subaru-Schlüssel mit einem Helly-Hansen-Schlüsselanhänger.«

»Na also«, sagte Gurtner.

Regina wandte sich ihm zu. »Welchen Eindruck haben Jörg und Peter Staub auf dich gemacht?«

Gurtner grummelte etwas zwischen seinen Zähnen hervor. »Der Vater hat seine fixen Vorstellungen. Die Ideen des Sohnes passen ihm nicht. Weil er aber zu alt ist, um allein weiterzumachen, lässt er ihn gewähren. Peter Staub hat bereits nach der Lehre einige Jahre auf dem Hof gearbeitet, hatte aber nichts zu sagen; da kehrte er dem Betrieb den Rücken. Einige Jahre arbeitete er auf dem Bau, dann versuchte er sich in Brasilien als Farmer. Hat wohl nicht geklappt. Als seine Mutter starb, kam er zurück, installierte eine junge Brasilianerin im Haus und arrangierte sich. Die Brasilianerin ging, er blieb. Ende der Geschichte.«

»Vater und Sohn leben also allein«, stellte Regina fest.

Pilecki sah sie an. »Denkst du an zwei Täter?«

»Es ist nicht einfach, einen erwachsenen Mann zu entführen. Oder ihn«, sie zögerte kurz, »aufzuspießen.«

»Schweine werden ausgenommen, bevor man sie aufspießt«, bestätigte Gurtner. »Motz-Moritz samt Inhalt aufzuspießen, dafür bräuchte man viel Kraft.«

Pilecki sah Fahrni an. »Hast du etwas über die Zahlung erfahren? Erinnert sich jemand an die Person, die die Miete an Jörg Staub überwiesen hat?«

Fahrni verneinte. »Der Betrag wurde an einem Dienstag um 17.15 Uhr auf der Sihlpost einbezahlt. Zu dieser Zeit wimmelt es dort nur so von Kunden. Die Techniker schauen sich das Material der Überwachungskameras an, die Qualität der Aufnahmen ist aber schlecht, und wir wissen nicht, wonach wir suchen. Vermutlich helfen sie uns erst weiter, wenn wir einen Verdächtigen haben, nach dem wir gezielt fahnden können.«

»Sorg bitte dafür, dass die Personen auf dem Video mit Fotos von Klemens Kienast, Jörg und Peter Staub sowie Oskar Zellweger und Werner Imfeld verglichen werden.«

»Kommen Zellweger und Imfeld als Täter überhaupt noch infrage?«, wollte Haas wissen. »Imfeld hat ein Alibi, und Zellweger ist ein Greis.«

»Nur, wenn sie Komplizen hatten.«

»Gertrud«, sagte Fahrni.

Fünf Augenpaare starrten ihn an.

»Der Hund von Imfeld«, erklärte Fahrni. »Moritz Kienast mochte ihn nicht.«

Pilecki nickte. »Anna hat ausgesagt, es sei deswegen immer wieder zu Auseinandersetzungen gekommen.«

»Gertrud hat in seinen Garten geschissen«, sagte Gurtner, als wäre das selbsterklärend.

Regina erläuterte ihre Gedanken zum Halsband und dem Hundefutter.

»Vielleicht wollte sich Imfeld rächen«, sagte Haas. »Moritz Kienast zeigen, wie es sich anfühlt, ein armer Hund zu sein.«

»Das ist ihm gelungen«, stellte Pilecki fest.

»Aber«, wandte Fahrni ein, »warum hätte Imfeld zuerst anrufen sollen? Um sich zu vergewissern, dass Kienast zu Hause war, brauchte er bloß aus dem Fenster zu schauen.«

»Wir wissen nicht, ob der Anruf tatsächlich mit Kienasts Entführung zusammenhängt«, sagte Pilecki. »Vielleicht hat sich jemand bloß einen Scherz erlaubt.«

»Oder ihm seine Meinung sagen wollen, ohne dass es im Kantonsrat protokolliert wurde«, fügte Haas hinzu.

Thalmann räusperte sich. »Es ist zu früh, um Thesen aufzustellen. Wir haben zu wenig Informationen. Juri, wie sehen die nächsten Schritte aus?«

Jetzt war es Regina, die irritiert war. Über das weitere Vorgehen hatte sie zu bestimmen. Sie schwieg, um nicht noch mehr Öl ins Feuer zu gießen.

Pilecki richtete sich auf. »Gurtner wird sich Jörg und Peter Staub näher ansehen. Häschen, von dir hätte ich gerne eine Liste aller roten Subaru-Halter.«

Haas grinste. »Glaubst du, unser Täter ist Indianer? Vielleicht ist der Häuptling deshalb nicht …« Sie schlug sich die Hand vor den Mund und starrte Regina entsetzt an.

Gurtner brach in Gelächter aus.

»Er meint eine Liste aller Halter von roten Subarus«, sagte Regina trocken.

»Richtig.« Pilecki kratzte sich am Kopf. »Vera, setz dich mit Stanic in Verbindung. Schau, ob es Überschneidungen gibt zwischen den Subaru-Haltern und den Telefondaten von Moritz Kienast. Oder seinen Mailkontakten. Und wenn du gerade beim ICT bist, sollen sie dir einen anonymen Zugang zu den Foren erstellen, auf denen Schockvideos gezeigt werden. Nein«, korrigierte er sich. »Um die Internetgeschichte kümmere ich mich selbst.«

»Hast du Zeit dafür?«, fragte Thalmann.

Pilecki schwieg. Regina entging nicht, wie er nach dem Zigarettenpäckchen in seiner Brusttasche tastete, als müsste er sich vergewissern, dass es noch dort war. Sie konnte sich gut erinnern, wie schwer Cavalli die ersten Monate als Dienstchef gefallen waren. Er hatte darunter gelitten, nicht mehr an vorderster Front ermitteln zu können, und über die vielen Sitzungen und die Papierberge auf seinem Schreibtisch geklagt. Pileckis Schwierigkeiten gingen noch weiter. Im Gegensatz zu Cavalli mangelte es ihm an Führungsqualitäten. Er schien auch nicht besonders interessiert daran, sich die fehlenden Fähigkeiten anzueignen. Regina vermutete, dass nur die Angst vor einem Gesichtsverlust ihn daran hinderte, sich in die Sachbearbeitung zurückversetzen zu lassen.

»Tobias«, nahm Pilecki den Faden wieder auf, »trag bitte alles zusammen, was du über Klemens Kienast findest.«

»Was ist mit den politischen Gegnern von Moritz Kienast?«, fragte Fahrni.

Pilecki zögerte.

»Wir sind hier in der Schweiz, nicht in einer Bananenrepublik«, sagte Gurtner. »Bei uns werden Politiker anständig fertiggemacht.«

»Ich finde, Tobias hat recht«, brachte sich Regina ein.

»Moritz Kienast hat sich mit seinen Zielen und vor allem mit seiner Art viele Feinde geschaffen. Das dürfen wir nicht ignorieren.«

Pilecki sah zu Fahrni: »Woran denkst du genau?«

»Die Seeufer-Geschichte«, antwortete Fahrni prompt. »Gewisse Seeanrainer sind unmittelbar betroffen und entsprechend verärgert. Gemeindepolitiker sehen ihre Autonomie gefährdet. Die Bürgerlichen fürchten, das Privateigentum würde ausgehebelt.«

»Kannst du uns ein kurzes Update geben?«, bat Pilecki. »Ich habe die Sache nicht verfolgt.«

»Im Moment ist die Stimmung ziemlich gereizt. Der Gegenvorschlag der Regierung ist abgeschwächt worden. Das passt den Sozialdemokraten und den Befürwortern des Uferwegs überhaupt nicht.«

»Die Regierung hat den Gegenvorschlag gemacht, nachdem die Volksinitiative zurückgezogen wurde, richtig?«, fragte Regina.

»Eigentlich wurde die Initiative sogar zugunsten eines Gegenvorschlags zurückgezogen«, erklärte Fahrni. »Deshalb fühlen sich die Befürworter jetzt ungerecht behandelt. Der Gegenvorschlag sah vor, dass jährlich sechs Millionen Franken für den Bau von Uferwegen eingesetzt werden. Und dass die Gemeinden zwanzig Prozent der Baukosten übernehmen. Zwei wesentliche Punkte wurden später aber angepasst. Die Kommission für Planung und Bau verlangte, dass der Weg möglichst ohne Enteignungen verwirklicht wird und dass die Gemeinden sich mit zwanzig Prozent an den Landerwerbskosten beteiligen. Und nun hat die Volkspartei noch einen weiteren Zusatz durchgebracht: Enteignungen sollen ganz verboten werden. Vorher hieß es, sie seien zulässig, wenn die Auswirkungen auf das betroffene Grundstück gering seien und eine andere Wegführung unverhältnismäßig wäre.«

»Du willst doch nicht etwa behaupten, die Volkspartei stecke hinter dem Mord an Kienast?« Thalmann war die Skepsis anzuhören.

»Ich sage nur, dass die Gegner des Uferwegs unter anderem bei den Bürgerlichen und den Liberalen zu suchen sind. Auch der Präsident des Vereins ›Fair‹ ist übrigens Mitglied der Liberalen. Allerdings geht er noch einen Schritt weiter. Er lehnt den Rundweg ganz ab und kritisiert, dass die Realisierung an Richtpläne geknüpft werden soll, die einen Verlauf in Ufernähe vorsehen.«

Pilecki rollte einen Kugelschreiber zwischen den Fingern hin und her. »Was heißt das nun konkret? Wen sollten wir uns deiner Meinung nach näher ansehen?«

»Den Verein ›Fair‹, persönlich betroffene Seeanrainer, den Zürichsee-Landschaftsschutz …«

»Der Landschaftsschutz ist auch gegen den Uferweg?«, unterbrach Pilecki. »Warum?«

»Wegen der Natur«, erklärte Fahrni.

»Du glaubst doch nicht im Ernst, dass jemand vom Schilfrohrclub den Mumm hätte, Motz-Moritz aus dem Weg zu räumen? Die sind doch viel zu sehr damit beschäftigt, die Löcher in ihren Wollsocken zu stopfen!«, sagte Gurtner.

»Ich glaube nicht, dass sie Wollsocken tragen«, sagte Fahrni. »Der Landschaftsschutz hat einige sehr wohlhabende Mitglieder.«

»Auch Reiche tragen Wollsocken«, kommentierte Haas.

»Stimmt, echte Wolle ist teuer.« Fahrni blickte unter sich.

»Können wir bitte beim Thema bleiben?«, sagte Regina, die sah, dass Pilecki nicht eingriff.

Fahrni richtete sich auf. »Der Landschaftsschutz ist ein bürgerliches Netzwerk. Viele Mitglieder gehören den Liberalen an, fast alle sind gegen den Uferweg. Ich habe die Finanzen des Vereins etwas unter die Lupe genommen. Sein

Vermögen beträgt fast eine halbe Million. Außerdem verfügt er über zwei Fonds. Daraus wurde eine beträchtliche Summe für die Bekämpfung des Seeuferwegs zur Verfügung gestellt.«

»Gut«, sagte Pilecki und legte den Kugelschreiber hin. »Ich schlage vor, du stellst uns eine Liste mit Namen zusammen. Haas soll überprüfen, ob jemand mit Moritz Kienast Kontakt hatte.«

»Ich bin noch nicht fertig«, unterbrach Fahrni. »Es gibt noch einige weitere Brennpunkte, die wir uns ansehen sollten. Erstens den Bau der Luxuswohnungen auf der Halbinsel Giessen. Das ist wichtig, weil Klemens Kienast involviert ist.«

Regina blickte auf die Uhr.

»Ich gebe dir anschließend noch den letztjährigen Geschäftsbericht von ›Kienast Immobilien‹«, sagte Fahrni unbeirrt. »Den solltest du dir vor Klemens Kienasts Einvernahme unbedingt ansehen. Der Rekurs hat ihn zu einem schlechten Zeitpunkt erwischt. Die Auftragslage der Firma war alles andere als optimal. Zügiges Vorankommen beim Bauprojekt hätte seine Finanzlage verbessert. Stattdessen hat er weitere empfindliche Einbußen hinnehmen müssen.«

»Danke, Tobias.« Pilecki griff nach seinen Krücken. »Ich schlage vor, wir …«

»Und dann wäre da noch Uetikon«, sagte Fahrni rasch. »Dort brodelt es seit längerer Zeit.«

Pilecki erhob sich. »Wir brauchen Namen. Den Hintergrund kannst du uns ein anderes Mal erläutern. Konzentriere dich auf die Verbindungen zu Kienast.«

Fahrni nickte.

Bevor Pilecki die Sitzung für beendet erklären konnte, klopfte es an der Tür.

Martin Angst streckte den Kopf herein. »Bern hat geantwortet. Die Fingerabdrücke sind nicht im System.«

22

Klemens Kienast zog die Tür hinter sich zu und stieg die Kellertreppe hinunter. Früher hatte die Mutter hier Vorräte aufbewahrt. Manchmal hatte sie Klemens gebeten, ein Glas Konfitüre oder eingelegtes Gemüse zu holen. Moritz hatte sie nie gefragt, da er sich vor der Dunkelheit fürchtete. Wie immer war die Mutter ihm gegenüber nachsichtig gewesen. Etwas mehr Härte hätte nicht geschadet, dachte Klemens. Es gab kaum etwas, vor dem sich Moritz nicht gefürchtet hatte. Klemens war es leid gewesen, sein Gejammer anzuhören. Noch mehr hatte ihn gestört, dass sich die Mutter immer an ihn wandte, wenn es etwas zu erledigen gab. Bis er die Vorteile erkannte.

Zum Beispiel bei der Erdbeerkonfitüre. Vom Onkel, der auf seinem Hof im Thurgau Erdbeeren anbaute, bekam die Mutter jeden Juni mehrere Kisten Beeren geschenkt. Was sie nicht frisch verspeisten, wurde zu Konfitüre verarbeitet. Im Keller standen die Gläser in ordentlichen Reihen auf dem Regal, in exakt gleichem Abstand, wie Infanteristen, die auf ihren Einsatz warteten. Wenn Klemens für die Mutter Nachschub holte, steckte er immer auch ein Glas für sich ein. Bis die Mutter misstrauisch wurde und die Gläser zu zählen begann. Von da an nahm er einen Löffel mit, wenn er in den Keller ging, und bediente sich an Ort und Stelle.

Klemens lächelte, als er daran dachte. Es verschaffte ihm Befriedigung, andere zu überlisten. Es bestätigte seine Überlegenheit, verlieh ihm Macht über seine Mitmenschen. Nur wenige besaßen im gleichen Ausmaß wie er die Fähigkeit, strategisch zu denken und sich klare Ziele zu setzen. Moritz hatte ihm stets vorgeworfen, berechnend zu sein, Klemens bevorzugte den Begriff weitsichtig. Wo stünde er heute ohne Planung und Beharrlichkeit? Er hatte alles, was er sich wünschte.

Oder beinahe alles.

Nachdem seine erste Frau zwei Fehlgeburten erlitten hatte, riet ihr der Arzt von einer weiteren Schwangerschaft ab. Sie sei zu labil, um einen dritten Versuch zu wagen, hatte er gemeint. Klemens hatte dafür kein Verständnis aufgebracht. Er hatte Elisabeth bedrängt; sie verlor auch das dritte Kind. Noch heute war Klemens überzeugt, dass sie selbst schuld daran war. Sie hatte aufgegeben, statt zu kämpfen. Sie hatte der Schwäche ihres Körpers nachgegeben, statt sich dagegen zu wehren. Mit ein bisschen mehr Willenskraft hätte sie das Kind austragen können. Die Scheidung ging rasch über die Bühne. Elisabeth stellte keine Ansprüche.

Dass Gabriele einen Sohn mit in die Ehe brachte, hatte Klemens als gutes Omen gedeutet. Zumindest wusste er, dass sie in der Lage war, ein Kind zu gebären. Warum sie kein zweites Mal schwanger wurde, konnten sich auch die besten Ärzte nicht erklären. Klemens hatte sogar bei der erniedrigenden Prozedur einer künstlichen Befruchtung mitgemacht, doch es wollte nicht klappen. Kurz hatte er erwogen, sich erneut scheiden zu lassen, zu seiner Überraschung hatte sich jedoch etwas in ihm dagegen gesträubt. Er hatte Gabriele in einem Klub in Frankfurt kennengelernt. Zu Beginn hatten sie bloß ihre sexuellen Vorlieben geteilt, irgendwann aber hatte sich auch Zuneigung eingestellt. Klemens schätzte, dass Gabriele sich für ihn interessierte. Sie war wissbegierig und ließ sich auf neue Themen ein. Gleichzeitig akzeptierte sie seine Entscheidungen und stellte keine Forderungen. Mit der Zeit hatte er sogar begonnen, sie nach ihrer Meinung zu fragen. Er ließ sich zwar nicht beeinflussen, doch manchmal erweiterten ihre Ansichten seinen Horizont.

Als ihm klar wurde, dass er nie eigene Kinder haben würde,

beschloss Klemens, Linas zu adoptieren. Inzwischen bereute er seine Entscheidung, doch sie war nicht mehr rückgängig zu machen. Es war der einzige Fehler, den er in seinem Leben begangen hatte. Linas war zu spät in seine Obhut gekommen, mit zwölf Jahren war sein Charakter bereits gefestigt. Klemens hatte geglaubt, mit strenger Führung ließe sich noch etwas erreichen, doch schon nach wenigen Monaten hatte er sich eingestehen müssen, dass auch die beste Erziehung Linas nicht zu einem würdigen Nachfolger machen würde. Der Junge war zu schwach, genau wie Moritz. Sah er sich mit einem Hindernis konfrontiert, gab er auf. Moritz hatte immerhin gekämpft, wenn auch erfolglos. Linas versuchte es nicht einmal. Er fiel durch die Aufnahmeprüfung fürs öffentliche Gymnasium, erbrachte im Sport nur mittelmäßige Leistungen und umgab sich mit den falschen Freunden. Klemens würde ihm »Kienast Immobilien« nie überlassen können.

Bitterkeit stieg in ihm auf. Er straffte die Schultern. Sich Vorwürfe zu machen änderte nichts an der Situation. Er hatte eine falsche Entscheidung getroffen, nun musste er eine neue Lösung suchen. Jetzt war aber nicht der Zeitpunkt dafür. Er blieb vor einer weiteren Tür stehen. Dahinter befand sich sein Reich. Da hatte weder die Familie Zugang, noch erlaubte sich Klemens, Gedanken an die Firma über die Schwelle zu tragen. In diesem Raum herrschten Ruhe und Ordnung. Hier erholte er sich, schöpfte Kraft und ließ sich inspirieren. Voll Vorfreude öffnete er die Tür.

Von der Feuchtigkeit, die im Keller herrschte, war in seinem Refugium nichts zu spüren. Klemens hatte die Wände isolieren und eine Klimaanlage einbauen lassen. Die Temperatur betrug konstant achtzehn Grad. Kein Tageslicht drang herein. Ideale Bedingungen für seine Schmetterlinge. Wenn Klemens etwas anpackte, dann richtig. Verächtlich dachte er an die Sammler, die ihre Trophäen an die Wände hängten, statt sie vor Licht zu schützen. Sie nahmen es in Kauf, dass die Insekten ausbleichten oder ihre Farben änderten, nur um dafür bewundert zu werden. Klemens hatte es nicht nötig, seinen Besitz vorzuführen. Ihm genügte es, die Kästen in aller Stille aus den Schränken zu nehmen und sie ganz allein zu betrachten.

Er schloss die Tür hinter sich und atmete den Geruch von Paradichlorbenzol ein. Wenn Klemens Vorträge über das Sammeln von Schmetterlingen hielt, staunten die Zuhörer immer wieder, dass eine Insektensammlung laufend kontrolliert und gepflegt werden musste. Wer schlampte, riskierte das Eindringen von Schädlingen. Um das zu verhindern, steckte Klemens in jeden Kasten ein Desinfektionsgläschen, das mit kleinen weißen Kristallen gefüllt war. Auch ein getränkter Mottenstreifen hätte genügt, doch Klemens war ein Ästhet, deshalb bevorzugte er Paradichlorbenzol.

Aus dem Schrank, in dem er seine neusten Anschaffungen aufbewahrte, holte er die Kästen, die er heute etikettieren und einreihen wollte. Er legte sie auf einen Nussbaumtisch in der Mitte des Raums. Er verwendete ausschließlich Etiketten im Format 28 × 6 Millimeter. Gattungsname und Artname wurden getrennt aufgeführt. Bevor er begann, öffnete er einen Behälter, der Etikettenstifte enthielt, und legte einen Füllfederhalter bereit.

Die Schmetterlinge, die Klemens sammelte, stammten alle von Fängern. Gezüchtete Insekten interessierten ihn nicht. Neben Gattung und Art notierte er auf einem separaten Etikett die Angaben zum Fundort. Ohne diese war ein Schmetterling wissenschaftlich wertlos. Auch das Datum des Fangs, einen Hinweis auf das Fangverfahren und die Futterpflanze listete er auf. Zuletzt kam der Name des Fängers. Diesen hinzuschreiben fiel Klemens schwer – denn es war nicht sein eigener.

Wenn die Firmennachfolge geregelt war, würde er selbst auf Schmetterlingsfang gehen. Im Moment fehlten ihm die Zeit und die Muße. Das Fangen von Schmetterlingen war trotz modernster Technologie eine aufwendige Angelegenheit. Sie erforderte Geduld und Fachwissen. In einem Schaukasten hatte Klemens die dafür nötigen Utensilien bereitgelegt. Manchmal stellte er sich davor und betrachtete die zylindrischen Tötungsgläser, die Injektionskanülen, Insektennadeln, Pinzetten und Steckschachteln; er malte sich aus, wie ihm ein seltener Fang gelang. Es war der einzige Moment, in dem er es sich erlaubte zu träumen. Dabei musste er vorsichtig sein. Gab er seinen Träumen zu viel Raum, schlichen sich Unachtsamkeiten in den Alltag ein. Schlimmstenfalls drohte Realitätsverlust. Moritz war das beste Beispiel dafür.

Klemens hatte nie verstehen können, warum sein Bruder seine Energie für unerreichbare Ziele verschwendete. Schon als Kind hatte er immer den steinigsten Weg gewählt und sich geärgert, wenn er zuletzt ankam. Der Vater hatte Moritz einen Weichling genannt, doch Klemens hatte früh erkannt, dass nicht Empfindsamkeit die Ursache für seines Bruders Scheitern war, sondern dessen Unfähigkeit, seine Träume in Schach zu halten. Moritz fehlte der Bezug zur Wirklichkeit. Nur wer seine Umgebung gezielt wahrnahm und sich anpasste, sich tarnte oder stärker war, hatte Erfolg.

Schmetterlinge hatten das längst erkannt. Im Laufe der Evolution hatten sie auf ihren Flügeln Zeichnungen entwickelt, die der Tarnung, Täuschung oder Warnung dienten. Klemens nahm einen Kasten in die Hand und betrachtete die Flügel eines Tagpfauenauges. Die Kreise an den Spitzen wiesen eine erstaunliche Ähnlichkeit mit Tieraugen auf, sie verwirrten Räuber und verleiteten sie dazu, an der falschen Stelle zuzuschnappen. In seiner Sammlung befand sich auch ein Hornissen-Glasflügler, der kaum von einer echten Hornisse zu unterscheiden war. Am besten gefiel Klemens aber das Rote Ordensband. Ruhte der Falter auf einem Baumstamm, erkannte man ihn wegen seiner braungrauen Vorderflügel kaum, er war perfekt getarnt. Flog er aber davon, kamen leuchtend rote Hinterflügel zum Vorschein. Klemens bewunderte die Taktik des Schmetterlings. Er selbst verhielt sich ähnlich. Warum unnötig Aufmerksamkeit auf sich lenken? Es reichte, Feinde abzuschrecken, wenn es erforderlich war.

Aus diesem Grund hatte er beschlossen, bei der Einvernahme durch die Staatsanwaltschaft auf einen Anwalt zu verzichten. Dies, obschon er wusste, dass er unter Verdacht stand, seinen Bruder getötet zu haben. Er hatte es an der Art gemerkt, wie ihn die Staatsanwältin beobachtet hatte. Sie hatte sich Mühe gegeben, ihr Interesse an seinem Verhalten zu kaschieren, doch sie hatte jede Bewegung registriert und ihre Schlüsse daraus gezogen. Klemens lächelte. Sie hielt ihn für eine einfache Beute. Sie merkte nicht, dass er ihr genau das Bild von sich vermittelt hatte, das sie sehen sollte.

Klemens wollte den Kasten mit dem Tagpfauenauge gerade zur Seite legen, als ihm der dunkle Staub unter dem Falter auffiel. Er nahm eine Lupe und schaltete die Leselampe ein. Verärgert kniff er die Augen zusammen. Im Kasten befanden sich Staubläuse! Sie waren schwieriger zu erkennen als Museumskäfer, die einen Schmetterling schnell und auffällig zerfraßen, jedoch genauso gefährlich waren. Vorsichtig legte Klemens den Kasten hin. Er hatte erst kürzlich den Lieferanten gewechselt, weil er mit der Qualität der Kästen nicht zufrieden gewesen war. Ein Insektenkasten musste zügig auf Nut und Feder schließen, die Seitenteile sollten gut verleimt, die Glasscheibe im Deckel sauber eingekittet sein. Staubläuse, Museumskäfer, Motten und Speckkäfer vernichteten eine Sammlung innerhalb kürzester Zeit. Dennoch beschäftigten manche Hersteller schlecht ausgebildete Arbeitskräfte oder verwendeten Materialien von geringer Qualität, um Kosten zu sparen. Für Unternehmer, die ihren Gewinn zu optimieren versuchten, hatte Klemens durchaus Verständnis. Nicht aber, wenn die Qualität des Produktes darunter litt. Er nahm sich vor, die Bestellung zu annullieren, die er vor zwei Tagen aufgegeben hatte, und holte ein Fläschchen Tetrachlorkohlenstoff, um den Schmetterling zu behandeln. Er würde alle Kästen im Schrank untersuchen müssen. Er sah auf die Uhr. In wenigen Minuten tischte Gabriele das Abendessen auf. Klemens sammelte die Kästen ein, die er neu beschriftet hatte, und legte sie auf ein offenes Regal. Bevor er sie einreihte, würde er für jeden eine Karteikarte erstellen.

Gabriele brachte bereits die Suppe, als er das Esszimmer betrat. Klemens bestand auch in der warmen Jahreszeit auf einer Suppe als Vorspeise. Sie stillte den gröbsten Hunger und verhinderte, dass man zu viel von der Hauptspeise zu sich nahm. Klemens hatte immer auf sein Gewicht geachtet, seit er aber die sechzig überschritten hatte, beobachtete er seinen Körper besonders genau. Er verabscheute Menschen, die sich gehen ließen. In den letzten dreißig Jahren hatte er kein Gramm zugenommen.

»Linas holt Dorothee«, erklärte Gabriele, als sich Klemens nach dem Jungen umsah.

Klemens antwortete nicht. Dass Gabriele seine Schwägerin ins Haus gebracht hatte, ohne ihn zu fragen, hatte zu einer Auseinandersetzung geführt. Gabriele war standhaft geblieben, obwohl sie wusste, dass sie dafür bezahlen musste. Klemens hatte mehr als einen Raum im Keller umbauen lassen.

»Riecht nach Lauch«, sagte er.

»Lauchcreme«, erklärte Gabriele. »Ich habe die Winterrezepte wieder hervorgesucht. Zu diesem Wetter passen keine Frühlingssuppen. Aus Süddeutschland wurden erneut Überschwemmungen gemeldet. Wie war dein Tag?«

»Die Staatsanwaltschaft hat einen Termin mit meiner Sekretärin vereinbart.«

Gabriele sah ihn besorgt an. »Haben sie gesagt warum?«

»Um mehr über Moritz zu erfahren.«

»Du hattest seit Jahren keinen Kontakt zu ihm.«

Klemens beugte sich über den Suppenteller. »Ist das Petersilie?«

»Ja, Dorothee hat sie beigefügt«, erklärte Gabriele. »Ich weiß, dass Petersilie nicht in eine Lauchcremesuppe gehört, aber ich wollte Dorothee nicht zurechtweisen. Die Arme ist völlig am Ende.«

Klemens sah seine Frau missbilligend an. Es hatte Monate gedauert, bis sie die Rezepte seiner Mutter beherrschte. Bevor sie ihn kennengelernt hatte, hatte sie hauptsächlich Fertigmahlzeiten aufgewärmt oder sie waren auswärts essen gegangen. Fürs Kochen bleibe ihr neben ihrer Tätigkeit als Buchhalterin und ihren Aufgaben als alleinerziehende Mutter keine Zeit, hatte sie erklärt. Klemens machte ihr vor der Heirat klar, dass er von seiner Frau jene frisch zubereiteten Speisen erwartete, die er als Kind vorgesetzt bekommen hatte. Im Gegenzug sorge er dafür, dass sie nicht mehr zu arbeiten brauche und dass es ihrem Sohn an nichts fehle. Gabriele willigte ein. Seither war kein Tag vergangen, an dem sie ihm nicht ein traditionelles Schweizer Gericht serviert hatte.

Ein Schlurfen kündigte Linas an. Dorothee folgte ihm mit ein paar Schritten Abstand. Auch sie hob kaum die Füße beim Gehen. Als sie näher kam, fielen Klemens ihre geschwollenen Augen und die fahle Haut auf. Kein schöner Anblick. Die beiden setzten sich wortlos an den Tisch. Dorothee nahm weder Klemens noch Gabriele wahr. Sie starrte in die Suppe, die sie mit Petersilie ruiniert hatte, und atmete schwer. Als Linas nach seinem Löffel griff, klopfte Klemens auf den Tisch. Linas legte den Löffel wieder zurück.

»Guten Abend, Vater«, murmelte er.

»Guten Abend, Linas. Guten Abend, Dorothee.« Klemens breitete seine Serviette auf dem Schoss aus. »Guten Appetit.«

»Guten Appetit.« Linas beugte sich vor und schob den Löffel in den Mund.

»Setz dich gerade hin!«

Linas richtete sich langsam auf.

Dorothee bewegte sich nicht.

Gabriele legte ihr den Löffel in die Hand. »Hier, Liebes, iss etwas. Es wird dir guttun.«

Dorothee gehorchte. Mechanisch tauchte sie den Löffel in die Suppe. Als sie ihn mit zitternder Hand anhob, fielen einige Tropfen auf den Tisch.

»Sie nimmt starke Medikamente«, erklärte Gabriele.

»Vielleicht wäre sie in einer Klinik besser aufgehoben«, sagte Klemens.

»Sie braucht nur ein wenig Zeit. Nach allem, was sie durchgemacht hat, ist es ein Wunder, dass sie nicht völlig zusammengebrochen ist.«

Klemens schwieg. Er hatte Dorothee nie gemocht. Er sah nicht ein, warum er das ändern sollte, nur weil sie einen Verlust erlitten hatte. Sie war eine Feministin, die Forderungen stellte, ohne dass sie zu Gegenleistungen bereit war. Er dachte an das Gespräch zurück, das sie auf der Beerdigung seines Vaters geführt hatten. Dorothee beharrte darauf, dass fünfunddreißig Prozent der Führungskräfte Frauen sein sollten. Sein Argument, es gebe nicht genügend Frauen, die die nötigen Fähigkeiten mitbrachten, hatte sie nicht gelten lassen. Stattdessen warf sie ihm vor, er fürchte sich vor starken Frauen. Hätte sich Klemens nicht so geärgert, hätte er laut gelacht. Dorothee hatte keinen blassen Schimmer, was Stärke bedeutete. Wer stark war, brauchte keine Quotenregelung, sondern kämpfte sich hoch. Gabriele war das beste Beispiel dafür. War ihr etwas wichtig, setzte sie sich mit allen Mitteln, die ihr als Frau zur Verfügung standen, dafür ein. Ihre Beharrlichkeit hatte Klemens von Anfang an imponiert. Genauso schätzte er an ihr, dass sie Niederlagen einstecken konnte. Sie wusste, wann sie sich geschlagen geben musste, und trat den Rückzug würdevoll an.

Zudem hielt sie einiges aus. Ihre Blicke trafen sich. Gabriele lächelte. Klemens wurde heiß. Ruhig aß er seine Suppe fertig. Gabriele sammelte die Suppenteller ein und trug sie in die Küche. Während sie sich um den Hauptgang kümmerte, wandte sich Klemens an Linas.

»Was hast du heute gelernt?«, fragte er.

»Bio«, antwortete er, ohne aufzusehen.

»Wie weit bist du gekommen?«

»Zellen.«

»Würdest du bitte in ganzen Sätzen sprechen?«

»Ich bin bis zum Aufbau einer Zelle gekommen.«

»Müsstest du laut unserem Lernplan nicht längst bei der Genetik sein?«

»Ich war müde.«

»In diesem Fall schlage ich vor, dass du heute früh zu Bett gehst. Zuerst wirst du mir aber Aufbau und Funktion einer Zelle erklären. Ich erwarte dich nach dem Abendessen in meinem Büro.«

Endlich sah Linas auf. Er hielt den Kopf schräg, sodass nur das linke Auge unter den blonden Haaren hervorschaute. »Ich kann nicht, ich habe etwas vor.«

»Dann wirst du absagen müssen.«

»Das geht nicht!«

Gabriele kam mit einer Schüssel Polenta zurück. »Was geht nicht?«

»Er verbietet mir, zu dem Fest zu gehen!« Linas deutete auf Klemens, ohne ihn anzusehen. »Sag ihm, dass er das nicht darf! Du weißt, wie wichtig die Party ist! Lara geht für ein ganzes Jahr nach Michigan!«

»Wichtig?«, wiederholte Klemens sarkastisch. »Ich sage dir, was wichtig ist! Deine Zukunft ist wichtig! Wenn du so weitermachst, wirst du auch noch durch die Maturaprüfungen fallen! Ist es das, was du willst? Überleg es dir gut, denn ich werde kein weiteres Jahr Privatschule bezahlen!«

»Ich scheiß auf dein Geld!« Linas sprang auf. »Ich hab die Schnauze voll! Von allem! Ich will das hier alles nicht. Ich wollte es nie, und die beschissene Matura ist mir auch egal. Such dir jemand anders, den du herumkommandieren kannst!«

Er sprang auf. Gabriele schlug sich die Hand vor den Mund, als der Stuhl nach hinten kippte. Linas rannte aus dem Esszimmer; einige Sekunden später knallte die Haustür zu. Gabriele stellte die Schüssel hin. Bevor sie ihrem Sohn nacheilen konnte, hob Klemens die Hand.

»Setz dich«, befahl er.

Gabriele erstarrte.

»Ich habe gesagt, du sollst dich setzen!«

Langsam ließ sich Gabriele auf ihren Stuhl fallen. Klemens hielt ihr seinen Teller hin. Sie nahm ihn entgegen und gab zwei gestrichene Löffel Polenta darauf. Als Dorothee keine Anstalten machte, sich zu bewegen, griff Klemens auch nach ihrem Teller. Gabriele füllte ihn. Zum Schluss gab sie eine kleine Portion Polenta auf ihren eigenen Teller und nahm den Deckel von einer Porzellanschale.

»Möchtest du geriebenen Käse?«, fragte sie Klemens.

23

Regina fragte sich, wann Fahrni schlief. Pünktlich um sieben Uhr hatte er sie in Gockhausen abgeholt. Auf dem Weg in die Stadt hatte er von einem Rehkitz geschwärmt, dem er zuvor auf seinem Morgenritt begegnet war. Als er sie bei der Staatsanwaltschaft abgesetzt hatte, reichte er ihr ein umfangreiches Dossier, das er über Klemens Kienast zusammengestellt hatte. Regina leitete ihr Telefon um und schlug die Mappe auf.

Der erste Teil befasste sich mit »Kienast Immobilien«. Fahrni hatte die wichtigsten Angaben aus dem Geschäftsbericht des vergangenen Jahres kopiert und zusammengeheftet. Aus seinen Kommentaren ging hervor, dass die Auftragslage von »Kienast Immobilien« tatsächlich Anlass zu Besorgnis gab. Die Firma schrieb das zweite Jahr in Folge rote Zahlen. Hinzu kam ein Rechtsstreit mit einem Subunternehmer, der Elektroarbeiten nicht vorschriftsgemäß ausgeführt hatte. Regina würde Fahrni bitten müssen, ihr die Bedeutung der Zahlen genauer zu erklären, damit sie das Ausmaß der Schwierigkeiten verstand, in denen »Kienast Immobilien« steckte. Im Moment wollte sie sich nur einen kurzen Überblick verschaffen. Zwar hatte sie nicht vor, Klemens Kienast als Verdächtigen zu befragen, doch das Hintergrundwissen würde ihr helfen, seine Antworten zu verstehen. Sollte sich sein Alibi als falsch erweisen, würde sie sich gründlicher mit ihm befassen. Noch gab es keine Verbindung zwischen ihm und dem Tod seines Bruders.

Auf drei gelbe Post-its hatte Fahrni Ausrufezeichen gemalt. Die erste Markierung hob das Teilprojekt hervor, bei dem es wegen des Rekurses des Zürcher Heimatschutzes zu Verzögerungen gekommen war. Die zweite wies auf eine jahrelange Auseinandersetzung in Uetikon hin. Regina zog die Seiten heraus.

Im Mittelpunkt der Diskussion stand die Chemie Uetikon, die direkt am See lag. Ein luxuriöses Wohnbauprojekt auf dem Westteil des Areals war 2007 zwar vor der Gemeindeversammlung gescheitert, dabei war jedoch die Frage aufgeworfen worden, wem das künstlich vergrößerte Land am Ufer eigentlich gehörte. Dem Besitzer oder dem Staat? Der Verein »Uetikon an den See« setzte sich dafür ein, dass bei der Neugestaltung des Fabrikareals die öffentlichen Interessen berücksichtigt wurden. Der Verein war erstmals aktiv geworden, als zwei mehrstöckige Wohnhäuser neben der Badeanstalt gebaut werden sollten. Damals informierte er »Rives publiques« sowie den Zürcher Heimatschutz, der daraufhin Rekurs einreichte. In Großbuchstaben hatte Fahrni notiert: »Moritz Kienast lernt Pius Steffen kennen.« Der Name Steffen tauchte auf den folgenden Seiten immer wieder auf. Der 52-jährige Architekt hatte mehrere Szenarien für das Uetiker Seeufer entwickelt. Als er sich mit einer seit Jahren geplanten Altlastensanierung auf dem Fabrikgelände befasste, zog er Moritz Kienast als Berater hinzu. In einem Schreiben an die kantonale Baudirektion hatte sich Steffen im Namen des Vereins »Uetikon an den See« über den Stand der Abklärungen erkundigt. Zur gleichen Zeit hatte Moritz Kienast telefonisch nach den geltenden Vorschriften der Sanierung gefragt, wie Fahrni von Steffen erfahren hatte. Eine verbindliche Antwort war ausgeblieben. Daraufhin hatte Moritz Kienast einen Leserbrief in einer Tageszeitung veröffentlicht, in dem er nicht nur der kantonalen Baudirektion, sondern auch dem Bundesamt für Gesundheit Schlamperei vorwarf.

Regina legte die Unterlagen auf den Schreibtisch. Sie begriff nicht, was die Informationen mit Klemens Kienast zu tun hatten. Tobias Fahrni hatte gründlich gearbeitet, seinen Gedanken zu folgen war aber nicht einfach. Sie blickte auf die Uhr, in einer Dreiviertelstunde würde Kienast zur

Einvernahme erscheinen. Regina überflog die nächsten Abschnitte, in denen Fahrni über ein Versäumnis der Gemeinde Uetikon, sich das Vorkaufsrecht in Freihaltezonen zu sichern, berichtete. »Peinlich«, hatte Fahrni notiert. Eine weitere, mit Leuchtstift markierte Stelle zog Reginas Aufmerksamkeit auf sich. Im Februar vor einem Jahr hatte der Zürcher Regierungsrat mitgeteilt, dass er die Planung für den Seeuferweg aus politischen Gründen stoppen wolle. Gleichzeitig sollte auch das Projekt Seeuferweg Uetikon auf Eis gelegt werden. Dieses sah einen Steg statt eines Landwegs vor. Dabei führte der Regierungsrat die hohen Kosten und die ungeklärte Altlastensituation ins Feld. Das Wort »Altlasten« hatte Fahrni eingekreist. Regina blätterte zurück. Sie las, dass der Verzögerung ein juristischer Konflikt zugrunde lag, zitiert wurden das Umweltschutzgesetz des Kantons Zürich sowie das Strahlenschutzgesetz des Bundes. Der Name Klemens Kienast tauchte in diesem Zusammenhang nicht auf.

Zwei Seiten weiter war ein ganzer Absatz markiert. Zur Überraschung aller hatte sich der Bundesrat in Uetikons Lokalpolitik eingemischt. Er entschied, dass das Industrieareal am See ins Inventar schützenswerter Ortsbilder von nationaler Bedeutung aufzunehmen sei. Die Verblüffung sowohl bei »Uetikon an den See« als auch im Gemeinderat war groß. Dieser erwog rechtliche Schritte. Hier hatte Fahrni ein Fragezeichen gesetzt und auf eine Fußnote verwiesen. »Warum will der Gemeinderat die Chemische Fabrik unterstützen? Müsste er nicht die öffentlichen Interessen vertreten? Eigeninteressen im Spiel?« Es folgte eine Liste der Gemeinderäte. Einen Namen hatte Fahrni rot unterstrichen: Richard Dalcher. Regina las, dass er vor rund vierzig Jahren zusammen mit einem Neffen der Eigentümerfamilie der Chemischen Fabrik in der zweiten Mannschaft des Grasshopper Clubs Zürich gespielt hatte.

Endlich begriff Regina. Als sie weiterblätterte, wusste sie bereits, was sie auf der nächsten Seite finden würde. Sie betrachtete das Foto der Fußballmannschaft. Drei Köpfe waren eingekreist. Regina las die Namen in der Legende: Beim ersten musste es sich um den Neffen der Eigentümerfamilie handeln. Der zweite war Richard Dalcher. Der dritte Klemens Kienast.

Regina lehnte sich zurück. Sie überlegte, was diese Verbindung zu bedeuten hatte. Klar war, dass Moritz Kienasts Engagement die Geschäfte seines Bruders tangiert hatte. Möglicherweise nicht direkt, doch stark genug, um Klemens Kienast zu verärgern. Sofern er, wie Fahrni vermutete, tatsächlich das Areal der Chemischen Fabrik in Uetikon ins Auge gefasst hatte. Sie fragte sich, was man dort geplant hatte, nachdem das Projekt mit den Luxuswohnungen gescheitert war. Gerne hätte sie Fahrni angerufen, doch die Zeit war zu knapp. Sie wollte Klemens Kienast nicht warten lassen, sie würde ihn bloß unnötig verärgern. Solange er kooperierte, wollte sie ihn möglichst zuvorkommend behandeln. Sie hatte die Erfahrung gemacht, dass sie mit Höflichkeit mehr erreichte, als wenn sie versuchte, Stärke zu zeigen. Vor allem Männer neigten dazu, sie zu unterschätzen.

Bevor sie das Dossier zur Seite legte, verschaffte sie sich einen Überblick über die restlichen Seiten. In einem zweiten Teil hatte Fahrni alles über die Untersuchung zusammengestellt, die die Staatsanwaltschaft III in Zusammenhang mit dem Vorwurf der Bilanzmanipulation gegen Klemens Kienast geführt hatte. Der dritte Teil befasste sich mit Kienasts Privatleben. Hier hatte Fahrni das letzte Post-it hingeklebt. Regina schlug die Seite auf. Es handelte sich um eine Karte des Grundbuchamts. Eine Parzelle war gelb markiert. Mit Kugelschreiber hatte Fahrni hingeschrieben »Haus Klemens Kienast«. Daneben stand quer, sodass die Buchstaben das Seeufer entlangliefen, »Konzessionsland«. Darunter, mit Bleistift: »Aller guten Dinge sind drei.«

Regina hatte gar nicht gemerkt, dass sie die Luft angehalten hatte. Langsam ließ sie sie entweichen. Klemens Kienast hatte drei gute Gründe, sich an seinem Bruder zu rächen. Der kleine Bruder, für den er sein Leben lang nichts als Verachtung übriggehabt hatte, war ihm auf einmal gefährlich geworden. Direkt in Erscheinung getreten war Moritz zwar nur als Berater, doch Klemens wusste, dass er zu den treibenden Kräften der Uferwegbefürworter gehörte und somit indirekt für seine geschäftlichen Einbußen und geplatzten Pläne in Uetikon verantwortlich war. Das allein wäre Grund genug, Klemens Kienast genauer anzuschauen. Die Tatsache, dass er auch privat die Auswirkungen von Moritz' Aktivitäten zu spüren bekommen könnte, verlieh dem Ganzen eine zusätzliche, emotionale Komponente. Eine explosive Mischung, dachte Regina.

»Klemens Kienast ist hier«, sagte Nina Dietz in der Tür. »Soll ich ihn holen?«

Regina sprang auf. »Ich gehe selber, danke.«

Sie holte die vorbereiteten Fragen hervor, rückte die Stühle zurecht und öffnete die Fenster. Während Dietz die letzten Vorbereitungen traf, ging Regina nach unten zum Empfang, wo Klemens Kienast mit ausdrucksloser Miene wartete. Erleichtert stellte sie fest, dass er ohne Anwalt erschienen war.

Kienast lächelte nicht, als er ihr die Hand reichte. Seine Haut fühlte sich trocken an, seine Stimme war kühl. Als sie den Aufzug betraten, kam Regina der Raum plötzlich noch enger vor, als er ohnehin schon war. Sie steckte ihren Schlüssel ins Schloss, und die Kabine setzte sich in Bewegung. Nach einer gefühlten Ewigkeit, während der Kienast sie unablässig beobachtete, kamen sie im vierten Stock an. Regina versuchte, sich ihre Erleichterung nicht anmerken zu lassen.

Ihre Absätze klangen laut auf dem Linoleum. Sie war froh, dass sie einen der dunklen Hosenanzüge trug, die sie normalerweise nur für Gerichtstermine aus dem Schrank nahm. Auch wenn einige Kolleginnen das Gegenteil behaupteten, ihr Gegenüber reagierte anders, wenn sie sich formell kleidete.

»Bitte nehmen Sie Platz«, sagte Regina und deutete auf einen Stuhl gegenüber ihrem Schreibtisch.

Klemens Kienast ließ seinen Blick durch den Raum schweifen. Regina erinnerte sich an ihren ersten Eindruck, als sie die Stelle bei der Staatsanwaltschaft IV angetreten hatte. Die altmodische Einrichtung sah nicht nur nach Verwaltung aus, sie roch auch danach. Cavalli schrieb diese Tatsache schmunzelnd der Ausdünstung zu, die längst pensionierte Angestellte hinterlassen hatten. Trotz der Pflanzen, die Regina auf den Fenstersims und in die Ecken gestellt hatte, hing der Geruch im Raum, als hätten ihre Vorgänger das Büro nie verlassen.

Regina bot Klemens Kienast eine Tasse Kaffee an; wie erwartet, lehnte er ab. Nachdem sie ihn über seine Rechte aufgeklärt hatte, stellte sie ihm einige Fragen zu seiner Person. Er antwortete mit fester, ruhiger Stimme. Auch als Regina auf Moritz Kienast zu sprechen kam, veränderte sich sein Tonfall nicht.

»Wie war Ihre Beziehung zu Ihrem Bruder?«, wollte sie wissen.

»Wie ich Ihnen bereits erklärt habe, standen wir uns nie nahe. Schon als Kind hatten wir keine gemeinsamen Interessen.«

»Wie würden Sie Moritz beschreiben?«

»Wehleidig, feige, rechtschaffen, starrköpfig. Er fühlte sich immer ungerecht behandelt und zögerte nicht, sich darüber zu beklagen.« Klemens Kienast lehnte sich zurück. »Eine äußerst lästige Angewohnheit.«

»Hatte er als Kind Freunde?«

»Ich kann mich an keine erinnern.«

»Feinde?«

»Nein.« Klemens Kienasts Augen verengten sich kaum merklich. »Um Feinde zu haben, muss man ernst genommen werden.«

»Wann haben Sie den Kontakt zu Ihrem Bruder abgebrochen?«

»Gar nicht. Unsere Wege haben sich getrennt.«

»Haben Sie seine Karriere verfolgt?«

»Karriere?« Klemens Kienast lachte verächtlich. »Meinen Sie die politischen Peinlichkeiten, die er von sich gab, oder das kleine Ingenieurbüro, das ihn über Wasser hielt?«

»Beides«, sagte Regina neutral.

»Nein, ich habe seine Karriere«, er betonte das Wort, »nicht verfolgt. Natürlich bin ich ab und zu auf seinen Namen gestoßen. Moritz hat mit seiner Art schließlich dafür gesorgt, dass er im Gespräch blieb. Aber ich kann nicht behaupten, dass mir inhaltlich etwas in Erinnerung geblieben ist.«

»Wann haben Sie ihn zuletzt gesehen?«

»Auf der Beerdigung meines Vaters.«

»Haben Sie sich mit ihm unterhalten?«

»Wir haben einige Worte gewechselt, mehr nicht.«

»Worüber haben Sie gesprochen?«

Klemens Kienast runzelte betont konzentriert die Stirn. Nach einer Weile schüttelte er den Kopf. »Es tut mir leid, aber ich weiß es beim besten Willen nicht mehr.«

Regina war überzeugt, dass er sich noch genau an den Wortlaut erinnern konnte. Sie nickte freundlich und lenkte das Gespräch auf die gegenwärtige Situation. Als sie Klemens Kienast fragte, ob er wisse, wofür sich sein Bruder in den letzten Jahren eingesetzt habe, seufzte er.

»Sie denken an diese leidige Geschichte mit dem Seeuferweg, nicht wahr?«

Regina schwieg.

»Natürlich ist mir nicht entgangen, dass Moritz einen regelrechten Klassenkampf vom Zaun gebrochen hat. Schließlich bin ich persönlich betroffen.«

Angriff statt Verteidigung, dachte Regina. Eine clevere Strategie. Sie bedeutete ihm, weiterzusprechen. Die Unwissende zu spielen war nicht nur zwecklos, sie würde sich damit auch keine Achtung verschaffen.

»Mein Standpunkt dürfte Ihnen klar sein. Ich werde nicht zulassen, dass mein Garten zur Theaterbühne degradiert wird.«

»Setzen Sie sich aktiv gegen den Seeuferweg ein?«

»Ich habe dem Verein ›Fair‹ zehntausend Franken gespendet.«

»Wusste Ihr Bruder davon?«

»Wie erwähnt, habe ich schon lange nicht mehr mit ihm gesprochen.«

»Welche Auswirkung hatte das Engagement Ihres Bruders auf ›Kienast Immobilien‹?« Eigentlich hatte Regina das Thema nicht ansprechen wollen, doch es unter diesen Umständen nicht zu tun, hätte Verdacht erregt. Sie musste Anschlussfragen stellen, die naheliegend waren, wenn sie sich nicht in die Karten blicken lassen wollte.

Klemens Kienast war schlau. »Muss ich einen Anwalt hinzuziehen?«, fragte er, ohne mit der Wimper zu zucken.

»Glauben Sie, Sie brauchen einen?«, konterte Regina.

Er beugte sich vor. »Sie haben mich hergebeten, um mehr über meinen Bruder zu erfahren. Ich habe Ihnen gesagt, was ich weiß. Ich habe nicht vor, mit Ihnen über geschäftliche Angelegenheiten zu sprechen.«

»Gut«, sagte Regina. »Wechseln wir das Thema.«

Kienast schaffte es nicht ganz, seine Überraschung zu verbergen.

»Fällt Ihnen jemand ein, der Moritz Kienast den Tod gewünscht haben könnte?«, fragte Regina.

Er sah ihr in die Augen. »Abgesehen von mir, meinen Sie?«

Jetzt war es Regina, die überrascht war. Doch eigentlich hätte ihr klar sein müssen, dass er ihr seine Überlegenheit demonstrieren würde. Er hatte sie von Anfang an durchschaut. Nun musste er dafür sorgen, dass keine Zweifel aufkamen, wer die Oberhand hatte.

Sie hielt seinem Blick stand. »Ja. Abgesehen von Ihnen«, sagte sie ruhig.

»Nein«, antwortete er. »Wie gesagt, um Feinde zu haben, muss man ernst genommen werden.«

»Richtig«, lächelte Regina. »Das haben Sie bereits erwähnt.« Sie zog die Stirn kraus. »Etwas verstehe ich aber nicht. Wenn Sie Ihren Bruder nicht ernst genommen haben, warum haben Sie ihm den Tod gewünscht?«

Ein verärgerter Ausdruck huschte über sein Gesicht. »Ich habe nichts mit dem Mord an Moritz zu tun.«

»Aber sein Tod kommt Ihnen gelegen. So verstehe ich Ihre Aussage zumindest.«

Klemens Kienast stand auf. »Diese Einvernahme ist beendet.«

Aus dem Augenwinkel sah Regina, wie Nina Dietz unter dem Tisch die Hand auf ihre Waffe legte.

»Wann die Einvernahme beendet ist, entscheide ich«, sagte Regina. »Setzen Sie sich bitte wieder.«

Klemens Kienast blieb stehen.

Regina verspürte den Drang, ebenfalls aufzustehen. Diesen Gefallen würde sie ihm aber nicht tun. »Wie ich eingangs erklärt habe«, fuhr sie fort, »hätten Sie die Aussage ohne Angabe von Gründen verweigern dürfen. Sie haben sich aber entschieden auszusagen. Deshalb werden Sie meine Fragen jetzt beantworten. Setzen Sie sich, bitte.«

Kienast presste die Lippen zusammen. Plötzlich fragte sich Regina, ob er ihre Strategie durchschaute. Indem sie ihn als Auskunftsperson befragte, signalisierte sie, dass er für sie als Täter infrage kam. Stünde er gar nicht unter Verdacht, hätte sie ihn als Zeugen einvernommen.

Kienast bewegte sich Richtung Tür. Er wusste genau, dass er nicht aussagen musste.

Jetzt stand Regina auf. »Herr Kienast!« Als er nicht reagierte, fügte sie hinzu: »Ich werde eine Ordnungsbuße über Sie verhängen.«

»Sie wissen, wohin Sie die Rechnung schicken können.« Klemens Kienast trat, ohne sich umzublicken, in den Gang hinaus.

Nina Dietz sprang auf, um sicherzugehen, dass er das Gebäude tatsächlich verließ. Als sie zurückkehrte, stand Regina immer noch am Schreibtisch. Nur mit Mühe gelang es Dietz, ein Grinsen zu unterdrücken. »Das hättest du vermutlich nicht tun sollen«, sagte sie.

»Nein, vermutlich nicht«, stimmte Regina zu.

Dietz schüttelte den Kopf. »Was für ein durchtriebener Mistkerl! Wofür hält er sich eigentlich?«

»Für unbesiegbar«, sagte Regina.

Langsam wurde ihr die Bedeutung des Vorgefallenen klar. Sie hatte Klemens Kienast nicht nur vor den Kopf gestoßen, sie hatte sich einen Feind geschaffen, vor dem sie in Zukunft auf der Hut sein musste. Genau das hatte sie vermeiden wollen. Doch ihre Strategie, sich durch Höflichkeit bei ihm Respekt zu verschaffen, war von vornherein zum Scheitern verurteilt gewesen. Klemens Kienast respektierte nur Gegner, mit denen er sich im Kampf messen konnte. Sie dachte an das Verfahren, das die Staatsanwaltschaft III gegen ihn eingestellt hatte. Wenn Klemens Kienast tatsächlich etwas mit dem Tod seines Bruders zu tun hatte, würde es nicht einfach werden, ihn zu überführen. Er war nicht nur skrupellos, sondern auch schlau. Zudem hatte er einflussreiche Freunde. Wie um dies zu bestätigen, stürmte in diesem Moment Max Landolt herein.

»Was ist hier soeben vorgefallen?«, fragte er.

Regina erklärte es ihm.

»Du hast Klemens Kienast, der ohne einen Rechtsvertreter gekommen war, provoziert?«

Regina schwieg.

Landolt hob die Arme. »Bist du von allen guten Geistern verlassen? Ist dir klar, was du getan hast?«

Ärger stieg in Regina auf. »Ja, verdammt, es ist mir mehr als klar! Aber ich werde Klemens Kienasts Spielchen nicht mitspielen. Genauso wenig, wie ich vor ihm auf die Knie falle! Wenn er etwas mit dem Tod seines Bruders zu tun hat, bringe ich ihn vor Gericht!«

Landolt erstarrte. »Glaubst du tatsächlich, er könnte seine Hände im Spiel gehabt haben?«

»Kaltblütig genug wäre er.« Reginas Stimme wurde hart. »Ich kann solche Typen wie ihn nicht ausstehen! Sie glauben, sie kommen überall durch, nur weil sie Freunde an der richtigen Stelle haben, die ihrerseits nicht zögern, ihre Macht zu missbrauchen! Bei mir ist er an der falschen Adresse, das kann ich dir sagen! Ich werde ihn nicht anders behandeln als jeden anderen Verdächtigen auch. Wenn dir das nicht passt, musst du den Fall jemand anderem zuteilen!« Sie holte Luft, doch ihr fiel nichts mehr ein, um ihre Wut zu zeigen. Landolt und Dietz starrten sie an.

»Ist alles in Ordnung?«, fragte Landolt besorgt.

Plötzlich begann Regina zu zittern. Seit Cavallis Verschwinden hatte sie weiter so funktioniert, als wäre nichts geschehen. Klemens Kienast hatte eine Schleuse geöffnet, nun kam alles hoch. Die Ungewissheit, die Angst um Cavalli, der

Anspruch, trotz der schwierigen Umstände eine gute Mutter und eine kompetente Staatsanwältin zu sein.

Nina Dietz berührte sie am Arm und führte sie in den Pausenraum, wo sie ihr eine Tasse grünen Tee zubereitete und ihr eine Tafel Schokolade hinhielt. »Dir blieb keine andere Wahl«, sagte sie und schob sich ebenfalls ein Stück Schokolade in den Mund. »Klemens Kienast hat dich provoziert. Er hat nur nicht damit gerechnet, dass er in dir eine ebenbürtige Gegnerin hat.«

»Er hat mich genau dahin gebracht, wo er mich haben wollte«, sagte Regina grimmig.

Dietz zuckte die Schultern. »Möglicherweise. Du ihn aber auch. Und das hat er nicht erwartet.« Sie hielt Regina die Schokolade hin. »Betrachte es so: Nun hast du einen Nachmittag für dich. An deiner Stelle würde ich mir ein paar schöne Stunden machen, schließlich hast du freitags frei. Setz dich in ein Café und schlag ein gutes Buch auf. Oder geh schwimmen!«

»Ich kann nicht«, sagte Regina. »Lily …«

»… wird von Paz betreut«, beendete Dietz den Satz. »So heißt sie doch, oder? Und sie erwartet dich nicht vor sechs Uhr.«

Allein die Vorstellung, endlich wieder einmal schwimmen zu gehen, ließ Regina all ihre Probleme vergessen. Seit Cavallis Abreise hatte sie keine Minute für sich gehabt. Vor einigen Monaten war das Hallenbad City nach mehrjährigen Renovationsarbeiten wiedereröffnet worden. In zehn Minuten wäre sie dort. Wenn sie sich nicht täuschte, lagen ein Badeanzug und eine Schwimmbrille irgendwo in einer Schublade. Sie stand auf. Und wenn nicht, dachte sie, werde ich mir einen neuen Anzug kaufen. Dietz lächelte.

»Du riechst nach Chlor«, stellte Fahrni fest, als sie in seinen Opel stieg.

»Ich war schwimmen.« Regina kämpfte gegen die Versuchung an, sich zu rechtfertigen. Stattdessen erzählte sie ihm von der Einvernahme. »Es ist, wie du sagst. Ein Motiv hat er. Ich sehe aber nicht, wie er es geschafft haben soll, zwischen 22.30 Uhr, als das Geschäftsessen in Frankfurt zu Ende war, und neun Uhr, als er den Zimmerservice am folgenden Morgen bestellte, nach Zürich zu fahren, Moritz Kienast in die Hütte zu transportieren und ihn anzuzünden.«

»Haben die Kollegen in Deutschland seine Aussage überprüfen können?«

»Sie haben sich noch nicht gemeldet.«

»Rein zeitlich ist es möglich«, gab Fahrni zu bedenken. »Die Strecke Frankfurt–Zürich ist in fünf Stunden zu schaffen.«

»Seine Fingerabdrücke sind weder auf dem Spieß noch auf dem Halsband.«

»Zum Glück ist er im System. So gesehen hatte die Bilanzmanipulation auch ihr Gutes.« Fahrni sah in den Seitenspiegel und bog rechts ab. »Hat er für den 19. April ein Alibi?«

»Ich bin nicht dazu gekommen, ihn zu fragen. Wenn sich der Verdacht gegen ihn erhärtet, werde ich ihn noch einmal vorladen.«

Fahrni fuhr im Schritttempo durchs Rotlichtmilieu. Regina beobachtete, wie ein Dealer vor einem Internetcafé sein Geschäft abwickelte. Eine Frau auf hohen Absätzen stand gelangweilt an einer Ecke und betrachtete ihre Fingernägel.

»Weißt du, wie es auf dem Areal der Chemischen Fabrik in Uetikon weitergeht?«, fragte Regina.

»Das ist noch nicht klar. Im Moment ist alles möglich. Nachdem die Gemeindeversammlung den privaten Gestaltungsplan Uetikon West abgelehnt hatte, geschah lange gar nichts. Nun steht eine Revision der Bau- und Zonenordnung an. Sie soll einen besseren Seezugang vorsehen.«

»Womit wurde das Nein zum Gestaltungsplan begründet?«

»Knapp die Hälfte des Areals sollte mit Wohnungen und Gewerberäumen überbaut werden. Daneben waren zwar ein öffentlicher Freiraum und eine Naturschutzfläche vorgesehen, das war den Uetikern aber zu wenig. Der Gemeinderat hat trotzdem versucht, das Projekt durchzubringen, die Gemeindeversammlung machte ihm aber einen Strich durch die Rechnung.«

»Hat ›Kienast Immobilien‹ dadurch einen Auftrag verloren?«

»So weit fortgeschritten war die Planung noch nicht. Aber ich gehe davon aus, dass sich Klemens Kienast eine goldene Nase verdient hätte. Der Gemeinderat, der alles daransetzte, Uetikon West durchzubringen, heißt Richard Dalcher.«

»Der alte Fußballkollege«, stellte Regina fest.

»Genau. Und der gleiche Richard Dalcher wollte der Chemischen Fabrik vor Kurzem ein Geschenk in Millionenhöhe machen. Allerdings drückte er sich anders aus. Er schlug vor, dem Unternehmen mit einer hohen Ausnutzungsziffer den Anreiz zu bieten, selbst einen Gestaltungsplan zu entwickeln. Er behauptete, man müsse der Chemischen ein Zückerchen geben, damit etwas für die Bevölkerung herausspringe. Das Unternehmen sei auf einen hohen Wohnanteil angewiesen, meinte er, um die Altlastensanierung finanzieren zu können. Konkret sollte der Bau von über dreihundert Wohnungen erlaubt werden. Das hätte eine Wertvermehrung von rund hundertfünfzig Millionen Franken bedeutet.«

Regina stieß einen leisen Pfiff aus. »Also ist Klemens Kienast doch noch im Spiel.«

Fahrni zögerte. »Ja und nein. Der Verein ›Uetikon an den See‹ hat daraufhin eine Initiative eingereicht, die verlangt, dass der Uferweg durchgehend entlang des Sees verläuft, der Uferbereich auf einem achtzehn Meter breiten Streifen frei zugänglich ist und eine Erholungsfläche als Badeanstalt genutzt werden kann. Sogar ein Restaurant am See wurde erwähnt. Insgesamt sollten zwölftausend Quadratmeter Erholungsfläche entstehen. Dalcher passte das gar nicht. Dann hat sich aber der Kanton eingemischt. Weil die Chemische Fabrik jetzt zum Inventar schützenswerter Ortsbilder gehört, will die Baudirektion die Planung selber in die Hand nehmen. Den Entwurf der Bau- und Zonenordnung lehnt sie klar ab. Die Wohnnutzungen und die Baumassenziffern widersprechen dem Richtplan. Uetikon wird sogar aufgefordert, Vertreter des Bundes bei der Nutzung des Seeufers mit einzubeziehen. Damit sinken die Chancen für Klemens Kienast. Außer er hat auch dort Freunde.«

»Die ganze Angelegenheit ist ziemlich kompliziert.«

Fahrni zuckte die Schultern. »Nicht wirklich. Gemeindepolitik eben. Warst du schon einmal in Uetikon?«

Regina verneinte.

»Vielleicht verstehst du das Ganze besser, wenn du dir das Areal ansiehst. Die Fabrik ist imposant. Der Heimatschutz bezeichnet sie als ›Kathedrale der Industriekultur‹. Der Hochkamin ist über hundertfünfzig Jahre alt.«

»Vermutlich sähen die Uetiker lieber den See als den Kamin«, bemerkte Regina trocken.

Das Radio schaltete sich mit den Verkehrsnachrichten ein. Schweigend hörten sie die Staumeldungen. Es gibt einfach zu viele Menschen auf der Welt, dachte Regina. Kam es ihr nur so vor, oder war die Bevölkerung in den letzten Jahren tatsächlich so stark angewachsen? Sogar im Hallenbad hatte sie sich einen Platz in einer der Bahnen erkämpfen müssen. Sie verstand Cavallis Sehnsucht nach menschenleerem Raum. Vielleicht war er tatsächlich der Versuchung erlegen, in den Appalachen zu bleiben. Der Wald, der die Smoky Mountains bedeckte, war das größte Urwaldgebiet im Osten der USA, und obwohl er viele Besucher anzog, bewegten sich diese vor allem entlang der Hauptverkehrsachse, die von Norden nach Süden führte. Abseits der Straßen, hatte Cavalli erklärt, treffe man kaum auf Menschen. Der Nationalpark allein sei größer als der Kanton Zürich, zu den entlegenen Stellen führten nicht einmal Wanderwege. Als sich Regina die Weite vorstellte, glaubte sie, Cavalli darin verloren zu haben.

Abrupt drehte sie sich zu Fahrni hin. »Ich möchte Paz für ihre Hilfe bezahlen.«

Fahrni schüttelte den Kopf. »Sie darf nicht arbeiten.«

Daran hatte Regina gar nicht gedacht. »Ist sie mit einem Touristenvisum hier?«

Fahrni schwieg lange. »Es läuft Ende des Monats aus«, sagte er schließlich.

»Geht sie zurück nach Paraguay?«

Er verneinte. »Sie spricht nicht darüber, aber ich glaube, sie verbindet Paraguay mit dem, was ihr angetan wurde. Sie fühlt sich dort nicht mehr zu Hause.«

»Möchtest du, dass sie hierbleibt?«

»Ich glaube schon.«

»Liebst du sie?«

Fahrni rutschte auf dem Sitz hin und her. »Ich weiß es nicht. Ist das wichtig? Ich bin gerne mit ihr zusammen.«

»Gibt es eine Möglichkeit, ihr Visum zu verlängern?«

»Wir könnten ein Heiratsvisum beantragen.« Er zupfte an seinem Ohrläppchen.

Regina riss die Augen auf. »Du willst sie heiraten?«

»Eigentlich nicht. Vielleicht später irgendwann, ich weiß es nicht. Ich kenne sie zu wenig. Aber was bleibt mir übrig? Wenn ich es nicht tue, muss sie ausreisen.« Er sah elend aus. »Das kann ich ihr nicht antun, nicht nach allem, was sie durchgemacht hat.«

»Du bist nicht für sie verantwortlich«, sagte Regina. »Du

hast dein eigenes Leben.« Sie wusste, dass ihre Worte überflüssig waren. Fahrni brächte es nicht übers Herz, Paz im Stich zu lassen. Genau diesen Charakterzug schätzte Regina so an ihm. Im Grunde passten er und Paz gar nicht schlecht zusammen. Manchmal war eine Freundschaft die bessere Basis für eine Beziehung als Liebe. Fahrni wünschte sich seit Jahren nichts sehnlicher als eine eigene Familie, in Paz hätte er eine Partnerin, mit der er seinen Traum verwirklichen könnte. Schlagartig erinnerte sich Regina daran, dass Paz keine Kinder mehr bekommen konnte.

Sie nagte an ihrer Unterlippe. »Könnte sie ein Studentenvisum beantragen?«

Fahrni schüttelte den Kopf. »Sie hat nicht einmal die obligatorische Schulzeit hinter sich gebracht.« Er schielte zu ihr hinüber. »Aber vielleicht bekäme sie die Erlaubnis, als Au-pair zu arbeiten.«

Regina brauchte einen Moment, um seine Andeutung zu verstehen. »Fragst du mich, ob ich Paz als Au-pair engagieren würde?«

»Könntest du dir das vorstellen?«

Regina schwieg überrumpelt. Als Lily zur Welt gekommen war, hatte sie sich mit allen möglichen Arten von Kinderbetreuung auseinandergesetzt. Ein Au-pair-Mädchen zu engagieren hatte sie ausgeschlossen, weil sie sich nicht vorstellen konnte, Lily jemandem ohne Erfahrung zu überlassen. Außerdem hätte sie einem Au-pair gegenüber auch Pflichten, und dafür fehlte ihr neben der Arbeit die Energie. Bei Paz lag der Fall anders – und sie würde kaum bei Regina einziehen wollen. Regina malte sich aus, wie es wäre, Lily morgens nicht mehr wecken zu müssen, um sie in die Kita zu bringen. Sie bräuchte sich keine Sorgen zu machen, wenn sie krank war, und kein schlechtes Gewissen zu haben, wenn es einmal etwas später wurde. Ihre Mutter könnte die Betreuung dann übernehmen, wenn sie Lust dazu verspürte, statt um fünf Uhr aufzustehen und die weite Reise auf sich zu nehmen.

»Darf ich es mir überlegen?«, fragte sie Fahrni.

»Klar!« Er nickte eifrig, als er in die Einfahrt einbog.

Der Duft von Waschmittel stieg Regina in die Nase, als sie die Tür öffnete. Aus dem Wohnzimmer erklang Musik. Regina stellte ihre Tasche hin, streifte die Schuhe ab und durchquerte auf Strümpfen den Flur. Vor dem Wohnzimmer hielt sie inne. Paz hatte ein Frotteetuch auf dem Tisch ausgebreitet und bügelte Reginas frisch gewaschene Kleider. Lily kniete ihr gegenüber auf einem Stuhl und zeichnete. Als sie Regina sah, rutschte sie herunter, rannte durch den Raum und hielt Regina ein Blatt hin.

»Mira!«, rief sie.

Es dauerte einen Augenblick, bis Regina begriff, dass sie Spanisch gesprochen hatte. Regina ging in die Knie und nahm die Zeichnung entgegen. Lily hatte fünf farbige Linien gezeichnet, vier waren mit Klecksen versehen, die fünfte war offenbar noch nicht fertig.

»Was für ein schönes Bild, mein Schatz! Darf ich es behalten?«

Lily nickte stolz. Sie zeigte auf die Striche. »Lily, Kiss, Mama, Paz, Omama«, zählte sie auf.

»Wer ist Kiss?«, fragte Fahrni hinter ihr.

»Chris«, erklärte Regina mit einem Kloß im Hals.

Cavalli kam nicht vor.

24

Pilecki schob sich auf den Beifahrersitz und zog die Krücken nach. Dann ließ er das Fenster herunter, um die tschechische Fahne zwischen Scheibe und Tür einzuklemmen. Irina warf ihm einen finsteren Blick zu, was Pileckis Glück nicht trübte. Vier zu zwei hatten sie Slowenien geschlagen. Vier zu zwei!, jubelte er innerlich. Bis zum letzten Drittel hatte es unentschieden gestanden, dann hatte Michálek die Tschechen in Führung gebracht. Zehn Minuten später, nach genau fünfundfünfzig Minuten und fünfundfünfzig Sekunden, hatte Novotný nachgelegt. Schade nur, dass sie am Nachmittag gespielt hatten. Pilecki hatte sich mit einer Aufzeichnung begnügen müssen. Dafür war ihm erspart geblieben, Irina zu erklären, dass er lieber das Match schauen als mit ihr essen gehen wollte.

Heute hatten sie sich für ein Lokal in einer ehemaligen Papierfabrik entschieden. Irina hatte einen Tisch an der Stirnseite des Saals reserviert, dort, wo sich auf einer niedrigen Bühne die offene Küche befand. Als Pilecki sah, wie sich die Köche beeilten, um mit den Bestellungen Schritt zu halten, kapierte er endlich, dass Wochenende war. Zwar würde er auch morgen arbeiten müssen, doch er hatte allen am Fall Kienast Beteiligten befohlen, sich nicht vor neun Uhr blicken zu lassen.

Er überließ Irina die Wahl des Aperitifs und lehnte sich zurück. Die Woche war hektisch gewesen. Der Fall Kienast hatte ihn von morgens bis abends auf Trab gehalten, daneben hatte er die Dinge angehen müssen, die er aufgeschoben hatte, weil er sie Cavalli überlassen wollte. Hinzu kam, dass jede Bewegung Zeit kostete, ein simpler Gang zur Toilette war so aufwendig, dass er es sich zweimal überlegte, einen Kaffee zu trinken. Das Koffein wiederum brauchte er, weil ihn die Schmerzmittel schläfrig machten.

Die Kellnerin kam mit den zwei Bloody Marys, die Irina bestellt hatte, an ihren Tisch zurück. Pilecki zog die Augenbrauen hoch. Ob er etwas an den Drinks auszusetzen habe, fragte Irina verunsichert.

Pilecki nahm einen Schluck. »Ich musste nur an Moritz Kienast denken. Ich hoffe, du hast die Bloody Marys nicht gewählt, damit du wie Dorothee heimlich ein Aphrodisiakum beimischen kannst.« Er hatte ihr von der Vergiftung erzählt. Zwar war er dazu nicht befugt, doch vor Irina hatte er keine Geheimnisse. Er machte sich deswegen kein Gewissen. Wenn man alle Regeln befolgte, war man als Polizist sehr einsam. Plötzlich dachte er daran, dass er sich in Zukunft zurückhalten müsste. Wenn Irina das »Etoile« übernahm, musste er darauf achten, Beruf und Privatleben strikt zu trennen. Ein schlechtes Gewissen packte ihn. Er hatte immer noch nicht mit Hans-Peter Thalmann gesprochen.

»Hast du Anerkennung nötig?« Irina kraulte ihn am Kopf. »Du brauchst keine Bloody Marys, Juschka. Schon gar nicht eine, die mit Selleriesalz gewürzt ist«, sagte sie ironisch.

Pilecki verdrängte den Gedanken an Thalmann und grinste: »Warum komme ich mir plötzlich vor wie ein Hund?«

»Eine geheime Fantasie vielleicht?«, fragte sie listig.

»Ha! Das hättest du wohl gerne! So weit kommt es noch, dass ich auf allen vieren vor dir krieche.«

»Das tust du schon längst, du merkst es nur nicht.« Irinas Augen blitzten vergnügt.

Pilecki hob den Zeigefinger. »Pass auf. Wenn du zu weit gehst, zeige ich dir, wer hier der Chef ist.«

»Es ist höchste Zeit, dass Cavalli zurückkommt. Langsam steigt dir deine Position zu Kopf.« Sie wurde ernst. »Weißt du inzwischen mehr?«

Er schwenkte sein Glas. »Der Kommandant ließ durchblicken, dass er langfristig mit Veränderungen rechnet.«

»Glaubst du, Cavalli ist tatsächlich etwas zugestoßen?«

Pilecki lehnte sich zurück, um der Kellnerin Platz zu machen, die ihm einen Spinatsalat servierte. Er sprach erst weiter, als sie außer Hörweite war.

»Ehrlich gesagt, nein. Du kennst ihn. Bestimmt ist ihm irgendeine langbeinige Blondine über den Weg gelaufen und hat ihm vor Augen geführt, wie schön das Leben ohne Verpflichtungen ist.«

Obwohl Irina keine hohe Meinung von Cavalli hatte, schüttelte sie den Kopf. »Das kann ich mir nicht vorstellen. Dass er Regina sitzen lässt schon, das würde zu ihm passen. Aber dass er seinem Beruf den Rücken kehrt? Nein. Er ist durch und durch Polizist. Genau wie du.«

»Ein Dienstchef ist nicht mehr Polizist«, sagte Pilecki. »Cavalli hat sich nie wohlgefühlt in der Position, doch er konnte nicht mehr zurück, nicht ohne das Gesicht zu verlieren. Vielleicht hat sich ihm ein Ausweg geboten, und er hat die Gelegenheit ergriffen.« Er spießte ein Salatblatt auf.

Irina betrachtete ihn nachdenklich. »Dir geht es ähnlich, nicht wahr? Würdest du ablehnen, wenn man dich offiziell zum Dienstchef ernennen würde?«

»Zum DC wird man nicht ernannt. Die Stelle muss ausgeschrieben werden.«

Irina machte eine ungeduldige Handbewegung. »Das ist reine Formsache.«

Pilecki schwieg.

Irina betrachtete ihn nachdenklich. »Juschka? Verschweigst du mir etwas?«

Pilecki senkte den Blick. »Ich weiß nicht, ob ich mich bewerbe.«

»Warum?«, fragte sie erstaunt. »Du hast immer gesagt, das sei die einzige Aufstiegsmöglichkeit.«

»Weil ich, wie du so schön sagst, durch und durch Polizist

bin. Ich glaube nicht, dass ich mich bis ans Ende meiner Laufbahn mit administrativem Kram herumschlagen möchte.«

»Aber du beaufsichtigst alle wichtigen Fälle. Du bestimmst das taktische Vorgehen, legst Ermittlungsschwerpunkte fest, triffst Entscheidungen …«

»Das kann ich als Stellvertreter auch.«

Irina starrte ihn an. »Stellvertreter ist die undankbarste Position, die es gibt! Du hast dich immer beklagt, dass du zwar mehr Arbeit, nicht aber mehr Kompetenzen hast.«

»Weil der Häuptling nicht delegieren konnte. Er musste die Fäden immer selbst in der Hand halten. Mit einem neuen DC wird das anders.«

»Aber …«

»Erzähl mir von deinem Gespräch mit dem Anwalt.«

Irina zögerte, schließlich lenkte sie ein.

Sie hatte einen Anwalt engagiert, um die rechtlichen Fragen der Übernahme des »Etoile« zu klären. Sie berichtete, das Gesuch um eine Betriebsbewilligung sei noch hängig, eine erste Verfügung jedoch unterschriftsreif. Plötzlich verstummte sie.

»Ist das der Grund?«, fragte sie. »Stehe ich deiner Beförderung im Weg?«

»Blödsinn«, sagte Pilecki barsch. Er räusperte sich. »Erzähl mir, was du planst. Wirst du etwas verändern? Oder läuft der Betrieb gleich weiter?«

Einen Moment glaubte er, sie würde weiterbohren, doch dann erzählte sie von den Dienstleistungen, die ihr vorschwebten.

»Dungeons sind im Moment ziemlich gefragt«, erklärte sie. »Ich weiß nicht, ob es mit diesen Romanzen zu tun hat, die monatelang auf der Bestsellerliste stehen. Auf jeden Fall ist die Nachfrage nach Sadomaso-Spielmöglichkeiten groß. Ich überlege, ob ich im Keller ein Studio einrichten soll.«

Pilecki kam eine Idee. Zuerst nur vage, dann wurde sie immer konkreter. Er legte die Gabel hin.

»Schau mich nicht so an«, sagte Irina. »Du hast auch nichts dagegen, ab und zu gefesselt zu werden.«

»Eine geheime Fantasie«, sagte er langsam.

»Als geheim würde ich sie nicht gerade bezeichnen«, erwiderte Irina belustigt.

Pilecki hörte sie nicht. »Warum hat ein Mittfünfziger plötzlich keine Lust mehr auf seine Frau?«

Irina zuckte die Schultern. »Es ist normal, dass der Sexualtrieb bei Männern über fünfzig abnimmt. Außer bei dir«, fügte sie trocken hinzu.

»Oft wird Stress als Grund angegeben, doch er hatte nicht mehr um die Ohren als früher. Eine andere Frau? Gab es nicht. Bleiben also die unerfüllten Wünsche. Die geheimen Fantasien.«

»Sag mal, von wem redest du eigentlich?«, fragte Irina.

Pilecki richtete den Blick auf ein älteres Ehepaar am Nebentisch. »Wie soll er plötzlich damit herausrücken, dass er ihn nicht mehr hochkriegt, ohne dass sie ihm ein Hundehalsband anlegt? Dass es ihn anturnt, auf allen vieren vor ihr zu kriechen? Sein ganzes Leben lang hat er es verschwiegen. Es ging ja auch ohne, solange er jung war. Doch auf einmal ist er auf die zusätzliche Stimulation angewiesen. Also was tut er? Er sucht sich jemanden, der ihm seine geheimen Wünsche erfüllt. Eine Professionelle, die nicht mit der Wimper zuckt. Er achtet darauf, keine Spuren zu hinterlassen. Schließlich will er nicht, dass seine Frau davon erfährt. Deshalb speichert er die Adresse des Studios nicht in seinen Kontakten, ruft nicht von seinem Telefon aus an. Nichts soll ihn mit ihr in Verbindung bringen. Vielleicht geht er über Mittag hin, wenn seine Frau ihn im Büro vermutet. Schafft das Geld dafür unauffällig beiseite, damit sie nicht merkt, wenn einige Hunderter fehlen. Irgendwann genügt ihm auch das nicht mehr. Er geht einen Schritt weiter. Gerät dabei an die falschen Leute. Er weiß nicht, dass er mit dem Feuer spielt. Wortwörtlich.« Pilecki schauderte.

»Juri! Du machst mir Angst! Sprichst du von dir?«

Plötzlich nahm er Irina wahr. »Von Kienast«, sagte er. »Moritz Kienast.«

Irina seufzte.

»Erinnerst du dich an das Halsband, von dem ich dir erzählt habe?«, fragte er. »Wir dachten, es gehöre zur Grillvorrichtung. Dass man ihn damit festgebunden hat. Wenn er es aber vorher schon trug? Drei Wochen fehlte jede Spur von Kienast. Wo war er in dieser Zeit? Was geschah mit ihm? Vielleicht ging er freiwillig mit, und dann entgleiste die Sache.«

»Dein Zeuge hat einen Kampf beobachtet«, entgegnete Irina. »Und da war auch dieser Anruf.«

Jetzt war es Pilecki, der die Schultern hob. »Du weißt, wie das ist. Was für die einen wie ein Streit aussieht, ist für die andern nicht mehr als eine angeregte Diskussion.« Er merkte erst, dass die Kellnerin mit dem Hauptgang neben ihm stand, als Irina ihm ein Zeichen gab. »Würdest du dir das Halsband ansehen?«, fragte er, nachdem er sich bei der Kellnerin bedankt hatte. »Vielleicht erkennst du das Modell.«

»Ich bezweifle es, aber ich kenne eine Domina, die dir vielleicht weiterhelfen könnte. Sie arbeitet mit allen Arten von Zubehör. Aber lass uns jetzt in Ruhe essen, ja? Ohne Tote.«

Pilecki betrachtete das Spießchen auf seinem Teller. Er schob das Fleisch beiseite und machte sich über die Kartoffeln her.

Im vierten Stock des Kripogebäudes brannte Licht. Statt direkt in sein Büro zu gehen, von wo aus er Zugriff auf die elektronischen Bilder des Halsbandes hatte, beschloss Pilecki nachzusehen, wer sich im Forensischen Institut aufhielt. Mit etwas Glück wusste die Person, wo das Original war.

Irina hielt ihm die Tür auf. Sie hatte sich nicht beschwert, als er vorgeschlagen hatte, das Dessert ausfallen zu lassen und sofort zur Zeughausstraße zu fahren. Pilecki war dankbar für ihr Verständnis. Einige Kollegen mussten sich Vorwürfe anhören, wenn Unvorhergesehenes das Familienleben störte.

Die Glastür, die die Büros und Labors der Forensiker abtrennte, war wie immer verschlossen. Pilecki klingelte. Ein paar Sekunden später kam Martin Angst um die Ecke. Er runzelte die Stirn, als er Pilecki erkannte, und schloss auf. Sein Blick blieb an Irina hängen.

»Ich freue mich auch, dich zu sehen«, sagte Pilecki.

Angst drehte den Kopf. »Wie?«

»Was machst du um diese Zeit hier?«, fragte Pilecki.

»Irgendwann muss ich arbeiten«, sagte Angst, der den Blick nur mit Mühe von Irina lösen konnte. »Tagsüber komme ich vor lauter Administration kaum dazu.«

Irina lächelte. »Juri sagt genau das Gleiche.«

Angst lächelte zurück.

Als nichts mehr folgte, stupste Pilecki ihn mit einer seiner Krücken in den Bauch. »Hallo?«

Angst zuckte zusammen. »Ja?«

Pilecki erklärte, warum sie gekommen waren. Angst nickte und führte sie zu seinem Büro. Der Raum war winzig. Überall stapelten sich Kisten mit Asservaten, auf dem verbliebenen Platz lagen Metallstangen, Schrauben, Winkel, Bolzen und Werkzeuge. Auf dem Boden war ein Bauplan ausgebreitet, den Angst allem Anschein nach von Hand gezeichnet hatte.

Pilecki schob mit seiner Krücke den Bauplan hin und her, bis er die Notizen am Rand lesen konnte. »Was soll das werden?«

»Ein Spanferkelgrill.« Aus einem Labor erklang das regelmäßige Surren eines Gerätes.

»Gutes Timing«, kommentierte Irina. »Morgen soll erstmals diesen Frühling die Sonne scheinen.«

Angst lächelte hingerissen.

»Was erhoffst du dir, wenn du den Grill nachbaust?«, fragte Pilecki, schärfer als beabsichtigt. »Ich nehme an, es ist das Modell, das Kienasts Mörder verwendet hat.«

»Richtig«, sagte Angst, unbeeindruckt von dessen aggressivem Tonfall. »Bis jetzt habe ich es in keinem Geschäft gefunden. Deshalb vermute ich, dass der Besitzer einen anderen Grill gekauft hat und dann daran herumgebastelt oder gleich selbst einen entworfen hat. Wenn Letzteres zutrifft, könnten wir möglicherweise die Herkunft der einzelnen Bestandteile oder des Bauplans zurückverfolgen. Sicher bin ich mir aber noch nicht. Schau«, er ging in die Hocke. »Der Grundrahmen ist aus brünierten Eisenrohren. Das ist selten, meist wird Edelstahl verwendet. Außerdem ist er zerlegbar, sodass er in ein Auto passt. Oft benötigt man einen Anhänger, um einen Spanferkelgrill zu transportieren. Das wären also bereits die ersten Besonderheiten. Hier an der Seite siehst du den Flansch für den Motorhalter. Die Stangenaufnahme und der Motorhalter liegen senkrecht übereinander. Und da«, er zeigte auf seine Skizze, »befinden sich Aussparungen für eine Tropfwanne. Es wurde aber keine im Brandschutt gefunden.«

Pileckis Interesse war geweckt. »Weil der Grill nicht für ein Spanferkel gebaut wurde.«

Angst nickte. »Oder weil von Anfang an klar war, dass er zerstört würde. Aus demselben Grund könnte der Hersteller Eisen statt Edelstahl verwendet haben. Eisen ist günstiger. Eine Aschewanne fehlt ebenfalls.«

»Der Motor auch«, ergänzte Pilecki. »Die Leiche ist nur auf einer Seite verbrannt.«

»Genau das habe ich zuerst auch gedacht«, nickte Angst. »Aber den Motor haben wir gefunden. Beim Montieren muss dem Täter ein Fehler unterlaufen sein. Ich vermute, genau hier.« Er zeigte auf eine Stelle, die er mit »Position 19 und 20« bezeichnet hatte. »Siehst du diese Kettenräder? Die Zahnkränze müssten außen liegen. Auf der Stange, die wir im Schutt fanden, waren sie innen montiert. So ließen sich die Flügelmuttern nicht anziehen.«

»Und was bedeutet das?«, fragte Pilecki.

»Die Kette konnte nicht richtig gespannt werden«, erklärte Irina.

Angst sah sie erstaunt an.

Irina ging in die Hocke und betrachtete den Plan. »Das Kettenrad des Spießes hat vierzig Zähne«, las sie laut. »Das am Antrieb acht. Das ist an sich schon selten. Aber … ist n2 die Drehzahl des Motors?«

»Ja, sie beträgt zehn Umdrehungen pro Minute.«

»Das würde bedeuten, dass die Drehzahl des Spießes lediglich zwei Umdrehungen pro Minute betrug.« Sie sah Angst an. »Bist du sicher? Hat das Kettenrad am Antrieb nicht mehr Zähne?«

»Nein«, sagte Angst. »Ich war selbst verblüfft. Das ist vermutlich mit ein Grund, dass die Kette übersprang. Umso wichtiger wäre der Spanner gewesen.«

»Kann mir jemand erklären, worum es hier geht?«, fragte Pilecki schroff.

»Normalerweise dreht ein Spieß beim Grillen etwa sechs Mal in der Minute«, sagte Irina. »Gegen Ende vielleicht drei bis vier Mal, sofern du zwei Kettenräder hast. Wenn das Kettenrad des Antriebs aber nur acht Zähne hatte, konnte sich der Spieß bloß zwei Mal in der Minute drehen, weil n1 mal z1 gleich n2 mal z2 sein muss. Das habe ich noch nie gesehen. Nicht einmal zu Hause. Und glaub mir, in der Ukraine findet man alles. Jeder bastelt sich seinen eigenen Grill, da niemand das Geld hat, um im Internet einen Bausatz zu bestellen oder gar einen fertigen Grill zu kaufen.« Sie wandte sich an Angst. »Entweder hat er, wie du sagst, den Grill selbst entworfen und es ist ihm dabei ein weiterer Fehler unterlaufen, oder er hat das Kettenrad absichtlich ausgewechselt. Aber warum? Ich sehe nicht, wozu zwei Umdrehungen pro Minute gut sein sollen. Die Haut verkohlt.«

»Sollte das Opfer vielleicht noch mehr leiden?«, fragte Angst ratlos. »Ich weiß es nicht. Ich kann mir überhaupt nicht vorstellen, was das Ganze soll.« Er schaute Pilecki fragend an.

»Woher soll ich das wissen?«, wehrte Pilecki ab. »Man muss krank sein, um diesen Psychopathen zu verstehen. Schade, dass Cavalli nicht hier ist. Er könnte uns bestimmt weiterhelfen.«

»Wenn der Täter mehrere Bestandteile auf einmal bestellt hat«, sagte Angst, »kommen wir ihm so vielleicht auf die Spur. Ich gehe davon aus, dass eine Bestellung von acht Vierkantrohren von 1100 mm Länge, 30 mm Kantenlänge und 3 mm Wandstärke, vier gleichen Rohren von 900 mm Länge, vier M8-Flügelmuttern, zwei Winkelprofilen mit Bohrungen im Durchmesser von …«

»Ist ja gut!«, unterbrach Pilecki. »Du brauchst nicht die ganze Einkaufsliste runterzurattern! Ich verstehe, was du sagen willst.« Ironisch fügte er hinzu: »Auch ohne Physik- oder Mathematikstudium.«

»Ich will die Sache nicht komplizierter machen, als sie ist«, sagte Angst. »Ich will nur aufzeigen, dass die Wahrscheinlichkeit, diese Bestellung ausfindig zu machen, ziemlich groß sein dürfte, da sie umfangreich ist.«

»Ein Kettenrad mit acht Zähnen bieten vermutlich nicht viele Firmen an«, stellte Irina fest. »Ehrlich gesagt, wüsste ich nicht, wo ich danach suchen müsste. Letzten Sommer wollte ich meinem Vater Feingewindeschrauben besorgen, sogar das war schwierig.«

Angst nickte entzückt. »Das kann ich mir vorstellen. Auf der Nabe war etwas eingraviert. Es ist mir noch nicht gelungen, es zu entziffern, aber ich möchte noch ein weiteres Verfahren anwenden. Kennst du ...«

»Ja, ja«, sagte Pilecki. »Wir haben begriffen. Lass mir die Liste der Teile zukommen, ich werde Haas darauf ansetzen.« Er wandte sich an Irina, die immer noch neben Angst auf dem Boden kniete. »Komm, gehen wir. Mir tun die Schultern vom Stehen weh.«

Sie sah überrascht auf. »Und das Halsband?«

Daran hatte er nicht mehr gedacht. Angst sprang auf, trat an seinen Schreibtisch und wühlte in einer Kiste. Kurz darauf zog er einen Asservatenbeutel hervor. Irina beugte sich neugierig darüber. Angst erklärte ihr die Beschaffenheit des Metalls und die Besonderheiten der Fertigung. Pilecki entging nicht, dass sein Blick dabei auf Irinas Ausschnitt gerichtet war. Er konnte sich nicht erklären, woher seine plötzliche Eifersucht kam, schließlich war er es gewohnt, dass Irina die Blicke auf sich zog. Während er Angsts Gesicht betrachtete, kam ihm ein Gedanke. Es dauerte einen Moment, bis er ihn formulieren konnte.

»Er hat ihn gefilmt«, sagte er langsam.

Angst und Irina schauten auf.

»Je langsamer der Spieß dreht, desto besser sieht der Betrachter, was geschieht!«

Irina nickte. »Das stimmt.«

Pilecki straffte die Schultern. »Bisher haben die Techniker noch nichts im Netz gefunden, aber ich wette, das Video wird bald auftauchen, genau wie Walker es prophezeit hat.«

»Außer der Täter verkauft es privat«, entgegnete Irina.

»Damit lässt sich eine Menge Geld machen.« Sie hielt den Asservatenbeutel hoch. »Mit dem Halsband hast du vermutlich recht. Es sieht tatsächlich wie ein SM-Spielzeug aus. Wenn du mir ein Foto mitgibst, frage ich meine Kollegin.«

25

Regina starrte auf die kleine Geschenkschachtel in ihrer Hand. Darin lagen keine Pralinen, wie sie vermutet hatte, sondern kugelrunde Grüntee-Knospen. Der Absender hatte nur ein Kärtchen mit seinem Namen beigelegt: Joe Walker.

Der Bildschirmschoner ihres Computers schaltete sich ein. Regina betrachtete die vorbeifliegenden Mäuse und fragte sich, warum sie keine Freude empfand. Es war lange her, seit ein Mann um sie geworben hatte. Nicht dass sie an Joe Walker interessiert gewesen wäre, denn Cavalli war trotz seiner Abwesenheit viel zu präsent; doch sie hätte sich zumindest geschmeichelt fühlen können. Stattdessen empfand sie nur Misstrauen. Sie stand auf, um die Pflanzen zu gießen. In der Toilette, wo sie die Gießkanne mit Wasser füllte, betrachtete sie sich im Spiegel. Feine Fältchen hatten sich an ihrer Oberlippe gebildet, davon lenkte auch der Lippenstift nicht ab. Ihre Stirn war auch nicht mehr glatt, die hellen Haare wirkten trotz regelmäßiger Kurpackungen spröde. Zwar ließen die Sommersprossen sie jünger erscheinen, als sie war, doch sie täuschten nicht darüber hinweg, dass sie die vierzig überschritten hatte. Kam es ihr deshalb so unwahrscheinlich vor, dass sich Joe Walker von ihr angezogen fühlte?

Sie kehrte in ihr Büro zurück. Die Erde in den Töpfen war trocken. Am gestrigen Sonntag hatte erstmals seit Langem die Sonne geschienen. Obwohl sich bereits wieder dicke Regenwolken über Zürich bildeten, konnte Regina die Wärme auf der Haut noch immer spüren. Chris und Debbie hatten sich spontan zu einem Besuch angemeldet, nach einem gemeinsamen Brunch hatten sie zu viert einen Ausflug in den Zoo unternommen. Regina hatte Lily schon lange nicht mehr so glücklich erlebt. Chris hatte sie auf den Schultern getragen, damit sie die Tiere besser sehen konnte, anschließend war sie in seinen Armen eingeschlafen. Wie rührend der junge Mann sich um seine Tochter kümmere, hörte sie eine Zoobesucherin sagen.

Später erzählte Chris, er habe die Bedeutung von Sassafras nachgeschlagen. Die Worte seiner Urgroßmutter gingen ihm genauso wenig aus dem Kopf wie Regina. Er hatte gelesen, dass die Rinde des Baums als entzündungshemmend galt. Ob sie andeuten wollte, Cavalli sei verletzt? Da der Baum im März blühe, müsse eine Botschaft hinter der Aussage stecken, meinte er.

»Noch liegt Schnee am Clingmans Dome, und der Sassafrasbaum blüht nicht«, hatte Regina gemurmelt.

»Tsi'skwa hat schon immer ein großes Bedürfnis nach Freiheit gehabt«, fügte Chris hinzu. »Tsi'skwa bedeutet Vogel, auf Englisch bird. Es gibt eine Gemeinschaft von Cherokees, die außerhalb des Reservats lebt, die sogenannte Snowbird Community. Vielleicht wollte uns June sagen, dass er sich dort aufhält?«

»Und dass er verletzt ist?«

Chris hatte einen Grashalm abgerupft und sich zwischen die Lippen gesteckt. »Was meinst du, soll ich hinfahren? Ich habe erst eine Woche Ferien bezogen dieses Jahr.«

Regina hatte sich die gleiche Frage auch schon gestellt. Sie war zum Schluss gekommen, dass Cavalli nicht leichtsinnig den Kontakt abgebrochen hatte. Auch dafür, dass seine Großmutter in Rätseln sprach, musste es einen Grund geben. Vielleicht war er in Gefahr. Oder er versuchte, sie, Lily und Chris zu beschützen. Hatte er bei seinen Ermittlungen in ein Wespennest gestochen? Ihn zu suchen könnte seine Lage womöglich verschlimmern.

Nina Dietz kam ins Büro. »Es ist ein Fax aus Deutschland eingetroffen«, sagte sie und reichte Regina die Seiten.

Regina stellte die Gießkanne auf den Fenstersims und setzte sich.

Klemens und Gabriele Kienast waren am Samstag, 4. Mai, um 16.15 Uhr mit der Swiss von Zürich nach Frankfurt geflogen, wo sie planmäßig um 17.20 Uhr landeten. Um 18.20 Uhr trafen sie im achtzehn Kilometer entfernten »Frankfurter Hof« am Kaiserplatz ein. Eine Stunde später verließen sie das Hotel, um in der »Villa Merton« am Leonhardsbrunn zu essen. Das hatte nicht nur Kienasts Geschäftspartner bestätigt, sondern auch ein Kellner, der sich an Klemens Kienast erinnerte, weil er seinen Aal mit Holunderblüten, aber ohne Meerrettich bestellt hatte.

Etwa um halb elf kehrten die Kienasts ins Hotel zurück. Doch sie gingen nicht zu Bett, wie Klemens Kienast angegeben hatte. Regina entnahm dem Fax, dass sie das Hotel eine halbe Stunde später erneut verlassen hatten. Sie richtete sich auf.

Der Portier hatte ausgesagt, Klemens und Gabriele seien in ein Taxi gestiegen und weggefahren. Ihre Rückkehr hatte er nicht mehr erlebt, da seine Schicht um Mitternacht zu Ende gegangen war. Erst der Zimmerservice erinnerte sich an das Ehepaar. Um neun Uhr bestellten sie Frühstück. Den Rückflug traten sie wie angegeben um 14.20 Uhr an. Um 15.10 Uhr landeten sie in Zürich-Kloten.

Regina griff zum Telefon und wählte die Nummer des Staatsanwalts, der auf ihr Rechtshilfeersuchen hin die Hotelangestellten in Frankfurt hatte befragen lassen. Dank des Abkommens zwischen der Schweiz und Deutschland war die Zusammenarbeit unkompliziert. Als Regina erfuhr, dass der Staatsanwalt außer Haus war, schrieb sie eine Mail, in der sie ihn bat, den Taxifahrer ausfindig zu machen. Sie wollte wissen, wohin Klemens und Gabriele Kienast gefahren waren. Laut Routenplaner war es möglich, die vierhundertvier

Kilometer nach Zürich in drei Stunden und achtundfünfzig Minuten zurückzulegen.

Nina Dietz kam erneut herein und legte ihr einen Stapel Post auf den Schreibtisch. »Pilecki hat nach dir gefragt, als du am Telefon warst«, sagte sie. »Er bittet dich zurückzurufen.«

Regina wählte seine Nummer.

Pilecki kam gleich zur Sache. »Ich habe Neuigkeiten. Es geht um das Halsband, das Kienast getragen hat. Alles deutet darauf hin, dass es sich um ein BDSM-Instrument handelt.« Er erzählte von seinem Gespräch mit Irina und von deren Schlussfolgerungen.

»BDSM?«, wiederholte Regina.

»Der Sammelbegriff für Bondage und Disziplin, Domination und Submission, Sadismus und Masochismus.«

»Dann gehörte das Halsband gar nicht zur Grillvorrichtung?«

»Sieht nicht danach aus. Beim BDSM symbolisieren Halsbänder die Bereitschaft zur Unterwerfung. Je nach Bedeutung können sie unterschiedlich ausgestattet sein, zum Beispiel mit O-Ringen oder D-Ringen. O-Ringe deuten auf die Rolle des Trägers hin, also ob er sich unterwirft oder dominiert. D-Ringe hingegen sind meist rein funktional. Sie können als Befestigungsmöglichkeit dienen oder einen anderen Zweck erfüllen. Moritz Kienast trug ein Halsband mit einem D-Ring. Ein identisches Produkt ist bei ›geilundboese.de‹ zu finden. Wir brauchen die Kundendaten. Die Firma hat ihren Sitz in Berlin. Kannst du dich darum kümmern?«

Regina notierte die Angaben. »Willst du andeuten, Moritz Kienast habe sich in der SM-Szene bewegt?«

»Ist das so unvorstellbar?«, fragte Pilecki.

»Eigentlich nicht«, gab Regina zu. »Doch etwas passt nicht. Ich hatte vor einem Jahr einen Erstickungsfall in einem Darkroom. Die Beteiligten wiederholten immer wieder, es sei ein

Unfall gewesen. Sie wurden nicht müde zu erklären, dass SM-Handlungen gegenseitiges Einverständnis voraussetzten. Alle drei hatten sich freiwillig in das Machtgefälle begeben.«

»SSC«, sagte Pilecki. »Safe, sane and consensual. Damit grenzt sich BDSM von Gewaltmissbrauch und Verbrechen gegen die sexuelle Selbstbestimmung ab.«

»Dann glaubst du tatsächlich, Moritz Kienast habe sich freiwillig aufspießen lassen? So weit würde kaum jemand gehen.«

»Erinnerst du dich an den Kopf-Koch von Mariendorf? Ein deutscher Fall. Das Opfer ließ sich ans Bett fesseln und Mund und Nase zukleben. Es starb. Den Kopf bewahrte der Täter in einem Kochtopf auf. Er wurde bloß zu drei Jahren und drei Monaten verurteilt, weil das Opfer mit der Behandlung einverstanden war.«

»Er nahm den Tod in Kauf«, widersprach Regina. »Er wollte ihn aber nicht. Das ist nicht das Gleiche.«

»Dann der Kannibalen-Fall. Ich weiß die Details nicht mehr, nur, dass das Opfer ein Inserat aufgegeben hatte, in dem es einen Kannibalen suchte, der bereit war, es zu töten und zu essen.«

»Das passt nicht zu Moritz Kienast.« Kaum hatte Regina die Worte ausgesprochen, merkte sie, wie leer sie waren. Wer wusste schon, was im Innern eines Menschen wirklich vorging? Oder welche geheimen Fantasien er hegte? Sie hatte sich auch nicht vorstellen können, dass eine Mutter aus Eifersucht ihr eigenes Kind tötete oder einem Vater die Familienehre wichtiger war als seine Tochter. Doch genau das hatte sie erlebt. Sie versprach, sich sofort um das Rechtshilfeersuchen zu kümmern.

Endlich kam Bewegung in den Fall. Als Pilecki am Nachmittag erneut anrief, um mitzuteilen, dass die Bilder der Überwachungskamera ausgewertet waren, glaubte Regina, sie könnte demnächst einen Vorführungsbefehl ausstellen. Doch zwischen den Verdächtigen und den Personen, die sich von 17 Uhr bis 17.30 Uhr in der Schalterhalle der Post aufgehalten hatten, gab es keine Übereinstimmung. Pilecki versprach, ihr die Aufnahmen der Anwesenden zukommen zu lassen.

»Neuigkeiten?«, wollte Landolt wissen, kaum hatte sie aufgelegt.

Regina fragte sich, woher er immer wusste, wann Pilecki anrief. »Nein«, antwortete sie knapp. Als er keine Anstalten machte zu gehen, fasste sie die aktuellen Entwicklungen zusammen.

Landolt hörte mit bekümmerter Miene zu. »Davon darf kein Wort an die Öffentlichkeit gelangen!«

»Sadomaso ist längst salonfähig geworden.«

»Nicht in allen Kreisen«, widersprach Landolt. »Es geht hier um den Ruf eines Kantonsrats. Die Umstände seines Todes sind skandalös! Seine ganze Familie leidet darunter.«

Du denkst nicht an die Familie, dachte Regina, sondern einzig und allein an Klemens Kienast. Jede Maßnahme, die sie ergriff, endete in einer Sackgasse, sobald sie Klemens Kienast tangierte. Deshalb erstaunte es sie nicht, als Landolt anschließend vorschlug, selbst mit den Kollegen in Deutschland Kontakt aufzunehmen. Regina schüttelte entschlossen den Kopf. Sie fragte sich, ob Landolt unter Druck gesetzt wurde. Von der Oberstaatsanwaltschaft? Dem Justizdirektor? Wie weit reichte Kienasts Einfluss?

»Ich werde vorsichtig sein«, versprach sie. »Wenn du mich jetzt entschuldigen würdest, ich muss noch einen Anruf erledigen.«

Nachdem Landolt gegangen war, wählte sie Fahrnis Nummer. Er hatte das Telefon aufs Handy umgeleitet. Regina hörte im Hintergrund Stimmen. Sie fragte, ob sie störe.

»Nein, ich war gerade bei Pius Steffen. Er hat mir einige spannende Ideen und Projekte vorgestellt.«

Es dauerte einen Moment, bis sich Regina erinnerte, dass Pius Steffen der Architekt war, den Moritz Kienast als Berater hinzugezogen hatte.

»Jetzt dreht sich hier natürlich alles um die Kantonsschule.«

»Welche Kantonsschule?«

»Hast du nichts davon gehört? Am Zürichsee soll eine zusätzliche Kantonsschule entstehen. Die Baudirektorin hat das Fabrikareal in Uetikon ins Spiel gebracht. Nun hat der Gemeinderat eine Bewerbung eingereicht. Die Konkurrenz ist groß. Mehrere Gemeinden haben auch Vorschläge unterbreitet. Eine Kantonsschule hat schließlich viele Vorteile.«

Besonders für Uetikon, dachte Regina. Wenn der Kanton auf dem Areal ein Gymnasium baut, wird er sich vermutlich selbst um die Entsorgung der Altlasten kümmern. Der öffentliche Zugang zum See wäre ebenfalls gewährleistet. Moritz Kienast hätte sich gefreut. Nicht so Klemens.

»Weiß Steffen etwas über die Interessen von ›Kienast Immobilien‹?«

»Er meint, es sei bekannt, dass Gemeinderat Richard Dalcher immer ein gutes Wort für seine Freunde einlege. Doch die Pläne waren noch nicht so weit gediehen, dass Namen fielen. Ich denke, wir können trotzdem davon ausgehen, dass Kienast sich eine goldene Nase verdient hätte, wenn er die Luxuswohnungen hätte bauen können. Stattdessen hat er jetzt einen weiteren Rückschlag erlitten.«

Das hatte Regina gelesen. Das Verwaltungsgericht hatte die Beschwerde des Zürcher Heimatschutzes gutgeheißen. Die Bauten im Westen der Halbinsel Giessen blieben im Inventar der kunst- und kulturhistorischen Schutzobjekte. Auch die Aufhebung der Baubewilligung wurde bestätigt. Für Klemens Kienast wurde es langsam eng. Regina dachte an Pileckis Informationen: Wenn Klemens seinen Bruder für die Pechsträhne verantwortlich machte, würde er ihn möglicherweise nicht nur aus dem Weg räumen wollen, sondern auch dafür sorgen, dass er für den Schaden, den er angerichtet hatte, büßen musste. Pilecki hatte behauptet, das Video von Moritz Kienasts Tod lasse sich auf dem Schwarzmarkt teuer verkaufen. Plötzlich erinnerte sich Regina an den Grund ihres Anrufs.

»Hast du abklären können, wo sich Klemens Kienast am 19. April befand?«, fragte sie.

»Auf dem Lindenhof«, antwortete Fahrni prompt. »Im Tempel.«

»Wie bitte?«

»Dort treffen sich die Freimaurer zu Ritualen.«

»Klemens Kienast ist Mitglied einer Zürcher Loge?«, fragte Regina verblüfft.

»Warum erstaunt dich das?«

Regina wusste nicht viel über die Bruderschaft, außer dass die Verschwörungstheorien, die sich um sie rankten, wenig mit der Realität zu tun hatten. Sie hatte einmal gelesen, die Mitglieder verbinde ethische Vorstellungen wie Toleranz, Humanismus und Demokratie. Werte, die sie nicht unbedingt mit Klemens Kienast in Verbindung brachte. Genauso wenig wie das Ziel der Freimaurer, sich selbst und die Welt zu verbessern.

»Ist die Mitgliedschaft nicht geheim?«, fragte Regina.

»Ein Freimaurer darf erzählen, dass er einer Loge angehört, er darf andere aber nicht outen.«

»Woher weißt du über Klemens Kienast Bescheid?«

»Er hat es mir gesagt.«

»Du hast mit ihm gesprochen?«, fragte Regina scharf.

»Er hat mich angerufen. Von sich aus. Der Meister des Stuhls – quasi der Vereinspräsident – hat seine Angaben bestätigt.«

»Und das erfahre ich erst jetzt?«

Fahrni ignorierte ihren vorwurfsvollen Ton. »Ich wollte die Bestätigung des Meisters abwarten. Ich habe ihn erst vor einer Stunde erreicht.«

Regina begriff nicht, warum sich Klemens Kienast ohne Aufforderung bei Fahrni gemeldet hatte. Er konnte schließlich nicht wissen, dass sie sein Alibi überprüften. Oder doch? Wo überall hatte er Freunde? »Ich wüsste gerne, wer sonst noch Mitglied seiner Loge ist«, sagte sie.

»Ich auch«, gestand Fahrni. »Aber das wird schwierig. Ich habe nach einer Mitgliederliste gefragt. Keine Chance. Die Geheimhaltung hat eine lange Tradition. Sie reicht in eine Zeit zurück, in der die Freimaurer verfolgt wurden.«

»Die liegt aber sehr lange zurück«, gab Regina zu bedenken.

»So lange auch wieder nicht«, widersprach Fahrni. »In der Schweiz wurde noch 1937 eine Initiative lanciert, um Logen zu verbieten. Einige Brüder von damals sind heute noch dabei. Vermutlich ist das aber nicht der wahre Grund für die Verschwiegenheit. Man will einfach unter sich bleiben.«

Regina bedankte sich und legte auf. Dass Klemens Kienast ein Alibi hatte für den Zeitpunkt, als sein Bruder verschwand, erstaunte sie nicht. Im Gegenteil. Die Drecksarbeit würde er kaum selbst erledigen. Doch warum hatte er sich ausgerechnet jetzt bei Fahrni gemeldet? Und woher wusste er, dass Fahrni der zuständige Sachbearbeiter war? Weil er dabei gewesen war, als sie Dorothee die Umstände von Moritz' Tod erläutert hatte? Oder hatte sich herumgesprochen, dass Fahrni Fragen stellte? Vielleicht hatten die Fußballkollegen Klemens Kienast gewarnt. Regina wickelte eine Locke um den Finger. Die Spieße in diesem Kampf waren eindeutig nicht gleich lang. Sie schauderte, als ihr die Bedeutung der Metapher bewusst wurde.

26

Kristian Stanic' Lider senkten sich über seine dunklen Augen. Als sie sich wieder hoben, war sein Blick nicht mehr auf den Bildschirm gerichtet, sondern auf Vera Haas. Sie fragte sich, ob er so langsam dachte, wie er sich bewegte. Ungeduldig trommelte sie mit den Fingern auf den Schreibtisch.

»Eine Erklärung, Kristian«, wiederholte sie. »Ich brauche eine Erklärung! Warum verlaufen gleich mehrere Linien zu dieser Telefonnummer?« Sie berührte den Bildschirm.

»Weil die Nummer von vier verschiedenen Anschlüssen aus gewählt wurde. Am 8. April vom Festnetz der Kienasts und von Dorothees Handy, an den beiden folgenden Tagen einmal vom Ingenieurbüro und zweimal von Moritz' Handy aus.«

»Und wem gehört die Nummer?« Haas stützte die Hände in die Seiten. »Oder ist das ein Geheimnis?«

Stanic betrachtete sie schweigend. Schließlich zeigte er auf eine Legende, die er unterhalb der Grafik platziert hatte.

Seufzend beugte sich Haas vor. »Anna Kienast«, las sie. »Soll das ein Witz sein? Es ist wohl normal, dass Eltern ihr Kind anrufen!«

»Ich habe nie etwas anderes behauptet.«

Haas verdrehte die Augen. Warum einfach, wenn es auch kompliziert geht, dachte sie. Wie sollte ihr die bildliche Darstellung aller eingehenden und ausgehenden Anrufe weiterhelfen? Dass sie Stanic die Würmer aus der Nase ziehen musste, machte die Sache auch nicht einfacher. Zugegeben, sie war frustriert. Tagelang hatte sie Telefonnummern, Adressen und Namen verglichen. Keiner der Subaru-Halter tauchte in Stanic' Grafik auf. Keiner stand in Beziehung zu Moritz Kienast, seiner Familie, seinem Ingenieurbüro oder seinen politischen Mandaten. Die Halter, die in der Nähe von Bonstetten wohnten, hatte sie genauer unter die Lupe genommen, doch es waren einfach zu viele, als dass sie aus den Informationen Schlüsse hätte ziehen können. In den amerikanischen Fernsehserien brauchten die Ermittler nur ein paar Stichworte in eine Datenbank einzugeben, und schon erschien auf dem Bildschirm ein Foto des Täters. Sie aber musste sich mit dieser nutzlosen Ansammlung von Linien zufriedengeben.

»Wozu die ganze Arbeit?«, fragte Haas. »Die Darstellung sagt überhaupt nichts aus!«

Stanic betrachtete sie lange. »Im Laufe der Ermittlung werden weitere Telefonnummern dazukommen. Den Überblick zu behalten wird nicht leicht sein. Listen sind schwer auszuwerten. Eine Grafik erlaubt es dir, Verbindungen zwischen den Informationen zu erkennen. Ich kann die Anrufe nach Datum, Uhrzeit, Anrufer oder Empfänger sortieren. Ich kann die Darstellung auf bestimmte geografische Gebiete beschränken. Willst du zum Beispiel wissen, mit wem Kienast länger als eine Viertelstunde gesprochen hat?« Er gab einige Begriffe ein, und die Darstellung veränderte sich.

»Ich möchte lieber wissen, ob einer der Anrufer einen roten Subaru fährt! Oder ob bei ihm zu Hause ein Kachelofen steht! Wenn ich jeden einzelnen Fahrer überprüfen muss, bin ich wochenlang mit nichts anderem beschäftigt!«

»Willkommen bei der Polizei«, sagte Stanic lakonisch.

Vera stapfte aus dem Raum und kehrte in ihr Büro zurück. Sie brauchte dringend etwas zu essen. Und zwar etwas mit einem hohen glykämischen Index. Seit zehn Tagen kämpfte sie sich durch die South-Beach-Diät, um rechtzeitig vor dem Sommer die Fettpolster auf Hüften und Oberschenkeln loszuwerden. Im Gegensatz zu anderen kohlenhydratreduzierten Diäten sei die South-Beach-Diät weniger streng, hatte sie in einer Frauenzeitschrift gelesen. Kohlenhydrate waren erlaubt, bloß solche mit hohem glykämischem Index nicht.

Haas schnaubte. Sie durfte weder Backwaren, Reis, Nudeln, Kartoffeln, Zucker noch Früchte- und Gemüsesorten mit einem hohen Zuckeranteil essen. Genau genommen also gar nichts. Zumindest nichts, was ihr schmeckte und ihren Hunger stillte. Zwar hatte sie bereits drei Kilogramm abgenommen, dafür knurrte ihr Magen ständig.

Ein Blick in ihre Schreibtischschublade bestätigte, was sie ohnehin wusste: Es befand sich nichts Essbares darin. Haas stand auf und ging zu Fahrnis Arbeitsplatz. Er hortete so viele Vorräte, dass es ihm bestimmt nicht auffiel, wenn der eine oder andere Schokoriegel fehlte. Sie hatte gerade ein Fünferpack Ragusa unter einer Handvoll Gummibärchen entdeckt, als jemand in der Tür mit der Zunge schnalzte.

»In flagranti ertappt«, sagte Martin Angst.

Haas zog die Hand zurück. »Wie wär es mit anklopfen?«, schnauzte sie.

»Wie heißt die Diät dieses Mal?«, fragte ihr Ex-Freund.

Sie warf ein Gummibärchen nach ihm. Er fing es auf und steckte es sich in den Mund.

»Unterschätz Tobias nicht«, warnte Angst. »Er weiß ganz genau, was sich in seiner Schublade befindet.«

»Er wird wohl nicht merken, wenn ein einziges Ragusa fehlt«, sagte Haas und wickelte den Schokoriegel aus der Folie.

»Pass bloß auf, er hat schon vergiftete Pralinen gelagert.«

Haas hatte die Geschichte mehrmals gehört. »Das waren Beweismittel«, sagte sie. »Selbst schuld, wenn er sie isst.« Sie schloss die Augen, als die Schokolade auf ihrer Zunge schmolz. Als sie sie wieder öffnete, war Angst immer noch da. »Bist du nur gekommen, um an mir herumzunörgeln, oder gibt es einen anderen Grund? Ich habe eine Menge Arbeit.«

»Ich weiß«, erwiderte Angst. »Und ich habe etwas, das dich freuen wird.« Er legte ein Blatt Papier vor sie hin. »Das ist ein Foto des Achtzahn-Kettenrads, das du suchst.«

Haas starrte auf das Blatt. »Ich bin noch nicht dazu gekommen, mich mit dem Grill zu befassen.«

»Umso besser. Denn mir ist es gelungen, die Aufprägung auf der Nabe sichtbar zu machen. Schau, da steht ›RHI&‹. Das letzte Zeichen ist nicht lesbar, aber es muss sich um ein ›A‹ handeln, denn es gibt eine deutsche Firma mit dem Namen ›Rhia‹, die genau dieses Modell verkauft. Du findest es auf der Homepage. Das Achtzahn-Simplexkettenrad ist das kleinste der Kettenräder, die Artikelnummer lautet KR06B-1-Z008.« Er legte ein weiteres Blatt vor sie hin. »Das hier sind die Angaben einer Firma, die Quadratrohre verkauft. Ich habe mich gefragt, warum der Täter brünierte Rohre verwendet hat. Bei Taubmann & Co. gibt es die Dreißiger mit einer Wandstärke von drei Millimetern nur brüniert, nicht blank. Gut möglich, dass der Täter sie also von dort hat. Wenn ja, musste er vermutlich Sechsmeterstangen kaufen, zugeschnitten werden sie für Privatkunden nicht. Du brauchst also nur zum Hörer zu greifen und abzuklären, wie der Kunde heißt. Mit etwas Glück hat derselbe Kunde sowohl das Kettenrad als auch die Quadratrohre gekauft. Was das bedeutet, muss ich dir nicht erklären.«

Haas sprang auf und umarmte ihn. Grinsend verließ Angst das Büro. Haas wählte die Nummer der Firma »Rhia«. Ihre Enttäuschung war groß, als sich die Sachbearbeiterin am anderen Ende weigerte, Kundendaten herauszugeben. Auch bei »Taubmann & Co.« hatte sie kein Glück. Schließlich blieb ihr nichts anderes übrig, als Regina zu bitten, sich rechtshilfeweise darum zu kümmern. Inzwischen war Fahrni zurückgekehrt.

»Wir haben uns doch gefragt, warum Moritz Kienast und nicht der Präsident von ›Rives publiques‹ getötet wurde«, sagte er und setzte sich an seinen Schreibtisch.

»Du hast dich das gefragt«, stellte Haas klar. »Ich bezweifle, dass der Täter unter den Seeuferweg-Gegnern zu finden ist.«

»Ich glaube, ich habe die Antwort«, fuhr Fahrni unbeirrt fort. »Wer immer sich über Moritz Kienasts Aktivitäten geärgert hat, ist persönlich von den Auswirkungen betroffen. Wenn es ihm nur um die Idee als solche gegangen wäre, hätte er ›Rives publiques‹ ins Visier genommen. Die befassen sich mit der Grundsatzfrage, wem die Seen gehören – und zwar für die ganze Schweiz. Moritz Kienast hingegen hat ganz konkret für einen Uferweg am Zürichsee gekämpft.«

»Das wissen wir alles schon längst.«

»Ich bin noch nicht fertig. ›Erkenne dich selbst und werde, wer du bist.‹ Das ist ein Grundsatz der Freimaurer. Sie versuchen, im Menschen einen Wandlungs- und Reifeprozess in Gang zu setzen, denn sie glauben, dass der Einzelne die Welt am besten verändern kann, wenn er bei sich selbst beginnt. Gleichzeitig sind Freimaurer dazu angehalten, sich für Menschenrechte und Menschenwürde einzusetzen. Andersdenkende werden nicht verfolgt.«

»Komm endlich auf den Punkt«, bat Haas.

Fahrni schaute zum Fenster hinaus. »Die Mitglieder des Vereins ›Fair‹ stören sich grundsätzlich an der Vorstellung, dass die Seeufer allen gehören. Genauso die Liberalen. Ihnen fehlt der persönliche Bezug zum Thema. Es geht um die Idee als solche. Deshalb hätten sie sich eher am Präsidenten von ›Rives publiques‹ gerächt als an Moritz Kienast. Das ist die erste Erkenntnis. Zugegeben, das hilft uns nicht weiter, da wir keinen konkreten Verdacht gegen ein Mitglied von ›Fair‹ oder der Liberalen hegen. Die zweite Erkenntnis hingegen ist wichtig. Sie betrifft Klemens Kienast. Sowohl als Seeanrainer als auch als Bruder von Moritz hat er einen persönlichen Bezug zum Thema. Aber einen Menschen zu töten verstieße gegen alles, woran er als Freimaurer glaubt.«

»Vorgibt zu glauben«, korrigierte Haas.

Fahrni sah sie an. »Für Freimaurer gibt es drei Kardinaltugenden: Justitia, Moderatio und Sapientia. Gerechtigkeit, Mäßigung und Weisheit.«

»Justitia kannst du schon mal streichen«, unterbrach Haas. »Klemens Kienast hat die Bilanz seines Unternehmens manipuliert.«

»Man hat ihm nichts nachweisen können«, widersprach er.

»Natürlich nicht. Das bedeutet nicht, dass er unschuldig ist.«

Fahrni gestikulierte eifrig. »Um Moritz zu töten, hätte er die Grundsätze der Freimaurer verletzen müssen! Vielleicht hat er ihm den Tod gewünscht, doch ich glaube nicht, dass er seine Fantasien in die Tat umgesetzt hat.«

Haas schnitt eine Grimasse. »Du gehst davon aus, dass er aus Überzeugung einer Loge beigetreten ist. Wenn er dort nur sein Beziehungsnetz erweitern wollte?«

»Dann wäre er Rotarier geworden.« Fahrni öffnete seine Schreibtischschublade.

Haas schüttelte den Kopf. »Ich verstehe nicht, wie du nach über einem Jahrzehnt bei der Kripo immer noch eine so hohe Meinung von Menschen haben kannst.«

Fahrni blinzelte, als traue er seinen Augen nicht. »Jemand hat mir ein Ragusa aus der Schublade geklaut!«

Fahrnis Argumente überzeugten Regina nicht. Sie hatte zu viele Menschen gesehen, die gegen ihre Grundsätze verstießen, sobald ihre eigenen Interessen tangiert waren. Vielleicht entsprang ihre Skepsis aber auch nur dem Wunsch, am einzigen Verdächtigen festzuhalten, den sie im Moment hatten. Alle anderen Namen, die Pilecki auf das White Board in der Kripoleitstelle geschrieben hatte, waren durchgestrichen. Jörg und Peter Staub hatten für die Brandnacht zwar kein überzeugendes Alibi, doch den Abend des 19. April hatte Peter Staub wie jeden Freitag am Stammtisch im »Löwen« verbracht, was mehrere Anwesende bestätigen konnten. Dass sein 79-jähriger Vater in dieser Zeit nach Zürich gefahren war und Kienast allein überwältigt hatte, erschien höchst unwahrscheinlich.

Pilecki legte den Stift hin und sah in die Runde. Er hatte die Sitzung einberufen, um Ideen auszutauschen, während sie auf die Resultate aus Deutschland warteten. Er wollte verhindern, dass sie andere Spuren außer Acht ließen, doch wie Gurtner eingangs festgestellt hatte: Es gab keine anderen Spuren.

»Eigentlich ist das die wichtigste Spur überhaupt«, sagte Fahrni nachdenklich.

»Was, dass es keine Spur gibt?«, fragte Haas zynisch.

Fahrni nickte. »Das sagt uns, dass Kienast seinen Mörder nicht kannte.«

»Die allerschwierigsten Fälle sind diejenigen, bei denen keine Verbindung zwischen Opfer und Täter besteht«, stellte Pilecki fest.

»Es sind auch die seltensten«, gab Regina zu bedenken.

Gurtner ballte die Hand zur Faust. »Es muss etwas geben! Der Täter hat wohl kaum an Kienasts Tür geklingelt, ohne zu wissen, wer dort wohnte.«

»Warum nicht?«, fragte Pilecki. »Er wäre nicht der Erste, der wahllos ein Opfer überfällt.«

»Nichts deutet auf einen vereitelten Raubüberfall hin«, widersprach Regina. »Die Tat war sorgfältig geplant. Wir können davon ausgehen, dass der Täter wusste, wer sich am Abend des 19. April im Haus befand. Vermutlich war er es, der angerufen hat.«

»Ich teile Reginas Meinung«, sagte Walker. »Obwohl ich nicht unbedingt von ›sorgfältig‹ sprechen würde. Der

Zeitpunkt barg durchaus gewisse Risiken. Schließlich bestand die Gefahr, dass die Ehefrau früher zurückkehrte. Ich denke, der Täter war gezwungen zu warten, bis der Nachbar seinen Hund spazieren führte.« Er sah Regina an.

Sie mied seinen Blick. Sie hatte sich noch nicht für den Tee bedankt. Etwas in ihr sträubte sich dagegen. Am liebsten hätte sie ihm das Geschenk zurückgegeben; zuerst wollte sie sich aber klar werden, woher ihr Misstrauen ihm gegenüber stammte. Dass sie Walker bei der Sitzung sehen würde, hatte sie nicht erwartet. Er hatte erklärt, er wolle auf dem Laufenden sein, um sofort handeln zu können, sollte eine Observation angeordnet werden. Seine Absicht war leicht zu durchschauen, genauso sein Versuch, einen Platz neben ihr zu ergattern.

»Wenn wir bei der Idee bleiben, dass die Täter zu zweit waren, dürften wir eigentlich keinen der Namen streichen«, sagte Haas und deutete auf das White Board. »Sie alle könnten Komplizen gehabt haben.«

»Niemand auf der Liste fährt einen Subaru, niemand hat zu Hause Buchenholz, niemand verkehrt in der Sadomaso-Szene, und verdammt«, Gurtners Pranke prallte auf den Tisch, »niemand hat ein überzeugendes Motiv! Diese Tat ist eine absolute Schweinerei. Ja, Oskar Zellweger war verärgert. Der Alte hat aber mit seinem Brief Dampf abgelassen. Und der Geissenpeter oben auf dem Albis hat genug zu tun mit seinem Hof. Für Grillpartys bleibt ihm keine Zeit. Der steht um sechs Uhr im Stall und schuftet bis in die Nacht. Die Waldhütte war nicht einmal versichert! Was den Möchtegern-Rocker von nebenan betrifft: Der reißt zwar das Maul auf, doch er hat das Herz auf dem rechten Fleck. Habt ihr gehört, wie er über seine Gerda …«

»Gertrud«, korrigierte Fahrni.

»Gertrud, Greta, wie auch immer!« Gurtners Kopf war rot. »Habt ihr gehört, wie er über diesen Hund spricht? Und dann pflegt er noch seine alte Mutter! Das ist kein Zuckerschlecken.« Die anschließende Stille im Raum wog schwer. Gurtner wusste, wovon er sprach.

»Vielleicht seid ihr einfach zu nahe dran«, sagte Walker. »Ihr dreht euch im Kreis. Was ist mit der Sadomaso-Spur?«

»Kalt«, sagte Pilecki. »Moritz Kienast hat keinen Club im Umkreis von einhundert Kilometern besucht.«

»Vielleicht hat er sich gut getarnt.«

»Ist man in einem Sadomaso-Club nicht nackt?«, fragte Fahrni.

Pilecki ging nicht darauf ein. »Habe ich alles abgeklärt. Glaub mir, wenn Moritz Kienast auch nur einen Fuß in einen SM-Club gesetzt hätte, wüsste ich es.«

»Nützlich, deine Kontakte«, meinte Walker.

»Möglich wäre einzig«, fuhr Pilecki fort, »dass er sich außerhalb der offiziellen Szene mit jemandem in einem privaten Dungeon traf. Ich wüsste aber nicht wie. Sein Terminkalender war so voll, ihm fehlte schlicht die Zeit. Wir haben alle seine Bewegungen überprüft. Er ließ keine Sitzungen ausfallen, verspätete sich nie, tauchte nirgends unerwartet auf.«

»Außer in Zollikon mit einem Gummiboot«, korrigierte Fahrni.

Der kollektive Seufzer wurde von einem Klopfen übertönt. Fahrni sprang auf und öffnete die Tür. Ein Techniker blickte entschuldigend in die Runde und deutete auf einen Laptop, den er unter dem Arm trug.

»Ich dachte, das würdet ihr sofort sehen wollen«, sagte er.

Reginas Herz begann zu klopfen. »Moritz Kienast?«, fragte sie.

Der Techniker nickte, während er den Laptop an den Beamer anschloss.

»Hat das Schwein den Mord tatsächlich gefilmt?«, stieß Gurtner aus.

»Den Mord nicht, zumindest haben wir noch nichts gefunden. Dafür aber etwas anderes.« Der Techniker löschte die Lichter. Nach ein paar weiteren Klicks erschien ein dunkles, körniges Bild an der Wand. Es dauerte einen Moment, bis Regina begriff, was sie vor sich hatten. Es war ein Käfig. Darin befand sich ein nackter Mann. Seine Haut leuchtete grünlich, vermutlich waren die Aufnahmen mit einem Nachtsichtgerät gemacht worden. Regina traute sich kaum zu atmen. Drei Minuten lang zeigte das Bild den Käfig von Weitem. Der Lage des Mannes nach zu schließen, betrugen Höhe und Breite kaum mehr als einen Meter, die Länge schätzte sie auf etwas mehr. Aber nicht viel. Ab und zu bewegte sich der Mann, als versuche er, eine bequemere Haltung einzunehmen, was unmöglich war. Neben einigen dumpfen Lauten waren nur raspelnde Atemzüge zu hören. Nach drei Minuten wechselte das Bild abrupt. Regina wich zurück, als die Nahaufnahme eines Gesichtes an die Wand projiziert wurde. Sie erkannte die tiefliegenden Augen und das knochige Gesicht sofort wieder.

Fahrni schnappte nach Luft. Moritz Kienast starrte sie beinahe vorwurfsvoll an. Gänsehaut überzog Reginas Körper. Sogar Gurtner war sprachlos. Eine ganze Minute bewegte sich auf dem Bild nichts. Dann begann Kienast zu zittern. Ein Wimmern erfüllte den Raum. Es schwoll langsam an, bis Regina das Bedürfnis hatte, sich die Ohren zuzuhalten. Doch sie war wie gelähmt. Sie konnte keinen Finger rühren. Aus dem Wimmern wurde ein Knurren. Kienast zog die Augenbrauen zusammen, sein Gesicht verzerrte sich. Ein Zucken ging durch seinen Körper. Er warf den Kopf zurück und prallte mit dem Arm gegen das Gitter. »Glaub nur nicht, dass du mich so schnell unterkriegst, du Mistkerl!«, schrie er. »Ich bin stärker, als du denkst!«

Schnitt.

Jetzt lag er zusammengerollt auf der Seite. Schritte waren zu hören. Metall schabte auf Metall. Es schepperte und klirrte. Eine Klappe am Käfig ging auf, und eine Hand tauchte auf. Sie hielt einen Futternapf. Er traf Kienast am Kopf. Kienast wich zurück. Die Hand verschwand. Die Klappe wurde geschlossen. Kienast reckte den Hals. Er steckte die Nase in den Napf, leckte am Inhalt und verzog trotzig das Gesicht.

»Vater!«, rief er.

Im Hintergrund war ein Lachen zu hören.

»Bitte!«, flehte Kienast. »Ich esse alles auf! Ich verspreche es! Vater? Wo bist du? Ich beschwere mich nie mehr übers Essen. Ich weiß, dass sich Mutter Mühe gegeben hat. Gib mir noch eine Chance! Bitte!«

Das Lachen verklang. Eine Tür fiel ins Schloss. Kienast rollte sich wieder zusammen. Langsam wiegte er sich hin und her.

Die Szene gefror, als der Techniker die Pausentaste betätigte. Fahrni sprang auf und eilte aus der Kripoleitstelle. Der Techniker schaltete das Licht ein. Geblendet schloss Regina die Augen.

»Der ganze Film dauert eine Stunde und acht Minuten«, sagte der Techniker mit ernster Miene. »Es geht im gleichen Stil weiter. Ich vermute, dass wir hier die Highlights aus drei Wochen Gefangenschaft vor uns haben. Ich habe selbstverständlich dafür gesorgt, dass der Film sofort vom Netz genommen wurde.«

Drei Wochen in einem Käfig! Übelkeit stieg in Regina auf. Plötzlich kam ihr der fensterlose Raum trotz der offen stehenden Schiebetür in der Mitte viel zu eng vor. Sie fächerte sich Luft zu und versuchte, sich auf die Fakten zu konzentrieren. Es gelang ihr nicht. Unablässig drängte sich ihr die Frage nach dem Warum auf. Was brachte einen Menschen dazu, derart gefühllos zu sein? Cavalli behauptete, das Böse habe schon immer existiert, es sei die Kehrseite des Guten, so wie Nacht und Tag, Schatten und Licht. Regina hatte stets widersprochen. Sie war der Meinung gewesen, die Umgebung forme einen Menschen. Als sie die zusammengerollte Gestalt auf dem Bild betrachtete, war sie sich nicht mehr sicher. Wie konnte jemand Moritz Kienast derart quälen?

Walker brach das Schweigen als Erster. »Kannst du herausfinden, von welchem PC aus der Film hochgeladen wurde?«, fragte er sachlich.

»Die User-Account-Anfragen sind schon unterwegs.« Der Techniker sah zu Regina. »Der Provider wartet nur noch auf grünes Licht.«

»Ich kümmere mich sofort darum«, versprach sie.

»Wenn der Täter ein Internetcafé benutzt hat?«, fragte Haas.

»Dann können wir nur hoffen, dass der Betreiber eine Überwachungskamera installiert hat«, antwortete Walker. »Oder dass der Benutzer mit Kreditkarte bezahlte, was ich stark bezweifle.«

»Und wenn er sich mit einem Laptop über WLAN einloggte?«, bohrte Haas weiter.

»Die IP-Adresse des Gerätes könnten wir in diesem Fall zwar ausfindig machen, ob wir sie aber einem registrierten Privatanschluss zuordnen können, müsste sich zeigen. Ich werde tun, was in meiner Macht steht, auch wenn das bedeutet, mir die IP-Protokolle sämtlicher öffentlicher WLANs geben lassen zu müssen.«

»Danke«, sagte Pilecki. »Hilfreich wären auch Ausdrucke mit Detailaufnahmen des Käfigs, des Hintergrunds, der Hände, die den Futternapf halten …«

»Ein Kollege arbeitet bereits daran«, sagte der Techniker. »Zudem versucht er, die Hintergrundgeräusche zu isolieren. Die Lichtverhältnisse hingegen werden uns nicht weiterhelfen. Der Raum ist fensterlos.«

»Du hast gesagt, ein Video des eigentlichen Mordes sei noch nicht aufgetaucht?«, fragte Regina.

»Im Moment noch nicht, nein. Aber es ist vermutlich nur eine Frage der Zeit«, antwortete der Techniker. »Wenn ihr mich fragt …« Er sah zu Pilecki. Als dieser nickte, fuhr er fort. »Mein Gefühl sagt mir, der Täter konnte der Versuchung nicht widerstehen, er wollte mit dieser Tat einfach prahlen. Ich vermute, deshalb hat er diesen Zusammenschnitt veröffentlicht. Verdient hat er daran nichts. Ich habe das Video auf bestgore.com entdeckt. Jeder kann dort Beiträge hochladen. Pro Monat sehen sich rund 15 Millionen Besucher die Site an. Es ist eine Seite, die Schockvideos und …«

»Wir kennen sie«, unterbrach Pilecki.

»Was ich damit sagen will: Best Gore ist Mainstream. Vermutlich wollte sich der Täter vor möglichst vielen Zuschauern mit dem Video brüsten. Dass er die Aufnahmen der Aufspießung ebenfalls auf Best Gore verbreiten wird, bezweifle ich aber. Das wäre nicht nur heikel, es würde auch einen riesigen Aufruhr verursachen. Außerdem hätte er nichts davon. Finanziell, meine ich. Entweder wird er das Video privat verkaufen, oder er wird es auf einer Seite posten, die in keiner Suchmaschine auftaucht. Wisst ihr etwas über sein Motiv? Ist er bloß an den Einnahmen interessiert, oder turnt ihn Gewalt an?«

Pilecki hob ratlos die Hände.

»Wenn ihn Gewalt erregt, ist er vermutlich Mitglied eines verschworenen Netzwerks«, erklärte der Techniker.

»So wie diese ganzen Pädophilen-Clubs?«, fragte Gurtner.

»Genau. Diese Netzwerke sind schwierig aufzudecken, weil sie ihre Webseiten sehr geschickt programmieren. Erstens sind ihre Adressen so lang, dass sie bis zu zweitausend Zeichen betragen können, zweitens benutzen sie verkürzte Versionen des Hypercodes, also ›htp‹ und nicht ›http‹. Google kann die kryptischen Symbole und Zahlen nicht einordnen. Wenn ihr mehr darüber wissen wollt, schlage ich vor, ihr setzt euch mal mit dem Dienst Sexualdelikte und Kindesschutz zusammen. Aber Vorsicht, dafür braucht man einen starken Magen.« Sein Blick schweifte zu Fahrnis leerem Stuhl. »Ich habe selber einmal dort gearbeitet.«

27

Klemens Kienast stand in seinem Garten. Eine Brise war aufgekommen. Zwei Windsurfer trotzten der Kälte und flitzten jauchzend über den See. Klemens konnte ihre Euphorie nachempfinden, er hatte ein ähnliches Gefühl gehabt, als er das Unternehmen seines Vaters übernommen und ausgebaut hatte. Er war von Erfolg zu Erfolg gebraust, den Blick immer nach vorn gerichtet. Manchmal wünschte er sich, diese Zeit noch einmal erleben zu dürfen, doch das Hochgefühl von damals gehörte endgültig der Vergangenheit an. Seine Träume waren durch Jahresziele ersetzt worden, nicht der Eifer der Jugend trieb ihn an, sondern eiserne Disziplin.

Für einen kurzen Moment beneidete er seinen Bruder. Bis zu seinem Tod hatte Moritz mit Hingabe gekämpft. Aber was hatte ihm sein unüberlegtes Handeln beschert? Nichts als Enttäuschungen. Die größte ist ihm erspart geblieben, dachte Klemens. Das Baurekursgericht hatte beschlossen, dass Seeanrainer kein Fußwegrecht über ihre Grundstücke einräumen mussten. Endlich kündigte sich innerhalb der Baudirektion ein Umschwung an. Es war höchste Zeit, bereits vor Monaten hatte sich der Bund gegen den willkürlichen Umgang der Zürcher mit Konzessionsland ausgesprochen.

Klemens drehte sich um und ließ den Blick über seinen Besitz schweifen. Er selbst war für eine radikale Lösung: Konzessionsverhältnisse gehörten liquidiert, so einfach war das. Sie hatten in einem Rechtsstaat nichts zu suchen. Warum sollten an Konzessionäre höhere Ansprüche gestellt werden als an andere Eigentümer? Das aufgeschüttete Land war längst ins Eigentum der Konzessionäre übergegangen, wer das Gegenteil behauptete, verschloss die Augen vor der Realität. Die Richtlinien der Baudirektion stellten eine Spezialbauordnung dar, die jeglicher gesetzlichen Basis entbehrte. Klemens erwog, einen weiteren Beitrag an den Verein »Fair« zu spenden. Jetzt war Öffentlichkeitsarbeit entscheidend, die Linken würden diese neusten Entwicklungen nicht kampflos hinnehmen.

Eine Gestalt am Fenster des ersten Stocks fiel ihm auf. Es dauerte einen Moment, bis er Dorothee erkannte. Sie war nur noch ein Schatten ihrer selbst. Sie erinnerte ihn an den verlassenen Kokon einer Raupe; aus der Metamorphose, die sie durchgemacht hatte, war jedoch kein Schmetterling hervorgegangen, im Gegenteil. Das Insekt war nicht ausgeflogen, sondern zusammen mit Moritz in Flammen aufgegangen. Zurückgeblieben war eine hauchdünne, zerbrechliche Hülle. Dorothee sah aus, als genüge eine Berührung, um sie zerfallen zu lassen. Klemens dachte an Tagfalter, deren Puppen ohne schützendes Gespinst auskommen mussten. Sie waren so empfindlich, dass sie Feinde nur durch eine gute Tarnung davon abhalten konnten, sie zu fressen.

Dorothee wich seinem Blick nicht aus. Klemens fragte sich, ob sie ihn überhaupt wahrnahm. Was sahen ihre Augen, wenn sie ihn anschauten? Erkannte sie, dass er zäh wie die Puppe eines Kleinen Nachtpfauenauges war? Nur eine Reuse ermöglichte es dem Falter, überhaupt hinauszuschlüpfen. Wünschte sich Dorothee, genauso stark zu sein? Oder sah sie Moritz, wenn sie ihn erblickte? Außenstehende behaupteten oft, Moritz und er glichen sich, was Klemens schon als Kind gestört hatte. Er wollte nicht mit Moritz in Verbindung gebracht werden; schon die Art, wie sein Bruder den Kopf stets leicht geduckt hielt, kam ihm charakterlos vor, als rechne Moritz nicht nur mit dem Schlimmsten, sondern wolle auch noch zeigen, dass er nichts Besseres verdient habe. Er war das beste Beispiel dafür, wie eigene Erwartungen das Schicksal beeinflussten.

Wie anders war doch Klara gewesen. Seine Schwester hatte Zuversicht ausgestrahlt, selbst dann noch, als der Krebs weit fortgeschritten war. Sie hatte bis zum Schluss gekämpft und nie geklagt. Klemens erinnerte sich, wie er an einem heißen Sommertag an ihrem Sterbebett saß. Sie schaute aus dem Fenster, straffte die mageren Schultern und verkündete mit kaum hörbarer Stimme, im Winter werde sie am Silvesterlauf teilnehmen. Am selben Abend war sie gestorben. Klemens hatte sich vorgenommen, die Welt genauso würdevoll zu verlassen, wenn seine Zeit kam.

Nun waren sie alle bis auf ihn gegangen. Er war der einzig verbliebene männliche Kienast. Linas trug zwar seinen Namen, doch in seinen Adern floss das Blut eines Taugenichts. Über ihre Jugendliebe hatte Gabriele nie viel erzählt, Klemens wusste nur, dass der Vater von Linas aus Litauen eingewandert war und im Lager eines Möbelhauses arbeitete. Zu Linas pflegte er keinen Kontakt, diese Bedingung hatte Klemens gestellt, als er den Jungen adoptierte. Als er noch glaubte, er könnte aus seinem Adoptivsohn einen Mann formen, der den Namen Kienast verdiente.

Klemens atmete tief ein. Es fiel ihm schwer, Niederlagen einzustecken, er hatte sich aber vorgenommen, keine Bitterkeit aufkommen zu lassen. Bitterkeit war ein Gift, das sich rasant ausbreitete und alles zerstörte. Klemens hatte gelernt, schlechte Erfahrungen zu isolieren. Wie ein Seidenspinner, der seinen Kokon aus einem einzigen, fünfhundert Meter langen Faden spann, schuf er aus mentalen Fäden eine Kammer, in die er seine Probleme legte. Er nahm sie erst wieder hervor, wenn sie einer Lösung bedurften.

Jetzt war die Zeit gekommen, sich mit Linas zu befassen. Klemens hatte beschlossen, hart durchzugreifen. Wie erwartet war der Junge nach seinem inszenierten Abgang vor einer Woche mit eingezogenem Schwanz zurückgekehrt. Seither stand er unter Hausarrest, die Strafe zeigte jedoch keine Wirkung. Schmollend saß Linas in seinem Zimmer; statt zu lernen, surfte er im Internet. Klemens hatte beschlossen, ihm den Laptop wegzunehmen, wenn er ihn noch einmal auf Facebook statt auf dem Lernportal seiner Schule erwischte. Bis zu den Maturaprüfungen blieben ihm nur wenige Wochen. Wenn er von morgens bis abends lernte, würde er sie vielleicht bestehen.

Klemens betrachtete ein letztes Mal die Windsurfer, dann wandte er sich ab und folgte dem Weg zum Wintergarten. Gabriele lag mit geschlossenen Augen auf der Chaiselongue. Als er die Glastür aufzog, richtete sie sich auf und schenkte ihm ein Lächeln. Obwohl sie nicht klagte, erkannte er an ihrem Blick, dass sie an einer Migräne litt. Er küsste sie auf die Stirn und verschwand im Haus. Vor Linas' Zimmer blieb er stehen und horchte. Kein Geräusch drang aus dem Raum. Klemens klopfte und trat ein, bevor sein Adoptivsohn die Möglichkeit hatte, das Fenster am Bildschirm zu schließen. Er hätte sich die Mühe sparen können. Linas saß mit dem Rücken zur Tür, auf den Ohren riesige Kopfhörer. Klemens betrachtete die blonden Haare, den kräftigen Rücken und die gebräunten Arme, die aus einem T-Shirt ragten, das zweifellos der neusten Mode entsprach. Offenbar fand der Junge Zeit zu trainieren, denn seine Schultern waren breiter, als Klemens sie in Erinnerung hatte. War seine Attraktivität eine der Ursachen für seine Willensschwäche? Vielleicht wurde Linas das Leben wegen seines Äußeren zu leicht gemacht. Menschen tendierten dazu, Schönheit zu belohnen, auch wenn sie keine Eigenschaft war, die erarbeitet werden musste.

Linas spürte den Blick in seinem Rücken. Er drehte sich um und zuckte zusammen, als er Klemens sah. Auf dem Bildschirm erkannte Klemens das Logo von Facebook. Er schritt zum Schreibtisch, klappte den Laptop zu und zog den Stecker. Linas schob die Kopfhörer von den Ohren und öffnete den Mund, doch er brachte keinen Ton über die Lippen.

»Wo ist der Lernplan, den ich erstellt habe?«, fragte Klemens.

Linas kramte unter einigen Büchern ein mehrfach gefaltetes Blatt hervor. Klemens wartete, bis er es auf dem Schreibtisch ausgebreitet hatte. In einer Exceltabelle hatte er den Lernstoff in Portionen gegliedert und mit Daten versehen. Neben jedem befand sich ein Feld für ein Häkchen. Alle waren leer.

»Ich habe nur vergessen, die Häkchen einzutragen!«, sagte Linas.

»Dann mach es. Anschließend werde ich dich abfragen.« Klemens wandte sich ab.

»Was ist mit meinem Laptop?«, stieß Linas aus.

»Den Computer bekommst du wieder, wenn du deinen Lernrückstand aufgeholt hast.«

»Das schaffe ich nie!«

Klemens sah auf die Uhr. »In einer Stunde wirst du mir alles über das Heilige Römische Reich Deutscher Nation, die Gegensätze zwischen der Katholischen Liga und den kaiserlichen Truppen sowie der Protestantischen Union innerhalb des Reiches erzählen. Ich will wissen, welche Verbündeten die habsburgischen Mächte hatten und welche Parallelen zum Achtzigjährigen Krieg bestehen.«

Linas schnappte nach Luft. Als Klemens den Raum verließ, sprang er auf. »Gib mir meinen Laptop zurück!«

Klemens schloss die Tür. Dorothee stand vor ihm. Sie blickte ihn an, als sehe sie ihn zum ersten Mal. Offenbar steckte doch noch ein Funken Leben in ihr. Als sie sich räusperte, realisierte Klemens, dass er sie seit Tagen nicht hatte sprechen hören.

»So kann er nicht lernen«, sagte sie leise.

»Wie ich mit Linas umgehe, ist meine Sache.« Klemens wandte sich ab.

»Der Druck blockiert ihn.« Dorothee schlang die Arme um ihren Oberkörper.

Klemens ging auf die Treppe zu.

»Ich weiß, dass er dir nicht egal ist«, fuhr sie hinter seinem Rücken fort. »Du hast dir die Mühe gemacht, dich mit seinem Lernstoff zu beschäftigen. Nicht viele Väter würden sich dafür Zeit nehmen.«

Klemens erinnerte sich daran, dass Dorothee unterrichtete. Sie war genau die Sorte Lehrerin, der er das Desaster mit Linas verdankte. Er konnte sich lebhaft vorstellen, wie sie ihre Schüler verhätschelte, statt etwas von ihnen zu fordern. Und ausgerechnet sie maßte sich an, ihm Ratschläge zu erteilen. Hätte sie nicht soeben ihren Mann verloren, hätte er ihr gesagt, was er von ihren Methoden hielt. Kommentarlos stieg er die Treppe hinunter. Auf dem letzten Absatz wartete Gabriele mit besorgter Miene. Als sie den entschlossenen Zug um seinen Mund sah, trat sie einen Schritt zurück. Im Gegensatz zu Dorothee wusste Gabriele, wann Schweigen angebracht war.

Klemens berührte mit einer Hand ihre Wange. »Ich bin eine Stunde unten.«

Sie nickte.

Klemens legte den Computer in einen Schrank, anschließend öffnete er das Paket, das am Vortag eingetroffen war. Es enthielt Muster, die er bei einem neuen Lieferanten bestellt hatte. Er nahm einen der Kästen in die Hand und inspizierte den Boden, der mit einer Platte aus entsäuertem Torf versehen war. Sein bisheriger Lieferant hatte zu seinem Missfallen Polystyrol verwendet, zudem hatte er das Papier im Innern mit einem Pflanzenleim auf Mehlbasis aufgeklebt. Klemens bevorzugte Maisstärke, da sie die Insektennadeln weniger angriff.

Er machte sich gerade daran, den Rahmen zu untersuchen, da klingelte sein Handy. Es gab nur einige wenige Personen, denen er die Nummer seines unregistrierten Prepaid-Telefons gegeben hatte.

Klemens stand auf. »Ja?«

»Ist der Zeitpunkt günstig?«, fragte der Anrufer.

»Ja.«

»Ich habe Neuigkeiten.«

Klemens hörte sich an, was der Anrufer zu berichten hatte. Er war überrascht, dass ihm die Nachricht so naheging. Seine Hände wurden feucht, das Atmen fiel ihm schwer. Er bemühte sich, seine Gefühle in Schach zu halten, gerade jetzt war es besonders wichtig, sich ausschließlich vom Verstand leiten zu lassen.

»Die Polizei in Frankfurt klärt derzeit dein Alibi ab. Offenbar will jemand gesehen haben, wie du um 23 Uhr zusammen mit Gabriele das Hotel verlassen hast.«

Klemens spielte im Kopf die Situation noch einmal durch. Es musste der Portier gewesen sein. Klemens hatte das Taxi absichtlich nicht von der Rezeption bestellen lassen, sondern im Voraus einen Abholtermin vereinbart. Der Portier musste beobachtet haben, wie er das Hotel durch die Hintertür verlassen hatte. Wut erfasste ihn. Er beschwor das Bild des Seidenspinners herauf. Sofort wurde er ruhig.

»Klemens?«

»Ja?«

»Ich frage nur ungern, doch ich muss es tun. Hast du mir wirklich die Wahrheit gesagt?«

»Ich lüge nie«, erwiderte Klemens hart.

28

Jochen Brandt. Der Kunde hatte einen Namen. Regina starrte auf das Foto, das der Staatsanwalt ihr hatte zukommen lassen. In dem länglichen Gesicht und den hängenden Mundwinkeln des 32-Jährigen lag ein Ausdruck von Enttäuschung. Nichts an seinem Äußeren deutete darauf hin, dass er fähig war, einen Menschen aufzuspießen. Doch er war nicht ohne Grund im System aufgetaucht, als das Landeskriminalamt seinen Namen eingegeben hatte. Regina nahm seine Akte hervor.

Jochen Brandt war als drittes von vier Kindern im ostdeutschen Störmthal zur Welt gekommen. Aufgefallen war er erstmals, als er mit siebzehn Jahren eine Nachbarschaftswache auf die Beine zu stellen versuchte. Mit seinem Anliegen stieß er auf wenig Verständnis. Kurz darauf zog er nach Leipzig, wo er eine Ausbildung zum Schlosser begann. Nach eineinhalb Jahren brach er sie ab und bewarb sich an der Polizeischule. Dort wollte man nichts von ihm wissen. Auch die Armee ließ ihn abblitzen. Brandt fand eine Stelle im Straßenbau und lernte den Tschechen Tomaš Mareš kennen. Mareš, ein bekannter Military-Fan, bewegte sich in der »Military Reenactment«-Szene, unter anderem war er Mitglied eines militärgeschichtlichen Klubs, der historische Schlachten nachspielte. Brandt war davon begeistert und trat bei, schon bald aber driftete er in eine Subgruppe ab, die sich mit den Insignien der deutschen Wehrmacht schmückte. Obwohl die Subgruppe an sich nicht als rechtsextrem galt, benutzten Rechtsextreme sie, um straffrei ihre Ideologie zu verbreiten. Einige Mitglieder sahen sich sogar als Erben der Waffen-SS; unter dem Vorwand, lebendige Geschichte zu betreiben, eigneten sie sich militärische Fähigkeiten an und festigten ihre Ansichten. Bald genügte es Brandt nicht mehr, mit Airsoft-Waffen zu trainieren, und er schloss sich einem kleinen Kreis an, der in Polen mit funktionstüchtigen Schusswaffen im offenen Gelände übte. »Real Combat« war nicht nur in Deutschland, sondern auch in Polen und den meisten anderen osteuropäischen Staaten verboten; das hielt Brandt jedoch nicht davon ab mitzumachen. Regina las, dass die Szene eng mit der organisierten Kriminalität und dem privaten Sicherheitsgewerbe verflochten war.

Lange Zeit fiel Brandt nicht auf. Bis sich ein Schuss aus seiner Waffe löste und einen Kollegen schwer verletzte. Bei der anschließenden Hausdurchsuchung fand die Polizei bei Brandt eine ganze Sammlung historischer Waffen. Brandt interessierte sich nicht nur für die Wehrmacht, sondern auch für vorchristliche heidnische Kämpfer und mittelalterliche Ritter. Hauptsache, sie benutzten Waffen.

Regina schüttelte den Kopf. Sie musste nicht weiterlesen, um zu wissen, was kommen würde. Im Gefängnis erweiterte Brandt seinen Freundeskreis, unter anderem lernte er den Zuhälter Miroslav Kulak kennen, der wegen Freiheitsberaubung und Nötigung verurteilt worden war. Kulak brachte ihm alles bei, was es über das Sexgewerbe zu wissen gab. Über Brandts Gegenleistung war der Polizei nichts bekannt, seit seiner Entlassung tauchte sein Name aber immer wieder im Laufe von Ermittlungen auf. Offiziell war er arbeitslos, sein Lebensstil deutete aber auf Einnahmen hin, die über die Sozialhilfe hinausgingen.

Regina legte die Akte beiseite. Wie in aller Welt war Moritz Kienast an Jochen Brandt geraten? Bis jetzt hatten die deutschen Kollegen nur bestätigt, dass Brandt sowohl bei der Firma »Rhia« ein Kettenrad als auch bei »Taubmann & Co.« Stahlrohre gekauft hatte. Nichts verband ihn mit Moritz Kienast oder der Schweiz. Er fuhr keinen Subaru, hatte nie unter seinem Namen ein Halsband bei »geilundboese.de« bestellt und war nicht auf dem Überwachungsvideo der Post zu sehen. Dass sich Brandt sowohl ein Achtzahn-Kettenrad als auch ein Quadratrohr beschafft hatte, konnte aber kein Zufall sein. Brandt selbst weigerte sich zu reden. Regina wollte gerade Pilecki anrufen, um die nächsten Schritte zu besprechen, als Theresa Hanisch in der Tür erschien.

»Hast du von dem Fall in Winterthur gehört? Von dem geplatzten Deal?«

»Worum geht es?«

»Um einen Sadomaso-Produzenten, der jahrelang in einem Klub Filmaufnahmen machte und dabei die Darstellerinnen gefährdete. Er hat sich auf einen Deal mit der Staatsanwaltschaft eingelassen, fünfzehn Monate bedingt, doch das Gericht wollte nichts davon wissen. Der Richter lehnte es ab, ein abgekürztes Verfahren durchzuführen, und hat den Fall an die Staatsanwaltschaft zurückgewiesen.«

»Mit welcher Begründung?«, fragte Regina.

»Das Geständnis hat ihn nicht überzeugt. Außerdem vermutet er eine Persönlichkeitsstörung.«

Regina nickte. Wenn eine Maßnahme aufgrund einer Persönlichkeitsstörung verhängt wurde, war es nicht möglich, eine bedingte Strafe auszusprechen.

»Spannend ist, weshalb der Beschuldigte die Aufnahmen überhaupt gemacht hat.« Hanisch zog eine Augenbraue hoch. »Er bezeichnet die Filme als Kunst. Ich dachte, das würde dich interessieren.«

»Wie bitte?«, lachte Regina ungläubig. »Kunst?«

»Genau so hat das Gericht auch reagiert. Vielleicht müsstest du den Fall Kienast einmal aus dieser Perspektive betrachten. Es gibt gewisse Ähnlichkeiten. Die Darstellerinnen verloren teilweise das Bewusstsein. Der Sadomaso-Produzent – er trat übrigens selbst als Folterknecht auf – ist nicht nur wegen der Filme angeklagt, sondern auch wegen des Bestrafungsregimes in seinem Klub. Er hat seine Angestellten stundenlang in einen Käfig gesperrt und den Klubgästen präsentiert – zur Unterhaltung.« Mit einem Schulterzucken stakste sie davon.

Regina lehnte sich zurück. War es möglich, dass Moritz Kienast sterben musste, um gelangweilte Zuschauer zu unterhalten? Wer vertrieb sich die Zeit mit dem Betrachten von Grausamkeiten? Zum wiederholten Mal fragte sie sich, warum der Täter gerade Moritz Kienast ausgewählt hatte. Soviel Regina wusste, hatte Jochen Brandt keinen Bezug zur Schweiz – und Moritz Kienast keine engeren Beziehungen zu Deutschland. Vor einem Jahr hatte er mit Dorothee eine Städtereise nach Dresden unternommen, seither war er nie über die Grenze gefahren. Wo waren sich die beiden begegnet? Auf einmal hielt Regina inne. Moritz Kienast mochte selten nach Deutschland gereist sein, nicht aber sein Bruder. Klemens Kienast flog einmal pro Monat nach Frankfurt. Ein Bild nahm langsam Gestalt an. Wie in Zeitlupe griff Regina zum Hörer. Kaum berührte sie ihn, klingelte das Telefon. Sie zuckte zusammen.

»Joe hier, guten Morgen!«

Überrumpelt schwieg Regina.

»Walker«, fügte er hinzu. »Regina? Bist du noch dran?«

»Ja, entschuldige.«

»Ist alles in Ordnung?«

»Natürlich.«

Als sie nichts mehr sagte, fragte er, ob ihr der grüne Tee schmecke.

»Danke, aber es war nicht nötig …«

»Das freut mich! Dann habe ich genau das Richtige für dich«, fuhr er unbeirrt fort. »Um die Ecke hat vor Kurzem ein neuer Thailänder aufgemacht. Die Currys sind fantastisch und passen hervorragend zu grünem Tee. Gehen wir heute Mittag dort essen?«

»Ich habe ziemlich viel um die Ohren«, erwiderte Regina. »Im Fall Kienast tut sich einiges.«

»Neue Spuren?«

»Eher neue Ideen.«

»Schieß los!«

Um ihn vom Mittagessen abzulenken, schilderte sie, was ihr soeben durch den Kopf gegangen war. »Ich habe mich gefragt, ob Moritz Kienast gar nicht das eigentliche Ziel war. Vielleicht hatte der Täter es auf seinen Bruder Klemens abgesehen.«

»Interessanter Gedanke«, sagte Walker langsam. »Wie kommst du darauf?«

Sie erzählte, wie sie reagiert hatte, als sie Klemens Kienast zum ersten Mal begegnet war. »Er sieht Moritz sehr ähnlich. Zugegeben, nicht gerade zum Verwechseln ähnlich, vielleicht kannte der Täter die Kienasts aber nicht persönlich, sondern führte einen Auftrag aus und besaß nur ein Foto. Manchmal halten Fotokameras Gesichtsausdrücke fest, die einen Menschen ganz anders erscheinen lassen, als er in Wirklichkeit ist.«

Walker pfiff leise. »Da könnte was dran sein.«

»Ich muss unbedingt mit Pilecki sprechen«, versuchte Regina, das Gespräch abzubrechen.

»Schlechte Idee«, sagte Walker. »Mach lieber einen großen Bogen um ihn.«

»Wie bitte?«

»Du interessierst dich wohl nicht für Eishockey«, stellte Walker fest.

»Nein, warum?«

»Die Schweiz hat Tschechien im Viertelfinal geschlagen. Aus und vorbei. Für die Tschechen, nicht für uns! Mit Pilecki ist im Moment nicht gut Kirschen essen. Ich hole dich um zwölf Uhr ab. Bis dann.« Er legte auf, bevor Regina noch etwas sagen konnte.

Sie starrte den Hörer in ihrer Hand an. Plötzlich musste sie lachen. Was solls?, dachte sie. Eine warme Mahlzeit statt ein Sandwich am Schreibtisch täte ihr gut. Genauso, mit jemandem über den Fall zu reden. Sie realisierte, wie sehr es ihr fehlte, sich mit Cavalli über laufende Ermittlungen auszutauschen. Oft erfasste sie die Bedeutung gewisser Fakten erst richtig, wenn sie sie laut erläuterte. Manchmal griff Cavalli den Faden auf und spann eine Idee weiter. Seit er gegangen war, hatte Regina kein Gegenüber, mit dem sie ungezwungen spekulieren konnte und der ihr ihre Gedanken spiegelte. Plötzlich freute sie sich auf das Mittagessen.

Pilecki holte mit einer Krücke aus und stieß sie schwungvoll gegen die leere PET-Flasche, die auf dem Boden lag. Die Flasche sauste davon und landete in der Ecke neben vier anderen. So schwierig war das doch gar nicht! Und ein Eishockeytor war deutlich breiter! Wo lag also das Problem? Wohl nicht bei Gerber! Zugegeben, der Torwart war gut, den Berner aber gleich als Hexer zu bezeichnen war ziemlich übertrieben. Historischer Sieg. Ei-Ei-Eisgenossen. Pilecki konnte es nicht mehr hören.

Martin Angst trat grinsend ins Büro. »Wie sagte Radim Vrbata so schön vor dem Match? ›Ich glaube fest daran, dass die Schweiz uns nicht zweimal in einem Turnier bezwingen wird.‹«

»Wenn du gekommen bist, um in meiner Wunde zu stochern, stell dich hinten an. Die ganze Kripo steht Schlange!«, knurrte Pilecki.

Angst wurde ernst. »Eigentlich bin ich gekommen, um dir zu sagen, dass der Käfig in eine Sackgasse führt. Der Film ist zu unscharf. Ich kann nichts über die Beschaffenheit des Materials sagen.«

Pilecki ließ sich auf seinen Stuhl fallen und breitete die Arme aus. »Nur zu, her mit den schlechten Nachrichten!

Worauf wartet ihr noch? Hahn weiß nicht mehr, als dass die Hand, die den Futternapf hält, einem Mann gehört. Zwischen zwanzig und fünfzig, schätzt er, das hilft uns natürlich sehr.« Er verzog das Gesicht. »Und die Stimme auf dem Video gehört nicht Jochen Brandt, sondern einem Schweizer. Das haben die Techniker herausgefunden. Somit kämen also nur noch acht Millionen Menschen infrage. Warte!« Pilecki hob den Zeigefinger. »3,9 Millionen, denn es handelt sich ja um einen Mann! Wie viele mögen zwischen zwanzig und fünfzig Jahre alt sein? Zwei Millionen? Mehr?«

»Immerhin können wir Jochen Brandt ausschließen«, gab Angst zu bedenken.

»Ja, da bin ich wirklich froh«, sagte Pilecki. »Sonst hätten wir ja unseren Täter. Womit würde ich mir dann die Zeit vertreiben?«

»Schluss mit dem Selbstmitleid.« Angst klopfte ihm auf die Schulter. »Jetzt wird gearbeitet. Brandt hat seine Finger im Spiel, das ist klar. Ich habe gezielt nach seinem Namen gesucht, auch bei anderen Firmen. Er hat nicht nur ein Kettenrad und Quadratrohre bestellt, sondern auch Winkelprofile mit passenden Bohrungen. Er ist unser Mann. Jetzt müssen wir nur noch herausfinden, wer der Komplize war. Wissen die Kollegen, von wo aus das Video hochgeladen wurde?«

Wortlos hielt Pilecki ihm einen Bericht hin. »Sie kommen nicht an die IP-Adresse heran. Der Täter hat ein Netzwerk zur Anonymisierung von Verbindungsdaten benutzt.«

Die Details verstand er nicht. Der Techniker hatte erklärt, der Nutzer habe einen Client auf seinem Computer installiert, der Onion-Proxy heiße. Dieser verband sich mit einem sogenannten TOR-Netzwerk. Das Programm lud sich alle vorhandenen TOR-Server herunter und wählte anschließend eine zufällige Route. Es verhandelte mit dem ersten Server eine verschlüsselte Verbindung; wenn sie aufgebaut war, wurde die Verbindung immer wieder um einen weiteren Server verlängert. Jeder Server kannte nur seinen Vorgänger und seinen Nachfolger. So blieb der Sender anonym. Der ganze Verbindungsaufbau wiederholte sich in regelmäßigen Abständen, die Strecken wechselten immer wieder.

Angst gab ihm den Bericht zurück. »Eindrücklich. Wir haben also einen Schweizer, der sich im Internet auskennt, einen Subaru fährt und möglicherweise in der Nähe von Bonstetten wohnt. Weiter einen Deutschen, der etwas von Metallbau versteht. Nicht viel, aber genug, um einen Grill zu bauen. Die abgebrochene Schlosserlehre passt dazu. Das ist doch eine ganze Menge! Wie steht es mit der Kundenliste von geilundboese.de?«

»Wir überprüfen sie noch.« Pilecki erzählte von Reginas Erwägungen.

Angst setzte sich auf den Schreibtischrand. »Eine Verwechslung? Interessant. Hat sie eine Idee, wer Klemens Kienast den Tod wünschen könnte?«

Pilecki schüttelte den Kopf. Nachdem Angst gegangen war, lehnte er sich mit geschlossenen Augen im Stuhl zurück. Die Niederlage der Tschechen war nur ein Grund für seine schlechte Laune. Am Morgen hatte ihn Hans-Peter Thalmann zu sich zitiert.

»Sind die Gerüchte wahr?«, hatte er wissen wollen.

Pilecki hatte gar nicht erst gefragt, was er damit meine.

»Und du hast es nicht für nötig gehalten, mich zu informieren?«

Pilecki ließ die Standpauke über sich ergehen. Er empfand sogar Erleichterung dabei. Als ihm sein Vorgesetzter zum Schluss erklärte, er brauche sich nicht um die Stelle als Dienstchef zu bewerben, nickte Pilecki bloß. Dass er jedoch von seiner Funktion als Stellvertreter, die er jahrelang ausgeübt hatte, zurücktreten musste, traf ihn empfindlich.

Thalmann blickte ihn verständnislos an. »Das Leib/Leben ist viel zu eng mit den Sexualdelikten verknüpft! Als Stellvertreter vertrittst du den Dienstchef am DC-Rapport! Du hast Einblick in Fälle von Menschenhandel, Informationen über laufende Ermittlungen im Milieu, über geplante Maßnahmen, taktisches Vorgehen, langfristige Strategien.«

»Das ›Etoile‹ liegt in der Stadt«, entgegnete Pilecki. »Das ist nicht unser Zuständigkeitsgebiet.«

»Zum Glück! Sonst müsste ich dich auf der Stelle versetzen! Auch so rate ich dir dringend, dir Gedanken über mögliche Alternativen zu machen. Bei der Kripo kannst du längerfristig nicht bleiben.«

Pilecki starrte ihn fassungslos an.

»Juri.« Thalmann schüttelte den Kopf. »Für so naiv habe ich dich wirklich nicht gehalten. Dir muss doch klar sein, wie heikel die Sache ist.«

Erst nach dem Gespräch gestand sich Pilecki ein, dass Thalmann recht hatte. Pilecki wusste, dass er mit der Zustimmung zu Irinas Plänen seine Karriere aufs Spiel setzte. Er hatte das bloß verdrängt. Warum?, fragte er sich. Die Antwort lag auf der Hand. Er hatte Angst, sie zu verlieren. Und nun würde er den Preis dafür bezahlen müssen. In Gedanken sah er sich bereits am Flughafen arbeiten, so weit weg von der Kripo wie möglich. Er rieb sich mit beiden Händen das Gesicht.

Fahrni trat mit einem Stapel Unterlagen unter dem Arm ein. »Stör ich?«

Pilecki sah auf und deutete auf den Stuhl gegenüber. »Setz dich.«

»Die Uferwegbefürworter verzichten nun doch darauf, eine neue Volksinitiative zu lancieren«, sagte Fahrni.

Pilecki wartete.

»Sie sind der Meinung, der Inhalt, also eine neue Regelung ohne Artikel 28c, sei zu schwer zu vermitteln.«

»Was du nicht sagst«, sagte Pilecki ironisch. »Ich begreife schon längst nicht mehr, worum es eigentlich geht.«

Als Fahrni zu einer Erklärung ansetzte, hob Pilecki die Hand. »Stopp! Warum ist das wichtig?«

Fahrnis Blick schweifte in die Ferne. »Weißt du, was ich seltsam finde? Über ein Viertel des Schweizer Waldes gehört Privatpersonen. Trotzdem ist er frei zugänglich. Der Eigentümer darf den Zutritt nicht verwehren, das steht im Zivilgesetzbuch. Es sei denn, er wird übermäßig genutzt, aber dann geht es um den Schutz der Natur, nicht des Eigentums. Warum gibt das weniger zu reden als …«

»Bitte, Tobias!«, unterbrach Pilecki. »Was versuchst du mir zu sagen?«

Fahrni zuckte die Schultern. »Ich habe mir überlegt, ob Moritz Kienast sich so einfach geschlagen gegeben hätte. Vielleicht wäre der Entscheid anders ausgefallen, wenn er da gewesen wäre.«

Pilecki zündete sich eine Zigarette an. »Willst du damit andeuten, ein Uferweggegner hat ihn ermordet?«

»Ich weiß, das ist unwahrscheinlich, aber ich werde das Gefühl einfach nicht los, dass Moritz Kienasts Tod etwas mit seinem Engagement für den Seeuferweg zu tun hat. Es sind so viele Interessen und Emotionen im Spiel.«

»Vergiss die Seeufergeschichte für den Moment.« Pilecki erzählte ihm von Reginas Idee. »Du hast dich eingehend mit Klemens Kienast befasst. Kannst du dir vorstellen, dass er das eigentliche Ziel war?« Er blies eine Rauchwolke zur Decke.

Fahrni wedelte mit der Hand vor dem Gesicht. »Ja«, antwortete er nach einigem Überlegen. »Klemens Kienast hat sich im Laufe der Jahre genauso viele Feinde geschaffen wie Moritz. Immerhin das haben sie gemeinsam. Doch etwas passt nicht: Moritz Kienast wurde drei Wochen lang gefangen gehalten. Die Medien haben immer wieder über sein

Verschwinden berichtet. Ich kann mir nicht vorstellen, dass der Täter das während der ganzen Zeit nicht mitbekommen hat. Spätestens dann hätte er wissen müssen, dass er den falschen Bruder erwischt hatte.«

Pilecki rieb sich die Stirn. Wie hatte er das übersehen können?

»Außerdem«, fuhr Fahrni fort, »hat Jochen Brandt die Bauteile für den Grill erst bestellt, nachdem Moritz Kienast in der Gewalt seines Entführers war. Das heißt, er oder sein Komplize hatte zwar einen Plan, doch sie haben mit der Umsetzung gewartet, bis sie sicher waren, dass die Entführung …«

Pilecki gab ihm ein Zeichen zu schweigen. Ein Gedanke schwirrte in seinem Kopf herum. Er versuchte, ihn zu fassen, doch er entglitt ihm immer wieder. Im Geiste wiederholte er, was Fahrni gesagt hatte. Plötzlich sah er auf.

»Das ergibt keinen Sinn. Es wäre doch viel logischer, den Grill vor der Entführung zu bauen. Du sagst, die Tat sei sorgfältig geplant worden. Moritz Kienast drei Wochen lang zu verstecken war aber riskant.«

»Vielleicht gehörten die drei Wochen im Käfig zum Plan?«, warf Fahrni ein. »Wegen des Filmmaterials?«

»Wenn ich vorhätte, jemanden drei Wochen lang in einen Käfig zu sperren und anschließend aufzuspießen, würde ich dafür sorgen, dass das nötige Material schon da wäre. Schließlich könnte etwas Unvorhergesehenes passieren. Wenn ich das Opfer früher beseitigen müsste als geplant? Oder wenn einzelne Bauteile nicht erhältlich sind?« Er zog die Tastatur heran. »Wann hat ›Betsy Gore‹ die Waldhütte reserviert?« Er rief das entsprechende Protokoll auf. »Am 19. April!«

Fahrni zupfte an seinem Kragen. »Ich sehe, was du meinst. Die Entführung war nicht von langer Hand geplant. Irgendetwas hat sie ausgelöst.«

Pilecki nickte. »Genau. Doch was?«

29

Dorothee hörte einen gedämpften Schrei. Sie stützte sich mit der Hand an der Wand ab. Ihr erster Impuls war zu fliehen, doch ihre Beine wollten sich nicht in Bewegung setzen. Vielleicht hatte sie sich den Schrei nur eingebildet. Seit sie die Medikamente einnahm, die ihr der Arzt verschrieben hatte, vermischten sich Wirklichkeit und Fantasie oft. Manchmal lag sie im Bett und wusste nicht, ob sie etwas geträumt oder tatsächlich erlebt hatte. Ja nicht einmal, wo sie sich befand. Sie genoss diesen Zustand. Solange sie verwirrt war, konnte sie sich der Illusion hingeben, Moritz' Tod sei bloß ein Albtraum gewesen. Sobald die Wirkung der Medikamente aber nachließ, lichtete sich der Nebel, der sie umhüllte, und sie sah die scharfen Umrisse der Realität. Jedes Mal traf der Schmerz sie mit voller Wucht. Einmal hatte sie die Psychopharmaka in die Hand genommen und erwogen, alle zu schlucken. Waren sie stark genug, sie für immer zu erlösen?

Plötzlich war eine Hand da gewesen und hatte ihr die Packung weggenommen. »Denk an Anna, Liebes«, hatte Gabriele gesagt. »Sie braucht dich.«

Das schlechte Gewissen packte Dorothee. Anna litt genauso wie sie. Sie hatte den Vater verloren, und Dorothee war ihr keine Stütze. Wer half Anna? Dorothee wünschte, ihre Tochter hätte Gabrieles Angebot angenommen und wäre mit zu Klemens gekommen. Anna rief jeden Tag an, drei Mal hatte sie Dorothee besucht, sie weigerte sich aber zu bleiben, weil sie Klemens und Gabriele für das Unglück ihres Vaters verantwortlich machte.

Ein weiterer Aufschrei riss Dorothee aus den Gedanken. Es klang, als käme er von unten. Zitternd tastete sie nach dem Lichtschalter in der Küche, fand ihn aber nicht. Sie hatte ihr

Zimmer verlassen, um sich ein Glas Wasser zu holen, nun erwog sie, wieder nach oben zu gehen und vom Hahn im Bad zu trinken. Schuldgefühle hielten sie zurück. Sie hatte Moritz im Stich gelassen. Drei lange Wochen war er am Leben gewesen, doch sie hatte nicht gründlich genug nach ihm gesucht. Sie hätte ihm viel Leid ersparen und sogar seinen Tod verhindern können, wenn sie sich mehr angestrengt hätte. Bestimmt hatte es eine Spur gegeben, einen Hinweis, der nur für sie bestimmt war, schließlich war Moritz ihr Mann. Sie kannte ihn wie niemand sonst. Aber sie hatte die Zeichen nicht zu deuten gewusst. Sie hatte Moritz nicht gespürt. Sie hatte versagt.

Stöhnend tappte sie an der Wand entlang. Als sie mit der Zehe gegen eine Kante stieß, verließ sie die Kraft, doch sie riss sich zusammen. Wenn Gabriele gestürzt war und Hilfe brauchte? Vielleicht war sie auf der Treppe ausgerutscht und hatte sich den Fuß verdreht. Dorothee ging langsam weiter in die Richtung, aus der sie das Geräusch gehört hatte. Sie ertastete eine Erhöhung und fühlte, dass es sich um einen Türrahmen handelte. Die Klinke schimmerte im schwachen Glanz des Mondscheins. Das Metall fühlte sich kalt an. Vorsichtig drückte Dorothee die Klinke hinunter. Geräuschlos ging die Tür auf. Dahinter befand sich eine Treppe. Der Eingang zum Keller. Dorothee erinnerte sich, wie Moritz ihr kurz nach der Heirat gestanden hatte, dass er sich als Kind vor Kellern gefürchtet hatte. Seinen leicht beschämten, gleichzeitig belustigten Tonfall vergäße sie nie. Er hatte in ihr ein Gefühl von Zärtlichkeit ausgelöst, ihren Beschützerinstinkt geweckt. Moritz hatte vor so vielem Angst gehabt. Davor, nicht ernst genommen zu werden, nicht zu genügen, beschimpft oder ausgelacht zu werden. Stets hatte er mit Kritik gerechnet, was ihn aber nicht davon abhielt, seine Meinung zu äußern. Wenn er es nur nicht mit einer Vehemenz getan hätte, die andere gegen ihn aufbrachte, hätte er vielleicht die Anerkennung erhalten, die er verdiente. Es war, als habe er mit seiner Art negative Reaktionen provozieren wollen, da er ohnehin damit rechnete. Schon als Kind war er in die Rolle des Rebellen geschlüpft, weil die anderen Rollen bereits besetzt waren. Klemens war der Sieger. Klara die Unbekümmerte. Gegen beide kam Moritz nicht an, also ging er in Opposition.

Als er von zu Hause auszog und die Freiheit gehabt hätte, sich neu zu definieren, hatte er den einfachen Weg gewählt. Er blieb der Rebell. So wusste er stets, womit er zu rechnen hatte. Dorothee war zum ersten Mal auf ihn aufmerksam geworden, als er sich in der Kantine über das Essen beschwert hatte. Er behauptete, auf Kosten der Gesundheit werde gespart, und forderte mehr Gemüse und Obst für denselben Preis. Sie hatte ihn für seinen Mut bewundert; ihr Bedürfnis nach Harmonie war damals so ausgeprägt gewesen, dass sie alles in Kauf genommen hätte, nur um niemanden zu verärgern. Sie sah, wie sich Moritz für seine Ideen einsetzte, ohne sich von negativen Reaktionen beirren zu lassen, und in ihr erwachte das Bedürfnis, es ihm gleichzutun. Er war für Dorothee der Inbegriff von Konsequenz. Dass die Grenze zur Sturheit nicht weit war, dass manche Ziele nur durch Kompromisse zu erreichen waren, erkannte sie erst viel später. Moritz gar nie. Hatte er jetzt den Preis dafür bezahlen müssen?

Dorothee tastete sich die ersten zwei Treppenstufen hinab. Sie presste ihre Wange gegen die Wand. In diesem Haus spürte sie Moritz besonders deutlich. Sie stellte sich vor, wie oft er hier stand und sich zu überwinden versuchte, in den Keller hinunterzusteigen. Wenn er sich fürchtete, jagten seine Augen hin und her, als wolle er alle Gefahren gleichzeitig erkennen. Die Härchen auf seinen Unterarmen stellten sich auf, und kleine Schweißperlen bildeten sich auf seiner Oberlippe. Zärtlich strich Dorothee über den Handlauf. Nach dem Tod von Konstantin hatte Klemens den Keller wie auch den Rest des Hauses umbauen lassen. Es roch nicht mehr, wie Moritz es beschrieben hatte. Jetzt nahm Dorothee den Geruch von Chemikalien wahr. Er kam ihr bekannt vor, doch es dauerte einen Augenblick, bis sie ihn erkannte. Im Biologieunterricht hatte sie als Jugendliche ein Kuhauge sezieren müssen. Die Flüssigkeit, in der die Augen aufbewahrt wurden, hatte ähnlich gerochen. Dorothee hielt sich die Hand vor Nase und Mund und stieg langsam die Treppe hinunter.

Es war zu dunkel, um zu erkennen, wie lang der Flur war, der am Fuß der Treppe begann und irgendwo im Dunkeln verschwand. Links glaubte Dorothee ein helleres Rechteck wahrzunehmen. Sie entdeckte eine verschlossene Tür und ging weiter. Sie ließ die Finger über die Wand gleiten, bis sie zu einer Erhebung kam. Plötzlich hörte sie ein Knacken. Dorothee wusste, dass sie das Geräusch kannte, doch ihr Gehirn weigerte sich, Sinneseindruck und Erinnerung zu verknüpfen. Sie blieb stehen und atmete durch den Mund. Ein Bild tauchte vor ihr auf. Sie befand sich auf einem Hügel, vor ihr brannte ein großes Feuer. Die Flammen schossen zum Himmel empor. Dorothee fühlte sich winzig klein. Rund um das Feuer standen Menschen, Würste in einer Hand, Getränke in der anderen. Dorothee hatte ihre Wurst bereits aufgegessen, ihre Lippen brannten noch vom Senf. Sie umklammerte einen Stock, daran war ein roter Lampion mit weißem Kreuz befestigt, sie bemühte sich, ihn so zu halten, dass die Flamme der Kerze das Papier nicht berührte. Das 1.-August-Feuer, dachte sie. In unregelmäßigen Abständen hatte das Feuer geknackt und Funken versprüht. Dorothee war jedes Mal zusammengezuckt, wenn der Wind die glühende Asche in ihre Richtung getragen hatte. Die Flammen hatten sie fasziniert, atemlos hatte sie zugesehen, wie sie über die Holzscheite züngelten, bis ihr vor Müdigkeit die Augen zufielen.

Es knackte erneut, und auf einmal sah Dorothee Moritz

in den Flammen stehen. Er war unversehrt, obwohl ihn das Feuer von allen Seiten umgab. Er lächelte ihr zu und hob beide Arme, als wolle er demonstrieren, dass ihm die Flammen nichts anhaben konnten. Dann verzog sich sein Gesicht, sein Mund öffnete sich, Dorothee hörte einen Schrei. Er war zu weit gegangen, hatte das Schicksal einmal zu oft herausgefordert, jetzt schlug es unbarmherzig zurück. Dorothee wusste, dass sie ihn retten musste, doch sie fürchtete sich vor den Flammen. Fieberhaft sah sie sich nach Wasser um. Ihr Mund fühlte sich trocken an, sie spürte die Hitze, die sie umgab. Die Flammen fraßen Moritz auf, sie wusste nicht, wie sie ihm helfen konnte. Sie streckte die Hand nach ihm aus und sagte ihm, er solle sie ergreifen, doch kein Ton kam über ihre Lippen. Asche drang in ihre Kehle, sie hustete, glaubte zu ersticken. Ihre Zunge klebte am Gaumen fest. Die Zeit lief ihr davon. Sie fuchtelte mit den Armen, und etwas gab unter ihrem Gewicht nach. Sie stolperte. Es krachte. Sie landete auf den Knien, spürte den Schmerz, der ihr die Beine hochschoss. Sie versuchte aufzustehen, sie musste zu ihm, musste ihn aus den Flammen zerren, seine Schreie waren so laut, sie drangen bis in ihre Seele. Bitte, bitte, bitte, flehte sie. Doch der Teufel stellte sich ihr in den Weg.

Jetzt kam er auf sie zu, mit wutentbranntem Gesicht. Seine Augen glühten, seine Stimme bebte vor Zorn. Dorothee wich zurück, weg von der Hitze, weg von der Gestalt, die sich bedrohlich über ihr aufbaute. Schwarz, verkohlt, voller Hass. Sie war feige und hasste sich dafür. Moritz schrie, er war nur noch eine Rauchsäule, im Begriff, sich aufzulösen. Sie wollte ihn packen, ihn zurückhalten, mit ihm gehen, mit ihm verschmelzen, aber ihre Hände griffen ins Leere. Sie rief seinen Namen, versuchte, auf die Beine zu kommen, ihm nachzueilen. Der Teufel schob sich dazwischen. Langsam hob er den Arm.

»Klemens, nein!«, rief Gabriele. »Es sind die Medikamente! Sie weiß nicht, was sie tut!«

»Sie hat hier nichts zu suchen!«

»Lass mich gehen, ich kümmere mich um sie«, flehte Gabriele. »Bitte, binde mich los.«

»Man sollte sie am Spieß braten!«, sagte der Teufel kalt. »Genau wie Moritz!«

30

Als Regina die Kripoleitstelle betrat, glaubte sie, ein Knistern in der Luft zu spüren. Die Kollegen in Deutschland hatten bei der Durchsuchung von Jochen Brandts Wohnung mehrere Tausend Bilder und Filme mit sadomasochistischem Inhalt sichergestellt. Brandt verdiente nicht nur am Vertrieb des Materials, er wurde auch von Kunden engagiert, die ihre Fantasien ausleben wollten. Eine Bildserie dokumentierte die Kreuzigung eines Pfarrers. Für dreihundert Euro hatte Brandt ihn auf eigenen Wunsch vier Mal pro Jahr an einen Baum genagelt. Die Aufnahmen verkaufte er anschließend im Internet.

Eine Woche lang verbrachten die Beamten mit der Sichtung des Materials, da stießen sie auf eine Sammlung von Filmen mit dem Titel »Heiße Eisen«. Auf allen waren Aufnahmen von Menschen zu sehen, denen Verbrennungen zugefügt wurden. Manche waren vergleichsweise harmlos. Sie zeigten, wie Wachs auf empfindliche Hautstellen tropfte oder Körperpartien mit heißem Wasser verbrüht wurden. Schon die Zusammenfassung des Berichts des Staatsanwalts reichte Regina. Sie wollte sich nicht vorstellen, wie es den Polizisten erging, die das Material sichteten.

Einen Film aber würde auch sie sich ansehen müssen. Unter dem Namen »Politiker am Spieß« war der Tod von Moritz Kienast Minute für Minute dokumentiert. Vor drei Stunden hatte der Staatsanwalt die Datei übermittelt. Bis alle Bilder und Filme ausgewertet waren, würden Monate vergehen, bereits jetzt war aber klar, dass Jochen Brandt seine Finger im Spiel hatte. Ob er die Aufnahme selbst gemacht hatte oder sie nur vertrieb, würde sich noch zeigen. Nach wie vor verweigerte er die Aussage. Nur einen Satz hatte er bisher von sich gegeben: »Alle haben freiwillig mitgemacht.«

Regina konnte sich nicht vorstellen, dass Moritz Kienast sich freiwillig aufspießen und verbrennen ließ. Allerdings konnte sie sich auch nicht vorstellen, was jemanden dazu bewog, sich kreuzigen zu lassen. Sie beneidete die Kollegen in Deutschland nicht. Die Darsteller ausfindig zu machen und zu befragen würde Monate, wenn nicht Jahre dauern. Einen Lichtblick gab es immerhin: Alles deutete darauf hin, dass der Film über Moritz Kienast noch nicht verbreitet worden war. Regina wünschte sich sehnlichst, dass dies auch so blieb. Wenigstens das sollte Dorothee und Anna Kienast erspart bleiben.

Vor einer Woche war Dorothee nach einem Nervenzusammenbruch in eine Klinik eingewiesen worden. Regina hatte sie zu einer weiteren Einvernahme vorladen wollen, doch die Ärzte erklärten, sie sei dazu nicht in der Lage. Dorothee war überzeugt, der Teufel habe Moritz geholt. Vermutlich liegt sie gar nicht so falsch, dachte Regina. Es fiel ihr schwer, Jochen Brandt als Menschen zu betrachten. Wie konnte ihm das Quälen Freude bereiten? Natürlich lieferte die Psychiatrie eine Erklärung: Sadistische Verhaltensweisen seien Folgen einer gestörten Sexualentwicklung und einer pathologischen Beziehung zur Primärperson. Brandts Mutter hatte ihn mit großer Wahrscheinlichkeit als Kind sexuell misshandelt. Trotzdem hatte Regina kein Verständnis für sein Handeln.

Sie begrüßte die Anwesenden und nahm neben Fahrni Platz. Pilecki sah sie fragend an. Sie reichte ihm einen Datenträger.

»Hast du ihn …?« Er beendete den Satz nicht.

Regina schüttelte den Kopf.

»Wir haben soeben über den Ablauf der Ereignisse gesprochen«, erklärte er. »Wir sind uns einig, dass es ein auslösendes Moment gegeben haben muss. Als Moritz Kienast entführt wurde, war Brandt – sofern er den Film selbst aufgenommen hat – noch nicht bereit für die Tat. Er musste den Grill erst bauen. Das könnte erklären, weshalb Kienast so lange im Käfig gefangen gehalten wurde. Wir haben uns gefragt, warum der Täter mit der Entführung nicht gewartet hat, und sind zum Schluss gekommen, dass es einen Auslöser gab, der die Ereignisse ins Rollen gebracht hat.«

»Woran denkst du?«, fragte Regina. »An einen Auftrag?«

»Das ist die wahrscheinlichste Erklärung«, erwiderte Pilecki. »Entweder war Moritz Kienast selbst der Auftraggeber, oder ein Dritter steckt dahinter, und Brandt – oder ein Unbekannter – handelte schnell, weil er befürchtete, Kienast könnte seine Meinung ändern. Schließlich hatte Brandt nicht alle Tage die Gelegenheit, jemanden aufzuspießen und zu grillen.«

»Kannst du dir tatsächlich vorstellen, dass Moritz Kienast das Ganze angestoßen hat? Gibt es Hinweise dafür?«, unterbrach Regina.

»Das nicht«, brummte Gurtner. »Aber dieser Abgang würde zu ihm passen. Hauptsache, Aufmerksamkeit erregen.«

Auf Pileckis Gesicht zeichneten sich Zweifel ab. »So weit würde ich nicht gehen. Aber es ist natürlich eine Möglichkeit. Wir dürfen nichts ausschließen. Genauso wäre es denkbar, dass eine Drittperson den Auftrag gab und den Termin ohne Rücksprache mit Brandt bestimmte.«

»Zum Beispiel Klemens Kienast«, sagte Haas.

»Klemens Kienast ist kein Mörder«, widersprach Fahrni.

»Aber vielleicht ein Auftraggeber«, sagte Pilecki.

»Nein«, beharrte Fahrni.

Walker beugte sich vor. »Warum bist du dir so sicher?«

Fahrni richtete den Blick auf die Tafel, an der die Fotos der involvierten Personen hingen. »Es passt einfach nicht zu ihm.«

»Passt es denn zu einem Pfarrer, sich kreuzigen zu lassen?«, fragte Haas.

Pilecki klopfte mit dem Kugelschreiber auf den Tisch. »So

kommen wir nicht weiter. Regina, haben wir genug in der Hand, um bei Klemens Kienast eine Hausdurchsuchung vorzunehmen?«

Sie verneinte. »Wir müssen den Schweizer Komplizen finden. Die Kollegen in Deutschland arbeiten auf Hochtouren. Es ist nur eine Frage der Zeit, bis sie auf eine Schweizer Telefonnummer stoßen. Bis jetzt lag ihre Priorität auf der Sichtung der Filme und Bilder. Da wir nun den Beweis für die Verbindung zwischen Jochen Brandt und Moritz Kienast haben, werden sie das Augenmerk auf Brandts Kontakte hier bei uns richten. Sollte Klemens Kienasts Name auftauchen, werde ich den Durchsuchungsbefehl sofort ausstellen.«

Pilecki nickte. Er hatte offensichtlich nichts anderes erwartet. »Dann schlage ich vor, dass wir uns den Film ansehen. Tobias, könntest du inzwischen bei der technischen Ermittlungsunterstützung nachfragen, ob sie die Hintergrundgeräusche im ersten Film herausfiltern konnten? Von der TEU habe ich noch keinen Bericht erhalten.«

Dankbar sprang Fahrni auf und verließ die Kripoleitstelle. Eine Stunde später wünschte sich Regina, sie hätte den Raum ebenfalls verlassen dürfen. Als Pilecki die Lichter wieder einschaltete, wirkte sogar Gurtner zutiefst erschüttert. Martin Angst fuhr sich mit dem Handrücken über die Augen. Vera Haas presste die geballte Faust gegen den Mund. Regina massierte sich die Schläfen und versuchte, die Bilder beiseitezuschieben, doch der Anblick von Moritz Kienast hatte sich auf ihrer Netzhaut eingebrannt. Sie fragte sich, ob sie je wieder etwas anderes sähe, wenn sie die Augen schloss.

Haas erhob sich und öffnete die Tür. Fahrni stand im Gang. Offensichtlich hatte er gewartet, bis der Film zu Ende war. Er zögerte, als er die schockierten Gesichter sah. Mit schuldbewusster Miene ging er zu Pilecki und reichte ihm die gewünschten Unterlagen.

»Der Sachbearbeiter ist noch nicht dazu gekommen, den Bericht fertigzustellen. Die TEU hat ziemlich viel um die Ohren. Das ist nur eine Rohfassung, aber sie hilft uns weiter. Es ist den Sachbearbeitern gelungen, das Horn eines Postautos zu isolieren. Man erkennt es nur, wenn man weiß, worauf man achten muss. Der Käfig befindet sich nach Einschätzung des Technikers in einem Gebäude, das weniger als einen Kilometer von einer Straße entfernt ist; zur Zeit der Aufnahme fuhr gerade ein Postauto vorbei.« Fahrni blickte sich um. »Danke, dass ich mir den Film nicht ansehen musste.«

Pilecki nickte kurz. Seine Finger griffen nach einer Zigarette. »Wir machen um sechzehn Uhr weiter«, sagte er und verließ die Kripoleitstelle.

Gurtner stand schwerfällig auf und folgte ihm. Martin Angst tat es ihm gleich.

Regina spürte eine Hand am Ellenbogen.

»Gehts?«, fragte Joe Walker.

Sie atmete zittrig ein. »Ich werde nie mehr Fleisch essen.«

Walker schwieg.

»Ich bin ja nicht religiös«, fuhr sie fort. »Aber ich war immer der Meinung, hinter allem stecke ein tieferer Sinn, auch wenn wir ihn manchmal nicht erkennen. Doch das«, sie machte eine undeutliche Handbewegung Richtung Beamer, »ist einfach nur krank!«

»Der Film lässt wirklich Zweifel am allmächtigen Baumeister aufkommen«, sagte Walker leise.

Regina nahm ein Taschentuch hervor und putzte sich die Nase. Sie brauchte frische Luft. Bis sechzehn Uhr blieben ihr noch zehn Minuten. Sie nutzte sie, um zügig eine Runde um das Kripogebäude zu drehen. Das Kasernenareal wirkte unter dem grauen Himmel trostlos. In der Mitte der Wiese hatte sich ein kleiner Teich gebildet. Unterhalb der Platanen standen nur vereinzelte Motorräder; die meisten Polizisten hatten nach dem Winter ihre Maschinen noch nicht wieder in Betrieb genommen. Sogar die Cafés und Restaurants hatten es aufgegeben, Tische im Freien zu decken.

Die anschließende Diskussion konzentrierte sich auf Postautorouten. Über den Film sprachen sie nicht. Zuerst mussten sie das Grauen verarbeiten, jeder auf seine Art. Die Techniker würden sich die Aufnahme ebenfalls ansehen und nach weiteren Hinweisen suchen. Regina beneidete sie nicht. Um Viertel vor fünf erklärte Pilecki die Sitzung für beendet und fragte, ob jemand Lust habe, mit in die Sherif's Bar zu kommen.

»Ich könnte ein Bier vertragen«, seufzte er.

»Ich brauche mehr als ein Bier«, sagte Haas.

Gurtner nickte zustimmend. Gemeinsam verließen sie die Kripoleitstelle. Fahrni wollte noch einen Anruf erledigen, bevor er Schluss machte. Regina entschied sich, auf ihn zu warten. Morgens hatte sie ihm auf der Fahrt von Gockhausen in die Stadt mitteilen müssen, dass sie Paz nicht als Au-pair einstellen konnte. Das neue Ausländergesetz ließ Au-pairs von außerhalb der Europäischen Union nur zu, wenn sie von einer anerkannten Agentur vermittelt wurden und jünger als fünfundzwanzig Jahre waren. Paz erfüllte beide Bedingungen nicht. Einerseits bedauerte Regina, sie nicht beschäftigen zu dürfen, denn Lily mochte sie. Andererseits war sie erleichtert. Nach wie vor befürchtete Regina, Paz könnte in Lily ihre verlorene Tochter sehen. Gerne hätte sie mit ihr darüber gesprochen, doch mit Paz zu reden war schwierig. Nicht wegen der Sprachbarriere – Fahrni übersetzte hervorragend –, sondern weil Paz immer das sagte, was das Gegenüber von ihr erwartete. Vielleicht könnte sie Fahrni auf dem Weg nach Hause darauf ansprechen.

Sie war so in Gedanken versunken, dass sie gar nicht merkte, wie sie aus Gewohnheit Cavallis Büro betrat. Der Geruch von abgestandenem Rauch schlug ihr entgegen. An den Wänden hingen die Schwarz-Weiß-Aufnahmen, die Cavalli während seiner Weiterbildung beim FBI am Atlantik gemacht hatte. Sie zeigten verlassene Strände, verblichenes Treibholz und Wasser, das sich schäumend im Wind aufbäumte. Alle Bilder strahlten eine große Einsamkeit aus.

Hatte sie während der letzten Jahre in einer Traumwelt gelebt und es bloß nicht sehen wollen? Vielleicht war die Versuchung, sich von allen Verpflichtungen loszureißen, für Cavalli einfach zu stark geworden. Dann erinnerte sie sich, wie schwer ihm der Abschied von Lily gefallen war. So schnell konnte er sie nicht vergessen haben, auch wenn es ihm schon immer gut gelungen war, seine Gefühle zu unterdrücken. Und was ist mit mir?, fragte sich Regina. Denkt er je an mich? Auf einmal fühlte sie sich so schwer, dass sie sich gegen die Wand lehnen musste. Wollte sie diesen Mann wirklich wieder in ihr Leben lassen? Cavalli zu lieben hieß, immer mit der eigenen Verletzlichkeit konfrontiert zu werden.

»Möchtest du die Bilder mitnehmen?«, fragte Pilecki.

Regina zuckte zusammen.

»Entschuldige, ich wollte dich nicht erschrecken.«

»Ich dachte, du bist im Sherif's.«

»Ich musste noch etwas erledigen. Wenn du schon hier bist …« Er humpelte zum Schreibtisch und zog eine Schublade auf. »Das wollte ich dir schon lange geben. Es lag bei den Unterlagen zu dem Lehrgang, den er für das Polizei-Institut vorbereitet hat. Er hat es als Buchzeichen benutzt.«

Pilecki reichte Regina ein Foto, das sie mit Lily auf dem Arm zeigte. Ein Kloss bildete sich in ihrem Hals.

»Stören dich die Bilder?« Sie deutete auf die Wand.

Pilecki setzte sich schwerfällig. »Du weißt es also noch nicht.«

»Was weiß ich noch nicht?«

»Die Stelle wird ausgeschrieben. Es wird einen neuen Dienstchef geben.«

Seine Worte trafen Regina wie ein Schlag. Sie rang um Fassung. Hatte sie geglaubt, dass die Kantonspolizei Däumchen drehend auf Cavallis Rückkehr wartete? Die Arbeit ging weiter. Auch ohne ihn. Diese Tatsache schmerzte sie fast mehr als die fortwährende Unsicherheit. Solange Pilecki Cavalli vertrat, war Cavallis Abwesenheit nur ein vorübergehender Zustand. Die Neubesetzung der Stelle aber hatte etwas Endgültiges.

»Ich nehme an, du wirst neuer DC«, brachte sie mühsam hervor.

Pilecki verneinte. »Zu viel Administration. Das ist nichts für mich.« Er versprach, Cavallis Sachen zusammenzusuchen, damit sie sie bei ihrem nächsten Besuch mitnehmen konnte. Sie nickte stumm und verabschiedete sich. Fahrni wartete im Flur. Als er ihr Gesicht sah, schwieg er. Im Auto schloss Regina die Augen. Sie schaffte es nicht, Fahrni auf Paz anzusprechen. Sie sah Cavalli vor sich, Bilder, die sich mit Szenen aus dem Film vermischten. Sie dachte daran, wie Cavalli die linke Augenbraue hochzog, wenn er ihr zuhörte, wie seine langen Haare zwischen ihren Fingern hindurchglitten und wie er nach Schweiß und Erde roch, wenn er im Wald geschlafen hatte. Sie hörte seine Stimme, den weichen Singsang der Worte, die er ihr zuflüsterte, während sie sich liebten, Worte, die sie nicht verstand, deren Bedeutung sich ihr aber trotzdem erschloss, und spürte seine Hände auf ihrem Körper, zärtlich und fordernd zugleich. Zwischen diese Erinnerungen schoben sich Bilder von Moritz Kienast, Hände, die auf dem Rücken gefesselt waren, damit sie die Flammen nicht abwehren konnten, Haut, die sich langsam dunkel färbte, hohe Schreie, die nach und nach verebbten, bis nur noch das Knacken des Holzes und das Bersten von Knochen zu hören gewesen waren.

Regina lehnte den Kopf gegen die Scheibe und weinte.

31

Es verstrichen über zwei Wochen, bis das Resultat der Telefonkontrolle vorlag. Regina war dankbar für die Wartezeit. Wenn sie beschäftigt war, gelang es ihr, die Bilder von Moritz Kienasts Tod vorübergehend zu verdrängen. Sie widmete sich mit Hingabe einem Plädoyer, für das sie im Normalfall nur einige Stunden aufgewendet hätte. Sie vereinbarte mit dem Personalchef einen Termin, um ihr Assessment zu besprechen, obwohl sie den Sinn nicht einsah, da sie nicht begriff, warum ihre Führungsqualitäten abgeklärt wurden; hatte sie doch gar nicht vor, sich um eine Führungsposition zu bewerben. Nur nachts suchten die Szenen sie heim. Einmal erwachte sie schweißgebadet, weil sich plötzlich Cavalli am Spieß drehte. Manchmal war sie am Morgen so müde, dass sie sich krankgemeldet hätte, wäre die Vorstellung, wieder einzuschlafen, nicht schlimmer gewesen als die Aussicht, sich durch den Tag zu quälen.

Fahrni war keine Pause vergönnt. Beim Leib/Leben liefen die Ermittlungen im Fall Kienast weiterhin auf Hochtouren.

»Der Kanton hat ein neues Leitbild für die Entwicklung am See vorgestellt«, verkündete er nun, während sie durch den Milchbucktunnel fuhren. »Es befasst sich mit den Themen Verkehr, Erholung, Wohnen und Arbeiten sowie Versorgung und Entsorgung. Es zeigt auf, wo Erholungsräume für die Bevölkerung und wo Naturräume für Tiere und Pflanzen aufgewertet oder geschaffen werden sollen. Leider sind die Verfasser aber im Hinblick auf den Seeuferweg ziemlich zurückhaltend. Sie schreiben nur, der Weg sei grundsätzlich entlang des Ufers zu bauen.«

Außer Fahrni ging niemand mehr davon aus, das Motiv für den Mord an Moritz Kienast hänge mit dessen politischem Engagement zusammen. Allerdings hatten sie auch keine

Verbindung zwischen Kienast und der Sadomaso-Szene gefunden. Pilecki war aber überzeugt, sie müssten nur lange genug suchen. Gurtner koordinierte die Befragungen von Klubangestellten, Haas kämpfte sich durch die Seiten im Internet.

»Hast du eigentlich gewusst, dass Tina Turner am See wohnt?«, fragte Fahrni. »Ganz in der Nähe von Klemens Kienast. Sie hat am Wochenende geheiratet. Stell dir vor, am Ufer wurde ein hoher Vorhang gespannt. Und die Kollegen haben eine Sperrzone errichtet. Auf dem See!«

»Apropos Heirat«, wechselte Regina das Thema. »Hast du eine Entscheidung getroffen?«

Fahrni umklammerte das Lenkrad. »Ich glaube schon«, sagte er langsam. »Wir beantragen wohl ein Ehevisum.«

»Ihr werdet also tatsächlich heiraten?«

»Es bleibt uns nichts anderes übrig.«

»Du klingst nicht sehr glücklich.«

»Mir geht alles viel zu schnell. Wir bräuchten mehr Zeit, um uns kennenzulernen.« Er warf ihr einen kurzen Blick zu. »Mache ich einen Fehler?«

Regina dachte an die letzten Wochen zurück. Paz war ihr immer noch fremd, doch Regina war nicht entgangen, dass sich ihr Blick veränderte, wenn sie Fahrni ansah. Es wirkte beinahe intim. In Reginas Gegenwart berührte sie Fahrni nie, ihre Zuneigung war aber offensichtlich. Genauso Fahrnis Gefühle für Paz. Wenn sie in seiner Nähe war, neigte er sich ihr leicht entgegen, als übe sie einen Sog aus, dem er nicht widerstehen konnte. Vermutlich war ihm gar nicht bewusst, welche Signale sein Körper aussandte. Ob die Anziehung reichte, wusste Regina nicht. Den Traum von eigenen Kindern müsste Fahrni begraben, wenn er Paz heiratete; das stellte eine Belastung dar. Intellektuelle Gespräche könnte er mit ihr auch nie führen. Doch brauchte er das? So wie Regina ihn einschätzte, suchte er vor allem Zärtlichkeit und Verlässlichkeit.

»Ich glaube, du tust das Richtige«, antwortete sie. »Du gibst der Beziehung eine Chance. Die Gewissheit, dass sie funktioniert, hast du von vornherein nie. Auch nicht nach einer viel längeren Probezeit.« Sie betrachtete seine kräftigen Hände auf dem Lenkrad. »Sollte die Ehe in die Brüche gehen, musst du dir wenigstens nicht vorwerfen, es nicht versucht zu haben.«

Fahrni schaltete die Scheibenwischer ein. Auf der Gegenfahrbahn bahnte sich ein Rettungswagen seinen Weg zwischen den Autokolonnen hindurch. Regina öffnete das Fenster einen Spalt, schloss es aber gleich wieder, als sie die Abgase einatmete. Wegen einer Baustelle am Hauptbahnhof hatten sie eine Umleitung genommen. Sie waren nicht die Einzigen. Stockend krochen sie die Straße hinunter. Als Fahrni endlich vor der Staatsanwaltschaft hielt, bemerkte Regina, dass sie ihren Schirm vergessen hatte. Mit geducktem Kopf eilte sie auf das Gebäude zu. In dem nüchternen Eingang wischte sie sich die Regentropfen aus dem Gesicht und betrat den Aufzug.

Die Tür zu Max Landolts Büro war geschlossen. Dankbar ging Regina daran vorbei. Das Interesse der Medien an Moritz Kienasts Tod war seit der Entdeckung des Films wieder aufgeflammt. Regina ärgerte sich, dass die Information an die Öffentlichkeit gedrungen war. Glücklicherweise kannten die Journalisten die Details nicht. Zwar wurde über eine Verbindung zur Sadomaso-Szene spekuliert, Regina weigerte sich jedoch, einen Kommentar abzugeben.

Aus dem Vorzimmer winkte ihr Nina Dietz zu. »Nachrichten aus Deutschland!«, rief sie.

»Die Resultate der Telefonkontrolle?«, fragte Regina. »Zeig her!«

Dietz reichte ihr die Unterlagen. Noch im Regenmantel setzte sich Regina an den Besprechungstisch. Zwanzig Minuten später rief sie Pilecki an.

»Ich habe ihn gefunden!«, stieß Vera Haas aus. Sie fuchtelte mit einem Blatt Papier vor Pileckis Gesicht herum. »Das ist er! Der Zusammenhang, den wir suchen! Das war der Auslöser! Schau!« Sie tippte mit dem Finger auf das Blatt. »Hier, sieh dir das mal an!«

Pilecki wich zurück. »Ich kann überhaupt nichts sehen, wenn du mir den Wisch direkt unter die Nase hältst!«

Er sah auch nichts, als sie das Blatt auf den Schreibtisch knallte. Die Schrift war so klein, dass er die Buchstaben kaum erkennen konnte. Verdammt, dachte er und rief Gurtner. Als dieser nicht reagierte, bat er Haas, Gurtners Lesebrille zu holen, er hatte vergessen, dass er seit drei Tagen keine Schiene mehr trug.

Haas schnappte sich das Blatt. »Es ist ein Inserat, das ich auf einer SM-Seite unter dem Titel ›Sklave auf der Suche nach Erlösung‹ gefunden habe. ›Ich habe das Leben satt‹, heißt es. ›Ich suche einen Herrn, der mich erlöst. Bitte, spießen Sie mich bei lebendigem Leib auf und braten Sie mich.‹«

Das Telefon klingelte.

Pilecki ignorierte es. »Du heilige Scheiße! Ist das dein Ernst? Wie bist du darauf gestoßen? Besser gesagt, wo?«

»Im Netz! Auf einer Sadomaso-Seite! Schau dir das Datum an! Das Inserat wurde am 14. April aufgegeben! Das ist der Auslöser, den wir gesucht haben!«

Das Telefon klingelte weiter. Fluchend griff Pilecki nach dem Hörer. »Ja?«, bellte er.

»Stör ich?«, fragte Regina.

Pilecki entschuldigte sich. »Ich glaube, wir haben soeben einen Durchbruch erzielt. Vera«, korrigierte er, als sie mit dem Zeigefinger auf sich deutete, »hat einen Durchbruch erzielt.« Er erzählte Regina von dem Inserat. »Wir brauchen unbedingt nähere Angaben zu der Person, die das Inserat aufgegeben hat. Oder zu dem Gerät, von dem es übermittelt wurde.«

»Ich werde sofort eine Editionsverfügung an den Hoster schicken«, versprach Regina. »Es könnte aber auch rein zufällig zu diesem Zeitpunkt erschienen sein. Deutet etwas auf die Identität des ›Sklaven‹ hin?«

»Nein, auch nicht auf den Auftraggeber. Es gibt nur einen Link, allfällige Antworten werden weitergeleitet. Lass uns bloß hoffen, dass uns das Schicksal diesmal gnädig ist. Wenn der gleiche Profi dahintersteckt, der den Film ins Netz gestellt hat, werden wir nicht weiterkommen.«

»Falsch«, platzte Regina heraus. »Denn ich habe auch Neuigkeiten!«

Armin Frehner hatte durchschnittlich einmal pro Monat mit Jochen Brandt telefoniert. Zwischen dem 14. und dem 19. April sprachen sie mehrmals täglich miteinander. Ab dem 19. April ging die Zahl der Anrufe zurück, doch sie telefonierten immer noch regelmäßig. Bis zum 4. Mai. Dann herrschte eine Woche lang Funkstille. Erst gegen Ende des Monats nahm Frehner mit Brandt wieder Kontakt auf. Um die Tat in Gedanken wiederaufleben zu lassen?, fragte sich Pilecki. Oder um das Geschäftliche zu regeln? Beispielsweise den Preis für den Film zu besprechen? Potenzielle Abnehmer zu prüfen?

Pilecki sah sich die Informationen an, die Fahrni und Haas im Laufe des Vormittags zusammengetragen hatten. Es bestand kein Zweifel, Frehner war ihr Mann. Der ehemalige Elektroniker lebte auf einem Bauernhof. Nach dem Tod seiner Eltern hatte er die Kühe verkauft, das Land verpachtet und Informatikkurse belegt. Allem Anschein nach hatte er versucht, sich selbstständig zu machen. Dass er gescheitert war, belegten die Zahlungen der Arbeitslosenkasse. Zwar fuhr Frehner einen Opel, Haas hatte im Internet unter seinem Namen aber ein Inserat gefunden, in dem er einen zwölf Jahre alten roten

Subaru zum Verkauf anbot. Vermutlich den Wagen seiner Eltern, dachte Pilecki. Er blätterte weiter und nickte zufrieden, als er sah, dass Frehner vor zwei Jahren ein Halsband bei »geilundboese.de« bestellt hatte. Es handelte sich um dasselbe Modell, das Moritz Kienast trug. Regina hatte bereits einen Vorführungs- sowie einen Durchsuchungsbefehl ausgestellt.

Pilecki nahm seine Lederjacke von der Rücklehne des Stuhls und stand auf. Noch hatte er sich nicht daran gewöhnt, ohne Krücken zu gehen. Von sportlichen Aktivitäten hatte ihm der Arzt zwar abgeraten, normale Bewegungen stellten aber kein Problem mehr dar. Dennoch war Pilecki vorsichtig. Es irritierte ihn, dass sich sein Knie so instabil anfühlte.

»Bist du so weit?«, fragte er Haas von der Tür aus.

Sie sprang auf. »Und wie!«

Pilecki wollte sich die Gelegenheit nicht entgehen lassen, einen Blick auf das Haus zu werfen, in dem Moritz Kienast vermutlich gefangen gehalten wurde. Dass er seine Prioritäten als amtierender Dienstchef anders setzen müsste, war ihm egal. Sollte sich sein Nachfolger mit dem ganzen Papierkram herumschlagen. Er zwinkerte Haas zu und streckte den Daumen in die Höhe.

Die Kollegen erwarteten sie bereits vor Ort. Der Hof lag rund dreihundert Meter von der Hauptstraße entfernt. Er wirkte verwahrlost; Sperrgut türmte sich vor dem Stall, der Garten war mit Unkraut überwuchert. Vor den Fenstern hingen leere Blumenkistchen in rostigen Halterungen. Die Läden im oberen Stock waren geschlossen, die grüne Farbe war abgeblättert. Ein Hund an einer langen Kette bellte, als zwei Polizisten ums Haus gingen, um den Hinterausgang zu sichern.

Armin Frehner rechnete offenbar nicht damit, überführt zu werden. Er kam sofort zur Tür, als die Polizisten klingelten. Sogar als sie sich auswiesen, schien er nicht zu begreifen, was sie von ihm wollten. Erst als sie ihn mit den Vorwürfen konfrontierten und ihn über seine Rechte informierten, ahnte er, warum sie gekommen waren. Ein erstaunter Ausdruck schlich sich in sein blasses Gesicht, und ein Schweißfilm bildete sich auf der grobporigen Haut.

»Schalter neun«, flüsterte Haas.

Pilecki nickte. Er hatte den Kunden ebenfalls erkannt, der unter dem Namen »Betsy Gore« auf der Sihlpost die Miete für die Waldhütte bezahlt hatte.

»Was soll das?«, stieß Frehner aus. »Ich habe nichts Verbotenes getan!«

»Erklären Sie das der zuständigen Staatsanwältin«, sagte Pilecki. »In der Zwischenzeit werden wir uns hier ein bisschen umsehen.«

Frehner versuchte, sich loszureißen. »Sie haben kein Recht, mein Haus zu betreten!«

Pilecki zog den Durchsuchungsbefehl aus der Tasche und hielt ihn kommentarlos in die Höhe. Der 34-Jährige war kleiner als erwartet. Pilecki konnte sich nicht vorstellen, dass Frehner Moritz Kienast hätte allein überwältigen können. Zwanzig Minuten später kannte er die Antwort. Aus einer Schublade in der Küche zog er einen Taser. Uwe Hahn hatte richtig vermutet.

»Der obere Stock wird nicht genutzt«, sagte Haas, in die Küche kommend. »Im Schrank hängen noch die Kleider der Eltern.«

»Du hast hoffentlich nichts angefasst?«, fragte Pilecki scharf, als er sah, dass sie keine Handschuhe trug.

»Natürlich nicht.«

Er nickte. Die Kriminaltechnik nähme das Haus morgen gründlich unter die Lupe. Pilecki wollte sich vorerst nur einen Überblick verschaffen. Er hielt Haas die Kellertür auf. Gemeinsam stiegen sie die Treppe hinunter. Eine Kellerassel huschte davon, als der Schein der Taschenlampe sie traf. Es roch nach Kot und Urin. Pilecki hielt einen Augenblick inne und massierte sich das Knie. Nicht weil es schmerzte, sondern um Zeit zu gewinnen. Denn er hatte den Käfig entdeckt.

»Mein Gott«, flüsterte Haas. »Stell dir vor, drei Wochen lang in diesem Loch gefangen zu sein!«

Pilecki wollte es sich nicht vorstellen. Dennoch sah er Moritz Kienasts Gesicht vor sich. Der Käfig wirkte noch kleiner als im Film. Hier hatte Kienast also die letzten Wochen seines Lebens verbracht. Kein Wunder, hatte er zu halluzinieren begonnen. Woran hatte er gedacht, als er noch bei klarem Verstand gewesen war? Hatte er gewusst, warum er gefangen gehalten wurde? Hatte er das Inserat gar selbst aufgegeben? Vielleicht glaubte Frehner tatsächlich, er habe Moritz Kienasts Wünsche ausgeführt. Nach allem, was Pilecki in den letzten Wochen gelesen und gehört hatte, hielt er nichts mehr für unmöglich.

Von der Hauptstraße her ertönte das Horn eines Postautos. Haas richtete ihre Taschenlampe auf die Kabel an der Wand. Sie führten in eine Ecke des Raums. Dort musste die Kamera installiert gewesen sein. Pilecki war überzeugt, dass sie sie im Haus finden würden. Und dass sie Rußspuren aufwies. Plötzlich musste er raus. Bei diesem Gestank drehte es ihm beinahe den Magen um. Er hielt sich den Arm vor die Nase und deutete auf die Treppe. Haas nickte.

Im Freien atmete er tief ein und legte den Kopf in den Nacken. Den Regen empfand er als Wohltat. Erst als er Haas rufen hörte, wischte er sich mit dem Ärmel das Gesicht trocken und ging in die Richtung, aus der ihre Stimme kam. Er fand Haas hinter dem Haus, in der Hand hielt sie die Zipfel einer Plane. Sie hob sie hoch. Ein roter Wagen kam zum Vorschein. Es war der Subaru, ohne Nummernschild.

»Gute Arbeit«, sagte Pilecki.

Haas deutete auf die Umgebung. »Schau dir diese Müllhalde an! Ob er versucht hat, den Hof zu verkaufen?«

Pilecki zuckte die Schultern. »Ist das wichtig?«

»Ich wüsste gern, was in seinem Kopf vorgeht.«

Pilecki hatte es längst aufgegeben, sich diese Frage zu stellen. Als junger Polizist hatte er geglaubt, irgendwann eine Antwort auf solche Fragen zu finden. Im Laufe seiner Karriere waren aber nur noch mehr Fragen hinzugekommen. Er wusste nicht mehr genau, wann er aufgehört hatte, nach Erklärungen zu suchen. Es gab keine befriedigenden. Lieber konzentrierte er sich darauf, Beweismaterial zusammenzutragen, damit Menschen wie Armin Frehner oder Jochen Brandt dorthin kamen, wo sie keinen Schaden mehr anrichten konnten. In Zukunft werde ich nicht einmal mehr das tun, dachte er.

Man hatte ihm nahegelegt, sich um eine der beiden frei werdenden Stellen beim Dienst Besondere Ermittlungen zu bewerben, der bewusst aus der Kripo ausgegliedert worden war. Die Abteilung befasste sich mit Nebendelikten wie dem Heilmittelgesetz, dem Markenschutz, unlauterem Wettbewerb oder Korruption. Und, viel wichtiger, mit internen Untersuchungen. Vor allem Letzteres machte Pilecki zu schaffen. Könnte er gegen die eigenen Leute ermitteln? Viele Aufträge kamen direkt vom Rechtsdienst der Kantonspolizei. Er müsste Amtsdelikten wie Bestechung nachgehen, aber auch sogenannten unechten Amtsdelikten wie Diebstahl am Arbeitsplatz. Man hatte ihm versichert, er bliebe trotz der Versetzung in derselben Lohnklasse; doch allein die Vorstellung, abseits von allem Geschehen in einem Büro am Stadtrand zu arbeiten, war Pilecki zuwider. Vom Inhalt der Tätigkeit ganz zu schweigen. Er schloss die Augen. Im Moment tröstete er sich damit, dass das Leib/Leben dringend auf ihn angewiesen war. Bis ein neuer Dienstchef angestellt und eingearbeitet war, würden Monate verstreichen.

Haas deckte den Subaru wieder zu. Schweigend umrundeten sie das Haus. Der Polizist, der dafür sorgte, dass niemand das Grundstück betrat, hatte bereits Posten bezogen. Der Hund rannte bellend auf sie zu und blieb abrupt stehen, als sich die Kette spannte. Die Hälfte seines rechten Ohrs fehlte.

»Was für ein hässlicher Köter«, sagte Pilecki.

»Was wird mit ihm geschehen?«, fragte Haas.

»Tobias soll morgen im Tierheim anrufen. Solange wird er wohl alleine zurechtkommen.«

Haas blickte besorgt zum Napf. »Hat er noch Wasser?«

Pilecki hob die Hände. »Ich werde das nicht kontrollieren!«

Haas zögerte kurz, schließlich folgte sie Pilecki zum Wagen.

Armin Frehners Fingerabdrücke stimmten mit den Abdrücken auf dem Halsband überein. Sowohl im Kofferraum des Subarus als auch im Keller und im Wohnzimmer wurde Moritz Kienasts DNA sichergestellt. Es bestand kein Zweifel, dass der Politiker im Keller festgehalten worden war. Auch nicht, dass Frehner ihn zum Albis transportiert hatte, wo er Jochen Brandt traf, um gemeinsam mit ihm die letzten Szenen des Films zu drehen. Im Gegensatz zu seinem Kollegen packte Frehner aus. Er war sich keiner Schuld bewusst. Er behauptete, bloß Moritz Kienasts Wünsche ausgeführt zu haben. Er habe ihn sogar eine halbe Stunde, bevor er ihn abholte, angerufen und gefragt, ob er bereit sei.

Kennengelernt hatte er Brandt acht Jahre zuvor in einem Internetforum. Beide waren fasziniert vom kanadischen Comiczeichner Dolcett, der in den Neunzigerjahren bekannt wurde, als Fans seine Bilder einscannten und in den Usenet-Gruppen alt.sex.necrophia, alt.sex.snuff.cannibalism sowie alt.sex.asphyx veröffentlichten. Im Mittelpunkt der Zeichnungen standen Frauen, die auf eigenen Wunsch oder auf Wunsch anderer gewaltsam getötet wurden. Einige wurden aufgespießt und gebraten. Einzelne gegessen. Die Täter in den Comics waren reale Personen, deren Fantasien Dolcett zeichnete.

Irgendwann genügten Frehner die Bilder nicht mehr. Er wollte die Szenen mit echten Menschen nachstellen. Brandt, der sich in der extremen SM-Szene auskannte, schlug vor, Freiwillige zu suchen und ihre Fantasien umzusetzen.

Als Frehner das Inserat sah, wusste er, dass der Moment gekommen war, auf den er so lange gewartet hatte. Aus Angst, jemand könnte ihm den Sklaven wegschnappen, handelte er rasch. Er bewarb sich noch am selben Abend. Es dauerte vier Tage, bis ihm Name und Adresse per Mail genannt wurden. Sogleich machte er sich auf den Weg. Dass er Moritz Kienast allein zu Hause angetroffen hatte, war Zufall gewesen. Von einer Ehefrau wusste er nichts. Ihm war lediglich mitgeteilt worden, dass er mit Widerstand rechnen müsse. Nicht ein einziges Mal war ihm der Verdacht gekommen, der Sklave mache nicht freiwillig mit. Moritz Kienasts Widerstand gehörte für ihn zum Rollenspiel. Behauptete er zumindest.

Brandt hatte sich über Frehners Kurzschlusshandlung geärgert. Er hatte den Grill selbst bauen wollen, damit man ihm den Kauf eines Geräts nicht nachweisen konnte. Außerdem, hatte er Frehner erklärt, passten handelsübliche Spanferkelgrille nicht in einen Personenwagen. Als Frehner ihm mitteilte, das Opfer befinde sich bereits in seiner Gewalt, beschlossen sie, einen zweiten Film zu drehen, der die Gefangenschaft des Sklaven dokumentierte. So ließe sich nicht nur die Zeit bis zur Fertigstellung des Grills sinnvoll nutzen, sie könnten am Schluss sogar zwei Filme verkaufen. Erneut machte Frehner Brandt aber einen Strich durch die Rechnung. Er bot das Video von Moritz Kienasts Gefangenschaft als Gratisdownload an, weil er auf die Reaktionen gespannt war. Zwischen Frehner und Brandt kam es zum Streit; seit der Brandnacht hatten sie sich nicht mehr getroffen. Während der

Einvernahme hatte sich Frehner empört, dass Brandt alle Aufnahmen mitgenommen hatte. Schließlich sei das Braten am Spieß seine Idee gewesen, meinte er beleidigt und fragte, ob ihm aus rechtlicher Sicht das Material nicht zustehe. Pilecki hatte nur verwundert den Kopf geschüttelt.

Armin Frehners Aussagen waren glaubhaft. Sie passten zum zeitlichen Ablauf, zum Spurenbild und zu den Zeugenbeobachtungen. Warum ein Mensch, der in einer Durchschnittsfamilie aufgewachsen war, der weder in der Schule noch in der Lehre Auffälligkeiten gezeigt hatte, dem nie Gewalt zugefügt worden war und der keine traumatischen Ereignisse erlebt hatte, aus Spaß einen Mann bei lebendigem Leib aufspießte und briet, blieb ein Rätsel. Ebenso rätselhaft blieb, wer das Inserat aufgegeben hatte.

Pilecki schloss das Protokoll der Einvernahme und fuhr seinen Computer herunter. Er hatte Katja versprochen, ihr beim Reiten zuzusehen. Danach würde Irina ihn durchs »Etoile« führen. Er spülte die Tasse mit der aufgemalten Sonne aus und stellte sie in eine Schublade. Anschließend steckte er seine Zigaretten in die Brusttasche, nahm seine Lederjacke von der Stuhllehne und verließ das Kripogebäude.

32

Niemand hatte mit einer raschen Antwort gerechnet. Doch bereits am Montag war die Identität des Inserenten bekannt. Zur Überraschung aller hatte er den Auftrag über seinen privaten Internetanschluss versandt. Als Regina den Namen las, verspürte sie kurz ein Gefühl des Triumphes. Fast gleichzeitig meldete sich eine warnende Stimme in ihr. So einfach konnte es schlicht nicht sein. Die Idee an sich war genial. Der Auftraggeber wollte Moritz Kienast loswerden. Also suchte er jemanden, der ihm den Wunsch erfüllte, ohne dass er mit dem Opfer oder dem Täter direkt Kontakt aufnehmen musste. Nichts brachte sie in Verbindung. Es war ein perfekter Mord – bis auf eine Kleinigkeit. Indem der Auftraggeber das Inserat von seinem Heimanschluss aus aufgab, führte er die Polizei direkt zu seiner Haustür. Und das passte nicht zu ihm.

Die Kripoleitstelle war zum Bersten voll. Alle am Fall Kienast beteiligten Sachbearbeiter saßen um den Besprechungstisch. An einem Ende nahm Hans-Peter Thalmann zwischen Pilecki und einem Mediensprecher Platz. Zwei Techniker von der TEU lehnten sich gegen die Wand und sprachen mit Martin Angst. Joe Walker setzte sich neben Regina, die eine Grafik von Kristian Stanic betrachtete. Nur Fahrni fehlte.

Die Tür ging auf, die Kripochefin trat ein. Sie begrüßte die Anwesenden, holte sich einen Stuhl und schob ihn neben den von Thalmann. Pilecki wollte die Besprechung gerade eröffnen, als die Tür erneut aufging. Außer Atem betrat Fahrni den Raum. Er blieb abrupt stehen, als er die vielen Anwesenden bemerkte. In der Hand hielt er eine Hundeleine. An ihrem Ende das hässlichste Tier, das Regina je zu Gesicht bekommen hatte. Sein mattes Fell wies an mehreren

Stellen Bissspuren auf, seine spitze Schnauze sah aus, als sei sie nach einem Knochenbruch schief zusammengewachsen. Ein Ohr fehlte zur Hälfte, das andere hing seltsam reglos neben einem schmalen Auge, das die Umgebung misstrauisch beobachtete.

»Das ist doch nicht etwa …«, begann Pilecki.

Fahrni setzte sich verlegen auf seinen Platz. »Das Tierheim kann ihn nicht nehmen. Ich hätte ihn einschläfern lassen müssen.«

»Gute Idee«, stellte Gurtner fest.

Der Hund knurrte leise. Speichel tropfte auf den Boden.

»Fertig!«, sagte Fahrni leise.

Sofort legte sich der Hund zu seinen Füßen. Fahrni kraulte ihn hinter dem intakten Ohr.

Pilecki räusperte sich. »Dann wären wir jetzt vollständig«, sagte er. »Legen wir los! Regina? Würdest du den Anfang machen?«

Sie nahm die Unterlagen des Hosts und der Telefongesellschaft zur Hand. »Die meisten von euch wissen es bereits. Das Inserat, über das Moritz Kienast jemanden sucht, der ihn aufspießt und brät, wurde von der Mailadresse SM@gmx.net versandt. Die Adresse konnte einem Festnetzanschluss zugeordnet werden. Der Anschluss gehört Klemens Kienast.«

Die Lippen der Kripochefin wurden schmal.

»Dreiundzwanzig Personen haben sich auf das Inserat gemeldet«, fuhr Regina fort. »Alle Mails wurden an SM@gmx.net weitergeleitet. Nur eine Anfrage wurde beantwortet: die von Armin Frehner.«

»Könnte sich jemand in den Account gehackt haben?«, fragte Vollenweider.

»Die Wahrscheinlichkeit ist sehr gering«, sagte Regina und blickte zu einem der Techniker.

Dieser bestätigte. »Soll ich erklären warum?«

»Nicht jetzt, danke«, antwortete Vollenweider. »Wir müssen also tatsächlich davon ausgehen, dass Klemens Kienast das Inserat aufgegeben hat?«

»Oder jemand, der Zugang zu seinem Wireless hat.« Thalmann sah Regina an. »Ist es mit einem Passwort geschützt?«

»Das müssen wir vor Ort abklären«, antwortete der Techniker. »Ich gehe aber davon aus.«

»Im Moment deutet vieles darauf hin, dass Klemens Kienast hinter dem Inserat steckt«, sagte Pilecki. »Er hat ein starkes Motiv. ›Kienast Immobilien‹ schrieb letztes Jahr zum zweiten Mal hintereinander rote Zahlen. Das Unternehmen ist dringend auf Aufträge angewiesen. Tobias? Würdest du die Umstände kurz erläutern?«

Fahrni fasste zusammen, was in den letzten Jahren bei »Kienast Immobilien« schiefgelaufen war. Als er auf den Rechtsstreit zu sprechen kam, unterbrach ihn Vollenweider.

»Dahinter steckt der Zürcher Heimatschutz, nicht Moritz Kienast«, sagte sie.

Fahrni erklärte ihm den Zusammenhang. »In Uetikon trat Moritz Kienast sogar noch direkter in Erscheinung«, fuhr er fort und berichtete von dem gescheiterten Projekt auf dem Fabrikareal. Anschließend fasste er das Engagement des Politikers für den Seeuferweg zusammen. »Er befürwortete sogar Enteignungen. Er war der Meinung, Konzessionsland gehöre dem Staat.«

»Damit wäre er niemals durchgekommen«, sagte Walker.

Pilecki drehte einen Stift zwischen den Fingern. »Das ist egal. Es geht darum, was das bei Klemens Kienast ausgelöst hat. Er wohnt am See. Der Weg würde direkt durch seinen Garten führen. Der kleine Bruder, für den er sein Leben lang nichts als Verachtung übrighatte, wurde plötzlich gefährlich. Ob es uns passt oder nicht, Klemens Kienast hat ein starkes Motiv.«

»Das sehe ich auch so«, sagte Regina. »Eine Hausdurchsuchung ist aus rechtlicher Sicht absolut vertretbar.« Sogar zwingend, dachte sie. Handelte es sich bei dem Verdächtigen nicht um Klemens Kienast, würden sie darüber diskutieren, ob er in Untersuchungshaft genommen, nicht ob sein Haus durchsucht werden sollte.

»Könnt ihr zuerst alle anderen Mittel ausschöpfen?«, fragte die Kripochefin. »Sollte sich der Verdacht erhärten, bleibt immer noch die Möglichkeit einer Hausdurchsuchung.«

»Ich fürchte nein«, sagte Regina mit fester Stimme. Sie ärgerte sich, dass Kienast mit Samthandschuhen angefasst wurde. Plötzlich dachte sie daran, wie er sich bei Fahrni gemeldet hatte. Woher hatte er gewusst, dass sein Alibi für den 19. April überprüft wurde? Und dass Fahrni Hauptsachbearbeiter war? Regina schaute in die Runde. Ein ungutes Gefühl beschlich sie. War eines der Kadermitglieder enger mit ihm befreundet?

»Ich würde gerne mit seinen Freunden in Uetikon sprechen«, sagte Fahrni. »Den Kollegen aus der Fußballzeit.«

»Wozu?«, fragte Thalmann.

»Um zu erfahren, ob ›Kienast Immobilien‹ als Generalunternehmen infrage kam. Bevor das Luxuswohnbauprojekt auf dem Fabrikareal den Bach hinunterging natürlich.«

»Glaubst du wirklich, man wird dir Auskunft geben? Der Gemeinderat hat kein Interesse, dass der ganze Filz publik wird«, sagte Pilecki.

»Vermutlich nicht«, gestand Fahrni. »Aber ich bekäme ein Gespür dafür, wie Klemens Kienast wahrgenommen wird. Und wie er sich über seinen Bruder geäußert hat.«

»Das wird einigen Staub aufwirbeln«, gab die Kripochefin zu bedenken.

Gut, dachte Regina. Sie mussten Klemens Kienast aus der Reserve locken, ihn so provozieren, dass er die Kontrolle verlor und unüberlegt handelte. Da sie der Kripochefin aber nicht in den Rücken fallen wollte, bat sie Fahrni zu warten, bis die Ergebnisse der Hausdurchsuchung vorlagen. Vor allem auf die Auswertung der elektronischen Geräte war sie gespannt.

Vollenweiders Telefon klingelte. Sie blickte aufs Display, entschuldigte sich und stand auf. Pilecki schlug eine fünfminütige Pause vor. Zusammen mit einem der Techniker verließ er den Raum, ein Päckchen Zigaretten in der Hand. Gurtner stand ebenfalls auf. Der Hund knurrte.

»Wie heißt er?«, fragte Regina.

Fahrni wurde rot. »Bruno. Tut mir leid. Er hört auf keinen anderen Namen.«

Haas lachte schallend. Plötzlich hielt sie die Hand vor den Mund und schielte zu Thalmann. Dieser war in ein Gespräch mit dem Mediensprecher vertieft. Beide wirkten besorgt. Regina fragte sich, ob bereits Bewerbungen für die Stelle des Dienstchefs eingegangen waren. Am vergangenen Freitag hatte der Kommandant sie angerufen, um ihr mitzuteilen, dass die Spur, die das FBI verfolgte, keinen Hinweis auf Cavallis Verbleiben ergeben hatte. Mit Bedauern erklärte er, die Stelle werde neu besetzt. Regina schätzte es, dass er sie benachrichtigte. Da Cavalli und sie nicht verheiratet waren, war er dazu nicht verpflichtet. Die Anteilnahme nährte zudem ihre Hoffnung, dass alles getan würde, um Cavalli zu finden. Schließlich war er im Dienst verschwunden.

Pilecki nahm die Besprechung wieder auf. Sie drehte sich hauptsächlich um die Frage, was die Öffentlichkeit erfahren solle. Nachdem sie sich auf eine Strategie geeinigt hatten, verabschiedeten sich der Mediensprecher, Vollenweider und Thalmann. Pilecki ging zur Hausdurchsuchung über. Er übertrug die Leitung Fahrni.

»Ich glaube immer noch nicht, dass Klemens Kienast der

Täter ist«, sagte Fahrni. »Beziehungsweise der Auftraggeber. Es passt einfach nicht zu ihm.«

»Das hast du schon tausend Mal gesagt«, warf Haas ihm vor. »Wer kommt sonst infrage? Seine Frau?«

Fahrni zuckte die Schultern. »Warum nicht? Sie steht voll und ganz hinter ihm. Wer weiß, wie weit sie ginge, um ihm den Rücken frei zu halten. Außerdem hat sie sich an den gehobenen Lebensstil gewöhnt. Wenn ›Kienast Immobilien‹ Verlust macht, bekommt sie das ebenfalls zu spüren.«

Pilecki stimmte zu.

»Was wissen wir über sie?«, fragte Regina.

Gurtner meldete sich. »Die Melonen sind nicht echt.«

Haas verdrehte die Augen. »Ist das wichtig?«

»Sie haben jedenfalls eine Menge gekostet«, sagte Gurtner. »Genauso wie das Botox.« Er versuchte, den Mund zu verziehen, ohne dass sich Falten auf seinem Gesicht bildeten.

Pilecki grinste.

Auch Regina konnte ein Schmunzeln nicht unterdrücken.

»Warum wird bei einer Frau immer zuerst das Äußere kommentiert?«, fragte Haas verärgert. »Klemens Kienasts Aussehen war nie ein Thema!«

Gurtner warf Pilecki einen vielsagenden Blick zu. »Habe ich etwas über Gabrieles Äußeres gesagt? Ich habe nur innere Werte erwähnt.«

Haas holte Luft.

»Schluss«, sagte Pilecki rasch. »Wir wissen also, dass Gabriele teuer im Unterhalt ist. Sonst noch etwas?«

Haas ließ nicht locker. »Du hast sie gar nie gesehen!«, warf sie Gurtner vor. »Woher willst du wissen, dass sie Brustimplantate hat?«

»Männliche Intuition«, sagte Gurtner wichtigtuerisch.

»Dorothee Kienasts Fotoalbum«, klärte Pilecki sie auf. »Aber du sprichst etwas Wichtiges an, Häschen, wir haben nie mit ihr gesprochen. Es ist höchste Zeit, sie vorzuladen.«

»Gabriele Kienast oder Bötticher, wie sie früher hieß, kam 1965 in Frankfurt am Main zur Welt«, meldete sich Fahrni. »Der Vater war Versicherungsangestellter, die Mutter Hausfrau. Gabriele hat einen jüngeren Bruder, der heute ebenfalls bei einer Versicherung arbeitet. Sie machte nach dem Abitur eine Ausbildung zur Buchhalterin, hat elf Jahre in einem kleinen Küchenbauunternehmen gearbeitet. Während dieser Zeit kam Linas zur Welt. Gabriele war nie mit seinem Vater, einem Einwanderer aus Litauen, verheiratet. Kurze Zeit lebten die beiden zusammen, doch das scheint nicht gut funktioniert zu haben. Als Linas drei Jahre alt war, zog Rimas Petraitis aus der gemeinsamen Wohnung aus. Vier Jahre später lernte Gabriele Klemens Kienast kennen.«

Alle sahen ihn verblüfft an.

»Weißt du auch, wo sie sich kennengelernt haben?«, fragte Regina.

»Leider nicht. Soll ich die Befragung übernehmen?«

»Kümmere du dich ganz um die Hausdurchsuchung«, wies Pilecki ihn an. »Damit wirst du alle Hände voll zu tun haben. Gurtner kann mit Gabriele Kienast sprechen.«

Gurtner leckte sich die Lippen.

»Ich mache das«, sagte Regina streng. »Gabriele Kienast gehört zum engsten Kreis der Verdächtigen.«

Klemens Kienast zeigte keine Regung, als Regina ihm am Donnerstag um halb acht Uhr den Durchsuchungsbefehl reichte. Es war Jahre her, seit sie persönlich an einer Hausdurchsuchung teilgenommen hatte. Fahrni empfand ihre Anwesenheit nicht als Zeichen des Misstrauens, er führte sie auf die heiklen Umstände zurück. Ihm war nicht entgangen, dass Kienast Freunde in hohen Positionen hatte. Ihren Verdacht, ein Kadermitglied der Polizei gehöre dazu, behielt Regina für sich. Nun betrachtete sie Kienasts steinerne Miene und fragte sich, ob er über die geplante Hausdurchsuchung bereits informiert gewesen war. Zweifel überkamen sie, als er sich entschuldigte, um seinen Anwalt anzurufen. Wenn er davon gewusst hätte, stünde der Anwalt bereits hier.

»Was werden Sie sich alles ansehen?«, fragte Gabriele Kienast entsetzt.

»Ich fürchte, vieles«, erwiderte Regina. »Auch Ihre persönlichen Sachen. Wir werden uns bemühen, alles so zu hinterlassen, wie wir es vorgefunden haben. Einige Gegenstände werden wir jedoch mitnehmen müssen.«

»Mitnehmen?«, wiederholte sie. »Warum? Welche Gegenstände?«

»Wir werden sie auflisten.«

»Ich verstehe das nicht!« Gabriele knetete unentwegt ihre Hände. »Wir haben nichts mit Moritz' Tod zu tun!«

»Gabriele!« Klemens Kienast kam zurück. »Sag kein Wort mehr. Ulrich Glanzmann ist unterwegs.« Er sah Regina an. »Ich verlange, dass Sie so lange warten.« Er wandte sich wieder an Gabriele. »Bitte schau, dass die Beamten mit Kaffee versorgt werden.«

Gabriele sah zur Einfahrt, wo einige Kriminaltechniker Material aus dem Kastenwagen des Forensischen Instituts ausluden. Hinter ihnen hatten sich die Regionalpolizisten versammelt, die Fahrni zur Unterstützung aufgeboten hatte. Gabriele schlang die Arme um ihren Körper. Sie trug zwar noch einen Morgenmantel, war aber bereits geschminkt.

»Danke, Kaffee ist nicht nötig«, sagte Regina und wandte sich an Gabriele. »Wenn Sie sich anziehen möchten, werde ich Sie nach oben begleiten.« Sie gab Fahrni ein Zeichen, dass er beginnen solle. Klemens Kienasts Blick war eisig. Gabriele wandte sich ab und ging mit raschen Schritten auf die

Treppe zu, die in den ersten Stock führte. Regina folgte ihr. Sie konnte sich vorstellen, wie der Frau zumute war. Polizisten, die Gabriele noch nie zuvor gesehen hatten, würden in ihren Sachen wühlen und ihre intimsten Seiten kennenlernen.

Regina wartete im Gang, während Gabriele sich umzog. Sie hatte Gabriele gebeten, die Schlafzimmertür offen zu lassen, sich aber so hingestellt, dass sie die Frau nicht sah. Im Haus war es sonderbar still, als hielten die Mauern in Erwartung des bevorstehenden Sturms die Luft an. Als eine Tür direkt gegenüber aufging, zuckte Regina zusammen. Linas trat in Boxershorts aus seinem Zimmer, die Augen vor Müdigkeit geschwollen. Offenbar hatte niemand daran gedacht, ihn zu informieren. Als er Regina sah, stolperte er. Er starrte sie an, als traue er seinen Augen nicht.

»Wer sind Sie?«

Regina erklärte ihm, warum sie hier war.

»E-eine was?«

»Eine Hausdurchsuchung«, wiederholte sie.

Gabriele trat hinzu. Sie trug einen hellen Hosenanzug, der ihr ein geschäftliches Aussehen verlieh, und wirkte gefasster als vorhin. Ruhig bat sie Linas, sich anzuziehen. Der Jugendliche drehte sich abrupt um und schloss die Tür. Regina warf Gabriele einen Blick zu. Diese klopfte wortlos an Linas' Tür, öffnete sie wieder und erklärte ihm in leicht sarkastischem Tonfall, die Polizei befürchte, er könne Beweismaterial vernichten, wenn sie ihn nicht im Blick habe.

»Beweismaterial?«, stammelte Linas. »Was meinst du?«

Gabriele sah Regina an. »Das wüsste ich auch gerne.«

Regina ignorierte den Seitenhieb. Gabriele hatte das Recht, wütend zu sein. Regina wäre es an ihrer Stelle auch. Verstört streifte sich Linas ein T-Shirt über und schlüpfte in eine Jeans. Zu dritt kehrten sie ins Erdgeschoss zurück, wo Fahrni bereits die Aufgaben verteilte. Klemens Kienast stand reglos neben ihm und verfolgte jede Anweisung. Vermutlich hoffte er, Fahrni dadurch in die Enge zu treiben. Da wird er lange warten müssen, dachte Regina. Fahrni besaß die Gabe, Störendes auszublenden und sich nur auf das zu konzentrieren, was ihm wesentlich erschien. Seiner Miene nach zu schließen, gehörte Klemens Kienasts Empörung nicht dazu.

Die Polizisten hatten sich kaum im Haus verteilt, als ein graumelierter Mittfünfziger in der Tür erschien. Klemens Kienast bat ihn herein, und sie gaben sich die Hand. Der Anwalt stellte Regina gleich zur Rede. Sie zeigte ihm den Durchsuchungsbefehl.

»Sie unterstellen meinem Mandanten, er wisse etwas über das Verschwinden seines Bruders? Können Sie diese absurde Behauptung belegen?«

Regina gab ihm nur so viele Informationen wie nötig. Sie sah ihm an, dass es ihm nicht reichte.

Ein Techniker kam mit einer Kiste voller elektronischer Geräte auf sie zu. »Ich habe zwei Computer gefunden«, erklärte er. »Einen PC im Büro und einen Laptop im Elternschlafzimmer. Im ersten Stock sind wir fertig.«

»Sie können meinen Laptop nicht mitnehmen!« Kienast stellte sich ihm in den Weg. »Ich brauche den Computer für meine Arbeit!« Als er das Handy daneben sah, verfinsterte sich seine Miene.

Der Anwalt legte ihm eine Hand auf den Arm. »Wir werden eine Siegelung aller sichergestellten Geräte beantragen. Ohne Beschluss des Zwangsmaßnahmengerichts dürfen die Behörden nichts anschauen.«

»Es geht um weit mehr!«, zischte Kienast. »So kann ich nicht arbeiten!«

Der Techniker trug die Kiste aus dem Haus. Einen Moment dachte Regina, Kienast halte ihn zurück, doch er blieb stehen. Langsam verliert er die Kontrolle, stellte sie fest.

Gabriele Kienast kam aus der Küche. Ihre Finger strichen unablässig über ihre Kleidung. Mal strich sie die Hose glatt, mal überprüfte sie ihren Kragen, dann zupfte sie an ihrem Ärmel. Immer wieder berührte sie den tränenförmigen Anhänger, der an einer Goldkette an ihrem Hals hing. Plötzlich wurde es Klemens Kienast zu viel. Mit einer ruckartigen Handbewegung bedeutete er ihr, damit aufzuhören. Sie erstarrte. Die Luft zwischen dem Ehepaar knisterte. Regina beobachtete Gabriele. Von einem Augenblick auf den anderen ergab sich die Frau wie ein Hund, der ohne zu zögern den Befehl seines Herrchens ausführt. Man sah es an der Art, wie sie versteinert dastand und die ganze Aufmerksamkeit auf ihren Mann richtete. Die Welt um sie herum hörte auf zu existieren. Gabriele wartete nur noch auf Anweisungen.

Der Anwalt räusperte sich. Er schlug vor, im Wohnzimmer Platz zu nehmen, um das weitere Vorgehen zu besprechen. Gabriele reagierte nicht. Erst als Kienast sie anwies, ihnen zwei Espressi zu bringen, setzte sie sich in Bewegung. Kurz nachdem sie in der Küche verschwunden war, trat Fahrni zu ihnen. Er erklärte, die Räume im Keller seien verschlossen, und bat Klemens Kienast um einen Schlüssel. Regina hatte nicht geglaubt, dass Kienasts Blick noch eisiger werden könnte. Fahrni kümmerte es nicht. Er wartete geduldig, bis Kienast einen Schlüsselbund aus der Hosentasche zog. Statt ihn Fahrni zu geben, marschierte Kienast selbst Richtung Keller. Sie folgten ihm zu dritt. Mit kerzengeradem Rücken stieg er die Treppe hinunter. Vor der ersten Tür hielt er inne und holte tief Luft. Dann schloss er auf.

Regina wusste nicht, was sie zu erwarten hatte. Jedenfalls nicht das, was sich hinter der Tür verbarg. Der Raum war voller Bilder von Schmetterlingen. Sie fühlte sich in den Biologieunterricht zurückversetzt. Ein kolorierter Stich aus dem 19. Jahrhundert, betitelt mit »Die Waldverderbnis«, dominierte eine Wand. Daneben hing eine komplette Systematik von Schmetterlingen. Hinter einem massiven Tisch standen Schränke; als Fahrni einen öffnete, kamen Insektenkästen zum Vorschein. Er streckte die Hand aus.

»Fassen Sie nichts an!«, rief Klemens Kienast.

Seine Augen glühten. Schweißperlen bildeten sich auf seiner Stirn. Fasziniert beobachtete Regina, wie ihn ein kaum wahrnehmbares Zittern erfasste. Sie begriff, dass er in diesem Raum die Dinge aufbewahrte, die ihm etwas bedeuteten. Sie waren in sein Herz vorgedrungen.

Ohne ihn aus den Augen zu lassen, griff Fahrni langsam nach einem der Kästen.

»Nein!«, rief Kienast.

Der Anwalt versuchte, ihn zu beruhigen. Kienast nahm nur noch Fahrni wahr. Dieser zog den Kasten heraus und betrachtete den Inhalt. Kienast schluckte. Etwas an seiner Haltung veränderte sich, wenn auch unmerklich. Regina trat einen Schritt zur Seite, um sein Gesicht besser sehen zu können. Sein Blick wirkte beinahe flehend. Er liebt diese toten Insekten, dachte Regina verblüfft.

»Möchten Sie die Regale selber räumen?«, fragte Fahrni mit neutraler Stimme.

Kienast durchquerte mit großen Schritten den Raum und nahm Fahrni den Kasten ab. Wortlos drehte er sich zum Schrank. Einem Muster folgend, das Regina nicht durchschaute, begann er, Insektenkästen herauszuziehen. Fahrni kontrollierte die Hohlräume. Sobald er Kienast ein Zeichen gab, stellte dieser die Schmetterlinge sorgfältig zurück. Regina fragte sich, ob sich Fahrni von seiner Intuition leiten ließ oder ob er immer so gründlich vorging. Was glaubte er, hinter den Kästen zu finden? Sie fragte nicht.

Im zweiten Schrank entdeckte er es. Es lag nicht hinter einem der Kästen, sondern in einer eingebauten Schublade.

Er drehte sich um und hielt einen Laptop in die Höhe. Klemens Kienast beachtete ihn kaum. Er war mit den Insektenkästen beschäftigt. Auch als Fahrni ein Handy aus einer Werkzeugkiste zog, sah Kienast nicht auf. Der Anwalt hingegen registrierte jede Bewegung. Er wiederholte, dass er die Siegelung der Geräte beantragen werde.

Klemens Kienast blieb im Raum zurück, als sie in den Gang traten und die zweite Tür im Keller aufschlossen. Er hörte nicht, wie Regina nach Luft schnappte.

Sie brauchte einen Moment, um zu begreifen, was sie vor sich sah.

»Ist das etwa …?«, fragte Fahrni verdattert.

»Ein Sadomaso-Spielzimmer, ja«, sagte Regina.

Langsam ließ sie den Blick durch den Raum gleiten. Ein Bett suchte sie vergeblich. An einer Wand war eine schmale Pritsche befestigt, deren Ecken mit Ketten versehen waren. Darüber befand sich eine Vorrichtung, die Regina noch nie gesehen hatte. Der Zweck entzog sich ihrem Vorstellungsvermögen. Wozu die Peitschen, Klammern, Fesseln und Halterungen dienten, war ihr jedoch klar. Auch, wer die schwarze Maske getragen hatte, die an einem Haken hing.

»Der Teufel«, flüsterte sie.

Fahrni riss die Augen auf.

»Dorothee hat gesagt, der Teufel habe Moritz geholt«, erklärte sie.

Fahrni stieß die angehaltene Luft aus. »Ja, das hat sie behauptet. Die Ärzte haben ihr aber nicht geglaubt. Sie meinten, die Aussage sei im übertragenen Sinn zu verstehen.«

»Sie muss hier gewesen sein«, sagte Regina. »In diesem Raum. Als Klemens Kienast die Maske trug. Dieser Anblick war zu viel. Sie konnte ihn nicht verarbeiten. Sie war nach allem, was sie erlebt hatte, emotional zu instabil.«

Daran, dass Klemens die Maske getragen hatte und nicht

Gabriele, zweifelte Regina keinen Augenblick. Er war der dominante Partner. Das hatte ihr Gabrieles Reaktion auf seinen Befehl, sich zusammenzureißen, deutlich gezeigt. Sie fragte sich, was Dorothee sonst noch gesehen hatte. Hatte sie plötzlich erkannt, dass Klemens Kienast für den Tod ihres Mannes verantwortlich war? War sie hier gestanden, als ihr der Zusammenhang zwischen Kienasts sexuellen Vorlieben und der Art und Weise, wie Moritz getötet worden war, bewusst wurde? Dass sich Kienast in der SM-Szene bewegte, konnte kein Zufall sein. Er wusste, wo er das Inserat aufgeben musste. Genauso, dass es Sadisten gab, die darauf reagieren würden. Vielleicht kannte er die beiden Täter. Möglicherweise gehörte er sogar zu Jochen Brandts Kunden.

Sie verließ den Raum.

»Wohin gehst du?«, fragte Fahrni.

»Ins Büro«, antwortete Regina. »Um einen Vorführungsbefehl gegen Klemens Kienast auszustellen. Wegen Anstiftung zu vorsätzlicher Tötung.«

33

Ich musste es tun!«, rechtfertigte sich Regina.

»Hättest du nicht warten können, bis die Auswertung der Computer vorliegt?«, fragte Landolt.

»Klemens Kienast hat für alle Geräte eine Siegelung beantragt. Du weißt, wie lange es dauert, bis das Zwangsmaßnahmengericht zu einer Entscheidung kommt.«

»Die Untersuchungshaft soll kein Druckmittel sein!«

»Das weiß ich. Ich möchte Kienast damit auch nicht unter Druck setzen, sondern nur verhindern, dass er sich mit seiner Frau abspricht. Ich hätte auch beide verhaften können, habe es Linas zuliebe aber nicht getan.«

Ihre Erklärung entsprach nur teilweise der Wahrheit. Natürlich wollte sie Klemens Kienast unter Druck setzen. Er wusste, dass er eher aus der Untersuchungshaft entlassen wurde, wenn er einer Entsiegelung zustimmte. Regina war überrascht, dass er noch nicht nachgegeben hatte. Für einen Mann, der es gewohnt war, Befehle zu erteilen, und dem Kontrolle ein elementares Bedürfnis war, mussten fünf Tage im Polizeigefängnis furchtbar sein. Dennoch weigerte er sich, ihr Einsicht in seine Daten zu gewähren. Zudem schwieg er beharrlich. Regina führte sein Verhalten auf seine Arroganz, nicht auf taktische Überlegungen zurück.

Ihre Hoffnung ruhte auf Gabriele Kienast. Gut möglich, dass sie auspackte, jetzt, da ihr Mann sie nicht beeinflussen konnte. Welche Rolle sie gespielt hatte, war Regina immer noch nicht klar: Hatte sie von dem Inserat gewusst? Hatte sie es gar zusammen mit ihrem Mann formuliert? Dass sie es ohne Klemens Kienasts Wissen aufgegeben hatte, schloss Regina aus. Fahrni hatte mit Freunden, Familienmitgliedern und Bekannten gesprochen. Alle behaupteten, seit Gabriele

Klemens Kienast geheiratet habe, wirke sie wie eine Marionette. Sie unterwerfe sich in fast allen Belangen seinem Willen. Ihm zuliebe habe sie sogar ihrem Sohn verboten, Kontakt mit seinem leiblichen Vater aufzunehmen.

Regina stand auf. »Gabriele Kienast wartet. Können wir später darüber reden?«

»Ich möchte es sofort erfahren, wenn sie etwas Relevantes preisgibt«, mahnte Landolt.

Regina nickte und wies Dietz an, Gabriele Kienast und ihren Anwalt am Empfang abzuholen. Sie hatte ihre Unterlagen kaum sortiert, als die Protokollführerin die beiden ins Büro führte und sie bat, Platz zu nehmen. Gabriele setzte sich aufrecht hin. Ihr Ausdruck war entschlossen, doch sie klammerte sich an ihre Handtasche, als suche sie Halt. Der Anwalt machte Regina als Erstes darauf aufmerksam, dass er seiner Klientin geraten habe, die Aussage zu verweigern. Irrtümlicherweise sei sie aber der Meinung, sie könne ihrem Mann helfen, wenn sie kooperiere. Regina ärgerte sich über die Art, wie er über Gabriele Kienast sprach – als sei sie gar nicht anwesend.

Drei Stunden später riss sie auf der Toilette entnervt eine Packung Darvida auf. Der Anwalt hatte seine Mandantin kaum einen Satz zu Ende sprechen lassen. Regina hatte ihn mehrmals darauf hingewiesen, er habe am Schluss der Einvernahme die Möglichkeit, Ergänzungsfragen zu stellen. Es nützte nichts. Auch nicht, dass Dietz zu jedem Wort, das er äußerte, eine Protokollnotiz verfasste.

Gabriele Kienast behauptete, nichts von dem Inserat gewusst zu haben, und konnte sich nicht erklären, wie es über ihren Telefonanschluss hatte verschickt werden können. Sie bestätigte, dass die Drahtlosverbindung mit einem Passwort geschützt war, das nur die Familie kannte. Besucher waren im fraglichen Zeitraum keine da gewesen.

Regina schob sich ein weiteres Darvida in den Mund, verließ die Toilette und nahm die Einvernahme wieder auf. Das letzte Thema, das sie ansprechen wollte, war heikel. Sie schenkte allen Wasser nach.

»Frau Kienast, in Ihrem Haus befindet sich ein Raum mit sadomasochistischem Zubehör. Wissen Sie davon?«

Gabriele sah sie an, als vermute sie hinter der Frage eine Falle. »Natürlich weiß ich davon. Klemens und ich benutzen ihn regelmäßig. Soviel ich weiß, ist das nicht verboten.«

Der Anwalt holte Luft. »Frau Kienast, ich muss Sie bitten, diskreter zu sein!«

Regina platzte der Kragen. Sie drohte dem Anwalt mit einer Buße, wenn er sich nicht zurückhielt. Beleidigt presste er die Lippen zusammen. Der Blick, den er Gabriele zuwarf, war aber unmissverständlich.

»Ich schäme mich deswegen nicht!«, sagte sie. »Ich sehe nicht, was daran falsch sein soll.«

»Dennoch haben Sie Ihre sexuellen Vorlieben heimlich ausgelebt«, hielt Regina ihr entgegen.

»Sadomaso ist immer noch ein gesellschaftliches Tabu«, erklärte Gabriele. »Klemens befürchtet, es könnte ihm beruflich schaden, wenn er sich offen zu seinen Neigungen bekennt.«

»Wie sehen seine Neigungen aus?«, fragte Regina. »Welche Rolle nimmt er ein?«

»Die dominante.«

»Immer?«

»Ja, wir tauschen nie. Und bevor Sie fragen, weshalb: Wir haben kein Bedürfnis danach. Er ist ein begabter Dom. Er hat ein feines Gespür für Grenzen. Und ich genieße es, mich komplett fallen zu lassen. Seit ich Klemens kenne, fühle ich mich sexuell erfüllt.«

Der Anwalt räusperte sich.

»Was verschafft Ihrem Mann Lust?«, fragte Regina.

»Ich muss Sie bitten, Frau Flint!«, unterbrach der Anwalt. »Wenn Sie sich für Herrn Kienasts sexuelle Präferenzen interessieren, sprechen Sie mit ihm darüber. Die Aussagen meiner Klientin widerspiegeln nur ihre eigene Wahrnehmung.«

»Was verschafft Ihrem Mann – Ihrer Meinung nach – Lust?«, fragte Regina, nachdem Dietz die Äußerung des Anwalts notiert hatte.

Gabriele spielte mit dem Verschluss ihrer Handtasche. »Klemens mag es, Kontrolle auszuüben. Es befriedigt ihn, wenn ich ihm völlig ausgeliefert bin. Er will meine Unterwerfung spüren.«

»Lebt er alle seine Fantasien aus?«

»Ich möchte einen Moment allein mit Frau Kienast sprechen!«, bat der Anwalt.

Gabriele wandte sich an ihn. »Ich muss das erklären. Ich weiß, welche Vorstellungen Vanillas von uns haben. Wenn die Behörden mehr über Sadomasochismus wüssten, wäre mein Mann nie verhaftet worden.« Sie blickte wieder zu Regina. »Es geht nicht darum, dem Partner Schmerzen gegen seinen Willen zuzufügen. SM ist einvernehmlich. Wenn es mir zu viel wird, sage ich es. Und Klemens respektiert das. Es verschafft ihm keine Lust, einen Menschen leiden zu sehen. Das ist eine falsche Vorstellung, die viele haben. Es gefällt ihm, dass seine Schläge mich erregen.«

»Dennoch haben Sie vorhin gesagt, er mag es, Kontrolle auszuüben. Wie reagiert er, wenn er die Kontrolle verliert?«

»Er kämpft darum, sie wiederzuerlangen.«

»Helfen Sie ihm dabei?«

»Wenn ich kann, ja.«

»Moritz Kienast hat ihn angegriffen«, hielt Regina ihr vor. »Und empfindlich getroffen. Wie hat Ihr Mann reagiert?«

»Er hat sich darüber geärgert, was ich gut verstehen kann. Die Ideen meines Schwagers waren wirklich lächerlich. Aber

Klemens hätte ihn deswegen nie töten lassen. Nicht einmal, wenn er sich seinen Tod gewünscht hätte. Die Tat ist feige. So ist Klemens nicht. Wie ich bereits gesagt habe: Wenn er etwas erreichen will, kämpft er dafür.«

»Sie haben gesagt, ›nicht einmal, wenn er sich seinen Tod gewünscht hätte‹. Hat er sich denn nie gewünscht, seinen Bruder loszuwerden?«

»Natürlich hat er sich das auf einer abstrakten Ebene manchmal gewünscht, aber das heißt doch nicht, dass er es in die Tat umgesetzt hat!«

»Hat er den Wunsch laut geäußert?«

Gabriele schüttelte entnervt den Kopf. »Sie verstehen mich nicht.«

»Bitte beantworten Sie die Frage.«

»Er hat ab und zu eine unbedachte Bemerkung fallen gelassen, aber das bedeutet doch nichts! Haben Sie nie einen Menschen auf den Mond gewünscht? Oder gedacht, jemand soll zur Hölle fahren?«

»Erinnern Sie sich an den Wortlaut seiner Bemerkungen?«

Sie seufzte. »Einmal hat er gemeint, man sollte Moritz an einen Balken hängen. Ein anderes Mal, ihn am Spieß braten. Aber er hat es nicht ernst gemeint! Er war selbst überrascht, als er erfuhr, was geschehen war! Moritz war sein Bruder! Er hat ihn vielleicht nicht geliebt, aber er gehörte zur Familie. Was man ihm angetan hat, ist einfach schrecklich.«

»Können Sie sich daran erinnern, unter welchen Umständen Ihr Mann gesagt hat, man sollte Moritz am Spieß braten?«

Gabriele dachte nach. Der Anwalt blickte resigniert zum Fenster hinaus. Auf dem Schreibtisch vibrierte Reginas Handy. Sie fluchte innerlich, doch Gabriele nahm keine Notiz davon.

»Sie haben über ein gescheitertes Projekt in Uetikon gesprochen«, sagte sie langsam. »Auf dem Areal der Chemischen.

Die Rede war von über dreihundert Wohnungen, von einer Bau- und Zonenverordnung oder einem Richtplan, ich kann mich nicht mehr genau erinnern. Ich weiß nur noch, dass Moritz' Name in diesem Zusammenhang gefallen ist.«

»Wen meinen Sie mit ›sie‹? Mit wem hat Ihr Mann gesprochen?«

»Mit Richi. Richard Dalcher.«

»Dem Uetiker Gemeinderat?«

»Ja, er ist ein alter Freund von Klemens. Er war zum Essen bei uns, irgendwann im April. Einige Tage vor Moritz' Verschwinden«, erinnerte sie sich. »Als sie auf Moritz zu sprechen kamen, sagte Klemens, man sollte ihn am Spieß braten. Aber er hat es nicht ernst gemeint!«

»War sonst noch jemand da?«

»Nein, nur Richi.«

»Wie hat er reagiert?«

»Soviel ich weiß, gar nicht. Als ich die Suppe servierte, wechselte Klemens das Thema. Er spricht beim Essen nie übers Geschäft.«

»Und anschließend? Nach dem Essen? Haben sie das Thema wieder aufgenommen?«

»Das weiß ich nicht. Klemens und Richi haben ihren Kaffee in der Lounge genommen. Ich war in der Küche.« Sie holte Luft. »Aber eines kann ich Ihnen mit Sicherheit sagen: Sie haben bestimmt nicht besprochen, wie sie Moritz töten würden!«

»Könnten Sie bitte nachschauen, wann genau Richard Dalcher bei Ihnen war?«

Gabriele holte ihren Kalender hervor. »Es muss ein Samstag gewesen sein«, murmelte sie. »Mitte April. Hier, ich habe es! Samstag, der 13. April. Richtig, eine Woche vor Frankfurt.« Plötzlich sah sie auf. »Deshalb verdächtigen Sie ihn!«, platzte es aus ihr heraus. »Wegen Frankfurt! Weil er Ihnen nicht gesagt hat, wo wir waren! Jetzt, da Sie ohnehin alles wissen, können Sie genauso gut die ganze Wahrheit erfahren. Wir besuchen einmal pro Monat einen privaten SM-Klub in Frankfurt. Klemens verbindet die Reise mit geschäftlichen Treffen, ich nutze die Gelegenheit, meine Familie zu sehen. In der Nacht, als Moritz getötet wurde, waren wir im Klub. Dafür gibt es eine Reihe Zeugen!«

Regina hörte nur mit halbem Ohr zu. Gabriele begriff nicht, dass ihr Mann der Anstiftung zur vorsätzlichen Tötung und nicht der vorsätzlichen Tötung selbst beschuldigt wurde. Zwar war Regina froh, endlich zu wissen, wohin er in der Nacht zum 5. Mai gefahren war, viel mehr interessierten sie jedoch Gabrieles Informationen über das Essen mit Richard Dalcher. In Gedanken ging Regina die Daten durch. Am 13. April äußerte Klemens Kienast in der Gegenwart seines Freundes den Satz, man solle Moritz am Spieß braten. Einen Tag später erschien das Inserat im Internet. Das konnte kaum Zufall sein. Hatte Richard Dalcher seinem Freund einen Dienst erweisen wollen? Er selbst hätte vermutlich auch nichts dagegen gehabt, Moritz Kienast loszuwerden. Plötzlich fiel Regina ein, dass Fahrni den Gemeinderat vorgeladen hatte. Den genauen Termin der Befragung wusste sie nicht.

Sie bat Nina Dietz, das Protokoll auszudrucken, damit sie einen Anruf erledigen konnte. Dietz führte Gabriele Kienast und ihren Anwalt ins Vorzimmer. Überrascht stellte Regina fest, dass es bereits halb zwei war. Die Einwürfe des Anwalts hatten die Einvernahme in die Länge gezogen. Regina erinnerte sich an den Anruf auf ihr Handy. Sie betrachtete das Display; die Nummer gehörte Joe Walker. Regina fasste sich an die Stirn. Sie war mit ihm zum Mittagessen verabredet gewesen. Bevor sie zurückrief, um sich bei ihm zu entschuldigen, wählte sie Fahrnis Nummer.

Vera Haas nahm ab. »Tobias? Nein, er ist bei der Kripochefin, zusammen mit Pilecki und dem Techniker, der Kienasts elektronische Geräte beschlagnahmt hat.«

»Weißt du, ob er Richard Dalcher schon befragt hat?«

»Ich glaube, der Gemeinderat kommt erst morgen Nachmittag. Soll ich nachschauen?«

»Gerne.«

Regina hörte das Klicken der Computertastatur im Hintergrund.

»Mittwoch, 22. Juni, fünfzehn Uhr«, bestätigte Haas.

Regina bedankte sich. »Kannst du Tobias ausrichten, dass ich ihn dringend sprechen muss?« Sie wollte bereits auflegen, als ihr die Bedeutung von Haas' Worten bewusst wurde. »Gibt es Probleme wegen der Siegelung? Warum ist der Techniker bei der Kripochefin?«

»Du hast es noch nicht erfahren?«

»Wovon sprichst du?«

»Von Kienasts Handy. Das mit der Prepaidkarte.«

»Nein, was ist damit?«

»Es ist verschwunden.«

»Das darf doch nicht wahr sein!«, platzte Landolt heraus.

»Ich sage dir, Klemens Kienast hat Freunde an wichtigen Stellen. Deshalb schweigt er!« Reginas Stimme war hart. »Er wusste ganz genau, dass das Handy verschwinden würde, wenn er nur lange genug wartete. Ich habe auch eine ziemlich genaue Vorstellung, was wir darauf gefunden hätten: Richard Dalchers Nummer! Jede Wette, Dalcher und Kienast haben am Telefon geplant, wie sie Moritz töten wollten!«

»Um zu wissen, mit wem Kienast telefoniert hat, brauchst du das Handy doch nicht, die Telekommunikationsgesellschaft hat alle Informationen.«

»Hätte«, korrigierte Regina bitter. »Wir haben die Telefonnummer nicht.«

Landolt starrte sie an. »Wie ist das möglich?«

»Frag mich nicht. Sie ist nicht mehr in der Datenbank.«

Die Kripochefin hatte ihr versichert, dass der Vorfall gründlich untersucht würde. Regina dachte an das eingestellte Verfahren wegen Bilanzmanipulation. Man wird den Schuldigen nicht finden, seufzte sie resigniert und kehrte in ihr Büro zurück. Warum schafften Frauen es nicht, ein ebenso großes Beziehungsnetz aufzubauen wie Männer? Im Berufsleben konnten diese auf Freundschaften zählen, die sie im Militär, während des Studiums oder im Sportverein geknüpft hatten. Auch wenn sich diese Freundschaften nicht unbedingt durch Herzlichkeit auszeichneten, so schien es für Männer doch selbstverständlich, Kollegen ab und zu einen Dienst zu erweisen. Frauen hingegen betrachteten einander bestenfalls als Konkurrentinnen. Regina dachte an Zünfte und Studentenverbindungen, die lange Zeit Männern vorbehalten gewesen waren. Sogar die Freimaurer, die sich Toleranz auf die Fahnen geschrieben hatten, nahmen bis auf wenige Logen keine Frauen auf. Angeblich, weil sie sich nicht von Äußerlichkeiten ablenken lassen wollten, doch Regina vermutete, dass weit mehr dahintersteckte. Männer wollten ihre Macht nicht teilen.

Wer mochte der unbekannte Freund sein? Ein weiterer Kollege aus der Fußballzeit? Ein Freimaurer? Regina dachte an Fahrnis Einwand, Klemens Kienast komme als Täter nicht infrage, weil das Verbrechen den Grundsätzen der Freimaurer widerspreche. Sie setzte sich an ihren Computer und gab den Begriff in eine Suchmaschine ein. Sie wusste nicht, was sie sich davon erhoffte, schon bald war sie aber vertieft in die Geschichte der Freimaurer. Fühlte sich Klemens Kienast zum Bund hingezogen, weil dieser aus mittelalterlichen Steinmetzbruderschaften hervorgegangen war? Die Kienasts waren seit Generationen im Bauwesen tätig. Viele Symbole und Werte der Freimaurer stammten aus der Bauhüttenkultur. Ein rauer Stein symbolisierte den Lehrlingsgrad, ein kubischer den Gesellen. Während der Lehrling daran arbeitete, seine Unvollkommenheit zu erkennen, um sich der Bedeutung von Menschlichkeit und Brüderlichkeit bewusst zu werden, übte sich der Geselle vor allem in Selbstdisziplin. Diese war für die Freimaurer Voraussetzung dafür, dass sich die Menschheit zu einem gemeinsamen Tempel der Humanität zusammenfügen konnte. Der Meistergrad schließlich wurde durch ein Reißbrett dargestellt. Ein Meister gab seine Erfahrung weiter. Er trug Verantwortung. Regina ging davon aus, dass Kienast den Meistergrad innehatte.

Sie las, was von den Mitgliedern erwartet wurde: Disziplin, Vertrauenswürdigkeit, Versöhnlichkeit, Verschwiegenheit und brüderliche Gesinnung. Lange dachte sie über die Bedeutung des Wortes Brüderlichkeit nach. Klemens Kienast hatte seinen eigenen Bruder verachtet. Offenbar hatte er trotzdem das Bedürfnis nach einer Familie verspürt. Warum sonst wäre er einem Bund beigetreten, der so viele Verpflichtungen mit sich brachte? Regina konnte gut nachvollziehen, dass Blutsverwandtschaft nicht automatisch zu Verbundenheit führte. Sie fühlte sich ihren Freunden auch näher als ihrer Familie. Was bedeuteten Klemens Kienast seine Brüder in der Loge? Und umgekehrt: Wie weit würde jemand gehen, um ihm zu helfen, wenn er in Bedrängnis geriet?

Während sie darüber nachdachte, fiel ihr Blick auf die Begriffe, die unter dem Stichwort »Religion« aufgelistet waren. Ein Satz stach ihr ins Auge. »Die Freimaurerei bedient sich bei ihren Ritualen des Begriffs ›Allmächtiger Baumeister aller Welten‹.« Die Worte kamen ihr seltsam vertraut vor. Wo hatte sie den Ausdruck »Allmächtiger Baumeister« schon gehört? Sie schloss die Augen und versuchte, die Stimme heraufzubeschwören, die den Satz gesagt hatte. Sie sah Moritz Kienast im Käfig vor sich, der Blick verzweifelt, das Gesicht voller Schmerz und Angst. Eine leise Stimme sagte: »Der Film lässt wirklich Zweifel am allmächtigen Baumeister aufkommen.«

Sie gehörte Joe Walker.

34

Die Uferweg-Befürworter wollten gegen den Beschluss des Kantonsrats beim Bundesgericht eine Beschwerde in öffentlich-rechtlichen Angelegenheiten einreichen, meldete der Nachrichtensprecher. Regina schaltete das Autoradio aus. Bruno knurrte auf dem Rücksitz.

»Moritz Kienast hätte sich darüber gefreut«, sagte Fahrni.

Regina schwieg.

»Er hätte weitergekämpft«, erklärte Fahrni.

»Ich weiß.«

»Soll ich Musik machen?«, fragte er.

»Lieber nicht, danke.«

Sie hatte schlecht geschlafen. Die ganze Nacht hatte die Frage sie beschäftigt, ob sie ihren Verdacht gleich melden oder zuerst weiter recherchieren sollte. Der Vorwurf, Walker habe Beweismittel unterschlagen und einen Tatverdächtigen mit Insiderinformationen versorgt, war gravierend. Lag sie falsch, nähme sein Ruf irreparablen Schaden. Nach langem Hin und Her war sie zu dem Schluss gekommen, dass es nur eine Lösung gab. Sie musste ihn mit ihrer Vermutung konfrontieren. Seine Reaktion würde ihr weiteres Vorgehen bestimmen.

Gleich nachdem sie aufgestanden war, hatte sie ihn per SMS gefragt, ob er heute Abend mit ihr essen gehen wolle. Er sagte sofort zu. Regina vereinbarte mit Paz, dass sie Lily am Abend betreuen und in Gockhausen übernachten würde. Zum ersten Mal, seit Cavalli weg war, ging sie aus. Doch ihr graute davor.

»Ich habe meine Meinung geändert«, sagte sie. »Leg bitte eine CD ein.«

Fahrni deutete auf seine Sammlung. »Such dir etwas aus.«

Als Regina die Musik durchsah, bereute sie ihre Bitte.

Fahrni besaß ausschließlich Country-Musik. Sie wählte eine CD von Johnny Cash und schob sie in den Player. Zu ihrer Überraschung fühlte sie sich schon bald besser. Die einfachen Texte und Akkorde ließen sie die Welt viel weniger komplex wahrnehmen, als sie sie soeben noch empfunden hatte. Sie ertappte sich dabei, wie sie mit dem Bein wippte.

Fahrni lächelte.

Sie hielten an einem Rotlicht. Ein Motorradfahrer ließ den Motor aufheulen. Regina schloss die Augen und blendete die Umgebung aus. Am Vorabend hatte sie unerwartet Besuch von einer Bekannten erhalten. Sie hatte Nora Tabani vor einigen Jahren in einem Restaurant kennengelernt. Bei einem Teller Kichererbsensalat war sie mit der Privatdetektivin ins Gespräch gekommen. Als sie kurz darauf jemanden gesucht hatte, der für sie ein paar heikle Abklärungen traf, hatte sie Nora damit beauftragt. Später hatte sich Nora ihrerseits bei ihr gemeldet, um juristische Informationen einzuholen. Auch gestern hatte Nora etwas über ein laufendes Verfahren wissen wollen. Nachdem Regina ihr erzählt hatte, was im Rahmen des Erlaubten möglich war, wandte sich das Gespräch anderen Themen zu. Bevor sie wusste, wie ihr geschah, erzählte Regina Nora von Cavallis Verschwinden. Es tat ihr gut, mit jemandem darüber zu reden. Sie hatte gar nicht realisiert, wie einsam sie sich fühlte. Nicht einmal Fahrni wusste vom Auftrag des FBI. Nora war nicht nur eine gute Zuhörerin, sie hatte auch Erfahrung in der Suche nach verschwundenen Menschen. Sie teilte Reginas Meinung, dass etwas nicht stimmte. Kurz hatte Regina erwogen, Nora zu bitten, nach Cavalli zu suchen, sie hatte den Gedanken aber gleich wieder verworfen. Nun erschien er ihr gar nicht mehr so abwegig. Jährlich reisten zehn Millionen Menschen in die Smoky Mountains. Viele Touristen interessierten sich für die Lebensweise der Cherokee-Indianer, Nora könnte Fragen stellen, ohne aufzufallen.

»Paz und ich werden am 20. Juli heiraten«, riss Fahrni sie aus ihren Überlegungen.

Johnny Cash stimmte den Folsom Prison Blues an.

»Tatsächlich?« Regina drehte sich zu ihm. »Das freut mich, Tobias, wirklich!«

Bruno sprang auf.

»Platz!«, wies Fahrni ihn an.

Der Hund gehorchte.

»Ich hoffe, es ist die richtige Entscheidung«, sagte er ernst.

Regina legte ihm die Hand auf den Arm. »Paz ist eine tolle Frau. Ich glaube, du bedeutest ihr viel.«

Sie sah die Zweifel in seinem Gesicht und verstand seine Bedenken. Er fürchtete, für Paz nicht mehr als eine Krücke zu sein. Wenn sie wieder ohne Hilfe gehen konnte, ihn nicht mehr brauchte, würde sie vielleicht merken, dass sie Halt und Trost mit Liebe verwechselt hatte. Regina betrachtete Fahrnis rote Wangen und die himmelblauen Augen, die auch nach so vielen Jahren bei der Polizei immer noch das Gute im Menschen sahen. Sie wünschte ihm eine Partnerin, die die Wärme und Fürsorglichkeit, die er so großzügig verströmte, erwiderte.

»Könntest du dir vorstellen, Trauzeugin zu sein?«, fragte er.

»Ich?« Regina wusste nicht, warum sie so überrascht war. Sie war mit Fahrni in Südamerika gewesen, als er Paz das erste Mal getroffen hatte. Und sie war die einzige Frau in der Schweiz, abgesehen von Fahrnis Mutter, die Paz näher kannte.

»Entschuldige, ich wollte mich nicht …«, begann Fahrni.

»Sehr gerne! Ich fühle mich geehrt.«

Fahrni strahlte. Sie fuhren an einer Baustelle vorbei. Als Regina das Logo des Generalunternehmers sah, dachte sie an Klemens Kienast, der nur zwei Querstraßen entfernt im Polizeigefängnis saß. Sie fragte sich, ob er Gabriele liebte.

Fahrnis Gedanken gingen in die gleiche Richtung. »Ich habe gestern mit der Ex-Frau von Klemens Kienast telefoniert«, sagte er. »Sie ließ kein gutes Haar an ihm. Sie bezeichnete ihn als Tyrannen.«

»Das kann ich mir gut vorstellen.«

»Er wollte unbedingt ein Kind. Einen Erben. Hast du gewusst, dass Gabriele und er es mit künstlicher Befruchtung versucht haben?«

»Nein«, antwortete sie. »Es überrascht mich, dass er mitgemacht hat. Und noch mehr, dass er sich nicht ein zweites Mal scheiden ließ, als sich kein Erfolg einstellte.«

»Danach hat er Linas adoptiert.«

»Das erstaunt mich ebenfalls. So, wie ich Klemens Kienast einschätze, bedeutet die Adoption für ihn das Eingeständnis, dass er versagt hat.« Sie erinnerte sich, wie Kienast Linas zurechtgewiesen hatte, als der Junge fragte, ob Moritz tatsächlich aufgespießt worden war. Linas' Reaktion war ihr nahegegangen. Sie hatte deutlich zum Ausdruck gebracht, wie wichtig ihm die Meinung seines Stiefvaters war. Offenbar glaubte der Jugendliche, nicht zu genügen. Gut möglich, dass er recht hatte. Klemens Kienast stellte hohe Anforderungen an sein Umfeld. Er versuchte, die Menschen nach seinen Vorstellungen zu formen. Seine Beziehung zu Linas wies einige Ähnlichkeiten mit Cavallis früherer Beziehung zu Chris auf. Regina wusste noch genau, wie schwer es Cavalli gefallen war, Chris mit all seinen Schwächen zu akzeptieren. Wie jeder Jugendliche hatte Chris sich gegen die ständige Kritik seines Vaters aufgelehnt, heimlich hatte er sich aber bemüht, Anerkennung zu erhalten. Besonders deutlich war dies für Regina geworden, als sie merkte, dass er Tsalagi lernte. Cavalli hatte es aufgegeben, mit ihm in seiner Muttersprache zu reden, da Chris immer nur auf Deutsch antwortete. Er glaubte, Chris lehne seine Herkunft ab. Dabei fürchtete der Junge bloß, Cavallis Ansprüchen nicht zu genügen. Viele Jahre später erfuhr Cavalli, dass Chris die ganze Zeit heimlich gelernt hatte.

Regina kam eine flüchtige Idee. Ganz langsam nahm sie Form an, wie eine Gestalt, die aus dem Nebel auftaucht. Regina ließ die Hausdurchsuchung noch einmal Revue passieren. Sie merkte erst, dass Fahrni angehalten hatte, als er den Motor abstellte. Bruno sprang erwartungsvoll auf.

Regina schaute Fahrni an. »Kannst du dich erinnern, ob man einen PC in Linas' Zimmer gefunden hat?«, fragte sie.

Fahrni dachte nach. »Ich glaube nicht, warum?«

Regina murmelte einen Abschiedsgruß, stieg aus und eilte zum Eingang der Staatsanwaltschaft. Dietz' Begrüßung beantwortete sie mit einem knappen Handzeichen. Ohne die Jacke abzulegen, startete sie ihren Computer. Ungeduldig fuhr sie mit der Maus über das Pad. Es dauerte eine Ewigkeit, bis sie Zugriff auf ihre Dateien hatte. Sie rief das Protokoll der Hausdurchsuchung auf und ging jeden beschlagnahmten Gegenstand durch. Im Büro war ein PC, im Elternschlafzimmer ein Laptop sichergestellt worden. Hinzu kam der Laptop, den Fahrni im Keller entdeckt hatte. Nur in Linas' Zimmer hatte man keinen Computer gefunden.

Sie wählte die Nummer der Kienasts. Niemand nahm ab. Regina hinterließ eine Nachricht. Kaum hatte sie aufgelegt, rief Gabriele zurück.

»Entschuldigen Sie, es rufen so viele Journalisten an«, erklärte Gabriele. »Ich nehme keine Anrufe mehr entgegen, wenn ich die Nummer nicht kenne.«

»Ich habe nur eine kurze Frage«, erklärte Regina. »Besitzt Ihr Sohn einen Computer?«

Gabriele zögerte. »Ich glaube nicht, dass ich ohne meinen Anwalt darüber sprechen sollte.«

»Wenn es Ihnen lieber ist, kann ich Linas auch vorladen und selber fragen.« Genau genommen würde die Jugendanwaltschaft Linas befragen müssen, doch Regina war die Notlüge egal.

»Ja«, sagte Gabriele schließlich. »Linas besitzt ein MacBook.«

»Wir haben keinen Laptop in seinem Zimmer gefunden.«

»Klemens hat ihm den Computer weggenommen, weil er zu viel Zeit im Internet verbrachte, statt zu lernen.«

Reginas Puls schoss in die Höhe. »War Linas am 13. April zu Hause, als Richard Dalcher bei Ihnen war?«

»Ich glaube wirklich nicht, dass ich diese Fragen beantworten sollte«, sagte Gabriele.

Regina gab nach. »Ich danke Ihnen für Ihre Zeit. Das war schon alles.«

Sie beendete die Verbindung und wählte Fahrnis Nummer.

Richard Dalcher war nicht erfreut über die Vorladung. Er drückte sein Missfallen aus, indem er ständig auf die Uhr sah. Fahrni ließ sich nicht beirren. Er hatte viele Fragen an den Gemeinderat, und er stellte sie alle. Nach drei Stunden hatte er ein ziemlich genaues Bild von der Freundschaft, die Dalcher und Klemens Kienast verband. Dalcher brachte sie auf den Punkt, als er erklärte, wie sie zusammen bei den Grasshoppers Fußball gespielt hatten. Kienast hatte die Position des Spielmachers im Mittelfeld inne, Dalcher stand als Libero hinter ihm, sorgte dafür, dass Kienast Pässe erhielt, und verhinderte Gegenangriffe. Verlor Kienast den Ball, konnte er sich darauf verlassen, dass Dalcher ihm den Rücken deckte.

Daran hatte sich auch später nichts geändert. Nach einem Wirtschaftsstudium schlug Dalcher eine Banklaufbahn ein. Klemens Kienast hatte nie Schwierigkeiten, Kredite zu erhalten, wenn die flüssigen Mittel knapp wurden. Er überstand die Aktienkrise ohne Schaden. Im Gegenzug verschaffte er Dalcher einige lukrative Verwaltungsratsmandate. Zwar stritt Dalcher ab, an »Kienast Immobilien« gedacht zu haben, als er sich im Gemeinderat für den Bau von dreihundertzwölf

Wohnungen auf dem Areal der Chemischen Fabrik in Uetikon einsetzte, doch gab er sich nicht die Mühe, die Lüge geschickt zu kaschieren. Sein selbstgefälliges Lächeln sagte alles.

An Kienasts erster Frau ließ er kein gutes Haar. Es habe ihr an Rückgrat gefehlt, meinte er. Gabriele hingegen bewunderte er. Er beschrieb sie als intelligent und stark, unterstrich, dass sie dennoch wisse, was sich für eine Frau gehöre.

»Haben Sie auch Moritz Kienast gekannt?«, fragte Fahrni.

Dalcher verschränkte die Arme. »Er ist jedem Gemeinderat am Zürichsee ein Begriff. Gekannt ist aber zu viel gesagt.«

»Was hielten Sie von seinem Engagement für den Uferweg?«

»Der Uferweg ist eine Illusion! Oder können Sie sich vorstellen, dass ein Grundeigentümer einen öffentlichen Weg auf seinem Land duldet?« Dalcher schnaubte. »Moritz Kienast war blauäugig. Er hat dem Volk etwas vorgegaukelt.«

»Immerhin wurde ein Gegenvorschlag ausgearbeitet.«

»Die Regierung macht den gleichen Fehler wie Moritz Kienast. Sie versucht, das Volk für dumm zu verkaufen. Zweihundertfünfzig Millionen Franken sollen reichen, um die Baukosten eines Uferwegs zu decken? Vergessen Sie es! Die Grundeigentümer werden mit den Verfahren bis vors Bundesgericht ziehen. Hinzu kämen Landentwertungen und andere Kosten. Die Regierung kalkuliert viel zu knapp. Die Ausgaben betragen locker eine halbe Milliarde. Und wer soll das bezahlen? Verstehen Sie mich nicht falsch, auch ich genieße es, am See entlangzuspazieren. Aber nicht auf Kosten anderer. Es existieren bereits Wege in Seenähe. Der Weg muss nicht durch private Gärten führen.«

»Manchmal lassen sich auch Kompromisse finden«, provozierte Fahrni. »Der 1,6 Kilometer lange Weg am linken Seeufer zum Beispiel war auch umstritten.«

»Dort waren keine Enteignungen nötig.«

»Aber Naturschützer hatten sich gegen den Steg gewehrt. Trotzdem hat man es geschafft, die Interessen unter einen Hut zu bringen. Sogar die Gegner zeigten sich während der Eröffnungsfeier begeistert.«

Dalcher schnaubte. »Fragen Sie mal, wie begeistert sie sein werden, wenn man sie zur Kasse bittet!«

»Denken Sie an die Beiträge, die die Gemeinden zu entrichten haben?«

»Ein gutes Beispiel! Wir sollen zahlen, mitreden dürfen wir aber nicht. Und so etwas nennt sich Gemeindeautonomie!«

»Wenn ein Projekt regional verankert ist, wird es meist akzeptiert.«

»Das ist das Stichwort!« Dalcher zeigte auf Fahrni. »Regional verankert. Genau darauf hat Moritz Kienast keine Rücksicht genommen. Seine Ideen hatten keinen Bezug zur Realität.«

»Die Stimmbürger in Uetikon haben mehrmals deutlich gezeigt, dass sie Zugang zum See fordern. Moritz Kienast sprach ihnen aus dem Herzen.«

»Er war ein Querulant! Ihm ging es nicht darum, eine Lösung zu finden, sondern das Volk gegen uns aufzuwiegeln. Er führte einen Klassenkampf, vermutlich, weil er glaubte, selbst zu kurz gekommen zu sein!«

»Er war Ihnen im Weg«, fasste Fahrni zusammen.

Plötzlich hielt Dalcher inne. »Darauf wollen Sie also hinaus!« Er lachte ungläubig. »Sie glauben, ich hätte etwas mit seinem Tod zu tun.«

»Haben Sie?«

»Sie haben mich vorgeladen, um mehr über Klemens Kienast zu erfahren!«

»Das ist richtig.«

»Und nun behaupten Sie, ich hätte etwas mit dem Tod seines Bruders zu tun?«

»Ich behaupte gar nichts. Ich habe Ihnen nur eine Frage gestellt.«

»Natürlich habe ich Moritz Kienast nichts angetan!«

»Aber Sie sind nicht unglücklich über seinen Tod, oder?«

Dalcher verschränkte die Arme. »Brauche ich einen Anwalt?«

»Verkehren Sie in der Sadomaso-Szene?«

Dalcher blinzelte. »Wie bitte?«

Fahrni wiederholte die Frage.

»Wie kommen Sie auf diese absurde Idee?«

»Waren Sie je in einem SM-Klub?«

»Nein.«

Er machte Anstalten aufzustehen. Seine Empörung schien echt zu sein. Entweder fühlte er sich nicht zu sadomasochistischen Praktiken hingezogen, oder er schämte sich für seine Veranlagung. Fahrni bohrte nicht weiter. Genau wie Regina glaubte er nicht, dass Dalcher das Inserat aufgegeben hatte. Er wollte trotzdem sichergehen; sie hatten sich schon mehr als ein Mal getäuscht in diesem Fall. Außerdem schadete es nichts, Dalcher ein wenig aus der Ruhe zu bringen. So sah er die wirklich relevanten Fragen nicht kommen.

»Bitte haben Sie noch einen Moment Geduld«, sagte Fahrni. »Ich werde Ihre Zeit nicht mehr lange in Anspruch nehmen, ich weiß, dass Sie ein viel beschäftigter Mann sind. Ich möchte nur noch auf den 13. April zu sprechen kommen. Sie waren an diesem Samstagabend bei Klemens Kienast, richtig?«

Mit einem Seufzer zog Dalcher sein Smartphone hervor und schaute im Kalender nach. »Ja, ich war am 13. April zum Abendessen eingeladen.«

»War sonst noch jemand da?«

»Nein, nur ich.«

»Können Sie bitte aufzählen, wer alles am Tisch saß?«

Dalcher sah Fahrni an, als zweifle er an seiner Intelligenz. »Das habe ich Ihnen gerade gesagt. Ich war der einzige Gast.«

»Ich nehme an, die Kienasts haben mitgegessen?«

Dalchers Gesicht nahm eine dunkle Farbe an. »Natürlich!«

»Klemens, Gabriele und Linas?«

»Worauf wollen Sie hinaus?«

»Bitte beantworten Sie meine Frage.«

»Ja! Möchten Sie die Sitzordnung auch noch wissen?«

»Gerne.«

Dalcher schüttelte entnervt den Kopf.

Fahrni wartete einen Moment, bevor er weiterfuhr. »Wissen Sie noch, worüber Sie gesprochen haben?«

»Mein Gott, das ist über zwei Monate her!«

Fahrni nickte.

»Vermutlich übers Geschäft, das Wetter, worüber man halt spricht beim Essen.«

»Klemens Kienast spricht beim Essen nie übers Geschäft.«

Für einen kurzen Moment wirkte Dalcher verwirrt. »Natürlich, Sie haben recht. Sobald Gabriele die Suppe serviert, wechselt er das Thema.«

»Worüber hat er gesprochen, als sie mit der Suppe hereinkam?«

Auf einmal begriff Dalcher, worauf Fahrni hinauswollte. Er schüttelte den Kopf. »Das ist doch nicht Ihr Ernst!«

Fahrni sah ihn an. »Sie können sich also daran erinnern? Obwohl das Gespräch zwei Monate zurückliegt?«

»Selbstverständlich, nach allem, was anschließend geschah! Aber er hat es doch nicht so gemeint!«

»Hat er also über Moritz gesprochen?«

»Sie wissen es doch ganz genau! Deshalb stellen Sie diese Fragen!«

»Können Sie bitte wiederholen, was Klemens Kienast an diesem Abend über seinen Bruder gesagt hat?«

»Das ist doch bloß eine Redewendung!«

»Tun Sie mir den Gefallen.«

Dalcher räusperte sich. »Er hat gesagt, man sollte Moritz am Spieß braten, aber …« Erstmals fand Dalcher die richtigen Worte nicht. »Meine Güte, Sie glauben doch nicht … Sind Sie von allen guten Geistern verlassen?«

»Saß Linas schon am Tisch, als Klemens Kienast den Satz aussprach?«

»Ich nehme es an, ja, sicher. Kurz darauf hat Gabriele die Suppe gebracht. Eine Heusuppe.«

Regina presste die Faust gegen den Mund. Sie sah Linas vor sich, das blonde Haar im Gesicht, die Hände in den Hosentaschen. Sie stellte sich vor, wie er den gedankenlos dahingeworfenen Satz seines Stiefvaters zur Kenntnis nahm. Wann war ihm die Idee gekommen, er könnte Klemens' Wunsch in die Tat umsetzen? Hatte das Ganze als Scherz begonnen? War er sich überhaupt bewusst gewesen, dass jemand die Aufforderung ernst nehmen könnte? Wusste er, dass es Sadisten gab, die einen Menschen zu Tode quälten? Regina schüttelte über sich den Kopf. Natürlich wusste er das. Er brauchte sich nur ein bisschen auf YouTube umzusehen oder eine amerikanische Krimiserie zu schauen. Heute war nichts mehr tabu. Außerdem durfte ihm nicht entgangen sein, was sich hinter der verschlossenen Tür im Keller abspielte. Wie mochte er reagiert haben, als Moritz Kienast verschwand? Hatte er versucht, den Lauf der Ereignisse aufzuhalten? Oder hatte er bis zum Schluss geglaubt, der Sadist werde die Tat nicht ausführen?

»Die ich rief, die Geister, werd ich nun nicht los«, murmelte Regina. Goethe hatte sie als »Ausgeburt der Hölle« bezeichnet. Wie treffend.

Wusste Klemens Kienast, dass sein Stiefsohn alles in Gang gesetzt hatte? Hatte er den Laptop deshalb siegeln lassen?

Regina bezweifelte, dass er freiwillig die Schuld auf sich nähme. Vielleicht hoffte er, es gelänge Walker, das Gerät verschwinden zu lassen. Ohne Laptop könnte man Linas nie nachweisen, dass er hinter dem Inserat steckte. Klemens Kienast nahm seine Verantwortung ernst. Er würde sich Vorwürfe machen, dass sein Stiefsohn seinetwegen auf Abwege geraten war, auch wenn er das nicht beabsichtigt hatte. Und Gabriele? Ahnte sie etwas? Vielleicht wollte sie die Zeichen nicht sehen. Oder fühlte sie sich gar mitschuldig, weil sie Linas so viel Druck ausgesetzt hatte? Schweren Herzens griff Regina zum Telefon und rief die Jugendanwaltschaft an.

35

Linas trat rasch vom Fenster zurück, als er die uniformierten Polizisten sah. Er hoffte, seine Mutter habe das Klingeln nicht gehört, doch er vernahm Schritte auf der Treppe, und kurz darauf ging das Tor auf. Sie waren gekommen, um ihn zu holen. Klemens – Linas nannte ihn in Gedanken nie Vater – war ihm auf die Schliche gekommen und hatte der Polizei die Wahrheit gesagt. Angst und Erleichterung erfüllten ihn gleichermaßen. Die letzten zwei Monate waren die Hölle gewesen. Jedes Mal, wenn Klemens ihn mit seinem Röntgenblick fixierte, hatte Linas befürchtet, jetzt würde es passieren. Klemens merkte alles. Ihm etwas vorzumachen war nahezu unmöglich. Einmal hatte Linas seiner Mutter eine Zwanzigernote aus dem Portemonnaie geklaut. Er war pleite gewesen und hatte dringend Gesprächsguthaben auf sein Handy laden müssen. Als Klemens sah, wie er am selben Abend eine SMS schrieb, hatte er sofort gewusst, was Sache war. Daraufhin war Linas das Telefon einen ganzen Monat los gewesen. Seine Mutter hätte nie etwas gemerkt.

Ohne Klemens wäre vieles anders. Linas hätte nie in die Schweiz kommen müssen, er würde heute in Frankfurt leben, dort, wo er hingehörte. Vermutlich hätte er den schwarzen Gurt im Judo. Bevor er mit seiner Mutter umgezogen war, hatte er gerade die Prüfung für den blauen bestanden. Sein Trainer hatte ihn als Talent bezeichnet. Linas versuchte, in der Schweiz weiterzutrainieren, schon nach wenigen Wochen gab er aber auf. Der neue Trainer war ganz anders als Ulf, er hackte andauernd auf Linas herum, weil dieser seiner Meinung nach die Angriffe zu spät kommen sah. Dabei war sein Reaktionsvermögen völlig in Ordnung, Linas war nur langsam, weil er den Trainer schlicht nicht verstand.

Er begriff nicht, was der Schweizer von ihm erwartete. Auch die neuen Kollegen hatte er zu Beginn nicht verstanden. Schweizerdeutsch war ihm wie Kauderwelsch vorgekommen. Scheißsprache. Trotzdem hatte er sie gelernt, denn er wollte nicht auffallen. Heute redete er akzentfrei, ganz im Gegensatz zu seiner Mutter. Sogar jetzt, durch die geschlossene Tür, ließ ihn ihr Gemisch aus Deutsch und Schweizerdeutsch erschaudern.

Bald würde er es nicht mehr hören müssen. Vermutlich würde man ihn in ein Heim stecken. Jugendknäste gab es in der Schweiz fast keine im Gegensatz zu Deutschland. Ein Heim war aber nicht viel besser. Er hatte sich ein bisschen schlaugemacht und im Internet Berichte von Insassen gelesen. Sie klagten über die vielen Regeln, von morgens bis abends lief alles nach einem strengen Plan ab. Für ihn war das nichts Neues. Klemens machte sogar fürs Pinkeln Vorschriften.

Linas hätte abhauen sollen, als er noch die Chance gehabt hatte. Er war fast umgekippt, als er das Foto von Moritz auf der Titelseite einer Gratiszeitung gesehen hatte. Er hatte nie geglaubt, dass der Typ, dem er die Adresse seines Stiefonkels schickte, die Sache durchziehen würde. Er hatte sich vorgestellt, dass es vielleicht zu einer Schlägerei käme, dass Moritz ein paar gebrochene Rippen oder ein blaues Auge davontrüge, und er hatte sich ausgemalt, wie Klemens sich darüber amüsierte. Linas hätte gestanden, dass er dahintersteckte, und Klemens hätte ihn für seine Initiative gelobt. Aber nein, Moritz war genau so, wie Klemens immer behauptet hatte: feige, schwach und unfähig, sich durchzusetzen. Ließ sich einfach in einen Käfig sperren!

An das, was anschließend mit ihm geschehen war, mochte Linas nicht denken. Er musste kotzen, als er mitbekam, wie Klemens und seine Mutter darüber sprachen. Klemens tat plötzlich, als erschüttere ihn die Art und Weise, wie Moritz gestorben war. Dabei hatte er es sich genau so gewünscht! Vermutlich hatte er schon bei der Vorstellung einen Steifen bekommen. Linas wusste, was er im Keller trieb. Er hörte seine Mutter oft schreien. Manchmal schlich er hinunter, wenn niemand im Haus war, und sah sich die Sachen im Raum an. Einiges war so schräg, dass er erst herausgefunden hatte, wofür man das Zeug benutzte, als er im Internet danach gesucht hatte. So war er auch auf die Foren gestoßen. Echt krank, was einige dort erzählten. Noch schlimmer waren die Bilder. Dass es Frauen gab, die es geil fanden, sich den Arsch versohlen zu lassen, war ihm nicht neu. Aber dass sich Männer freiwillig in Ketten legen und die Eier einklemmen ließen, hatte er nur für dummes Gerede gehalten. Bis er es mit eigenen Augen gesehen hatte. Vielleicht war sein Stiefonkel ja so gestorben, wie er es sich gewünscht hatte. Vielleicht hatte ihn die Sache angeturnt. Sonst hätte er sich doch gewehrt, oder?

Die flehende Stimme seiner Mutter kam näher. Linas hasste diesen Tonfall. Genauso wie er es hasste, dass sie sich erniedrigen ließ. Früher hatte er sie bewundert. Er erinnerte sich, wie er ihr morgens zugesehen hatte, wenn sie sich schminkte. Egal was sie vorhatte, sie machte sich immer schön, bevor sie aus dem Haus ging. Im Bad hatte sie eine Reihe Stifte, Puder, Lippenstifte und Nagellack. Wie eine Künstlerin hatte sie ihr Gesicht bemalt. Keine andere Mutter sah so schön aus. Einmal hatte sie ihm zugezwinkert und erklärt, nicht nur Männer trügen Kriegsbemalung, wenn sie in den Kampf zogen. Er hatte damals nicht begriffen, was sie damit meinte. Erst Jahre später verstand er. Zu Beginn ihrer Beziehung mit Klemens hatte sie sich mit ihm gestritten, weil er ihre Kleidung kritisierte. Als Linas sie fragte, warum sie ihn nicht einfach ignorierte, so wie sie Linas geraten hatte, den Mitschüler zu ignorieren, der ihn stets beschimpfte, erklärte sie, manchmal müsse man um eine

Beziehung kämpfen. Da hatte es in seinem Kopf geklickt. Dafür brauchte sie also die Kriegsbemalung.

Irgendwann hatte er sich gefragt, warum sie nicht um seinen Vater gekämpft hatte. Linas erinnerte sich nur vage an ihn, aber die Bilder, die er in seinem Gedächtnis gespeichert hatte, holte er immer wieder hervor. Er sah einen breiten, blonden Mann mit tätowierten Armen vor sich, der häufig lachte und Rauchkringel ausstieß. Am liebsten dachte Linas daran, wie er auf dem Bauch des Vaters saß, wenn dieser auf dem Rücken lag. Rimas bekam immer einen hochroten Kopf, weil er die Muskeln anspannen und die Luft anhalten musste. Wenn ihm die Puste ausging, drehte er sich hustend auf die Seite. Doch er schaffte es jedes Mal, Linas aufzufangen, bevor er herunterfiel. Dann lagen sie beide auf dem Boden und lachten, bis ihnen die Augen tränten. Seine Mutter kam in diesen Erinnerungen nicht vor.

Es klopfte. »Linas?«, rief sie. »Es sind zwei Beamte von der Polizei da, sie wollen …«

Die Tür ging auf, bevor sie den Satz beenden konnte. Die beiden Polizisten waren älter, als sie vom Fenster aus gewirkt hatten. Einer sah Linas mit neutralem Blick an, der andere schielte auf den Ausschnitt seiner Mutter. Linas wollte sich schützend vor sie stellen, auf einmal konnte er sich aber nicht mehr bewegen. Seine Beine fühlten sich weich an wie der Bauch seines Vaters, wenn die Spannung nachließ. Er hatte Angst.

»Linas Kienast?«, fragte einer der Polizisten.

»Ja?« Seine Stimme brach.

»Ich muss Sie bitten mitzukommen.«

Der Polizist holte einen Vorführungsbefehl der Jugendanwaltschaft hervor, den er zuerst Linas, dann Gabriele zeigte. Die Buchstaben verschwammen vor Linas' Augen.

Gabriele schnappte nach Luft. »Nein! Das ist ein Irrtum!

Linas hat nichts damit zu tun! Ich werde nicht zulassen, dass Sie ihn mitnehmen!«

Linas räusperte sich. »Mam?«

»Sag kein Wort!«, wies sie ihn an. »Ich werde sofort Ulrich Glanzmann anrufen.«

»Frau Kienast, wir haben Anweisungen, Linas Kienast nach Zürich zu bringen. Es wäre allen gedient, wenn er kooperiert.« Er legte die Hand auf die Handschellen an seinem Gurt.

»Schon gut, Mam«, murmelte Linas.

Er dachte daran, wie die Polizei seinen Stiefvater abgeführt hatte. Obwohl Klemens Handschellen getragen hatte, war er aufrecht gegangen, ohne sich anmerken zu lassen, dass er sich gedemütigt fühlte. Linas schniefte und straffte die Schultern. Klemens sagte immer, für die eigenen Fehler müsse man geradestehen, nur dann wachse man an ihnen. Linas nickte den Polizisten zu. Sie nickten zurück. Ohne zurückzublicken, verließ Linas das Zimmer. Jetzt werde ich die Maturaprüfungen nicht machen müssen, dachte er. Erleichterung durchflutete ihn.

Regina wickelte eine Haarsträhne um den Finger. Sie hatten ihre Bestellungen aufgegeben, nun war der Moment gekommen, vor dem sie sich fürchtete. Walker nahm einen Schluck Bier und lehnte sich zurück. Er roch nach Rasierwasser und Waschmittel. Obwohl es kühl war, trug er ein kurzärmeliges T-Shirt. Es spannte.

Regina strich sich die Bluse glatt. Sie war direkt vom Büro ins Restaurant gekommen. Da Linas gestanden hatte, musste sie sich um Klemens Kienasts Entlassung aus der Untersuchungshaft kümmern. Anschließend hatte sie mit der zuständigen Jugendanwältin gesprochen und ihr alle nötigen Unterlagen zukommen lassen. Linas hatte Glück. Er wurde erst in zwei Monaten achtzehn. Wäre er zum Zeitpunkt der

Tat bereits volljährig gewesen, unterläge er dem Erwachsenenstrafrecht. Regina hätte ihn wegen Anstiftung zu vorsätzlicher Tötung anklagen müssen. Wie die Jugendanwaltschaft den Sachverhalt beurteilen würde, wusste sie nicht, doch die Strafe fiele auf jeden Fall milder aus. Zu diskutieren wäre die Frage, ob sich Linas über die möglichen Konsequenzen seines Inserats bewusst gewesen war. Vermutlich gäbe ein psychiatrisches Gutachten darüber Aufschluss. Ihr Bauchgefühl sagte Regina aber, dass er aus Leichtsinn und ohne an die Folgen zu denken gehandelt hatte. Der Drang, seinem Stiefvater zu imponieren, war größer gewesen als seine Vernunft. Allerdings hätte er spätestens nach der Entführung mit der Wahrheit herausrücken müssen. Moritz Kienast wäre heute vermutlich noch am Leben.

»Das ist das erste Mal, dass mich eine attraktive, intelligente Frau zum Essen einlädt«, sagte Walker. »Doch irgendwie habe ich das Gefühl, ich sollte mich nicht zu sehr darüber freuen.« Er sah sie forsch an.

Er hat feine Antennen, dachte Regina. Sie holte Luft. »Bist du Freimaurer?«

Mit dieser Frage hatte er offenbar nicht gerechnet. Er zögerte einen Augenblick zu lange. Er merkte selbst, dass er damit zugab, Mitglied einer Loge zu sein. Entweder wird er es jetzt abstreiten, dachte Regina, obwohl die Lüge offensichtlich wäre, oder er wird auspacken.

Walker nickte.

»Du kennst Klemens Kienast persönlich.«

»Ja.«

»Schon lange?«

»Wir sind seit über fünfzehn Jahren in der gleichen Loge.«

»Du hast ihn gewarnt, als wir den Fokus auf ihn richteten«, sagte Regina geradeheraus.

Walker schob sein Bierglas beiseite. »Nein«, sagte er klar.

»Das habe ich nicht. Aber ich habe ihm Informationen zukommen lassen. Informationen, die ich für harmlos hielt.«

»Warum?«, fragte Regina perplex. »Damit hast du deine Karriere aufs Spiel gesetzt! Hat er etwas gegen dich in der Hand?«

Walker schwieg einen Moment, dann sagte er: »Als Moritz verschwand, hat mich Klemens um Rat gebeten. Er wollte einen privaten Ermittler engagieren. Auch wenn er Moritz nicht mochte, war er doch sein Bruder. Ich habe ihm abgeraten. Wir taten bereits alles, um Moritz zu finden. Die Polizei nahm den Fall sehr ernst. Ein privater Ermittler hätte in dieser Phase nur Schaden angerichtet, das weißt du genauso gut wie ich. Er hätte potenzielle Verdächtige aufschrecken und sie zu unüberlegten Handlungen verleiten können. Wir wussten ja nicht, ob Moritz noch lebte, ob er aus freien Stücken gegangen oder entführt worden war. Ich habe Klemens angeboten, ihn auf dem Laufenden zu halten.« Er beugte sich vor. »Klemens Kienast ist ein komplizierter Mensch. Um ihn zu verstehen, musst du begreifen, dass er Angst hat, die Kontrolle zu verlieren. Wenn er selbst jemand engagiert hätte, hätte er die Fäden in der Hand behalten können. Den Fall der Polizei zu überlassen löste in ihm ein Gefühl von Hilflosigkeit aus.«

»Und deshalb hast du dich benutzen lassen?«, fragte Regina in sarkastischem Ton. »Weil du ihm ein unangenehmes Gefühl ersparen wolltest?«

Walker schüttelte den Kopf. »Klemens hat mich nicht benutzt. Ich wollte ihm helfen, das ist alles. Im Gegenzug ließ er die Idee mit dem privaten Ermittler fallen. Ich habe ihm nichts gesagt, was er nicht ohnehin erfahren hätte.«

»Du hast ihm gesagt, er müsse sich ein Alibi verschaffen!«

»Ich habe ihm lediglich geraten, ehrlich zu sein, weil das die Ermittlungen beschleunigen würde. Als die Verdachtsmomente gegen ihn zunahmen, habe ich den Kontakt abgebrochen. Allerdings wusste ich immer, dass er nichts mit Moritz' Verschwinden zu tun hatte.«

»Warum?«

»Weil ich ihn kenne.«

Jetzt war es Regina, die den Kopf schüttelte. Nach so vielen Jahren bei der Polizei musste Walker wissen, dass man einen Menschen nie genau kannte. Sie ließ die Sache auf sich beruhen. Warum er es getan hatte, war nicht wichtig. Nur dass er es getan hatte.

»Du bist zu weit gegangen«, sagte sie. »Das ist dir klar, oder? Du hast Beweismittel verschwinden lassen.«

Walkers Augen blitzen. »Das war nicht ich!«

»Willst du mich für dumm verkaufen?«

Walker ballte die Hand zur Faust. »Das würde ich nie, ich wiederhole, nie tun!«

»Du wusstest, dass man deine Nummer auf dem Handy finden würde, nicht wahr?«

»Ja, und deshalb habe ich den Kommandanten informiert.«

»Du hast was?«

»Als das Handy verschwand, bin ich zum Kommandanten gegangen und habe ihm berichtet, dass ich Klemens Kienast kenne. Ich habe auch gestanden, dass ich einen Kollegen in der Einsatzzentrale gebeten habe, mich zu informieren, wenn eine männliche Leiche um die fünfzig gefunden wird. Und dass ich daraufhin die Brandtour abgetauscht habe, damit ich die Ermittlungen im Auge behalten kann. Dafür werde ich die Konsequenzen tragen. Aber ich habe keine Beweismittel verschwinden lassen!«

»Das soll ich dir glauben?«

Walkers Kiefermuskeln arbeiteten. »Das musst du entscheiden«, sagte er schließlich. »Der Vorfall wird untersucht. Ich bezweifle aber, dass man den Schuldigen finden wird.«

Er verstummte, als der Kellner an ihren Tisch trat und zwei

Teller vor sie hinstellte. Umständlich breitete Walker die Serviette auf den Knien aus. Als er wieder aufsah, versuchte er zu lächeln.

»Ich gebe zu, ich habe gehofft, dass ich vor dir die Hosen herunterlasse«, sagte er. »Aber irgendwie habe ich es mir anders vorgestellt.«

Regina konnte sich ein Lachen nicht verkneifen. »Gut zu wissen.«

Walker verschränkte die Arme. »Jetzt bist du dran. Wo ist Cavalli wirklich?«

Die Frage traf Regina völlig unerwartet. »Ich … weiß es nicht.«

»Keiner glaubt, dass er unbezahlten Urlaub genommen hat. Es passt schlicht nicht zu ihm. Außerdem würde das die Kapo nie bewilligen. Also, wohin ist er gegangen? Ich nehme an, er ist dienstlich unterwegs. Mit seinen Sprachkenntnissen vermutlich in Italien, Frankreich oder in den USA. Dass er Kontakte zum FBI hat, spricht für die Staaten. Allerdings müsste er spezielle Qualifikationen haben, damit sich das FBI an ihn wendet. Sie haben genügend eigene Leute. Cavalli ist ein guter Ermittler, aber davon gibt es in den USA einige. Einzigartig macht ihn nur seine Herkunft. Haben sie ihn in ein Reservat geschickt?« Er schnitt sich ein Stück Fleisch ab.

Regina starrte ihn an.

»Ich habe ein wenig im Netz recherchiert«, fuhr Walker fort. »Eine Reihe von Tötungsdelikten gibt dem FBI Rätsel auf. Sie wurden alle mit einem Blasrohr verübt. Ist das nicht die traditionelle Jagdwaffe der Cherokees?«

Endlich fand Regina ihre Stimme wieder. »Viele Indianer haben mit Blasrohren gejagt. In Südamerika tun es einige heute noch.«

Walker kaute, ohne den Blick von ihr abzuwenden. Regina kam nicht umhin, ihn zu bewundern. Er hatte die Rollen geschickt vertauscht, sodass sie nun das Gefühl hatte, ihm eine Erklärung liefern zu müssen. War es wirklich so offensichtlich, dass Cavalli für das FBI im Einsatz war? Wenn der Täter das ebenso rasch durchschaut hatte? War Cavalli deshalb untergetaucht? Oder hatte der Täter gar gehandelt, bevor Cavalli reagieren konnte? Auf einmal klebte das Essen wie Leim in Reginas Mund. Sie rief sich zur Vernunft. Walker war durch und durch Fahnder. Menschen aufzuspüren war sein Beruf. Mehr noch – seine Berufung. Ihn als Maßstab zu nehmen wäre falsch.

»Ich darf nicht darüber reden«, sagte Regina.

Walker nickte langsam. »Fair enough.«

Regina sah ihm an, dass das Thema für ihn noch nicht erledigt war. Sie nahm einen Schluck Mineralwasser. Als Walker die Gabel hinlegte, machte sie sich auf einen neuen Versuch gefasst, ihr Informationen zu entlocken.

»Auf die nächste Frage möchte ich aber eine Antwort«, sagte er.

Regina glaubte schon, es würde nichts mehr folgen, da neigte er den Kopf zur Seite. »Magst du Bellini?«

»Ja«, antwortete sie, erleichtert, dass er das Thema gewechselt hatte. »Ich bin keine große Opernkennerin, aber ›Norma‹ gefällt mir.«

»Gut! Ich habe zwei Karten für ›La Straniera‹ am 2. Juli im Opernhaus. Die Oper wird nur sehr selten aufgeführt, ich bin sicher, sie wird dir gefallen. Als Grundlage für das Libretto diente der Roman ›L'Étrangère‹. Wenn du möchtest, leih ich dir das Buch.«

Regina zögerte.

»Ich verspreche dir, ich werde die Hose nicht herunterlassen«, scherzte Walker.

»Also gut«, nickte Regina. »Aber ich warne dich, ich nehme Versprechen sehr ernst!«

36

Tobias Fahrni und Paz Rubin heirateten an einem heißen Sommertag. Regina hatte sich noch nicht an die Hitzewelle gewöhnt, die die Schweiz von einem Tag auf den anderen erfasst hatte. Sie schwitzte unter ihrem dunklen Blazer. Aus dem Augenwinkel sah sie, wie Pilecki an seiner Krawatte nestelte. Dem Zivilstandsbeamten schien die Wärme nichts auszumachen. Mit feierlicher Stimme nahm er dem Paar das Eheversprechen ab. Fahrnis Kopf leuchtete rot. Ob von der Hitze oder vor Aufregung, wusste Regina nicht. Als er Paz in seine Arme zog und die Augen schloss, wohl Letzteres. Er drückte sie so fest, dass Regina aus lauter Mitgefühl die Luft anhielt. Hinter ihr weinte Fahrnis Mutter.

Auf eine große Feier hatte Fahrni verzichtet. Zum anschließenden Essen auf dem See hatte er nur seine Eltern und die Trauzeugen eingeladen. Doch als er mit Paz aus dem Trauzimmer trat, stand der ganze Dienst Leib/Leben Spalier. Verdattert nahm Fahrni die Glückwünsche entgegen. Vor dem Zivilstandsamt stand ein Tisch mit Apérogebäck, Frucht- und Gemüsespießchen sowie Getränken. Reginas Blick traf Pileckis, er zwinkerte ihr zu. Sie hätte wissen müssen, dass er sich über Fahrnis Wunsch hinwegsetzte. Als sie darüber gesprochen hatten, hatte er gemeint, Fahrni werde seine Zurückhaltung irgendwann bereuen. Wie um dies zu unterstreichen, knallte ein Champagnerkorken.

Pileckis Nachfolge als Dienstchef stand noch nicht fest. Drei Kandidaten hatten es in die engere Auswahl geschafft: zwei Sachbearbeiter, die schon seit Jahren beim Leib/Leben waren, und eine Angehörige des mittleren Kaders. Als Regina Fahrni gefragt hatte, wer seiner Meinung nach die besten Chancen hatte, zuckte er nur die Schultern.

»Keine Ahnung. Ich hätte mir Juri gewünscht, ich finde, er macht seine Sache gut. Aber es ist mir klar, dass das nicht geht, wegen Irina.«

»Wegen Irina?«, wiederholte Regina.

Er berichtete ihr von den kursierenden Gerüchten.

»Irina wird die Leitung eines Etablissements übernehmen?«, hakte Regina ungläubig nach.

»Es scheint so. Juri spricht nicht darüber. Nächste Woche haben wir Teamsitzung. Der Punkt ›Internes‹ nimmt ziemlich viel Platz ein.« Fahrni klang besorgt.

Regina wusste nur, dass Pilecki demnächst einige Wochen wegen seiner Knieoperation ausfiel. Anschließend hatte er vor, den Urlaub zu nehmen, auf den er wegen Cavallis Abwesenheit verzichtet hatte. Er hatte ihr erzählt, dass sie ausnahmsweise nicht nach Kiew fahren würden, sondern einige Tage in einem Wellnesshotel im Tessin verbringen wollten. Das breite Kinderprogramm, erklärte er, erlaube es ihm und Irina, in Ruhe einige überfällige Gespräche zu führen. Regina hatte sich die Bilder im Internet angesehen und beschlossen, im Herbst mit Lily dorthin zu fahren. Noch hatte sie aber nicht gebucht. Irgendwie hoffte sie immer noch, dass Cavalli plötzlich vor der Tür stand.

Im Moment verspürte sie ohnehin kein Bedürfnis nach Ferien. Sie genoss die Sommerwochen auf der Staatsanwaltschaft. Viele Büros standen leer, die Stimmung war entspannt, die Abläufe unkompliziert, da niemand sie kontrollierte. Sie war immer noch stark mit dem Fall Kienast beschäftigt. Wegen der vielen Urlaubsabwesenheiten kam sie nur langsam voran. Immerhin hatte Klemens Kienast ihr Zugang zu den Daten auf den sichergestellten Geräten gewährt. Nachdem Linas gestanden hatte, gab es keinen Grund für die Siegelung mehr. Auf die Frage, ob er geahnt habe, dass Linas hinter dem Inserat stecke, reagierte Kienast mit Kopfschütteln. Regina glaubte ihm nicht. Genauso wenig wie sie ihm glaubte, dass er nichts mit dem verschwundenen Handy zu tun hatte. Mit der Untersuchung war ein außerkantonaler Staatsanwalt betraut worden. Wie Joe Walker vorausgesagt hatte, hatte man den Schuldigen nicht gefunden. Dank Walkers Informationen war es zwar möglich gewesen, über die Telefonnummer des Prepaid-Handys alle Anrufe zurückzuverfolgen; eine Nummer aber hatten die Techniker bisher niemandem zuordnen können, da der Anrufer eine verschlüsselte Internetverbindung benutzt hatte. Immerhin hatte Walker die Wahrheit gesagt. Sein letzter Anruf an Klemens Kienast war erfolgt, kurz bevor dieser ins Zentrum der Ermittlung gerückt war. Dennoch erhielt Walker einen Verweis.

In der Regel empfand Regina Genugtuung, wenn ein Täter gestand. In diesem Fall aber verspürte sie nur Mitleid. Linas hatte eine schwere Zeit vor sich. Die Jugendanwältin teilte Reginas Ansicht, dass er hätte reagieren müssen, als er merkte, was sein Inserat ins Rollen brachte. Sie hatte ein Gutachten bei einem forensischen Psychiater in Auftrag gegeben, um abzuklären, ob eine Beeinträchtigung der Persönlichkeit vorlag. Vorläufig befand sich Linas in einer vorsorglichen Maßnahme; sobald die Empfehlung des Gutachters vorlag, würde er von der Beobachtungsstation in ein Heim oder eine Klinik überwiesen. Sein Leben würde sich von Grund auf verändern. Zu Reginas Überraschung hatte Klemens Kienast ihn bisher so oft besucht, wie es ihm erlaubt war. Gabriele hatte es noch nicht geschafft, ihrem Sohn gegenüberzutreten.

Pilecki tippte mit dem Feuerzeug gegen sein Champagnerglas. Die Gespräche verstummten.

»Liebe Paz, lieber Tobias«, begann er. »Ihr habt euch unter außergewöhnlichen Umständen kennengelernt. Glaubt mir, ich weiß, was das bedeutet.« Sein Blick ging kurz zu Irina. »Es braucht Mut, einen unkonventionellen Weg zu gehen, manchmal auch eine dicke Haut. Aber es lohnt sich! Ihr werdet viel Erstaunliches erleben und viele Seiten an euch entdecken, die euch überraschen werden.« Er hielt kurz inne, während Fahrni übersetzte. »Ich wünsche euch den nötigen Humor, und vergesst nie: Erst außergewöhnliche Umstände machen es möglich, außergewöhnliche Menschen zu treffen!« Er hob sein Glas. »Auf Paz und Tobias!«

Gläser klirrten, Glückwünsche erklangen. Regina umarmte Braut und Bräutigam. Fahrnis Augen glänzten, als er sich bedankte. Paz ließ die Berührung stoisch über sich ergehen, Regina entging aber nicht, wie sie sich an Fahrnis Hand klammerte. Eine Weile standen sie noch beisammen, dann verabschiedeten sich die Kollegen. Regina würde mit Pilecki, Irina und Katja nach Zürich fahren, wo sie Fahrni und seine Familie treffen wollten. Lily verbrachte den Tag bei Chris.

Im Auto nahm Regina auf dem Rücksitz Platz. Sie betrachtete Irina, die sich ans Steuer gesetzt hatte. Sie hatte sich in der Gegenwart der Ukrainerin nie wohlgefühlt. Was Fahrni soeben erzählt hatte, trug nicht dazu bei, sie ihr sympathischer zu machen. Regina fragte sich, warum Pilecki so viel für Irina aufgab. Sie dachte an seine Ansprache. Hatte er geahnt, wohin ihn seine Ehe mit Irina führen würde? Ginge er sie wieder ein, wenn er zurückkönnte? Er spürte ihren Blick und drehte den Kopf. Seine Miene war undurchschaubar. Regina glaubte, jemanden vor sich zu haben, den sie noch nie gesehen hatte. Wie gut kennen wir die Menschen in unserem Umfeld tatsächlich? Sogar jene, die uns nahestehen, sind uns fremd. Sie dachte an Cavalli.

Katja erzählte begeistert, Fahrni habe versprochen, sie auf eine Reittour mitzunehmen. Froh um die Ablenkung erwiderte Regina, dass sie als Kind auch geritten sei. Ob Lily irgendwann eine Pferdephase durchmachen würde? Im Moment knetete sie am liebsten Teig. Kürzlich hatte sie dazu ein spanisches Kinderlied gesungen. Es fiel Regina schwer, sich Paz singend vorzustellen.

Sie waren in der Stadt angekommen. Irina fuhr auf das neue Parkhaus beim Opernhaus zu. Regina dachte daran, wie Walker sie nach dem Opernbesuch nach Hause gebracht hatte. Sie hatte damit gerechnet, dass er ihre Wünsche ignorieren und ihr Avancen machen würde, doch er hatte sein Versprechen gehalten und ihr zum Abschied einfach die Hand gereicht. Seither hatte Regina ihn zwei Mal zum Mittagessen getroffen, und einmal hatten sie zusammen eine Lesung besucht. Sie genoss es, jemanden zu haben, der sie zu kulturellen Veranstaltungen begleitete. Cavalli hatte sich nie dafür interessiert. Dennoch war sie vorsichtig. Als Walker sie gefragt hatte, ob sie mit ihm zu den Salzburger Festspielen reisen würde, hatte sie abgelehnt. Sie wollte keine falschen Signale aussenden. Sein Interesse schmeichelte ihr, doch in ihrem Herzen war kein Platz für einen anderen Mann. Noch nicht. Vielleicht nie. Sie wusste es nicht.

Vor der Kasse der Schifffahrtsgesellschaft herrschte ein Gedränge. Ausflügler standen Schlange, Touristen drängten ans Seeufer, um einen Blick auf die schneebedeckten Alpen zu werfen. Die Sonne verwandelte den See in eine einzige glitzernde Fläche. Postkartenwetter, dachte Regina, nach Fahrni Ausschau haltend. In einer Hand hielt sie ihren Blazer, mit der anderen fächerte sie sich Luft zu. Sie entdeckte Fahrni an der Anlegestelle. Seine Eltern und Paz waren bereits auf dem Schiff. Fahrni wies ihnen den Weg zum Tisch. Katja bestand darauf, neben Hans Fahrni zu sitzen, und Regina nahm auf dem einzigen freien Stuhl Irina gegenüber Platz. Sie war froh, als Paz nach der Toilette fragte.

»Ich zeige sie dir, komm mit.« Regina stand auf.

»Danke«, antwortete Paz auf Deutsch.

Nachdem Paz in der Toilette verschwunden war, betrat

Regina das Seitendeck. Sie stellte sich an die Reling und betrachtete das vorbeiziehende Ufer. Fahrni gesellte sich zu ihr. Schweigend hingen sie ihren Gedanken nach. Er schirmte mit einer Hand die Augen ab.

»Hältst du nach einem geeigneten Haus Ausschau?«, scherzte sie.

»Mir gefällt es in Bonstetten, danke.«

»Werdet ihr dort eine Wohnung suchen?«

Er sah sie stirnrunzelnd an. »Nein, warum?«

»Habt ihr denn nicht vor auszuziehen?«

Fahrni hörte sie nicht. Er zeigte auf eine Villa. »Schau, da wohnt Oskar Zellweger. Siehst du die niedrige Mauer? Dorthin ist Moritz Kienast mit den Jungsozialisten im Gummiboot gefahren. Irgendwie bewundere ich ihn. Er wusste, dass man sich über ihn lustig machen würde, doch er zog die Aktion durch.«

»Glaubst du, sein Engagement hat etwas bewirkt?«

»Einen durchgehenden Uferweg wird es vermutlich nie geben«, sagte Fahrni. »Aber wenigstens kommen Teilstücke zustande. Und vielleicht wird man dank ihm auch darüber nachdenken, wem die Schweizer Seeufer wirklich gehören.« Er machte eine ausladende Geste. »So viel Schönheit darf doch nicht den wenigen Privilegierten vorbehalten bleiben. Nur weil ihre Vorfahren zur rechten Zeit am rechten Ort waren.«

»Nicht alle haben ihr Grundstück geerbt«, widersprach Regina.

»Das Grundstück vielleicht nicht, doch die meisten Seeanrainer wurden in ein Umfeld hineingeboren, das ihnen den Zugang zu Reichtum erleichterte. Ich finde, alle Menschen müssten von Geburt an die gleichen Chancen haben. Egal woher sie kommen oder wer ihre Eltern sind.«

»Denkst du an Paz?«

»Auch«, gestand Fahrni. »Hätte sie nicht der Unterschicht in Paraguay angehört, wäre ihre Tochter noch am Leben. Aber auch hier bei uns wird die Kluft zwischen Arm und Reich immer größer. Das gefällt mir nicht.«

»Immerhin ist es in der Schweiz möglich, unabhängig von der Herkunft einen gewissen Wohlstand zu erreichen. Wenn man hart dafür arbeitet.«

»Ja, und wenn man einen Schweizer Pass besitzt und die richtigen Leute kennt. Was aber, wenn du keine Beziehungen hast? Wenn du nicht bereit bist, dich auf Kosten anderer zu bereichern, das Gesetz zu übertreten oder gar ein Verbrechen zu begehen? Oder auch nur, wenn sich deine Eltern keinen Nachhilfeunterricht und erst recht keine Privatschule leisten können? Sie dir vielleicht nicht einmal bei den Hausaufgaben helfen können, weil sie sie selbst nicht verstehen oder den ganzen Tag arbeiten müssen?«

Regina war verblüfft über die Vehemenz, mit der er seine Ansichten vortrug. So kannte sie Fahrni gar nicht. Er wirkte selbst überrascht. Als er weitersprach, klang es beinahe entschuldigend.

»Vielleicht werde ich für den Gemeinderat kandidieren«, sagte er.

Regina lächelte. »Gute Idee!«

Sie wollte noch etwas hinzufügen, doch Paz steuerte auf sie zu. Die Art, wie sie Regina ansah, war neu. Sie schob sich zwischen Fahrni und sie, und Regina begriff, dass sie zu nahe neben ihm gestanden war. Sie freute sich über Paz' Eifersucht. Sie hatte nicht realisiert, wie sehr sie befürchtet hatte, Paz empfinde zu wenig für Fahrni.

»Ich lass euch beide allein«, sagte sie.

Fahrni legte seinen Arm um Paz' Schultern.

Das Essen verlief entspannt. Pilecki scherzte unentwegt, Fahrni und Katja unterhielten sich über Pferde. Hans wollte von Irina alles über die Ukraine wissen, und Elisa erklärte Paz die Speisen auf der Karte. Als Regina das Schiff am späten Nachmittag verließ, hätte sie ihre Eltern liebend gern gegen die von Fahrni eingetauscht. Sie fuhr direkt zu Chris, um Lily abzuholen.

Den Sonntagmorgen verbrachte sie mit Lily und der Zeitung im Bett. In die Lektüre vertiefen konnte sie sich zwar nicht, weil Lily sie nach jedem zweiten Satz unterbrach, doch Regina genoss es, Zeit zu haben. Seit sich Paz unter der Woche um den Haushalt kümmerte, gab es für Regina am Wochenende nicht mehr viel zu tun. Jetzt, da Paz eine Aufenthaltsbewilligung bekäme, würde Regina sie endlich entschädigen können.

»Ujetsdi!« Lily zeigte auf ein Bild in der Zeitung.

»Das ist ein Opossum«, erklärte Regina.

Chris hatte angefangen, Lily Tsalagi beizubringen. Da sie gleichzeitig von Paz spanische Wörter lernte, benutzte sie ein seltsames Sprachgemisch. Regina hoffte, dass sie die Sprachen irgendwann trennen würde, große Sorgen machte sie sich aber deswegen nicht. Sie war froh, dass Lily überhaupt wieder redete.

Nach dem Frühstück stellte Regina auf der Terrasse das Planschbecken auf. Sie erledigte einen längst fälligen Anruf bei ihrer Mutter und füllte den Holzvorrat neben dem Schwedenofen auf. So, wie sie das Wetter in der Schweiz einschätzte, hielte die Hitze zwei oder drei Wochen an und wiche anschließend einem kalten Regen, der sich bis in den Herbst hineinzöge. Als Lily genug vom Wasser hatte, zog Regina ihr frische Kleider an und schlüpfte in ihre Turnschuhe. Eine Nachbarin hatte sie am Abend zu einem Gartenfest eingeladen, und Regina wollte ihr einen Blumenstrauß mitbringen. Sie fuhr mit Lily zu einem Bauernhof, auf dem es ein Feld mit Blumen gab, die die Kunden selbst pflücken durften. Lily liebte es,

Sträuße zusammenzustellen. Während Regina Löwenmäulchen für ihre Nachbarin schnitt, griff Lily nach allen Blüten, die ihr ins Auge stachen. Sie mischte Nelken mit Löwenzahn, Chrysanthemen mit Gänseblümchen und Klee. Sie hörte erst auf, als sie mit ihren beiden Händen keine neue Blume mehr halten konnte, ohne eine andere fallen zu lassen.

»Das genügt für heute, Schatz.« Regina führte sie zurück zum Auto. »Wir kommen ein anderes Mal wieder.«

Obwohl es drei Monate her war, seit sich Cavalli zuletzt gemeldet hatte, zog es Regina jeden Sonntag um siebzehn Uhr nach Hause. Sie glaubte zwar nicht mehr, dass er anrufen würde, dennoch hielt sie sich immer in der Nähe des Telefons auf. Es nicht zu tun käme ihr vor wie das Eingeständnis, dass sie die Hoffnung aufgegeben hatte.

Sie bezahlte die Blumen, setzte Lily in ihren Kindersitz und fuhr nach Hause. Es war 16.50 Uhr, als sie die Tür zu ihrer Wohnung aufschloss. Wie jede Woche um diese Zeit ergriff sie eine innere Unruhe. Sie ging in die Küche, um eine Vase zu holen, und arrangierte Lilys Blumen. Als sie den Strauß ins Wohnzimmer stellte, versuchte sie, das Telefon auf der Ablage zu ignorieren.

Die Minuten verstrichen. Regina öffnete die Tür zur Terrasse. Die Kirchglocken schlugen siebzehn Uhr. Das Telefon blieb stumm. Sie kämpfte gegen die Enttäuschung an. Was hatte sie erwartet? Um sich zu beschäftigen, überlegte sie, was sie zur Gartenparty anziehen würde. Der Abend versprach, warm zu bleiben. Lily könnte ein Sommerkleidchen tragen. Sie würde sich freuen, sie liebte Kleidchen, je bunter, desto besser.

Es klingelte. Regina fuhr zusammen. Ihr Herzschlag setzte einen Moment aus, dann kehrte er heftig pochend zurück. Sie eilte zum Telefon. Ihr Verstand versuchte, ihr etwas mitzuteilen, es dauerte aber eine Weile, bis sie begriff, was es war.

Nicht das Telefon hatte geläutet, sondern die Türglocke.

Regina biss sich enttäuscht auf die Unterlippe und ging zur Tür. Gegen die Tränen ankämpfend, zog sie sie auf.

Draußen wartete ein Asiate, den sie noch nie gesehen hatte. Hinter ihm stand ein Wagen mit laufendem Motor am Straßenrand. Auf der Seite prangte das Logo eines chinesischen Take-aways.

»Frau Flint?«, fragte der Kurier und hielt ihr eine Tüte hin.

Verwirrt schüttelte Regina den Kopf. »Ich habe nichts bestellt.«

Der Asiate holte einen Zettel hervor. »Lily Flint?«

Lily?, dachte Regina perplex. Hatte sich jemand einen Scherz erlaubt? Der Kurier blickte sie finster an. Regina nahm ihm die Tüte ab. Er konnte nichts dafür, dass jemand in Lilys Namen eine Bestellung aufgegeben hatte. Sie bezahlte und kehrte in ihre Wohnung zurück. In der Küche stellte sie die Tüte hin. Sie überlegte, ob sie sie wegwerfen sollte, entschied sich aber dagegen. Morgen wäre sie froh über die Mahlzeit. Hoffentlich hatte der Spaßvogel keine Meeresfrüchte bestellt. Sie zog eine Box aus der Tüte und öffnete sie.

Sie enthielt Reis mit Erbsen.

Lilys Lieblingsgericht.

Petra Ivanov

Petra Ivanov wurde 1967 in Zürich geboren. Sie verbrachte ihre Kindheit in New York, wo sie dank Mark Twain, Louisa May Alcott und Julie Campbell die Freude am Lesen und Schreiben entdeckte. Nach dem Studium an der Dolmetscherschule Zürich arbeitete sie vorerst als freie Übersetzerin und Sprachlehrerin, später als Journalistin in verschiedenen Redaktionen.

Auf Deutsch zu schreiben, begann sie während ihrer Tätigkeit bei HEKS, dem Hilfswerk der Evangelischen Kirchen Schweiz. Als Redakteurin gehörte es zu ihren Aufgaben, über Projekte im In- und Ausland sowie über verschiedene Kampagnen zu informieren. Sie stellte fest, dass sie mit Geschichten Menschen auf andere Art und Weise erreichen konnte als durch journalistische Beiträge. Kurzerhand verpackte sie die Themen, die ihr am Herzen lagen, in Spannungsromane.

2005 veröffentlichte sie ihren ersten Kriminalroman *Fremde Hände*, der Beginn einer Reihe mit dem Ermittler-Duo Regina Flint und Bruno Cavalli. 2011 startete sie mit *Tatverdacht* eine neue Reihe mit der privaten Ermittlerin Jasmin Meyer und dem Anwalt Pal Palushi. Ihre Kurzgeschichten erschienen in Zeitungen, Zeitschriften und Anthologien, in Buchform seit 2007 zudem mehrere Bände von Regio-Krimis. *Reset* (2009) war das erste von mehreren Jugendbüchern, Spannungsromane für Jugendliche ab 12 Jahren. Petra Ivanov hat zahlreiche Auszeichnungen erhalten, u.a. den Zürcher Krimipreis (2010).

Ausführliche Informationen zur Autorin und zu ihren Büchern finden Sie auf Petra Ivanovs Homepage: *www.petraivanov.ch*

FLINT & CAVALLI ERMITTELN

Erster Funke Flint und Cavalli – Wie alles begann
Fremde Hände Flint und Cavalli ermitteln im Rotlichtmilieu
Tote Träume Flint und Cavalli ermitteln gegen die Brandstifter
Kalte Schüsse Flint und Cavalli ermitteln gegen die russische Mafia
Stille Lügen Flint und Cavalli ermitteln in Georgien
Tiefe Narben Flint und Cavalli ermitteln gegen einen Insider
Leere Gräber Flint und Cavalli ermitteln in Argentinien
Heiße Eisen Flint & Cavalli ermitteln in besten Kreisen
Das Geständnis Ein Regina-Flint-Kurzkrimi

MEYER & PALUSHI ERMITTELN

Tatverdacht Meyer und Palushi ermitteln in Kosovo
Hafturlaub Meyer und Palushi ermitteln gegeneinander
Täuschung Meyer und Palushi ermitteln in Thailand

Geballte Wut

Sebastians Leben ist eine einzige Abwärtsspirale. Als er Isabella kennenlernt, scheint sein Leben eine Wende zu nehmen. Doch statt auf sicheren Boden, führt ihn diese Beziehung aufs Glatteis. Unfähig, sich aufzufangen, schlittert Seb geradewegs in eine Katastrophe.

Schockfrost (gemeinsam mit Mitra Devi)

Die alleinerziehende Psychiaterin Sarah Marten hat ihr Leben im Griff. Doch dann stürzt sie die Treppe hinunter, leidet unter Sehstörungen und Gedächtnislücken. Ihr 15-jähriger Sohn verschwindet. Ein Wettlauf gegen die Zeit beginnt.

Ein Fall für Nora Tabani

»Mitra Devi gehört zweifelsohne zu den besten in diesem Genre. Ihre Kunst, den Spannungsbogen bis zum Ende der Geschichte zu steigern, beherrscht sie meisterhaft!« *Jeanette Houillon, Schiller Buchhandlung*

Filmriss
Seelensplitter
Das Kainszeichen
Der Blutsfeind

Schockfrost (gemeinsam mit Petra Ivanov)

Die alleinerziehende Psychiaterin Sarah Marten hat ihr Leben im Griff. Doch dann stürzt sie die Treppe hinunter, leidet unter Sehstörungen und Gedächtnislücken. Ihr 15-jähriger Sohn verschwindet. Ein Wettlauf gegen die Zeit beginnt. Die Crime-Queens Petra Ivanov und Mitra Devi haben gemeinsam einen Psychothriller geschrieben, der unter die Haut geht.

Kleiner Mord zwischendurch

Rabenschwarze Kurzkrimis zum Gruseln, Schmunzeln und Verschlingen. Die Heldinnen und Helden sind voller starker Gefühle und zahlen jede Niedertracht zurück. Mit psychologischer Raffinesse lässt Mitra Devi ihre Protagonisten mit den Mordwaffen spielen – gnadenlos, angenehm unheimlich und mit einem Schuss gefährlicher Nonchalance.

PETRA IVANOV *Delete*
Roman für Jugendliche
13 × 21 cm, 232 Seiten, brosch., sFr. 28.– / € 19.–
ISBN 978-3-85882-551-3
Appenzeller Verlag, CH–9103 Schwellbrunn

»Meine Knie werden weich. Plötzlich stürzen Bilder auf mich ein: Schlagzeilen über vermisste Kinder; rot-weißes Absperrband, wenn eine Leiche gefunden wird. Fotos von verhafteten Kidnappern mit schwarzen Balken über den Augen. Alles um mich herum dreht sich. Die Lichter sehen aus wie Spiralen. Ich lehne mich gegen die Wand, um das Gleichgewicht nicht zu verlieren. Jemand packt mich am Arm. Adoda!, schießt es mir durch den Kopf. Panik erfasst mich.«

Lily ist weg. Und Chris ist schuld daran. Er muss seine Schwester finden – bevor sein Vater davon erfährt. Zählen kann er nur noch auf seine Freunde Leo, Nic und Julie.

Delete ist die Fortsetzung der Jugendromane *Reset* und *Escape* von Petra Ivanov.